W0218304

Arif Anwar

Kreise ziehen

Quart*buch*

Arif Anwar

Kreise ziehen

Roman

Aus dem kanadischen Englisch
von Nina Frey

Verlag Klaus Wagenbach Berlin

Meinem Vater,
für all die Bücher, die du mir gekauft hast

Schon wieder heult der Wind, und halb versteckt,
Unterm Schirm der Wiege zugedeckt,
Schläft mein Kind weiter. Eine Stund'
Schritt betend ich für dieses kleine Kind,
Hörte kreischen um den Turm vom Meer den Wind;
Sah vor mir in erhitzter Wahnidee,
Die Zukunft nun gekommen sei,
Tanzend zu Trommelraserei,
Aus der unschuldig-mörderischen See.

(Nach William Butler Yeats)

Erstes Buch:
Zusammenbrauen

HONUFA

Chittagong, Ostpakistan (Bangladesch)
November 1970

In seinen Träumen sind ihre Augen immer grün. Das Grün der Grashüpfer, Blätter, Smaragde. Ein dunkelgeflecktes Grün, das ihn an zersprungene Jade erinnert.

Heute weiß er, dass Honufas Augen eigentlich grau waren. Das Grau der Katzen und sonnenlosen Morgen. Das Grau der sich windenden See.

An diesem brandungsgrollenden Morgen öffnet sie ihre grauen Augen erst spät. Der Lehmboden in ihrer Hütte ist gesprenkelt vom Licht.

Honufa richtet sich auf. Auf dem Fensterbrett sitzt eine kohlschwarze Glanzkrähe mit ausgebreiteten Flügeln. Der krumme Schnabel ist halb geöffnet, wie zum Schrei. Die Onyxaugen starren sie unverwandt an.

Der Vogel rührt sich nicht, während sie vorsichtig das Bett verlässt und mit langsamem, gemessenem Schritt auf ihn zugeht, ohne den Blick von ihm zu wenden.

Erst als sie die Hand ausstreckt, um den Kopf zu berühren, flattert die Krähe davon. Ihr lautes Abschiedsgekrächz erschüttert die enge Hütte.

Wie ein Kind spuckt sich Honufa auf die Brust, um den rasenden Herzschlag zu beruhigen. Eine dunkle Ahnung beschleicht sie wie ein hungriges, lautloses Raubtier.

Die Hartholzpritsche, auf der sie schlafen, hat ihr Vater gebaut, ihr vermacht als widerwillige Abschiedsgabe zu ihrer Heirat mit Jamir, vor vielen Jahren. Im Moment liegt nur ihr dreijähriger Sohn darauf, warm und voller Träume. Die Seite, auf der sich sonst Jamir ausstreckt, ist leer. Es ist das erste Mal, dass er ohne Abschied aufs Meer gefahren ist, mitten hinein in den Golf, für wie lang auch immer.

Sie benetzt ihr Gesicht mit Wasser aus einem Tonkrug und beginnt mit dem Haushalt – wäscht einen Stapel Kleidung, wirft die Gräten der gestrigen Mahlzeiten der verschlafenen Katze zu, die gern am Herd liegt, und geht dann im nahen Wald Feuerholz sammeln, liest verstreute Äste vom Boden auf. Am Ufer eines Weihers, der sie wie die Krähe schwarz anzustarren scheint, rupft sie Löwenzahnblätter für das Mittagessen.

Noch ist die Dämmerung nicht zum Morgen herangewachsen, aber das fahlblaue Leuchten, das die Welt durchtränkt, weicht langsam dem Violett, dem Orange und schließlich der Nichtfarbe des reinen Sonnenlichts.

Im Bett regt sich ihr Sohn, während Honufa die mit Jutestricken verschnürten Güter des Morgens auf ihrem Kopf zur Hütte trägt.

Drei Jahrzehnte harten Lebens haben ihr die Weichheit aus dem Gesicht geschliffen, die Falten um ihre Augen tief eingegraben, die Lippen schmaler werden lassen und dem Kiefer etwas Kantiges verliehen: Schön ist Honufa nicht, doch sie ist stark, und mit fast einem Meter siebzig überragt sie alle anderen Frauen des Küstendorfs, das sie ihr Zuhause nennt. Ihre Schultern sind breit, ihre Hände schwielig von den vielen Tauen und Netzen, die sie gezogen und gefaltet hat über die Jahre, und von den Bergen von Kokosnüssen, die sie geschält hat.

Die Länge der Baumschatten und der Stand der Sonne weisen ihr die Stunde, sagen ihr, dass es nun Zeit ist, den Dorfbrunnen aufzusuchen, um Wasser zu schöpfen, ganz für sich allein, womit sie sich längst abgefunden hat. Lange hatte sie die Hoffnung gehabt, die Last der prüfenden Blicke, den Stachel der Urteile allmählich leichter ertragen zu können, doch sie erfüllte sich nicht.

Unterwegs bleibt sie stehen. Zu einer Stunde, an der der Strand sonst wie ausgestorben ist, brodelt er jetzt vor Betriebsamkeit. Das ganze Dorf ist hier versammelt, der graue Sand von über hundert Füßen zu Gipfeln und Tälern zerwühlt. Männer und Frauen, sehnig, von der Sonne gebräunt, ziehen Boote an Land und knoten sie fest an die Bäume, holen Netze ein und falten sie. Kinder schleppen in röhrenförmigen Fallen gefangene Fische fort. Jeder packt an, wo es nötig ist, der Anlass tilgt die Grenzen des Alters, Geschlechts und Körperbaus.

Ein Sturm zieht auf.

Sie wendet den Kopf von Ost nach West nach Süd, den Hauptrichtungen, aus denen ein Sturm zu nahen pflegt, doch noch nichts ist zu erkennen: Ruhig hängt das Stroh von den Dächern der Hütten, die Sonne brennt hell vom wolkenlosen Himmel, aber im Dorf herrscht lautes Gewimmel.

Honufas Blick sucht die Menge nach einem freundlichen Gesicht ab oder wenigstens einem Augenpaar, das sich nicht abwendet.

Sie entdeckt Rina, wie sie Netze faltet inmitten einer größeren Gruppe von Frauen und gerade ein besonders Großes mit der selbstverständlichen Leichtigkeit aufrollt, die jahrelange Übung mit sich bringt. Honufa ergreift das andere Ende des Netzes und tut es der Älteren nach, bis sich beide in der Mitte begegnen.

»Ein Sturm?«

Rina nickt. Neben Honufa wirkt sie winzig und drahtig, wie ein Streifen Fleisch, den man in die Sonne gelegt hat.

»Woher wissen sie das?«

»Sie haben heute Morgen den Schiffer gesehen.«

Das Netz fällt Honufa aus den Händen.

Sie eilt nach Hause. Dieser Sturm ist nicht der erste, für den sie sich rüsten muss. Während ihr Sohn, nun erwacht, damit beschäftigt ist, die Hühner im Hof zu jagen und zu necken, wickelt Honufa die losen Enden ihres Saris fester und geht ans Werk.

Die Zahl ihrer Besitztümer ist überschaubar, sie hat alles binnen Minuten zusammengesucht. Auf eine der beiden großen bestickten Kantha-Bettdecken, die sie über den Boden breitet, stellt sie die Kochutensilien – ein Boti (die Klinge umwickelt) zum Schneiden, ein Nora zum Mahlen, Töpfe und Pfannen, die schon Unmengen von Reis, Linsen, Fisch und Spinat gekocht haben. Auf der zweiten Kantha häuft sie ihr Bettzeug und ihre Kleidung, noch feucht von der morgendlichen Wäsche. In einen groben Jutesack kommen die trockenen Esswaren.

Sie tritt ins Freie. Die Hühner, eins schwarz-weiß gepunktet, das andere ockerfarben, sind von besonderer Schönheit. Doch sie kennen auch ihre Pflicht, legen täglich ein Ei in irgendeinem Winkel des Hauses und bereiten so ihrem Sohn den Spaß einer Schatzsuche, bei der er am Ende einen Preis – die Schale noch weich und warm vom Körper der Henne – in seinen Händen hält.

Sie blickt auf die Tiere und seufzt. Dass ihr Sohn sie so liebt, macht das, was jetzt kommen muss, schwer.

Sie ergreift ein Messer und beginnt es am Stein zu wetzen.

Als Rina eintrifft, gräbt sie gerade im Hof ein Loch, das bereits mehr als einen halben Meter tief ist. Die Ältere holt einen zweiten Spaten aus dem Kuhstall und beginnt mitzuschaufeln, verfällt dabei in den wortlosen Rhythmus der Arbeit. So wächst das Loch rasch.

Einen Moment lang stehen die beiden Frauen schwitzend, schwer atmend beieinander und bewundern ihr Werk.

»Glaubst du wirklich, dass ein Sturm aufzieht?«

»Der Schiffer hat sich noch nie geirrt.«

Dreimal im Laufe eines Vierteljahrhunderts hat man den einsamen Schiffer gesehen, wie er unter schwarzen Segeln in der Bucht gekreuzt ist, stets Richtung Süden, und dabei den Menschen am Strand oder auf den schroffen grünen Hügeln den Rücken zugekehrt hat.

Jedes Mal wenn er erschien, folgte ein gewaltiger Sturm.

»Wer, glaubst du, ist er?«

Rina sieht sie bedeutungsvoll an. »Jeder denkt sich das Seine. Ich weiß nur, dass es kein Mensch ist, der unter diesen schwarzen Segeln steht.«

Dieses Bild lässt Honufa erschaudern.

»Wo steckt dein Sohn?«, fragt Rina.

»Drinnen. Er hat einen Wutanfall gehabt. Er hat das, was getan werden musste, nicht gut verkraftet.«

»Dann ist er auf dem besten Wege, ein Mann zu werden.«

Honufa lächelt. In ihrem kleinen Sohn sieht sie mehr von der ruhigen Kraft und dem weichen Herzen ihres Manns als von ihrem eigenen Temperament, ihrem unbezähmbaren Willen. Vielleicht ist das gut so.

Ihr Sohn trägt einen großen Namen, gewählt aus einem Buch, das ihr der Zamindar des Dorfes vorlas, als sie selbst noch ein Kind war. In diesem Buch steckt eine Geschichte in der anderen, wie einander zugewandte Spiegel, endlos vervielfältigt, sodass man sich in ihnen heillos verirrt.

Die Frauen senken die Säcke ins Loch (mitsamt den Hühnern, geschlachtet, gerupft und in tönerne Töpfe gestopft) und setzen zur Markierung einen langen Pfahl in die Mitte, bevor sie die Erde zurückschaufeln. Mit den Rückseiten der Schaufeln klopfen sie dann das Erdreich flach.

Sie bittet Rina in ihr nun kahles Haus. Ihr Sohn sitzt auf der Liege mit Spuren von Tränen im staubigen Gesicht. Er rennt zu Rina, die ihn in die offenen Arme schließt und dann auf die Hüfte hebt.

Sie kitzelt ihn. »Hat da jemand geweint?«

Er richtet einen anklagenden Finger auf die Mutter. »Sie hat die Hühner getötet.«

»Waren sie deine Freunde?«

»Ja.«

»Wenn sie das nicht getan hätte, hätte der Sturm sie sich geschnappt, und du hättest sie so auch nie wiedergesehen.«

Während Rina mit dem Kind beschäftigt ist, geht Honufa zur hinteren Wand ihrer Hütte, verwünscht sich dafür, an dieses

Entscheidende nicht eher gedacht zu haben. Sie langt nach oben, auf Zehenspitzen, und betastet mit blinder Hand die Stelle, wo ein Brief liegen muss. Doch sie findet nichts. Mit rasendem Herzen wühlt sie jetzt in Staub und Lehm, schiebt das Bett an die Wand und steigt darauf, um genau nachzusehen. Aber der Brief, den sie vor über zwei Monaten sorgsam und heimlich dort untergebracht hat und den sie mit zwanghafter Hingabe jedes Mal wieder befühlt hat, kaum dass ihr Ehemann aus dem Haus war, ist verschwunden.

Sie klettert vom Bett und merkt, dass Rina sie anstarrt.

»Was ist los mit dir?«

Trotz ihres aschfahlen Gesichts, der dünnen, dürren Stimme gelingt es ihrer Kehle, eine Lüge hervorzubringen. »Ein Paar goldene Ohrringe. Ein Geschenk von Jamirs Mutter. Sie sind weg.«

»Ach, das ist schlimm, Kind.«

Sie kann nur nicken, ihr Kopf ist in Aufruhr. Sie denkt an Jamir, der irgendwo auf dem riesigen Ozean treibt. So viele Geschichten vom Meer hat er ihr erzählt, von den großartigen Fischen, die er fangen wollte, von den Kämpfen und der Trunkenheit der Seeleute und von der unendlichen Fläche des Wassers, auf der nur sonnengefleckte Wellen wohnen. Erzählungen, die in ihr immer wieder den Wunsch erweckten, als Mann geboren zu sein, frei von der Last der Häuslichkeit.

Jetzt ist wieder ein solcher Moment.

Einmal ist er mit ihr zu einer kleinen Insel in der Bucht gerudert, um ihr hübschen Schmuck aus Muscheln und Steinen zu kaufen. Der Wind an jenem Tag war beängstigend stark gewesen, doch das Boot blieb ruhig, beschwert von ihnen und von Sandsäcken. *Das ist Ballast*, hatte Jamir gesagt, lächelnd und mit vom Wind zerzausten Haaren. *Das Gewicht gibt dir Sicherheit*.

Auf diese Weise haben ihr Mann und ihr Sohn sie selbst im Leben verankert. Mit ihnen an Bord bringt ihr Boot nichts zum Kentern.

Sie setzt sich neben Rina. »Ich mache mir Sorgen um ihn.«

»Wieso? Er ist doch schon so oft da draußen gewesen. Er fährt auf einem Trawler, und die sind riesig. Die gehen nicht unter wie unsere armseligen Bötchen. Und sie haben Bordfunk. Wahrscheinlich hat er schon vor uns vom Sturm erfahren und ist längst auf dem Weg zurück.«

Honufa schüttelt den Kopf. Rina weiß von nichts. Wie sollte sie auch? Die Gefahr, die von dem Brief ausgeht, den Jamir jetzt wohl bei sich trägt, übersteigt die jedes Sturms.

»Vergiss mein dummes Geschwätz. Wie viel Zeit bleibt uns noch?«

»Noch ein paar Stunden, wie es aussieht. Der Zamindar bietet den Leuten Zuflucht in seinem Haus. Dieser Rahim ist ein guter Mensch.«

»Das ist er«, sagt Honufa, ohne weiter darauf einzugehen – sie erinnert sich an die Nachmittage, die sie als Kind in seinem Landhaus verbracht hat, wo sie über den Buchstaben des Alphabets brütete, über jedem einzelnen, während seine Frau ihnen Kekse und Tee servierte. Es dauerte nicht lange, da wuchsen die Buchstaben zu Wörtern heran, die Wörter zu Sätzen, und bald schon galoppierten ihre Augen über die Seiten, durch Kapitel und ganze Bücher. Sie war, so hatte der Zamindar einmal behauptet, wissbegieriger, als er es bei einem Kind je für möglich gehalten hätte.

Rina verzieht das Gesicht. »Manchmal vergesse ich, dass ihr beide euch nicht versteht.«

»Er ist ein reicher Grundbesitzer. Und wir eine arme Fischersfamilie. Alles, was sich früher einmal zwischen uns an Freundschaft entwickelt hat, kommt mir heute vor wie ein Traum. Aber irgendwann müssen wir alle aufwachen.«

Rina schnaubt, zieht die Stirn in Falten und blickt sich in der Hütte um. »Bist du dann fertig mit deinen Vorbereitungen, Honufa? Gibt es noch etwas, worum du dich kümmern musst vor dem Sturm?«

»Nur um unsere Zicke, die grast noch in den Hügeln. Ich habe gewartet, bis du kommst, damit du so lange auf meinen Jungen aufpassen kannst.«

»Gut, aber dir bleibt nicht mehr viel Zeit, Kind. Was, wenn du aufgehalten wirst?«

»Könntest du meinen Sohn notfalls selbst wegbringen?«

Rina hört das Unausgesprochene heraus. »Und was ist mit dir?«

»Ich finde euch schon, sucht ihr mit den anderen Schutz. Wenn ein Sturm kommt, muss man die Verbitterung mal ignorieren.«

»Rahim ist ein gütiger Mann. Es ist jetzt Jahre her, Honufa. Warum verträgst du dich nicht wieder mit ihm? Das ist nicht so schwer, wie du glaubst.«

»Dafür ist es zu spät.« Honufa schüttelt den Kopf, denkt an den Brief, der nun nicht mehr in ihrem Besitz ist. Sie war es, die vor vielen Jahren das Boot abgestoßen hat, und mittlerweile haben die Strömungen der Zeit und der Umstände den Zamindar Rahim und sie weit auseinandergetragen.

Die Augen ihrer Freundin trüben sich vor Enttäuschung. »Du musst es wissen, aber deine Familie braucht in diesem Dorf mehr Freunde als nur mich.«

Honufa nickt und geht in eine Ecke der Hütte, um das Einzige zu holen, was sie noch nicht vergraben hat. »Solltest du doch ohne mich zum Haus des Zamindars gehen, nimm bitte das hier mit.«

Die Ältere hebt den Stoffbeutel, um sein Gewicht zu prüfen. »Was ist das?«

Honufa zögert, bevor sie ihn öffnet und Rina die beiden Gegenstände darin zeigt. Sie sehen anders aus als alles, was Rina je zuvor gesehen hat. Mit großen Augen blickt sie Honufa an, die leise seufzt. »Ich erklär es dir, wenn wir uns wiedersehen.«

~

Minuten später erklimmt sie einen Hügel durch ein wildes Gewirr aus Jambulbäumen, Königsblumen, Bambus und Toonas, umgürtet von dichtem Unterholz. In einer unsteten Brise zieht ihr die feuchte Luft des Waldbodens in die Nase. Um sie herum rascheln irgendwelche Lebewesen, über ihr rufen und wirbeln Milane. Ihre Füße stapfen voran auf dem schmalen Pfad, der sie an den Scheitel einer Hindufrau erinnert: Die rote Erde gleicht dem Zinnober, der sie als verheiratet ausweist. Vielleicht hätte ihr Haar genauso ausgesehen, hätte ihr Schicksal sich anders gefügt.

Nach einer Stunde erreicht sie den Gipfel. Die Ziege ist noch da, wo sie sie am Vortag gelassen hat, mit einem Seil an einen tief in die Erde getriebenen Pflock gebunden. Sie bedenkt sie mit einem schlitzäugigen Blick und setzt ihr Wiederkäuen fort.

Stöhnend reißt Honufa den Pflock aus dem Boden, bindet die Ziege los und klopft ihr aufs Hinterteil, bis das Tier blökend davonzottelt. Es kennt den Heimweg und wird geschwind hinabsteigen, sein behufter Schritt ist auf dem Hang sicherer als ihrer.

Bevor sie ihm folgt, bleibt sie kurz stehen, um den Himmel zu mustern. Er ist klar, bis auf ein paar Federwolken, geformt wie Halme wilden Zuckerrohrs. In der Ferne treiben gemächlich weitere weiße Wolken vorbei.

Könnte der Schiffer sich diesmal geirrt haben?

Sie hält auf einen nahen Fichtenhag zu. In seiner Mitte befindet sich ein kleines Grab, rechteckig und unbezeichnet, umzäunt von Bambusstreifen, die in der Seeluft längst zerfallen sind.

Bis auf das Zischen der bewegten Äste über dem Grab herrscht völlige Stille. Sie steht ruhig. Überwältigt wie immer. Sie, der Eindringling, ruht in der Schönheit ihrer Umgebung.

Achtzehn Jahre. Inzwischen wärst du ein ausgewachsener Mann, Kind.

Seit ihrem letzten Besuch sind auf dem Grab Zephyrlilien gewachsen. Sie schimmern im Wind. Sie pflückt drei von ihnen vorsichtig ab und flüstert einen Abschied.

Nahe dem namenlosen Grab liegt ein verlassener Tempel. Junge Pappelfeigen sitzen darauf wie hölzerne Hörnchen, umklammern mit ihren Wurzeln das verwitterte Gestein.

Mit den Blumengaben in der Hand steht Honufa vor dem Eingang. Drinnen lockt die Finsternis. Sie hört das Getrappel flinker

Füße, das Geschnatter des Ungeziefers. Doch sie weiß, wer in Wahrheit darin wartet.

Dann nimmt sie all ihren Mut zusammen. Im Bewusstsein, gleich ihren Glauben zu verraten, schließt sie die Augen, stützt sich mit der Hand auf den kühlen Mörtel des Tempels und tritt ein.

Sofort scheint sie in einen See der Dunkelheit und des Schweigens getaucht zu sein, an einem aus der Zeit gefallenen Ort. Sie steht da und wartet, dass ihre Pupillen sich weiten. Die Kälte des Steinbodens durchdringt ihre schwieligen Sohlen.

Der Tempel ist jeweils zehn Schritte in jede Richtung lang. Am hinteren Ende, schwach erleuchtet durch das löchrige Dach, steht eine schrecklich schöne Frau. Sie ist groß, mit Mitternachtshaut, trägt einen Kranz aus abgeschlagenen Köpfen und einen Rock aus Gliedmaßen. Ihre Zunge hängt ihr herab bis ans Kinn und weist auf den besiegten Dämon, den sie unter den Füßen zertrampelt.

Honufa kniet vor Kali – der Schwarzen. Der Überzeitlichen. Der Zerstörerin.

Sie legt das mitgebrachte Blumenopfer vor der Göttin nieder. Sie betet zu ihr, überhört die innere Stimme, die sie daran erinnert, dass ihr neuer Gott eifersüchtig ist, dass dieser Akt *Schirk* ist, das Unverzeihlichste, was ein Muslim überhaupt begehen kann – etwas anderes auf dieselbe Stufe zu stellen wie Gott, den Größten. Aber wie ein fieberglühendes Kind, das zur Mutter drängt, kann auch Honufa nicht anders.

Als sie klein war, erzählte ihr Vater die Geschichte vom Ursprung der Göttin, wie sie ihm einst ein Brahmane offenbart hatte. Aufgeregt bettelte sie fortan ständig, ihr die Legende wieder und wieder zu erzählen, und sogar jetzt, so viele Jahre nachdem ihre Familie sich von ihr losgesagt hat, erinnert sie sich noch an jedes Wort:

Es gab eine Zeit, da zitterten sämtliche dreihundertdreißig Millionen Götter und Göttinnen vor dem Angriff einer Dämonenarmee, angeführt von General Raktabij – Blutsaat –, dessen Blut, über dem Boden vergossen, weitere Tausend seinesgleichen gebären würde. Um die Dämonenarmee zu bekämpfen, riefen die Götter die Göttin Durga an, die viele Dämonen niederstreckte. Doch als sie schließlich deren General gegenüberstand, sprossen aus jedem Blutstrahl, den ihr Speer hervorbrachte, tatsächlich unzählige Klone des Dämons, und auf dem Schlachtfeld schwirrte es bald von zahllosen Dämonen. In ihrer Raserei blickte die Göttin finster und böse, bis zwischen ihren Brauen ein strudelnder kosmischer Zauberkessel wuchs, aus dem ein neues Wesen entsprang.

Kali.

Unter Kalis Wüten zerfiel die Dämonenarmee, schwand unter ihren vier schwertschwingenden Armen, einer rasenden Wolke aus Blut und Stahl. Schließlich stand sie nur noch Raktabij gegenüber, dessen Blut die Dunkle Göttin mit ihrer Zunge auffing, noch bevor es den Boden erreichte. Ihre mächtigen Hiebe trieben ihn Schritt um Schritt zurück, bis er schließlich so geschwächt war, dass sie ihn an ihr riesiges bereißzahntes Maul führen und gänzlich leertrinken konnte.

Bluttrunken und siegreich stieß Kali ein Grollen aus, das die Himmel erschaudern ließ, und hob an zu einem Tanz der Zerstörung, der die Fundamente des Weltalls erschütterte, bis es die Götter und Göttinnen erneut mit der Angst bekamen und Shiva, Kalis Gemahl, darum baten, einzuschreiten. So warf er sich vor der rasenden Geliebten zu Boden, deren Rausch beim Anblick des ihr zu Füßen liegenden Gemahls schließlich verebbte.

Honufa schließt die Augen und betet, nicht für sich selbst, sondern für ihren Ehemann, Jamir, für ihre Söhne, den lebenden und den toten. Sie betet, bis die Welt verblasst.

Als sie die Augen aufschlägt, weiß sie nicht, wie viel Zeit inzwischen verstrichen ist. Sie tritt hinaus. Etwas stimmt nicht, denn die Welt ist mittlerweile fast genauso finster wie das Innere des Tempels. Das Gurren der Vögel ist verstummt, nun herrscht eine mürrische Stille.

Beim Anblick des Horizonts ringt sie nach Luft. Eisengraue Wolken nähern sich auf lilaweißen Blitzfüßen dem Ufer.

Sie verwünscht ihr törichtes Verweilen im Tempel, eilt den Hügel hinab, versucht verzweifelt, zu ihrem Sohn und Rina zurückzukehren, ein Auge stets auf den Himmel gerichtet, wo sich mittlerweile gewaltige, albtraumgraue Wolken türmen.

Als sie durch die lilagetönte Welt hastet, erhebt sich plötzlich ein Wind, der Regentropfen mit sich bringt, nicht mehr halbherzig, sondern wild entschlossen, beladen mit Erinnerungen an die bittere Kälte namenloser Länder.

Übersät von Schnitten und Kratzern der Äste, die ihr den Weg verstellen, die Füße geschunden und blutig von den Steinen, erreicht sie das Tal. Sie ist fast zu Hause, fast dort, wo sich die Erde der Hügel und der Sand der Küste treffen. Sie wickelt sich den Sari fest um die Taille und rennt los, auf das Meer zu, auf dem der Schaum brodelt.

Aber ihr Fuß verfängt sich in einem Dachsbau. Sie fällt. Der Boden eilt ihrem Gesicht entgegen. Ihr Kopf schlägt auf einen Stein, während ein heftiger Schmerz wie ein Blitz in ihren Knöchel fährt.

Einen Moment wie eine Ewigkeit lang träumt sie
Erinnert sich
Sie ist wieder ein Kind
Draußen in den Reisfeldern
In ihrer Hand ein Eimer, um Wasser zu holen
Sie ist sieben

Ein schwacher Laut erst ein Surren dann ein Brummen dann ein Dröhnen so laut dass es ihr nicht nur die Ohren sondern auch Nase Augen und Mund erfüllt sie schreit nach Vater Mutter Bruder doch der Lärm verschlingt alles verschlingt ihre Worte. Dort droben ist ein metallener Vogel sein silberner Bauch glänzt als hätte er einen Stern verschlungen auf seiner Flanke eine rote Sonne vor weißem Feld.

Sie öffnet den Mund zu einem Schrei gerade als am Himmel die Farben explodieren

Schmetterlinge
Die fallen

Und fallen und fallen
Auf ihr Gesicht
Und sie sieht, sie sind nur aus Papier

Das Klatschen des Regens auf ihre Stirn holt sie zurück in eine Welt, die dunkel ist wie die Nacht, in der der Wind kreischt und die tödliche Schärfe wirbelnden Sands in sich trägt. Sie befreit ihren Fuß aus dem Loch, berührt ihre Stirn und spürt einen schmerzhaften Knoten. Mühsam unterdrückt sie einen Schrei, als sie ihren rasch anschwellenden Knöchel belastet. Verzweifelt blickt sie sich um. Nirgends ein Ast, aus dem sie sich einen Gehstock basteln könnte.

Honufa ermisst das Dilemma, in das ihre Verletzung sie gestürzt hat. Ist Rina in Sicherheit im Haus des Zamindars, oder wartet sie noch in der Hütte auf sie? Für beide Wege hat Honufa weder die Zeit noch die Kraft. Das Haus des Zamindars liegt in der entgegengesetzten Richtung. Sollte sie nun erst zu ihrer Hütte gehen, während Rina und ihr Sohn aber bereits aufgebrochen sind, ist Honufas Schicksal besiegelt. Geht sie aber in die andere Richtung, während Rina und ihr Sohn noch auf sie warten, besiegelt sie das der beiden.

Die Sturmwolken hämmern Blitze in den Sand wie Silbernägel, blenden sie. Die See bäumt sich auf und stampft wie ein wildes Pferd. Der Regen trommelt jetzt so schnell und so fest, dass er ihr Striemen auf die Haut peitscht.

Die Erde stößt einen Urschrei aus, und der Sturm löscht Gott aus der Welt.

Sie schreit den Namen ihres Sohnes, wieder und wieder.

Und als die Antwort ausbleibt, fällt sie ihren Entschluss.

SHAHRYAR & ANNA

Washington, DC, USA
August 2004

Sie sind auf der Interstate 66, unterwegs nach McLean, zu Annas Haus. Vor einer Viertelstunde noch haben die Autos und Lkws in der frühabendlichen Hitze eine feste, flimmernde Masse gebildet. Jetzt aber werden im Rückspiegel die Pläne des Himmels enthüllt vom Aufgebot der sich zusammenbrauenden Wolken.

Shar verspürt einen seltsamen Kitzel, weil das Unwetter herangebraust kommt wie ein mit Wasser beladener Zug. Seine Wildheit erinnert ihn an zu Hause. Die ersten Tropfen zerschellen dick und schwer auf der Windschutzscheibe, trommeln mit beharrlichem Rhythmus aufs Auto. Die Scheibenwischer peitschen von einer Seite zur anderen, und die Bremslichter der Autos vor ihnen verschwimmen zu pastellfarbenen Flecken. Die Welt löst sich auf.

Anna sitzt auf der Rückbank des Wagens, den er heute Morgen gemietet hat, um mit ihr zu einem Jahrmarkt in Gaithersburg zu fahren, und ist vertieft in ihren Gameboy.

»Ganz schönes Unwetter, was, Anna?«

Als sie nicht antwortet, sagt er es noch mal.

»Ja, irgendwie schon. Regnet es in Bangladesch auch so?«

»Manchmal tagelang. Wir haben sogar eine Jahreszeit, die für ihre Stürme bekannt ist. Kal Baisakhi – der dunkle Frühling.«

Er denkt an seine Kindheit – die Fragmente, an die er sich noch erinnert: wie er fernsieht, die Nationalhymne mitflüsternd, die um acht vor den bengalischen Nachrichten gesendet wurde, und dann um zehn noch mal vor den englischen. Ohne Vorwarnung pflegte das Bild auf dem Schirm im Nichts zu versinken, bei jedem Stromausfall die Finsternis über sie hereinzubrechen. Rahim, Zahira und Rina stolperten dann in der Dunkelheit umher und riefen einander, bis jemand die langen, dünnen Kerzen in der Küchenschublade entdeckte und sie am Gasherd entzündete. So gingen sie hinaus in eine nur von Mond und Sternen erhellte Welt.

Er erinnert sich an die beiden großen Überschwemmungen in Dhaka, als Boote auf den Straßen kreuzten und das Wasser schon die halbe Höhe ihres Hauses erreichte. In diesem großen Haus wurde er morgens immer vom ruppigen Ruf der Krähen geweckt, die ihm in Amerika so fehlen, genau wie der Duft gebratener Parathas am Morgen, von Tee und süßem Gebäck, auf Servierwagen ins Schlafzimmer gerollt, während draußen der träge Winternebel das Eisen der Fenster benetzte. Es gab fliegende Schaben. Fette Motten, die gegen Sturmlaternen flatterten. Als Kind lief er gern hinaus in die plötzlichen Sommerstürme – in den dicken, festen Regen, der die Erde beschoss und riesige Pilze hinterließ.

Er hat Anna fetzenweise davon erzählt und jedes Mal dabei gespürt, wie das Lebensmächtige des Geschehens in der Schilderung fehlte – als wäre die Schönheit im Zuge der Übersetzung ausgetilgt worden. Es ließ ihn am Wert des Erlebten zweifeln.

Noch mehr nasses Schlittern auf der Schnellstraße, bevor sie weiterspricht. »Kommen wir gut nach Hause, Baba?«, fragt sie, verwendet das bengalische Wort für *Vater*, eines der wenigen Wörter, die sie in der Sprache kennt.

»Vielleicht mit ein bisschen Verspätung, aber ja.«

»Wie lange hast du noch?«

Das Unvermittelte der Frage erschreckt ihn, genau wie ihr unbeabsichtigt makabrer Ton. »Was meinst du?«

»Mom sagt, du kannst nur noch drei Monate hierbleiben.«

»So ungefähr, ja.«

»Und was tust du jetzt?«

»Bis dahin habe ich hier hoffentlich Arbeit gefunden, und dann müssen wir uns keine Gedanken mehr machen.«

»Kannst du denen nicht einfach sagen, dass du mein Dad bist und hierbleiben musst?«

»Wär schön, wenn es so einfach wäre, Schätzchen.« In letzter Zeit scheint ihn alles zu überrumpeln. Vor sechs Jahren, als Anna drei war, ist er mit einem Studentenvisum hierher zurückgekehrt. Er hat immer gewusst, dass er nach Abschluss seines Doktorats nur eine einjährige Arbeitsbewilligung erhalten würde, die kein endgültiges Bleiberecht bedeutete. Trotzdem erscheint es ihm jetzt, als raste er in einem Kahn auf einen Wasserfall zu, plötzlich von Panik ergriffen, nachdem er ihn so lange ungerührt hat kommen sehen.

Als sie auf die Ausfahrt einbiegen, wird der Regen dünner, der Himmel färbt sich lila wie ein Bluterguss. Der Wind schubst ihr Auto wie ein Schulhofschläger, der sie erinnert, dass sie sich nachher auf dem Spielplatz noch begegnen werden.

Über knirschenden Kies rollen sie die fichtengesäumte Auffahrt zu Annas Haus hinauf, und der Chevy Malibu wirkt vor der Fassade der Villa im französischen Kolonialstil ebenso fehl am Platz, wie Shar sich fühlt. Er wartet, atmet einmal tief durch und steigt aus.

Val wartet schon an der Tür in Yogahose und einem Oberteil, das ihr von der Schulter rutscht, die roten Locken sind mit einem Zopfband gebändigt.

Sie wuschelt Anna durch die Haare. »Na, Kleine? Hast du's nett gehabt mit deinem Dad?«

»Wir haben Lakritze gegessen.« Anna umarmt ihre Mutter.

»Wie hat's geschmeckt?«

»Eigentlich ziemlich eklig.«

Val lacht. Sie umarmt ihn mit unpersönlichster Wärme. »Und wie ging's bei dir?«

Er lächelt. »Ich hab sie heil zurückgebracht.«

Anna drückt sich an ihnen vorbei. »Wo ist Jeremy?«

Aus dem Flur erschallt ein Bariton. »Hier, Zwerg!«

Anna stürzt mit einer Begeisterung hinein, die Shar enttäuscht.

»Hast du noch einen Augenblick zum Reden?«, fragt er Val.

Sie treten kurz vor die Tür. »Hast du zufällig Anna von meinen Visumsangelegenheiten erzählt?«

Val richtet ihren Blick auf einen Punkt oberhalb seiner Schulter. Die Krähenfüße um ihre Augen sind der einzige Hinweis darauf, dass er sie jetzt schon zehn Jahre kennt, und selbst die enthüllt sie nur, wenn sie lächelt.

»Irgendwas musste ich ihr erzählen. Sie hat wegen unserer Weihnachtspläne gefragt. Die Tatsache, dass du dann vielleicht nicht mehr hier sein wirst, kam mir da nicht ganz unwichtig vor.«

»Ich hätte es ihr lieber selbst erzählt. Oder du hättest mich zumindest vorwarnen können, dass du darüber mit ihr sprichst.«

»Und wann hätte ich das machen sollen?«

Er seufzt. »Ich weiß nicht.«

»Irgendwelche Fortschritte an der Arbeitsfront?«

Er schüttelt den Kopf. »Nein, aber ich finde schon was.«

»Na ja. Die Zeit wird langsam knapp.«

~

Später leistet er Anna Gesellschaft, während sie sich bettfertig macht, zählt die Sekunden, die seine Tochter sich die Zähne putzt (und hört bei 120 auf), überwacht ihr Hantieren mit der Zahnseide, wartet vor der Tür, bis sie sich den Schlafanzug angezogen und ihn hereingerufen hat.

Ihr Zimmer ist im ausgebauten Dachboden. Holzig und warm. Das Bett steht unter einer Schräge, die in heimeligem Winkel herabfällt. Das einzige, rautenförmige Fenster blickt hinaus auf das Unwetter; wie zu erwarten ist der Regen zurückkehrt. Äste der Vorgarteneiche wiegen sich gegen die Scheibe. Sanft und tief grollt der Donner.

»Ich hab was für dich«, sagt er, als sie sich unter ihre Decke vergräbt.

Er langt in den Rucksack, den er den ganzen Tag bei sich getragen hat, seine Finger angeln vorbei an den Gefrierbeuteln mit Apfelschnitzen und Käse-Fischlis, den kleinen Wasserflaschen und den anderen Spuren ihres gemeinsam verbrachten Tags. Das Buch, das er hervorzieht, hat einen Leineneinband von der Farbe eines Wolfspelzes, fransig an den Ecken. Der Titel ist in grellem Sozialistenrot geprägt. Auf Bengali steht da: রুশ দেশের উপকথা – *Russische Volksmärchen.*

»Das war mein Lieblingsbuch, als ich so alt war wie du. Ein Buch mit russischen Märchen, ins Bengalische übersetzt.«

Weil der Funke nicht überspringt, spürt er jenes vertraute Stolpern in seinem Inneren, die Empfindung, als Vater alles falsch zu machen.

»Möchtest du es dir nicht mal anschauen, Schätzchen?«

»Ich kann doch kein Bengali lesen.«

»Ich weiß. Meine Schuld. Aber ich kann's dir übersetzen.«

Er beschließt, dass es leichter ist, um Verzeihung als um Erlaubnis zu bitten, und beginnt, von den russischen Helden zu lesen (die alle zwangsläufig Ivan heißen), von edlen, gefühlvollen Rössern, von Adlerfürsten, die sprechen können wie Menschen, von Baba Jaga, der bösen Hexe in ihrer Hütte, die auf Hühnerbeinen gebaut ist. Eine halbe Stunde lang müht er sich ab, dann legt er das Buch zur Seite.

»Gefallen dir die Geschichten nicht?«

Sie schüttelt den Kopf, ihre Locken schwingen dabei von einer Seite zur anderen.

»Warum nicht?«

Sie antwortet nicht, blickt stattdessen zu ihm auf mit ihren großen grauen Augen, die sie weder von ihm noch von Val geerbt hat. »Kann ich dir was sagen, Baba?«

»Natürlich.«

»Jeremy will, dass ich ihn ›Dad‹ nenne.«

Es fordert ihm alles ab, sich nichts anmerken zu lassen. »Ach, wirklich?«

»Ja. Zumindest glaub ich das.«

»Und warum?«

»Wenn er mich ins Bett bringt und mir einen Gutenachtkuss gibt, dann spür ich irgendwie, dass er das möchte.«

»Und möchtest du es denn?«

»Wärst du dann sauer?«

»Nein«, sagt er. »Er ist ein toller Dad. Es ist völlig okay, dass du ihn so nennst, wenn du das möchtest.«

»Wirklich?«, fragt sie. Das Bedürfnis nach Zustimmung, nach Bestätigung steht ihr offen ins Gesicht geschrieben.

»Wirklich.« Er umarmt sie, erschüttert von der Besitzgier, die diese Neuigkeit in ihm entfacht. Ich sollte nicht überrascht sein, denkt er. Er ist Anna verpflichtet, nicht umgekehrt. In einem Leben, das ständig auf den Kopf gestellt wird, ist dies nur ein weiterer Umstand, dem er sich anpassen muss.

JAMIR

Chittagong, Ostpakistan (Bangladesch)
November 1970

Jamir steht noch vor Morgengrauen auf. Das Mondlicht fällt schräg durchs Fenster auf seine Gestalt, so sehnig und dunkel wie die der anderen hundert Fischer im Dorf.

Er ist eine Stunde früher als sonst zur Arbeit aufgestanden, weil er weiß, dass Honufa jetzt noch nicht wach sein wird, und zündet sich eine Bidi an, die er aus dem Knoten seines um die Hüfte geschlungenen Lungi zieht. Draußen gegen die Lehm- und Rattanwand ihres Hauses gelehnt, macht er lange, tiefe Züge. Der anbrechende Tag malt dichte, seltsam helle Wolken an den Himmel. Bis auf das sanfte Rollen der Brandung hört man nur das beharrliche *Riiii* der Zikaden und das Glucksen der Geckos.

Als er die Bidi aufgeraucht hat, liegt ihm Tabakgeschmack auf der Zunge, das Salz des Seewinds kühlt seine Haut. Zurück in der Hütte, nimmt er seine Ausrüstung – ein zusammengerolltes Kunstlederstück, das seine zwei Hemden und einen weiteren Lungi umwickelt – und schleicht zur Wand, wo er, ohne seine schlafende Familie aus den Augen zu lassen, ganz nach oben langt, wo das Strohdach beginnt. Er schaudert, als seine Finger erneut das ertasten, was er vor ein paar Tagen entdeckt hat. Ein langes, flaches Rechteck.

Ein Brief.

Schweigend geht er damit hinaus.

Bevor er der Küste nach Westen folgen kann, ans hintere Ende des Hafens, wo am wackligen Steg sein Trawler vor Anker liegt, muss er zunächst an seinem alten Leben vorbei, einer gedrängten Masse kleiner Boote am Strand. Im Dunkeln sind die Boote nur an ihrer Form zu erkennen – flachbugige Sampans mit zwei Hörnern, lange, schlanke Balams, die kürzeren Bhelas.

Schatten huschen zwischen den Booten hindurch. Andere Fischer. Sie werfen ihm wortlose Blicke zu.

Der klobige Umriss des Trawlers wird langsam in der Morgendämmerung erkennbar. *Sonamoti* heißt er, Goldmädchen – in dicken grünen Lettern ist der Name auf den Rumpf gemalt. Es ist der einzige Zweimaster im Hafen, mit fast zwanzig Metern das größte Boot.

Er überquert die Gangway, deren dünnes Holz unter seinem Gewicht mürrisch ächzt, und hält auf die Bilge zu, wo ihn in Regenbogenfarben glänzendes Ölwasser erwartet, das er die nächste Stunde über ausschöpfen wird. Danach schrubbt er die Speigatten, wo sich der Meeresmüll sammelt, umgeben vom Gestank des Diesels und Fischgedärms – eine elende Mischung, die er nicht mehr riechen kann. Während er putzt, erhebt sich eine kräftige Sonne.

Der Kapitän des Boots, Abbas, erscheint mit dem Rest der Besatzung: Gauranga ist ein grauhaariger Hindu, ein Deckarbeiter, der nur aufhört zu reden, um den roten Saft der Betelblätter auszuspucken, die er unentwegt kaut. Humayun ist sein wortkarger muslimischer Gegenpart. Beide sind erfahrene Fischer: Sie zeigen Jamir, wie man Fische sortiert und bewertet, führen ihn ein in die Prüfung der Ringwadennetze, in die Motorenwartung.

Abbas' Sohn Manik ist in Jamirs Alter und sein ständiger Widersacher, den er nach Kräften zu meiden versucht.

Die Männer werfen ihm einen flüchtigen Gruß zu und verteilen sich auf ihre jeweiligen Positionen: Abbas ins Steuerhaus, die anderen unter Deck. Bald beginnt sich der Trawler vom Steg zu lösen, und wieder beschleicht Jamir die seltsame Leere, die er bei jedem Aufbruch fühlt. Zwei Monate hat er nun als Hochseefischer verbracht – nach einer völlig unerwarteten Einladung von Abbas, sich seiner Mannschaft anzuschließen. Und bis jetzt hat er noch kein Geschick in dieser Fischereimethode entwickelt. Es ist kein gleichberechtigter Kampf zwischen Mensch und Wasser, wie damals, als er noch im Ruderboot fischte: Der Trawler verschiebt das Kräfteverhältnis durch seine großen Netze, die immer tiefer ins Wasser reichen, deutlich zugunsten des Ersteren.

Nachdem die dringendste Arbeit erledigt ist, geht Jamir unter Deck zu Kombüse und Mannschaftsraum, wo sich auch sein notdürftiges Lager aus alten Armeedecken und einem dünnen, flachen Kissen befindet.

Beim Prüfen des Proviants hört er über sich die Planken knarren, gedämpfte Gespräche, dann schwere Schritte auf der Treppe. Abbas steigt herab. Er ist mittleren Alters und trägt ein gebügeltes weißes Hemd, das über seinem runden Bauch spannt. Jamir sagt ihm ein Salam, und Abbas räumt den Inhalt der Tasche, die er trägt, auf den Küchentisch, bedeckt ihn ganz mit duftenden Limetten, grünen Guaven, dicken, stacheligen Jackbaumfrüchten, bengalischen Quitten, büschelweise Spinat und rotem Mangold. Das Eiweiß der Fische aus ihrem Fang wird ihre Mahlzeiten ergänzen.

Das Letzte, was Abbas auf den Tisch legt, ist eine gefaltete Ausgabe des *Daily Ittefaq*, auf dessen Titelseite das Bild eines schnauzbärtigen Herrn in schwarzer Weste über weißen Hemdsärmeln prangt, der vor großem Publikum spricht.

»Was hältst du von diesem Burschen, diesem Mujib?«, erkundigt er sich.

In Unkenntnis der politischen Neigungen seines Kapitäns lässt Jamir sich Zeit mit der Antwort. Er gibt vor, ausgiebig nachzudenken, und entgegnet schließlich: »Er scheint ein guter Mann zu sein. Die Dorfbewohner sagen, dass sie bei der nächsten Wahl für die Awami-Liga stimmen werden.«

»Und du?«

»Am Wahltag bin ich doch auf dem Boot, genau wie du.«

Abbas lacht aus vollem Hals. »Kein Freund seines Sechs-

Punkte-Programms? Damit unser Land seine Angelegenheiten selbst in die Hand nehmen kann, frei von der Einmischung und Ausplünderung durch die Westpakistanis?«

Jamir schüttelt verlegen den Kopf. »Babu, stell einem Mann, der nicht mal lesen kann, doch nicht so schwierige Fragen. Politik ist Sache der Reichen, der Grundbesitzer wie des Zamindars Rahim und seinesgleichen.«

Bei der Erwähnung dieses Namens kräuseln sich Abbas' Mundwinkel verächtlich. »Auf diesen Mann würde ich nicht setzen. Der hat weniger Ahnung von der Welt, als man glaubt.«

Vor Jahren, bevor Rahim – der jetzige Zamindar – aus der großen, geschäftigen Metropole Kalkutta ins Dorf zog und die weitläufigen Pachtländereien und die Fischerboote übernahm, verwaltete Abbas die Flotte von Kähnen, die Rahims Vorgänger gehörte. Nach Rahims Ankunft jedoch wurde Abbas erschreckend plötzlich und ohne Umschweife dieses Postens enthoben. Seitdem sprießen die Gerüchte über den Grund des Zerwürfnisses.

»Das kann ich verstehen«, sagt Jamir. »Wir haben auch unsere Schwierigkeiten mit ihm gehabt.«

Abbas nickt. »Natürlich. Wir wissen alle noch, wie er dich und Honufa im Stich gelassen hat, als ihr ihn am dringendsten brauchtet.«

Jamir zuckt die Schultern. »Wenn überhaupt, war es meine Frau, der er näherstand. Seit ihrer Kindheit hat sie in ihm einen Vater gesehen. Aber das ist jetzt Jahre her, und wir kommen sehr gut ohne seine Hilfe zurecht. Was mich angeht, ich brauche nichts als ein Boot unter den Füßen und gesunde Glieder, damit ich meine Familie versorgen kann.«

Abbas legt ihm eine warme, schwere Hand auf die Schulter. »Solange ich lebe, wirst du immer ein Boot unter den Füßen haben.«

Jamir kehrt an Deck zurück, um das Netz auf Risse zu prüfen. Es ist fast anderthalb Kilometer lang, gewickelt um eine große eiserne Winde. Als er damit fertig ist, taucht eine riesige Sonne bereits ihre Zehen ins nun pfauenblau schimmernde Wasser. Sie sind schon weit von der Küste entfernt.

Er streckt sich, will die Arbeit gerade beenden, als ein Platschen ihn aufschreckt. Neben ihrem Boot springt ein Schwarm fliegender Fische vorbei, die Mäuler sind weit offen, die Flossenflügel leuchten rosa in der sinkenden Sonne, ein verlängerter Silberstreif, der knapp übers Wasser segelt. Jamir muss an das erste Mal denken, als er diesen unglaublichen Wesen begegnet ist, das erste Mal, als ihm bewusst wurde, wie fremd ihm der Ozean ist, diese Wunderwelt ohne Boden. Die flüchtigen Vorstöße der fliegenden Fische in die Luft gleichen seinen eigenen Fahrten ins Herz der See – ein kurzer Abstecher in eine blendende Anderswelt.

»Unglaublich, was?« Die Stimme von Gauranga lässt Jamir zusammenfahren. Er trägt seinen Lungi wie eine Hose um die Beine gewickelt, dazu ein dünnes weißes Hemd. Über dem linken Auge hat er eine Klappe, die ihm mit seinem zerfurchten, unrasierten Gesicht und dem windzerzausten Haar das Aussehen eines echten Seemanns verleiht.

»Fische, die aus dem Meer springen, Vögel, die ins Wasser tauchen. Was für eine wunderbare Welt hat uns Gott geschaffen.«

»So ist es«, sagt Jamir, der sich in Gaurangas Gesellschaft wohlfühlt.

»Ich hab beobachtet, wie du mit dem Kapitän gesprochen hast. Ist irgendwas los? Steckst du in Schwierigkeiten? Oder wir alle?«

»Was mich betrifft, weiß ich es nicht. Aber von euch ist keiner in Schwierigkeiten.«

»Da wär ich mir nicht so sicher«, sagt Gauranga. »Siehst du die dicken Wolken? Dunkel wie Frauenhaar und mit diesen blutroten Linien, wie Zinnober auf ihrem Scheitel? Das bedeutet, dass ein Sturm aufkommt, ein gewaltiger.«

Jamir folgt Gaurangas Finger. Tatsächlich haben sich im Westen Wolken aufgetürmt, als hätte eine zürnende Weltenhand sie dort zusammengeschoben.

»Hast du's dem Kapitän schon gesagt?«

»Nein, weil er vermutlich nicht blind ist. Auf jeden Fall sieht es so aus, als zöge der Sturm auf die Küste zu; wir kommen wohl drum rum, weil wir westwärts fahren, Richtung Burma.«

Die Küste also, wo Honufa und sein Sohn den Sturm allein überstehen müssen.

Gauranga errät seine Gedanken. »Über deine Familie würde ich mir nicht zu viel Sorgen machen. Anders als auf dem Meer kann man an Land ja immer irgendwohin flüchten.«

»Vorausgesetzt, man wird gewarnt«, sagt Jamir, und sein Blick fällt auf den Anhänger, den der Ältere um den Hals trägt. Gauranga lächelt, als er es bemerkt, nimmt die Kette ab und reicht sie Jamir. Der Anhänger ist so lang wie seine Hand, gezackt, scharf und gleicht einer beinernen Speerspitze.

»Ein Stechrochenschwanz«, erklärt ihm Gauranga.

Um ein Haar lässt Jamir ihn fallen. Stechrochen sind selten am Golf, doch ein paar hat er schon gesehen im Laufe seines Lebens. Ihr rätselhaftes Gleiten, ihre gewaltige Spanne jagen ihm Angst ein.

Er will Gauranga die Kette zurückgeben, doch der schüttelt den Kopf. »Häng ihn dir um. Es hilft, etwas Handfestes zu haben, in das man seine Sorgen leiten kann. Mich hat es immer beruhigt, diesen Anhänger zu berühren, wenn es anstrengend wurde.«

»Ich kann ihn unmöglich behalten.«

»Das kannst du und wirst du. Behalt ihn, bis dein Geist zur Ruhe kommt. Und dann kannst du ihn mir wiedergeben, wenn du möchtest.«

Jamir legt sich die Schnur um den Hals und steckt den ungewöhnlichen Anhänger unter sein Hemd. Dessen Größe und Härte fühlen sich fremd an auf seiner Brust.

»Daran hast du dich bald gewöhnt«, sagt Gauranga. »Mein Vater hat gemeint, es ist gut, wenn man sich stets etwas unbehaglich fühlt. So bleibt man aufrichtig.«

»Dann müsste ich tatsächlich äußerst aufrichtig sein«, sagt Jamir. »Danke dafür.«

»Freut mich, wenn ich helfen kann.« Gauranga rückt näher und lässt die Stimme eine Oktave sinken. »Du hast sicher den ganzen Tag geschuftet. Wenn du heute Abend einen Moment für dich hast, dann komm doch zu mir und Humayun in den Maschinenraum, auf einen Schluck.« Er weist auf den Stachel: »Dann erzähl ich dir vielleicht, wo ich den herhabe.«

Nachdem Gauranga gegangen ist, arbeitet Jamir noch eine halbe Stunde weiter, bevor er sich für ein kurzes Nickerchen in den Mannschaftsraum aufmacht. Als er seine Schlafstatt erreicht, wühlt dort gerade jemand in seinem Bündel herum.

In drei Schritten hat er die Gestalt erreicht. Es ist Manik, der den Brief gefunden hat und ihn jetzt in die Höhe hält.

»Was hab ich denn da?«

»Gib ihn zurück! Wer hat dir erlaubt, meine Sachen zu durchwühlen?«

»Reg dich nicht auf.« Manik zieht den Brief aus dem Umschlag, runzelt die Stirn und imitiert einen übertrieben verwirrten Blick auf seinem schwitzenden, pockennarbigen Gesicht. Dabei schüttelt er bedeutungsvoll den Kopf.

»Was ist das? Ein Liebesbrief von deiner Frau? Hab gar nicht gewusst, dass du lesen kannst. Was willst du dann überhaupt auf einem Boot? Du gehörst auf die Universität!«

»Manik!« Abbas steht mit finsterer Miene in der Tür. »Leg den hin.«

Der Kapitän schiebt sich in seiner ganzen Körperfülle in den Mannschaftsraum. Schweiß rinnt Jamir den Rücken herab, es ist heiß zu dritt auf so engem Raum.

Unter dem strengen Blick seines Vaters lässt Manik den Brief aufs Bett fallen und trollt sich schmollend.

»Es ist nie einfach, die eigenen Kinder groß werden zu sehen und dabei ihr schlechtes Benehmen zu beobachten«, sagt Abbas.

»Ich entschuldige mich für meinen Sohn. Er ist mein Jüngster und konnte sich deshalb den Schlägen entziehen, die ihm eigentlich zugedacht waren. Vielleicht hätte er sich anders entwickelt, wenn ich nicht so nachlässig gewesen wäre.«

»Ich arbeite für dich. Ich bin derjenige, der sich entschuldigen sollte«, sagt Jamir, und weitere Worte entschlüpfen ihm, drängen sich bekenntnishaft, unaufhaltsam hervor. »Der Brief, den dein Sohn eben in der Hand hatte. Ich hab ihn in meiner Hütte gefunden. Ich glaube, meine Frau hat ihn vor mir versteckt.«

»Verstehe. Möchtest du, dass ich ihn dir vorlese?«

»Ja.«

»Wir können ihn auch einfach wegwerfen und vergessen, dass es ihn je gab und du ihn gefunden hast.«

Jamir schüttelt den Kopf. »Nein. Ich muss wissen, was drinsteht. Ich bitte dich demütig, ihn mir vorzulesen.«

»Wenn du dir sicher bist.« Das Boot schwankt sacht, sodass die Birne an der Decke hin und her baumelt, Abbas' Gesicht in den Schatten schiebt und dann wieder ins Licht. Jamir reicht ihm den Brief und tritt dann zurück, als könnte ein böser Geist ihm entweichen. In der längsten Minute, die Jamir je erlebt hat, überfliegt Abbas schweigend den Brief, die Vorder- und auch die Rückseite. Als er fertig ist, dreht er sich um und blickt aus dem Bullauge.

»Was steht drinnen?«

»Furchtbares. Schändliches«, sagt Abbas.

»Sag es mir genau. Von wem ist er? Was steht drin?«

»Es wird kein Name genannt. Besser wäre, wenn du das Verbotene, das hier geschrieben steht, gar nicht erst hörst.«

Jamir fällt auf die Knie. »Lies ihn mir vor. Ich flehe dich an.«

Der Kapitän zieht ihn wieder auf die Beine. »Ich werde hier nicht die Luft mit den Worten von diesem Blatt vergiften. Was musst du noch mehr wissen? Es tut mir leid, mein Sohn. Ich bin dein Nachbar, dein Freund; ich kenne dich und auch deine Frau schon so lange. Damals, vor ein paar Monaten, als sie bei mir als Haushälterin gearbeitet hat, war meine Frau voll des Lobes über sie. Ihr Verrat macht mich einfach nur traurig.«

»Ich glaube dir nicht.« Jamir schüttelt den Kopf. »Ich glaube dir nicht. Du lügst.«

»Ist es denn so schwer zu glauben?« Abbas weicht seinem Blick nicht aus.

Diese Anspielung auf Honufas Vergangenheit bringt Jamir in Rage. »Wie kannst du es wagen, das zu erwähnen? Sie war fast noch ein Kind. Ich habe ihr verziehen, auch wenn andere das nicht getan haben.«

Abbas hält ihm den Brief hin. »Warum fragst du sie dann nicht einfach, wenn sie unschuldig ist?«

Jamir nimmt ihn an sich und schafft es irgendwie, sich zu entfernen. Der Kapitän fügt noch etwas hinzu, doch die Worte klingen in seinen Ohren nur wie Lärm. Das Boot ist unterdessen in ruhige Gewässer gelangt. Die *Sonamoti* fährt nun gleichmäßig, wofür er dankbar ist, denn seine Beine drohen ihn im Stich zu lassen. Mühsam erklimmt er die Treppe und tritt hinaus auf das Deck, auf dem sich schwarzblaue Schatten tummeln.

Die Speigatten müssen gesäubert werden.

Er bahnt sich einen Weg zu den Gittern, fällt auf Hände und Knie und bearbeitet sie, bis ihm die Finger bluten.

SHAHRYAR & ANNA

Washington, DC, USA
August 2004

Shar liest Anna vor, bis sie eingeschlafen ist, küsst sie dann auf die Wange und verlässt das Zimmer.

Auf dem Weg zur Diele bleibt sein Blick an der langen Anrichte hängen, die ein Spalier von Fotos schmückt. Ein paar zeigen Anna, Val und Jeremy im Freilufttheater Wolf Trap, andere die drei beim sommerlichen Ausflug ins Einkaufszentrum mit seiner Tochter auf Jeremys breiten Schultern. Die Bilder reihen sich chronologisch aneinander. Auf den frühesten ist Anna noch klein, schwingt einen Tennisschläger in Richtung eines Balls, der es nicht ins Bild geschafft hat, spaziert an Vals Hand, den Kopf zur Kamera gewendet, sitzt breitbeinig im Neuschnee und lugt unter einer Anorakkapuze empor. Am anderen Ende, zwischen Fotos vom jüngeren Jeremy, gibt es auch welche von Val. Auf einem bläst sie Kerzen auf einem Geburtstagskuchen aus und schiebt sich dabei mit der Hand eine Locke aus dem Gesicht. Auf einem anderen fläzt sie sich hochschwanger auf einem Sessel vor dem Kamin. Hier sieht man sie umgeben von Freunden, mit einem Glas in der Hand, und dann wieder allein, im Profil, wie sie mit versonnenem Blick aus dem Fenster hinaus zu den Bergen starrt.

Er selbst ist auf keinem der Fotos zu sehen.

Shar gibt den Mietwagen zurück, fährt mit der U-Bahn nach Hause und erreicht erst deutlich nach zehn seine Wohnung im

Southwest-Bezirk Washingtons. Vor dem Fernseher isst er kaltes Brathähnchen mit Krautsalat.

Die anstehenden Präsidentschaftswahlen beherrschen die Nachrichten. Mit mäßigem Interesse verfolgt er die Rede des dienstjüngeren Senators von Maryland, Pablo Aguilar, auf dem laufenden Nominierungsparteitag der Republikaner. Mit seiner Körpergröße, seinem glänzenden braunen Haar und den strahlenden Zähnen macht sich Aguilar gut auf dem Bildschirm. Er spricht mit Leidenschaft und offenbar auch Aufrichtigkeit. Seine Stimme dröhnt, als er darlegt, wie wichtig es ist, den Irakkrieg zu Ende zu führen, und bebt dann vor Gefühl, als er von seinem eigenen Hintergrund als Sohn mexikanischer Einwanderer spricht. Sein Vater arbeitete als Lastwagenfahrer, sagt er, seine Mutter putzte Hotelzimmer – Jobs, für die sie weit überqualifiziert waren. Doch das nahmen sie in Kauf, um ihrem Sohn ein besseres Leben zu ermöglichen, der später in Yale studieren sollte und als Rhodes-Stipendiat in Oxford. Ihr Erfolg, so schließt Aguilar, beruhte auf ihrem unerschütterlichen Glauben, dass in Amerika harte Arbeit belohnt werde und dass das, wo man herkomme, nie so viel zähle wie das, wo man hinwolle.

Die alte Tellerwäscher-Millionär-Fantasie, an die die Konservativen sich so gern klammern, obwohl sie ständig widerlegt wird. Was für ein Hohn, denkt Shar und schaltet den Fernseher aus.

~

Später sitzt er auf seinem Bett und verarbeitet den Tag. *Die Zeit wird langsam knapp*, hat Val vorhin zu ihm gesagt, und er hat ihr versucht zu versichern, dass er eine Art Plan habe und dass er schon einen Job finden werde.

Und es ist ja auch nicht so, dass er momentan arbeitslos wäre. Das letzte Jahr hat er als Forschungsanalytiker am Institut für Politischen Dialog gearbeitet, einem von der Regierung geförderten Thinktank, der sich mit Fragen der öffentlichen Ordnung wie etwa Gesundheit, Einwanderung und Konsumentenschutz beschäftigt. Dieser Job wurde ihm über ein Mitglied des Gutachterkomitees bei seiner Dissertation vermittelt, das ihn an den Direktor Albert Volcker weiterverwies, der nach dem Unabhängigkeitskrieg in Bangladesch 1971 mehrere Jahre in Dhaka für die UNICEF gearbeitet hatte.

Das Jobangebot ergab sich aus einem morgendlichen Kaffeetreffen mit Volcker, das schließlich in ein Mittagessen überging, weil sich beide rasch einig waren über die Rolle der Zivilgesellschaft in der Stadtentwicklung, die ewigen Kämpfe zwischen den zwei verfeindeten Parteidynastien, die die bengalische Politik beherrschen, und die Vorzüge des Hähnchen-Biryani im Vergleich zu dem mit Lamm. Schon am folgenden Tag hatte er eine Mail von Volcker im Posteingang, der ihm eine Stelle am Institut anbot – allerdings, wie er bald herausfinden sollte, genau genommen nur ein besseres Praktikum: Zwanzig Stunden die Woche hilft er nun, Grundsatzpapiere zu entwerfen und Auftritte des Direktors zu organisieren. Das Gehalt reicht gerade mal für die Miete. Trotzdem hat er Volcker bereits gefragt, ob sein Vertrag möglicherweise verlängert werden könne, aber nur ein trauriges Schütteln des Direktorenkopfes geerntet. Sie haben weder das Geld noch die Mittel, einen ausländischen Studenten zu unterstützen. Mit Shars Arbeitsvisum wird auch seine Stelle auslaufen.

Er atmet tief aus und steht auf, um den letzten Teil seines Abendrituals zu vollziehen. Aus dem obersten Fach seines Schranks holt er einen Stoffbeutel hervor, der so alt ist wie er selbst und zwei Gegenstände birgt, die noch älter sind. Er zieht sie heraus und starrt sie lange an, bevor er einschlafen kann.

RAHIM

Kalkutta, Indien
August 1946

Rund ein Jahr bevor Indien in zwei Teile gespalten wird, wird Rahim Choudhury in seinem 34er Morris Wolseley zur Arbeit gefahren. Mit der Tagesausgabe des *Statesman* im Schoß, einer Thermoskanne Tee, der Aktentasche neben sich und seinem Chauffeur Motaleb hinterm Steuer ist es für ihn ein Morgen wie jeder andere.

Rahim liest die Zeitung mit wachsender Bestürzung. Auf der Titelseite dreht sich so gut wie alles um den morgigen Streik, zu dem die Muslimliga aufgerufen hat.

In Indien hat es dieses Jahr gekocht und gebrodelt, seine Grundfesten beben in Erwartung des Konflikts zwischen Hindus und Muslimen, den die Unabhängigkeit zwangsläufig auslösen würde. Die säkulare, von Hindus dominierte Kongresspartei lehnt es ab, den Subkontinent entlang religiöser oder ethnischer Grenzen aufzuteilen, weil sie darin nur eine Taktik der abziehenden Briten erkennt, das Land weiter zu schwächen, das sie mehr als zweihundert Jahre beherrscht haben und jetzt aufgeben müssen. Die Muslimliga hingegen befürwortet die Trennung: Lange schon hat sie geltend gemacht, dass ohne die schützende Hand der Briten den Muslimen als Minderheit in einem ungeteilten Indien Unterdrückung drohe. Um ihrem Anspruch auf ein eigenes, unabhängiges Heimatland Nachdruck zu verleihen, haben sie nun zum stadtweiten Generalstreik aufgerufen – zum »Direct Action Day«.

Rahim ist ein halbherziger Unterstützer der Muslimliga; er schätzt ihre Anführer nicht, die in den vergangenen Monaten das gesamte Land bereist und vor ohnehin schon aufgehetzten Menschenmengen Brandreden geschwungen haben. Doch gleichzeitig kann er sich auch nicht völlig von ihnen lossagen: Was für eine Ausnahme er als wohlhabender und erfolgreicher Muslim in Kalkutta darstellt, ist ihm wohlbewusst.

Er ist noch immer vertieft in die Zeitung, als sein Wagen auf ein Hindernis trifft. Irgendwas staut den Fluss der Autos, der Rikschas und der roten Doppeldecker. Rahim begeht den Fehler, sein Fenster herunterzukurbeln, denn mit dem Straßenlärm wehen auch Smog und Staub herein.

»Ein Unfall«, erklärt ein Rikschafahrer, der sich zwecks besserer Aussicht auf die Pedale gestellt hat. »Ein Junge, den ein Auto angefahren hat, ist schwerverletzt. Alles voll Blut. Die Menge scheint auf den Fahrer losgehen zu wollen.«

Rahim möchte aussteigen, um zur Unfallstelle zu gehen. Doch Motaleb hält ihn auf.

»Vorsicht, Sahib. Die Leute sind bereits aufgebracht, der Anblick eines weiteren reichen Autobesitzers gießt da womöglich nur Öl ins Feuer.«

Also setzt er sich wieder, mit einem Gefühl der Ohnmacht. Der Morris Wolseley biegt aus dem Stau und quetscht sich in eine schmalere Straße, welche die Park Street mit der Hungerford Road verbindet. Entlang der verfallenen mehrstöckigen Wohnhäuser aus dem vergangenen Jahrhundert hängen bunte Blechtafeln, auf denen vom Edelschneider bis zum ayurvedischen Heilmittel gegen Geschlechtskrankheiten alles beworben wird. Saris, Unterröcke und Dhotis baumeln von Brüstungen. Rikschas und Handkarren rollen vorbei, gezogen oder geschoben von energischen halbnackten Männern, die eine Spur dunkler Schweißtropfen hinterlassen. Der Geruch von Körpern, von Abwasser und altem Holz mischt sich mit dem von Teig, Kumin und frittierten Kartoffeln.

Während das Auto sich langsam vorantastet, halten einige Fußgänger ein, um zu tuscheln und auf Rahims Kappe zu zeigen, die ihn als Muslim ausweist.

Bald haben sie die Hauptstraße erreicht, den Stau umschifft. Schon kann er in der Ferne die vier zentralen Türme ausmachen, die in der Höhe eine Aussichtsplattform verbindet; das Gebäude war ein Observatorium gewesen, bevor es für gewerbliche Zwecke umgebaut wurde und heute Britannia Biscuits beherbergt.

Ein schwerer, süßer Geruch aus der nahen Fabrik wabert herein. Als er in den ersten Monaten stets teigduftend nach Hause kam, hatte seine Frau Zahira sich scherzend beschwert, sie wisse nicht, ob sie ihn nun umarmen oder in Tee tunken solle. Heute nimmt sie es kaum noch wahr.

Unter dem Salut der Wachen gleitet der Wagen durchs Tor und bleibt vor dem Haupteingang stehen. Rahim springt hinaus, nimmt zwei Stufen auf einmal und weicht einem Gehilfen aus, der ihm die Tasche zu tragen herbeieilt. Zu wichtigen Treffen kommt er gerne zu früh, und der morgendliche Umweg hat ihn wertvolle Minuten gekostet.

Er hastet die Haupttreppe hinauf in den ersten Stock und biegt dann nach rechts ab in einen langen Säulengang.

Keuchend erreicht er die Tür mit dem Schriftzug *Theodore Drake – Generaldirektor*. Er blickt auf seine Uhr. Eine Minute bleibt ihm, um wieder zu Atem zu kommen.

In genau dem Augenblick, da der Sekundenzeiger auf die Zwölf springt, klopft er an.

»Herein.«

Theodore Drake sitzt hinter einem Meer aus burmesischem Teakholz. Sein Lächeln ist warm und freundlich.

»Choudhury. Schön, Sie zu sehen. Setzen Sie sich doch.«

Rahim zieht aus seiner Aktentasche einen Ordner hervor. »Ich habe vorbereitet, worum Sie mich gebeten haben, Sir.«

»Hervorragend.«

Während Drake die Ergebnisse liest, wird Rahims Blick von einer gerahmten Karte Ranguns angezogen, welche fast die gesamte hintere Wand einnimmt. Vor seinem Posten bei Britannia war

Drake Oberst der britischen Armee. Er hat unter General Wingate in Imphal gedient, als die Japaner in Burma einfielen, und eine entscheidende Rolle in Mountbattens Offensive zur Rückeroberung des Landes gespielt. Nach dem Krieg hat er das Militär verlassen, um in Indien in die Privatwirtschaft zu gehen, was eine ungewöhnliche Entscheidung ist für einen Offizier.

Drake blickt auf. »Das ist ausgezeichnet. Hoffentlich war es nicht zu mühsam, das alles in der kurzen Zeit zusammenzutragen.«

»Nein«, sagt Rahim, obwohl diese Arbeit tatsächlich mit erheblichem Aufwand verbunden gewesen ist. Der Ordner enthält den Gesellschaftsvertrag, die Unternehmensstatuten, Protokolle und Unternehmenszahlen, Kontodaten samt Außenständen und offenen Posten, das Bestandsverzeichnis, Hauptbuch sowie ein Verzeichnis der Sachanlagen und Schutzrechtsanmeldungen und bietet den gründlichsten Überblick über das Unternehmen, den man in den zwei vereinbarten Wochen nur erhalten kann.

»Wenn ich offen sprechen darf, Sir. Dieses Paket erscheint mir wie etwas, das ein potenzieller Käufer im Rahmen einer Überprüfung anfordern würde.«

Drake nickt ausdruckslos. Er ist noch keine fünfunddreißig Jahre alt, aber das erste Grau durchbricht bereits das Braun seiner Schläfen.

»Es könnte auch Teil einer jährlichen Bilanzprüfung sein, die der Vorstand angeordnet hat.«

»Über die ich informiert wäre. Und eine Buchprüfung kann ein externer Käufer immer verlangen.«

Diesmal muss Drake lachen. »Wollen wir noch länger die Klingen kreuzen, oder verbirgt sich dahinter eine Frage?«

»Wie lange haben wir noch?«

»Es gibt keinen Grund, einen so fatalistischen Ton anzuschlagen. Das ist eine reine Vorsichtsmaßnahme, um die mich der Vorstand ersucht hat.«

»Gibt es einen Interessenten?«

»Es hat Anfragen gegeben. Das stärkste Interesse hat eine Gruppe hiesiger Investoren gezeigt – wie zu erwarten war, angesichts dessen, was wohl bevorsteht. In ganz Indien werden britische Firmen abgestoßen, sie fliehen alle zurück nach England. Und jetzt ist eben die Britannia an der Reihe.«

»Nicht alle brechen die Zelte ab.«

»Nein, aber irgendwann schon. Das ist der erste Sprung in der Tasse, bei dem schon klar ist, dass er immer größer wird, bis schließlich das ganze Ding zerbricht. Als ich letztes Jahr hier ankam, gleich nach dem Krieg, da erschien die Unabhängigkeit noch ewig weit weg, aber jetzt ist es eher eine Sache von Monaten, nicht Jahren. Fast glaube ich, dass mich der Vorstand genau deshalb überhaupt angeheuert hat. Um den Übergang leichter zu machen.«

Rahim verdaut die Neuigkeiten und spürt ihre Bedeutung in seinem Magen rumoren. Dass die Führung der größeren Firmen im Land immer mehr von britischen in einheimische Hände übergeht, ist bekannt, auch wenn das Tempo dabei einige auf dem falschen Fuß erwischt hat. Diese Abreise ist nicht nur für die Besatzer ein langwieriger, bittersüßer Prozess, sondern ebenso für die Besetzten. In mancher Hinsicht gleichen die Engländer den Moguln, die sie einst entthronten: Sie sind der Kitt, der dieses Land der vielen Sprachen, Kulturen und Religionen zusammenhält.

»Wir beschäftigen über tausend Menschen. Was passiert mit denen bei einem Verkauf?«

»Ich will keine leeren Versprechungen machen. Dass es kaum eine Übernahme ohne Entlassungen gibt, wissen Sie besser als jeder andere. Die erste werde genau genommen ich selbst sein«, lacht Drake. »Aber Ihre Stelle dürfte nicht wackeln, vorerst zumindest.«

»Ich kann nicht folgen, Sir.«

»Was ich sagen will, Mr. Choudhury: Mit Asien bin ich durch, mit den Kolonien, mit dem Staub und dem schäbigen Charme des Orients. Ich freue mich darauf, nach England zurückzukehren, kann es kaum erwarten, ehrlich gesagt.«

»Verstehe.«

»Ohne Ihnen zu nahe treten zu wollen.«

»Das sind Sie nicht.«

»Und was ist mit Ihnen? Wenn Ihr Land entlang der Religionsgrenzen geteilt wird – wonach es gerade aussieht –, bleiben Sie dann hier, oder ziehen Sie nach Ostbengalen? Dorthin sollen doch, so wie ich es verstanden habe, die Muslime übersiedeln, wenn es nach dem Willen Ihrer Anführer geht.«

Diese Frage hat sich Rahim selbst praktisch jeden Tag des vergangenen Jahres gestellt. Ist er vor allem Muslim, der einer eigens für die Anhänger seiner Religion aus Indien herausgeschälten Nation die Treue schuldet, oder vor allem Inder, dessen Herz einer Flagge mehr verpflichtet ist als einem Gott?

Er antwortet aufrichtig. »Ich weiß es immer noch nicht, doch ich hoffe, meine Antwort steht fest, wenn es Wirklichkeit wird. Meine Frau möchte lieber zurück nach Ostbengalen, ob es nun ein eigenes Land wird oder bloß eine muslimische Provinz. Sie stammt von dort. Für sie wird es einfach eine Heimkehr bedeuten.«

»Falls Sie einen Anreiz zum Bleiben brauchen: Ich werde dem Vorstand empfehlen, Sie zum Generaldirektor zu befördern, wenn ich gehe.« Drake zuckt die Schultern. »Sie werden ein junger Direktor sein, aber Sie haben es sich vollauf verdient. Und der neue Vorstand wird vermutlich nur aus Indern bestehen, die aufgeschlossener sind …«, er sucht nach den richtigen Worten, »gegenüber einem neuen Gesicht an der Spitze der Firma.«

Rahim ringt um Worte. »Danke, Sir.«

Fünf Jahre ist er nun bei der Britannia, mehr als die Hälfte davon als Hauptbuchhalter. Als der vorherige Generaldirektor, Waddingham, im vergangenen Jahr einem Herzinfarkt erlag, hatte er geglaubt, eine realistische Chance zu haben, zum Nachfolger ernannt zu werden. Doch stattdessen wurde es Drake.

Mach deine Arbeit, beschwichtigte Zahira seine Enttäuschung. *Deine Zeit wird noch kommen. Das weiß ich.*

Und genau das machte er, arbeitete eng mit Drake zusammen und diente dem frischgebackenen Generaldirektor als Lotse. Gemeinsam strukturierten sie großflächig das System der Abgabenschulden des Unternehmens um, was beträchtliche Summen einsparte. Außerdem entwickelten sie eine Firmenstrategie für den Fall der Unabhängigkeit und entwarfen dazu einen detaillierten Plan aller Risiken und Eventualitäten. Im Laufe des vergangenen Jahres hat er Drakes scharfen Verstand und seine plötzlichen Ausbrüche trockenen britischen Humors schätzen gelernt.

»Ist das Anreiz genug?«, fragt Drake.

Rahim lächelt. »Da haben Sie mir tatsächlich viel Stoff zum Nachdenken gegeben.«

»Das hoffe ich doch. Und ich erwarte bald Ihre Antwort. Eine Chance wie diese bekommt man nicht alle Tage, Mr. Choudhury. Lassen Sie sie nicht einfach verstreichen.«

Ein Gehilfe kommt herein und reicht Drake etwas, das nach einem Telegramm aussieht. Drake liest es rasch, knüllt es zusammen und wirft es in den Papierkorb.

»Scheint, als wollten Ihre Glaubensbrüder in der Stadt Ärger anzetteln. Man legt mir nahe, für den Rest des Tages nach Hause zu gehen. Ich werde vorschlagen, dass es die übrigen Angestellten ebenso halten.«

»Aber dieser Direct Action Day soll doch erst morgen sein.«

»Ärger pflegt sich nun mal selten anzukündigen. Es hat sich rumgesprochen, dass die Muslime morgen in der Stadt mobilisieren wollen, also beeilen sich die militanten Hindus, es ihnen gleichzutun. Gewalt trifft auf Gewalt.«

Er erhebt sich aus seinem Stuhl und schüttelt Rahim die Hand. »Ich hoffe, Sie denken ernsthaft darüber nach. Aber ich denke, das Land, das Sie letztlich für sich gewinnen kann, wird der eigentliche Sieger sein. Gehen Sie nach Hause und besprechen Sie sich mit Ihrer Frau.«

»Aber was, wenn ich sie nicht zum Bleiben überreden kann?«

»Dann machen Sie sie glücklich. Seien Sie ein guter Ehemann, Mr. Choudhury. Kämpfen Sie für Ihre Familie. Leider verleiht einem dafür keiner einen Orden.«

Rahims Fahrer erwartet ihn schon am Haupteingang. Aus den Toren strömen die Angestellten, in ihren Gesichtern steht die Sorge geschrieben.

»Wir fahren wieder heim, Motaleb«, sagt Rahim und steigt auf die Rückbank. »Nimm wieder die Abkürzung durch die Gasse. Ich denke, die Hauptstraßen dürften verstopft sein mit Leuten, die alle nach Hause wollen.«

»Ja, Sir.« Motaleb krümmt sich über das Lenkrad, wie er es zu tun pflegt, seit er in die Dienste der Familie trat, damals, als noch Edward VII. regierte. In den Jahren hinter dem Steuer herrschaftlicher Automobile, erst für Rahims Vater und jetzt für ihn, hat Motaleb die Würdigkeit eines Kapitäns erlangt, der selbstbewusst das Steuer führt.

Rahim lehnt sich zurück und fragt sich, wie er seiner Frau die neue Entwicklung eröffnen soll. Seit Monaten schwankt er schon, was zu tun ist, und letztes Jahr hat Zahira ihn überredet, zumindest einen Umzug zu erwägen, sollte das Land geteilt werden.

Ohne ihr Wissen und trotz einigen Widerwillens hat er sogar schon erste Schritte in diese Richtung unternommen, ebendas zu verwirklichen: Angesichts einer möglichen geopolitischen Spaltung haben Hindus, die das zukünftige Ostbengalen verlassen wollen, und Muslime, die wiederum dort hinzuziehen gedenken, Vereinbarungen zum Häusertausch getroffen, was beiden Seiten die Auswanderung erheblich erleichtert. Allerdings bedeutet der Mangel an geeigneten Partnern nicht selten, dass die eine Seite zuletzt eine wesentlich bessere Unterkunft erwirbt als die andere.

Er selbst steht in Kontakt mit einem reichen Hindu, einem Grundbesitzer im Süden von Ostbengalen, der bereit ist, seinen Landsitz am Meer gegen Rahims Heim einzutauschen. Seit Monaten wechseln die beiden Briefe, in denen sie einander ihre jeweiligen Häuser und deren Ausstattung beschreiben und sich auf die Details einer Übereinkunft verständigen. Rahim müsste jetzt nur noch einen Scheck senden, um das Geschäft abzuschließen.

Doch vor zwei Monaten ist er wieder schwankend geworden und hat deshalb eine Verhandlungspause erbeten, um alles noch einmal zu überdenken: Weiterhin plagen ihn Zweifel an dem Plan, Kalkutta zu verlassen. Die Idee, Nationen dadurch zu erschaffen, dass man sie aus größeren heraustrennt, hat ihm nie eingeleuchtet – es ist, wie wenn man ein Bein abschneidet und dann erwartet, dass ein neuer Mensch daraus wächst. Und nun, nach Drakes Angebot, hat das Pendel noch stärker zum Bleiben ausgeschlagen.

Er konsultiert seinen Fahrer. »Was meinst du, Motaleb? Können Hindus und Muslime gemeinsam leben, wenn die Engländer weg sind?«

Die rheumatischen Augen des Fahrers treffen seine im Rückspiegel. »Wir leben doch jetzt schon tausend Jahre zusammen, Sir. Hindus und Muslime sind wie meine Frau und ich. Wir streiten uns schon so lange, dass es uns fehlen würde, wenn damit plötzlich Schluss wäre.«

Rahim lacht. »Ich frage mich, Motaleb, wie zwei so verschiedene Völker sich ein Land teilen und darauf gemeinsam leben und sterben können. Wir Muslime glauben an den Einzigen Gott, unsichtbar und unbestreitbar – dessen Gestalt man sich nicht einmal vorstellen darf, geschweige denn malen; die Hindus dagegen glauben an Millionen von Göttern, in allen Formen, Formaten und Farben. Wir halten es keinen Tag ohne Fleisch aus, während die Brahmanen noch nicht mal Zwiebeln und Knoblauch mögen. Unser Gott macht uns zum Herrn über alles Leben auf Erden, und ihnen sind Kühe heilig und Affen.«

Sie biegen in dieselbe Gasse ein, die sie schon am Morgen durchfahren haben. Motaleb drosselt das Tempo, um sich dem Verkehr anzupassen. »Wenn Ihr, Sir, einem alten Mann Aufmerksamkeit schenken wollt, dann möchte ich Euch gern eine Geschichte erzählen.«

»Ich bitte darum.«

Der Chauffeur räuspert sich.

»Danke, Sir. Als ich klein war, beschloss mein Vater, der bereits als Schusterlehrling gescheitert war und als Goldschmiedelehrling und genauso als Zuckerbäckerslehrling, sich einmal als Schreiner zu versuchen.

Wir waren sechs Geschwister und ich der Jüngste, also nahm mein Vater mich zur Arbeit mit, als meine Mutter eines Tages erkrankte. Das Haus des Schreinermeisters war schlicht, aus Lehm und mit Strohdach, aber der Hof war geräumig, frisch gefegt und mit Kuhdung auf Hochglanz poliert. *Setz dich dort hin und rühr dich nicht vom Fleck*, schärfte mein Vater mir ein, wies auf den Mombinpflaumenbaum in der Ecke und reichte mir noch Wasser, Brot und Palmzucker. Ich war fünf und saß vor Angst dort wie festgenagelt, aß, trank und tat, wie geheißen.

Schließlich siegte jedoch meine Neugier, und ich ging hinüber in die Küche, wo noch die Asche des morgendlichen Feuers glühte. Dann inspizierte ich den kleineren Raum dahinter.

Eine Weile lang blieb ich an dessen Schwelle stehen, bis ich erkannte, was sich ganz hinten im Raum befand.

Ich ging zögerlich hinein, da ich hier ja eigentlich nichts zu suchen hatte. Doch der Gegenstand am anderen Ende des Zimmers zog mich mit Macht zu sich hin – es handelte sich um eine Lehmstatue eines Jungen, schöner als alle, die ich je gesehen hatte: so fein geformt, so detailreich und lebendig, als würden seine Kleider ins Flattern geraten, sobald der Wind hereinwehte. Sein Oberkörper war bloß, die Haut blau, er trug nur eine safrangelbe Stola um den Hals und hielt eine Flöte an die rubinroten Lippen. Er lächelte, als freute er sich an einem Geheimnis, das nur er kannte.

Der Raum roch nach Erde und Holz. Sein Blick fixierte mich. So starrten wir einander eine ganze Weile lang an. Ich streckte den Arm nach seiner Wange aus. Es war ein greller Schrei, der mich einhalten ließ, und bis zum heutigen Tag weiß ich nicht, ob ich ihn tatsächlich berührt habe oder nicht.

›Was tust du da?‹ Die Frau des Schreiners kam hereingerauscht, im wehenden Sari und in einer Wolke aus Kokosnuss-Haaröl. Sie packte meine Hand fest wie in einem Schraubstock und zerrte mich hinaus ans Tageslicht, wie ein Insekt, das man unter einem Stein hervorholt.

›Bist du da? Ach, wo bist du, Mann?‹ Die Alte jammerte, bis er schließlich aus seiner Werkstatt hinter dem Haus hervorkam. Er war groß und bärtig. Mein Vater folgte ihm.

›Was ist passiert, Frau?‹

›Genau vor dem Thakur, dieses Balg wollte ... wollte ...‹

Überwältigt von der Abscheulichkeit meines Verbrechens, brach die Frau des Schreiners zusammen, bevor sie ihren Bericht zu beenden vermochte.

Der Schreiner sah mich an, streng, aber nicht zornig. ›Wo bist du sonst noch gewesen, Kind? Sag es mir schnell.‹

Heulend zeigte ich auf den Herd. Der alte Schreiner begann ruhig und systematisch alles Geschirr – bis auf die Statue – aus den Räumen zu holen, die ich betreten hatte, und die Tonschalen und Töpfe auf dem Boden zu zerschlagen, bis er mit Scherben bedeckt war.

›Sie müssen das bitte verstehen‹, erklärte er meinem Vater, der mich zähneknirschend zur Seite nahm. ›Wir müssen das tun, wenn ein Nicht-Hindu unsere Küche oder Andachtsstätte besucht. Egal, ob ich daran glaube oder nicht, ich bin daran so gebunden wie an das Glück meiner Frau.‹

So endete der kurze Ausflug meines Vaters in die Schreinerei. Aber so schweigsam er auf unserem Heimweg auch war, er erhob deswegen nicht die Hand gegen mich, schimpfte nicht oder legte es mir irgendwie zur Last; er nahm den Vorfall vielmehr als schicksalhaft hin. Doch die strahlende blaue Schönheit des Knabengotts hat mich niemals mehr losgelassen. Sein Name, wie ich später erfuhr, war Krishna. Und wenn ich auch fünfmal am Tag meine Matte ausrolle und mich gen Mekka verneige, wie ein guter Muslim das eben tut, bewahre ich doch bis heute auch ein Bild von ihm in meinem Zimmer.«

Von der Geschichte gebannt, will Rahim gerade etwas sagen, als das Auto plötzlich stehenbleibt. Er blickt auf. Der Weg wird verstellt von drei jungen Männern in Dhotis mit dicken Bambusstangen in den Händen. Auf die Stirn haben sie drei weiße Striche gemalt, in deren Mitte ein zinnoberroter Punkt ist.

Motaleb und Rahim wechseln einen besorgten Blick. Der Fahrer flüstert: »Das Zeichen Shivas – des Gotts der Zerstörung.«

»Aber auch der Schöpfung und der Bewahrung«, sagt Rahim, und Motaleb blickt ihn erstaunt an. »Wollen hoffen, dass diese Herren das ebenso sehen.«

Als der hagere, lange Mann in der Mitte der Gruppe Motaleb zum Aussteigen zwingt, sieht er seinen Arbeitgeber angsterfüllt an. Rahim legt ihm die Hand auf die Schulter und kurbelt sein Fenster hinunter.

»Gibt es ein Problem?«

»Raus aus dem Wagen«, ruft der Lange. Er streichelt den Kühler mit seinem Stab. Die beiden anderen jungen Männer sehen mit über der Brust verschränkten Armen zu.

Rahim steigt wie befohlen aus dem Auto und stellt sich aufrecht hin. Nur wenige Menschen hier sind größer als er, doch der Lange überragt ihn um einige Zentimeter. Eine Menge umringt sie und verfolgt das Spektakel.

Rahim wendet sich an den Langen. »Was ist das Problem, Bhai?«, fragt er, wobei ihm versehentlich das bengalische, muslimische Wort für »Bruder« entschlüpft.

»Ich bin nicht dein Bruder.«

»Verzeih. Wie ist dein Name, Dada?«

Die Feindseligkeit, die die drei ausstrahlen, greift auf die Menge über. Männer und Frauen murmeln Obszönitäten und stacheln sie weiter auf.

Einer der drei Kerle kommt Rahim so nahe, dass er seinen Atem riechen kann. »Sein Name geht dich nichts an. Das ist hier eine Hindu-Gegend. Was hast du hier zu suchen?«

»Kein Grund zur Unhöflichkeit«, schimpft ihn der Lange. »Ich bin mir sicher, er wollte es uns eben erklären.«

Er kommt dazu und sieht Rahim direkt ins Gesicht. Er ist nicht älter als fünfundzwanzig. Seine rechte Wange ziert eine Messernarbe. »Wer bist du? Die Wahrheit, raus damit. Schnell. Wir wollen hier keine Halunken von der Muslimliga. Wir wissen von den Aufständen, die ihr plant.«

Obwohl ihm bewusst ist, dass ein falsches Wort sein Ende bedeuten kann, ist Rahims Hand auf dem Autodach genauso ruhig und fest wie seine Stimme. »Wir sind nur auf der Durchfahrt. Wir wollen keinen Ärger mit euch oder sonst jemandem. Politik interessiert mich nicht. Ich habe mit der Liga nichts zu tun. Aber auch die planen keine Gewalt. Sie wollen nur gehört werden, damit die Engländer sie als Muslime gerecht behandeln, wenn unser Land – unser Hindustan – von ihrer Herrschaft befreit wird.«

Rahim weiß selbst, dass das nur die halbe Wahrheit ist, denn schon seit Monaten wiegelt die streitlustige Liga die Muslime auf. Doch diese Tatsache ist unbequem, wenn es um die eigene Haut geht.

Der mit dem Mundgeruch schreitet einmal um Rahims Auto herum und wendet sich an die Menge: »Habt ihr das gehört? *Unser Hindustan!* Da redet er von unserem Hindustan, während seine Ligahalunken vorhaben, uns morgen unser Land wegzunehmen und ihre eigene Nation zu gründen, in der wir dann unerwünscht sind!«

Die Menge antwortet mit hässlichem Jubel, brüllt *Bring ihn um* und *Verdammter Nera*. Der Mann dreht sich Rahim zu und droht: »Vielleicht schicken wir dich jetzt gleich ins Land der Reinen.«

»Ruhig.« Der mit der Messernarbe lächelt Rahim an. »Verzeihung. Wie du siehst, sind meine Kollegen sehr aufgebracht wegen dieses Generalstreiks. Gefühle, damit erreicht man sie. Nicht mit Vernunft. Also ist es nicht besonders ratsam, inmitten von tobendem Pöbel eine politische Diskussion anzuzetteln.«

Trotzdem nennt Rahim weiterhin seinen Namen nicht. Namen haben Macht, und das bisschen, was ihm davon geblieben ist, muss er sich jetzt in dieser Lage bewahren.

Der mit der Messernarbe beugt sich herab und flüstert: »Deine Kühnheit nützt dir hier gar nichts. Ich allein halte dir diese Meute vom Hals. Zwischen dir und dem Tod steht nur ein Wort von mir.«

»Und welches Wort ist das?«

»Eins, das dein Fahrer nach Hause trägt – wenn deine Familie dich wiedersehen will, wollen wir von ihnen einen dicken Batzen Geld.«

SHAHRYAR & ANNA

Washington, DC, USA
September 2004

Er steht vor Annas Schule, wo attraktive, sonnengebräunte Mütter auf ihre Kinder warten. Eine Handvoll Männer ist auch da. Sie tragen Sonnenbrille und Shorts und vor sich her ein Bäuchlein, geschuldet dem Müßiggang oder der Arbeitslosigkeit. Beides ist möglich.

Die Thurgood-Marshall-Grundschule ist ein Bau aus Klinker und hellem Sandstein, auf dessen Fassade sich die Nachmittagsschatten der Bäume bewegen. Shar steht abseits unter einer Weißbirke. Bis auf ein gelegentliches Lächeln oder Nicken, um seine Harmlosigkeit zu unterstreichen, hält er sich fern von den anderen Eltern, die ihn neugierig mustern.

Anna erscheint mit dem Schwall von Kindern, der sich um 14.55 Uhr aus den Türen ergießt. Sie winkt ihm ernst zu, als sie ihn sieht, flüstert ihren Freundinnen einen raschen Abschiedsgruß zu und kommt herübergetrottet. Er fragt sich, ob sie sich seiner Anwesenheit schämt und sich insgeheim Jeremy herbeigewünscht hat.

»Hey, Shona«, sagt er zu ihr und umarmt sie in der Hoffnung, dies sei auch in Gegenwart ihrer Freundinnen gerade noch statthaft. Eine Frau kommt auf sie zu. Sie ist zierlich, jung und hübsch auf nichtssagende Weise und hat braune Haare. An ihrer linken Hand glitzert ein großer Diamant.

»Hi, alles okay?« Sie blickt zu Anna.

Er lächelt. »Ich bin ihr Dad.«

»Oh, hm. Ich glaube, ich habe Sie noch nie …«

»Alles okay, Mrs. Stein«, sagte Anna. »Das ist mein Dad. Er holt mich sonst nicht ab.«

Sie wirkt verlegen. »Natürlich. Ich wusste nicht …« Sie streckt eine Hand aus. »Hi, ich bin Lisa. Ich habe sie in der dritten Klasse unterrichtet.«

Er schüttelt ihr die Hand und nennt seinen Namen.

Ihre Augen gleiten von Annas Gesicht zu ihm hinüber. »Ich hätte es mir denken sollen. Anna sieht aus wie Sie. Bis auf die Augen.«

»Ja«, sagt er. »Bis auf die Augen.«

Hinterher gehen sie schweigend auf die Hauptstraße zu, lassen die Schulbusse, die Audis und Nissans am Gehweg stehen.

»Was machen wir heute?«

»Es ist Freitag. Du weißt doch, was das heißt.«

Sie stöhnt. »Nicht schon wieder die Bangla-Schule?«

»Du gehst doch erst seit einem Monat dahin. Ist es wirklich so schlimm?«

Annas Körper krümmt sich wie der eines geprügelten Hundes. »Diese bengalischen Buchstaben sind so schwer zu zeichnen. Ich krieg dieses *Talibo-Sho* einfach nicht hin.«

»Das ist der hübscheste Buchstabe im ganzen bengalischen Alphabet. Zwei Schlingen und dann zum Schluss ein gerader Strich.«

»Kannst du es mir nicht lieber beibringen?«

»Ich bin kein so guter Lehrer wie dein Großvater. Aber beim Üben kann ich dir helfen. Außerdem, die Lieder und Tänze, die ihr dort lernt, gefallen die dir auch nicht?«

»Die sind okay.« Anna blickt auf. »Und das Essen mag ich.«

»Ehrlich wie jedes Kind. Dann los zum Bus, wir beeilen uns besser. Ich glaube, heute gibt es Biryani mit Huhn.«

»Juchhu!«

Die Bangla-Schule hat ihren Sitz in einem Gemeindezentrum in der Glebe Road in Arlington. Sie brauchen eine Stunde und müssen zwei Busse nehmen, um dorthin zu gelangen. Zur ersten Stunde, Unterricht in Wasserfarben, kommen sie ein paar Minuten zu spät, Anna läuft los und gesellt sich zu einer der Gruppen, die rund um große Papierbögen auf dem Boden kauern. Er setzt sich in die Nähe des Eingangs, wählt sich aus dem Zeitschriftenstapel das *Desh*-Magazin und beginnt zu lesen, in der Hoffnung, dass niemand ihn fragen wird, welches Kind zu ihm gehört und wer die Mutter ist.

Die anderen Eltern haben sich weiter hinten zu einem liebenswürdigen Pulk geschart, die Frauen in Saris. Einige haben das Haar auch mit dem Hidschab bedeckt, so wie es der neuen Mode entspricht. Sie tischen lange Aluschalen mit dampfendem Essen auf, die silbernen Hüllen biegen sich unter der Last von Biryani, Hühnercurry, Gurkensalat oder Dopiaza mit Fisch. Die Papierdeckel sind fettgetränkt.

»Sie scheinen neu hier zu sein«, sagt der Mann neben ihm auf Bengali. Er ist hager und hat einen Schopf glatten Haars, das graumeliert wäre, wäre es nicht mit Henna rot gefärbt. Sein Anzug ist sorgfältig geschneidert, silbergrau mit leichtem Glanz. »Welches ist Ihre Tochter?«

Shar flucht innerlich. »Das Mädchen im grünen T-Shirt, da drüben.«

»Ach, was für ein hübsches Kind. Solch helle Haut und schöne Augen. Verzeihen Sie, dass ich frage, aber ist ihre Mutter …«

»Ja, sie ist Amerikanerin«, sagt Shar mit gezwungener Höflichkeit. Bengalische Unterhaltungen gleichen einem Tanz, mit breitem Spielraum, der es einem erlaubt, ungeniert ins Private zu taumeln, und der dabei doch solch ein zartes Gleichgewicht wahrt, das schon ein Hauch von Plumpheit zerstören könnte.

»Verzeihung. Ich wollte nicht neugierig sein. Meine erste Frau war auch Amerikanerin, und meine Tochter aus dieser Ehe heißt Rebecca. Sie hat blaue Augen. Ich weiß, wie das ist mit den Blicken und seltsamen Fragen, wenn man mit seiner halbamerikanischen Tochter unterwegs ist.«

»Erste Frau. Dann sind Sie …«

»Geschieden. Essen, Sprache, Erziehung, Kultur. Diese ganzen Unterschiede machen zusammen viel aus, ganz gleich, wie verliebt man ist. Sie leben jetzt in Kalifornien. Meine Tochter ist Erstsemester an der UCLA. Und ich habe wieder geheiratet, eine Bengalin diesmal. Mit ihr habe ich noch zwei Kinder.«

Er weist auf einen halbwüchsigen Jungen, der Tischtennis spielt. »Mein Sohn Sumon. Ich fahre ihn hier nach der Schule vorbei, damit er mit seinen Kumpels spielen kann.«

»Wie oft sehen Sie sie? Ihre Tochter aus erster Ehe meine ich.«

Der Mann lächelt melancholisch. »Nicht oft genug. Sie besucht mich über Weihnachten. Oder ich sie. Sie hat ihre Stiefgeschwister kennengelernt. In den Jahren, wo es mit dem Treffen nicht klappt, schicke ich ihr ein Geschenk mit FedEx. Ab und zu ruft sie an, aber nur aus Pflichtschuldigkeit, habe ich manchmal den Eindruck.«

Shar tut sich schwer mit der Antwort, denn die Offenbarungen des Manns empfindet er eher als belastend, und er fragt sich, wie tief er in seine eigene Vergangenheit dringen muss, um etwas Angemessenes zu erwidern.

»Tut mir leid, das zu hören.«

»Nein, im Gegenteil. Ich bin derjenige, der sich entschuldigen sollte. Da haben wir uns eben erst kennengelernt, und schon schütte ich Ihnen mein Herz aus. Den Bengalen in sich wird man eben nie los, was?«

Er streckt eine Hand aus, und Shar schüttelt sie. Sie ist warm und trocken. »Ich bin Faisal Ahmed.«

»Shar Choudhury.«

»Was machen Sie beruflich, Shar?«

»Ich bin letztes Jahr mit meinem Doktor fertig geworden. Jetzt mache ich politische Forschung für die Regierung.«

»Wie wunderbar.«

»Und Sie?«

Zur Antwort reicht ihm der Mann seine Visitenkarte, und als Shar sie liest – Faisal Ahmed, *Anwalt* –, ist er auf einmal hellwach.

»Ich glaube, wir müssen uns unterhalten«, sagt Shar.

ZAHIRA

Kalkutta, Indien
August 1946

In einem prächtigen Haus in Kalkutta, Choudhury Manzil genannt, sitzen Rahim und Zahira Choudhury beim Frühstück.

Auf dem Tisch zwischen ihnen sind Teller mit Marmelade und Toast, Butter und Obst. Doch es ist etwas Gewichtigeres, das die Gesprächspausen füllt, denn der Moment der Entscheidung ist nahe gerückt. Die britischen Kassen sind erschöpft vom Krieg und die Briten den Indern verhasst, die ihre Herrschaft nicht länger dulden wollen. Nun sind sie kurz davor, ihren Abzug vom Subkontinent zu verkünden, ihr Empire aufzugeben und sich zurückzuziehen auf ihre kleine, trostlose Insel, um dort ihre Wunden zu lecken. Doch den sauberen Schnitt, den sie sich wünschen, wird es nicht geben. Stattdessen haben Hindus und Muslime bereits begonnen, sich über die Zukunft der Nation zu zanken. Was einst undenkbar war, ein Bruch durch Indien entlang der Religionsgrenzen, scheint nun unausweichlich.

»Hast du weiter drüber nachgedacht?«, fragt Zahira.

Rahim senkt seinen *Statesman*. Schon jetzt, so früh am Tag, glänzt sein Gesicht vor Schweiß.

»Wisch dir das Gesicht ab, bevor du antwortest«, sagt sie.

Er tut, wie geheißen. Sie weiß, dass er unter dem Taschentuch wohl ein Lächeln verbirgt, weil er von ihrer Bestimmtheit entzückt ist. Bis zu ihrem Hochzeitstag vor drei Jahren hatten sie einander weder gesehen noch gesprochen. Mit achtzehn Jahren war sie in jenem Alter gewesen, in dem ihre Heirat zum Gegenstand lebhafter, dringender Erörterung in der Familie geworden war. Eines Tages war sie vom College nach Hause gekommen, um eine ganze Gruppe erwartungsvoller Menschen in ihrem Wohnzimmer vorzufinden. Ihre Mutter hatte ihren Sari durch die Tür blitzen gesehen, war auf sie zugeeilt und hatte sie beiseitegezogen, bevor sie noch in die Gäste hineinstolpern konnte, die nicht darauf vorbereitet waren, sie unvorbereitet zu sehen.

»Gehen wir rauf«, hatte sie geflüstert. »Eine sehr gute Familie ist aus Kalkutta gekommen, um dich für ihren Sohn anzusehen.«

Einen Monat darauf kam Rahim mit einem blütenbesetzten Turban auf einem Schecken zu den Hochzeitsfeierlichkeiten geritten. Zahira wusste wenig über den Mann, den sie gleich heiraten würde. Ihre beiden Väter hatten an der Hare School Freundschaft geschlossen und beim Abschied einander versprochen, ihre Familien durch eine Ehe zu verbinden, sollten die Umstände es eines Tages gestatten. Und so wurde Rahim, als er dreiundzwanzig Jahre alt war, von seinem Vater eröffnet, dass er die Tochter von seinem Jugendfreund Abu Bakar heiraten werde, die jenseits des Flusses Padma in Ostbengalen lebte.

Zur Antwort hatte Rahim die einzig statthaften Worte gemurmelt: *Ja, Vater.*

Am Abend der Hochzeit saß sie da, die hennagezeichneten Arme gefaltet im Schoß, das Gesicht verborgen hinter dem Schal ihres Saris. Ihr Gesicht durfte er erst hinterher, auf ihrem Ehebett, betrachten. Und dabei erkannte sie, wie mühsam er seine Enttäuschung bezähmen musste.

Sie wusste, dass sie nicht hübsch war, und doch überraschte es sie, wie elend ihr in diesem Moment zumute wurde. Und diese Empfindung steigerte sich noch, als sie ein Gespräch zwischen ihm und seiner Mutter erhaschte. Diese Frau besaß eine fast schon legendäre Autorität und hatte der Heirat kaum zustimmen wollen, nachdem sie für ihren Sohn bereits ein Mädchen aus Kalkutta ins Auge gefasst hatte, das weniger gebildet, dafür aber von gängigerer Schönheit war. *Es ist besser, eine reizlose Frau zu heiraten,* hatte sie schließlich zu ihm gesagt, und jedes dieser tröstenden Worte traf Zahira wie eine Ohrfeige. *Andere Männer werden sie nicht begehren, und sie wird dir umso ergebener sein.*

Rahim war groß und gutaussehend, höflich, von spontaner Herzlichkeit und scheinbar immun gegen den Hochmut, der sonst mit einem Hintergrund wie dem seinen einherging. Und so verliebte sie sich rasch in ihren Gatten. Sie schwor sich, den Makel ihrer Unscheinbarkeit zu mildern, indem sie sich ihres scharfen Geistes bediente, ihrer Gewandtheit im Gespräch, ihres Gesangs, ihrer Kenntnis von Chaucer, Blake, Keats, Yeats, Dante und Russell.

Jenes erste Jahr der Jagd nach seiner Zuneigung hatte einer langen Morgendämmerung geglichen, das Licht der gegenseitigen Liebe war stärker und stärker geworden, bis sie schließlich den Lohn für ihre Beharrlichkeit ernten konnte. Zu dem Gesicht, das Rahim einst allzu schlicht erschien, zog es ihn immer mehr hin. Doch was sie nicht erwartet hatte, war, dass sie nach dreijähriger Ehe immer noch alleine frühstücken würden, dass ihr Traum von Kindern sich noch nicht erfüllt hatte, trotz aller Besuche bei den besten Ärzten, die Kalkutta zu bieten hatte – Schulmedizinern wie Homöopathen. Nachdem sie diese Heerscharen der ihnen bekannten Mediziner abgeschritten hatten, machten Rahim und Zahira sich auf zu den Soldaten der Nachhut – einer zusammengewürfelten Kompanie aus Ayurveda-Experten, Kobirajes, Pirs, Sadhus und unverhohlenen Schurken und Scharlatanen, die verschiedene Kuren vom Verzehr gesegneter Früchte bis zu Bädern im Mondlicht verschrieben. Schließlich fügte sich das Paar in sein Schicksal, auch wenn die Leere in den Hallen ihres Hauses immer spürbar blieb.

»Verzeihung, was hast du gesagt?«

»Du hast mich schon verstanden.«

Er nippt an seinem Wasserglas, um Zeit zu gewinnen. »Bitte sag nicht, dass es jetzt schon wieder ums Wegziehen aus Kalkutta geht.«

»Ich dachte, wir wären uns da einig?«

»Wir haben doch ausgemacht, dass wir es uns durch den Kopf

gehen lassen. Selbst wenn das Land tatsächlich geteilt wird, passiert das frühestens in einem Jahr!«

»Und du willst diesen Moment des Irrsinns abwarten, um genau da deine Entscheidung zu treffen? Dann sitzen wir doch schon in der Falle, ohne Zuhause, ohne Optionen, weil wir zu spät beschließen, Westbengalen zu verlassen.«

Er kontert mit Fragen, die sich in dieser Sache bereits als effektive Verteidigungsstrategie bewährt haben. »Wo soll ich überhaupt arbeiten? Was würde ich denn tun in Ostbengalen?«

»Dhaka. Die größte Stadt. Dort könntest du arbeiten. Vielleicht findest du keine vergleichbare Stelle, zumindest nicht gleich zu Beginn, aber mit solch einer vorübergehenden Unsicherheit könnten wir leben.«

Er schneidet eine Grimasse. »Du kannst vielleicht damit leben. Dhaka ist tiefste Provinz, kaum eine Stadt im Vergleich zu Kalkutta. Wenn schon nach Ostbengalen, dann lebe ich doch lieber gleich ganz auf dem Land.«

»Tiefste Provinz ist dort alles, Rahim. Und das wird auch noch eine ganze Weile so bleiben. Deshalb brauchen sie dort ja Menschen wie dich. Meinst du, Ostbengalen hat irgendeine Chance, wenn die besten und klügsten Muslime hierbleiben?«

Er versteckt sich hinter der Zeitung. »Wir wissen noch nicht mal, ob es wirklich so weit kommt«, sagt er, und sie weiß augenblicklich, worauf er anspielt.

»Na klar, vielleicht wachen Nehru, Jinnah und Gandhi eines Morgens auf und beschließen wie durch ein Wunder, sich doch zu vertragen. Aber die Engländer gehen auf jeden Fall weg, früher oder später. Ich sage nur, dass wir einen Plan in der Hinterhand haben müssen. Bleiben oder gehen? Was willst du? Gib mir einfach eine klare Antwort.«

Er lässt die Zeitung wieder sinken und seufzt. »Ich weiß nur, dass ich das Risiko des Ungewissen lieber hier eingehen würde als an einem Ort, wo ich noch nie gewesen bin.«

»Schön. Aber ich komme daher, und ich bin sicher, wenn wir dort hinziehen, wirst du dich in den Osten verlieben.«

Zahiras Argumente sind stichhaltig, und ihm bleibt nichts anderes übrig, als nach der Waffe der Verzweiflung zu greifen. »Und was wird dann aus meinen Eltern?«

Rahim ist der Jüngste von drei Geschwistern, nach seinem Bruder und seiner Schwester. Seine Schwester lebt in Bombay mit ihrem Medizinergatten; sein Bruder leitet ein florierendes Stahlwerk in Lucknow. Als sie vor einigen Jahren mit der Hitze Kalkuttas nicht mehr zurechtkamen, sind seine Eltern zu ihm gezogen. Seitdem steigen Rahim und Zahira zweimal im Jahr in den Zug, um sie über die Eid-Feiertage zu besuchen, und während dieser Aufenthalte versichern sie ihm, dass ihnen das Wetter in Lucknow zusagt und dass sie keinerlei Rückkehrabsichten hegen, weder nach Choudhury Manzil noch nach Kalkutta.

»Wenn du ihnen wirklich nahe sein wolltest, wären wir doch längst nach Lucknow gezogen.«

Er erhebt sich und wischt sich Brösel von der Jacke, blickt sich um, ob Diener anwesend sind, und umrundet den Tisch bis zu Zahiras Platz, um sie kurz auf den Kopf zu küssen. »Wir entscheiden uns bald. Das verspreche ich dir. Du hast mir zuliebe ein Land verlassen, vielleicht bin tatsächlich nun ich an der Reihe. Jetzt muss ich mich aber beeilen. Sonst komm ich zu spät zum Treffen mit Drake.«

Nach seinem Aufbruch geht sie hinauf in ihr Schlafzimmer im ersten Stock und tritt hinaus auf den großen Balkon. Unter ihr liegt ein Kalkutta, das sich anschickt, in seine mittägliche Schläfrigkeit zu versinken. Mit einer Hand stützt sie sich auf das sonnenwarme Geländer, mit der anderen streicht sie sich über den Bauch. Fest und stark wie das Fell einer Trommel und im Innern ebenso leer. Vielleicht ändert sich das nach der Rückkehr in den Osten. Vielleicht haben die hiesige Luft und das Wasser sich gegen sie verschworen, um sie unfruchtbar zu halten. Sie lacht. Verzweifelte Frauen reden sich alles Mögliche ein. Und dann ihren Männern.

Da sieht sie etwas.

Ein Vogel sitzt auf dem Geländer. Ganz hinten. Groß und scheinbar furchtlos. Schwarze Federn. Klauen und Augen. Er mustert sie mit der Geduld von Unsterblichen, das Sonnenlicht fleckt sein Gefieder dunkelviolett. Das ist keine scheue graue Krähe, sondern eine große Dar Kaak. Aaskrähe. Ein Rabe. Als Kind hatten ihr die Behäbigkeit dieser Wesen, der undurchdringliche Blick Angst gemacht – diese Phobie, so spürt sie jetzt, hat alle Jahre überdauert. *Dschah, dschah.* Sie brüllt, um das Tier von seinem Platz zu vertreiben, und stampft mit den Füßen auf. Scheinbar verwirrt krächzt der Rabe ein höhnisches *Gronk* und flattert davon. Zurück bleibt eine herabkreiselnde Feder.

Aufgewühlt von dieser Begegnung, zieht sie sich in die Kühle ihres Schlafzimmers zurück und legt sich aufs Bett in der Hoffnung, ihren rasenden Herzschlag zu dämpfen. Es gelingt ihr auch, doch um den Preis einer gewaltigen Trägheit. Bald dämmert sie ein, wie sediert, und vor ihren Augen fächert sich eine Finsternis auf, die ihr vorkommt wie Rabenflügel. Mehr aus Furcht denn aus Ruhe sinkt sie in einen schwarzen, traumlosen Schlaf.

Sie erwacht vom Geräusch eines Räusperns. Eine ihrer Dienerinnen steht auf der Schwelle.

Sie rappelt sich im Bett auf. »Nargis, ach, meine Güte. Wie lange hab ich geschlafen?«

»Einige Stunden, Begum Sahiba. Mittag ist vorbei.«

»Warum hast du mich nicht geweckt?« Da bemerkt sie den furchtsamen Blick im Gesicht und fügt hinzu: »Was ist denn los? Was ist passiert?«

»Ich … ich weiß es nicht, Begum Sahiba. Bitte, kommen Sie mit hinunter.«

Sie eilt die Stufen hinab in den Wintergarten. Motaleb steht in der Mitte, umringt von sämtlichen Hausangestellten. Sie sprechen gedämpft, ihre Mienen sind ernst, einige Frauen halten vor Bestürzung die Hände vor den Mund.

»Motaleb, was ist passiert?«

Der Alte bricht in Tränen aus.

»Worauf wartet ihr denn alle? Gebt ihm einen Stuhl!«

Motaleb bekommt ein Glas Wasser gereicht. Zitternd wie Espenlaub wiederholt er die Ereignisse des Tages und schließt mit den Worten: »Sie haben gesagt, wir haben bis morgen Abend, um ihnen das Geld zu beschaffen.«

Sie spricht wie im Traum. »Sonst geschieht was?«

Er antwortet nicht. Einige aus der Dienerschaft – Männer wie Frauen – beginnen leise zu weinen.

Sie schnellt zu ihnen herum. »Spart euch die kindischen Tränen! Wie soll das dem Herrn helfen?«

Die Wucht und Schärfe in ihrer Stimme wirken wie ein Stromschlag, stellen das Wehgeheul ab. Sie streckt eine Hand an die Wand, sucht nach Stütze. Angst und Schwäche können sich seuchengleich ausbreiten, wenn man sich nicht dagegen wehrt. Sie blickt zu Motaleb. »Wer sind sie, und wie viel wollen sie?«

»Ich weiß nicht, wer sie sind, Begum Sahiba, aber sie hatten ein Zeichen auf der Stirn. Eine Art Hindu-Bande. Sie wollen ein Lakh.«

Er ergreift ein Stück Kalkstein und Cayennepulver und malt auf den Boden das Zeichen, das er auf den Stirnen der Männer gesehen hat.

Zahira starrt es an, und die Welt um sie her gerät von Neuem ins Kreiseln. Einhunderttausend Taka sind eine astronomische Summe, selbst für eine so wohlhabende Familie wie die Rahims. Rasch überschlägt sie im Kopf und kommt zu der Schätzung, dass sich oben im Safe davon höchstens ein Drittel befindet. Den Rest wird sie irgendwie auftreiben müssen.

»Warst du bei der Polizei?«

»Sie haben gesagt, sie tun Sahib was an, wenn wir das machen.

Es hieß außerdem, ich solle die Botschaft schleunigst zu Hause überbringen.«

Sie bedenkt den Alten mit einem vernichtenden Blick, augenscheinlich empfindet sie nicht eine Spur von Mitleid für seinen Zustand. »Du hast deinen Herrn im Stich gelassen, Motaleb, du hast mich im Stich gelassen. Würde dir deine Treue zu dieser Familie auch nur irgendwas bedeuten, dann hättest du ihn gar nicht erst in die Hände dieser Gauner fallen lassen, und dann hättest du ihn niemals allein lassen dürfen.«

Er weicht ihrem Blick aus. Zahira eilt wieder hinauf, versperrt hinter sich die Schlafzimmertür und öffnet den Safe, um hastig die Scheine darin zu zählen, gelocht und geheftet mit dickem rot-weißen Bankzwirn. 43 200 Taka. Etwas mehr, als sie erwartet hat.

An der Rückwand des Safes befindet sich ein zweiter Umschlag, den sie öffnet und dessen Inhalt sie in eine samtene Tasche wirft. Dabei glitzern die Edelsteine, klirrt das Metall. Der Großteil des Schmucks stammt von ihrer Schwiegermutter, ein kleinerer Teil von ihrer eigenen Mutter, den sie ihr bei der Heirat mit Rahim übergeben hat. Sie blickt kurz auf die Samttasche, entscheidet sich um und tauscht sie gegen eine schlichtere aus Baumwolle. Die Geldbündel wickelt sie in Packpapier und räumt sie dann in die Tasche zum Schmuck. Zusammen mit dem Bargeld sollte es reichen, um das Lösegeld bezahlen zu können.

Ihre nächste Station ist Rahims Arbeitszimmer. Sie schlägt sein Adressbuch auf, blättert bis »D« und hebt den Hörer von der Gabel. Das Telefon haben sie erst seit knapp einem Jahr, sie sind einer der wenigen Haushalte Kalkuttas, die über einen eigenen Anschluss verfügen.

»Zu wem darf ich durchstellen?«, fragt die weibliche Stimme am anderen Ende auf Englisch.

Zahira sagt die vierstellige Nummer auf.

»Einen Moment. Ich verbinde.«

Schon beim zweiten Klingeln wird abgehoben. »Theodore Drake.«

Sie erstarrt. Sie hat Englische Literatur studiert, Hunderte von Büchern in dieser Sprache gelesen und sogar mit ihrem Vater Konversation geübt, doch nun muss sie erstmalig mit einem Engländer in dessen Muttersprache reden.

Sie verfertigt die Sätze im Kopf. »Mr. Drake, mein Name ist Zahira Choudhury. Ich bin die Frau von Rahim Choudhury«, sagt sie schließlich, so hastig, dass ein Wort über das andere stolpert.

Drake schweigt so lange, dass in ihr schon Zweifel aufkommen, ob ihr Anruf ein Fehler war, doch dann sagt er: »Mrs. Choudhury. Was für eine angenehme Überraschung. Ich glaube nicht, dass wir uns schon mal gesprochen haben. Ist etwas vorgefallen?«

»Ja, Mr. Drake«, sagt sie. »Ich fürchte, mein Mann ist entführt worden.«

Drake, so trifft es sich, ist ein guter Freund des Polizeikommissars D. R. Hardwick; so fährt eine halbe Stunde darauf ein Wagen vor, in dem ein Inspektor und zwei Konstabler sitzen. Sie bittet die Männer ins Wohnzimmer.

Vivek Nandi ist als Inspektor mit dem Fall betraut worden. Er ist groß und vierschrötig. Ein kräftiger pechschwarzer Schnurrbart bedeckt seine Oberlippe. Beim Anblick der Schweißränder unter den Achseln seiner khakifarbenen Uniform lässt Zahira die Diener den Deckenventilator einschalten. Wie das Telefon ist auch der elektrische Strom eine neue Errungenschaft in Choudhury Manzil.

»Haben Sie das Lösegeld schon gezahlt?«

»Nein. Aber ich habe die Summe bereit.«

»Das ist gut. Wir nehmen die Sache in die Hand. Es wäre am besten, wenn Sie die Drecksarbeit mit diesen Schurken uns überlassen.« Nandi schlürft geräuschvoll den Tee, der ihm eingeschenkt wurde, und nimmt einen Happen Samosa, dessen Brösel in seinem Schnurrbart hängenbleiben. »Können Sie mir noch mehr von diesem Symbol erzählen, das Ihr Fahrer gezeichnet hat?«

Sie beschreibt es, und er nickt augenblicklich. »*Tripundra*. Das

Zeichen der Shaiviten. Die drei Linien stehen für Willen, Wissen und Tat oder für Brahma, Vishnu und Shiva, wenn man so will. Der rote Kreis ist das dritte Auge. Etwas aggressiv sind sie schon manchmal, aber das Verhalten, das Ihr Fahrer schildert, ist doch ungewöhnlich.«

»Was geschieht jetzt?«

Er weist auf den mitschreibenden Polizisten. »Wir haben bereits ein Protokoll des Vorfalls erstellt. Jetzt werden wir uns mal die Banden in der Nachbarschaft anschauen. Davon gibt es in der Tat reichlich – dem Namen nach Anhänger etlicher Sadhu Babas und anderer religiöser Asketen. Soldaten des Glaubens wollen sie sein, aber in Wahrheit sind das einfach Kriminelle, frisch aus dem Gefängnis entlassen. Wenn man denen ein paar Hundert Taka hinwirft, sind die zu allem Möglichen bereit. Das Zeichen wird uns zum Glück helfen, den Kreis einzugrenzen – falls es uns nicht einfach nur in die Irre führen sollte. Hier ein paar Kopfnüsse, da ein paar Ohrfeigen, und schon bald werden wir ein paar Antworten haben. In der Zwischenzeit würde ich mir gern Ihren Fahrer vornehmen, und zwar alleine.«

»Wozu? Er steht schon seit dreißig Jahren im Dienst der Familie.«

Nandi erhebt sich und rülpst diskret hinter vorgehaltener Hand. »Umso mehr Grund, mit ihm zu sprechen, Madame. Wenn man sie zu lange liegenlässt, wird irgendwann jede Frucht faul.«

»Wie lang wird das alles dauern, Inspektor? Warum können wir nicht jetzt gleich aufbrechen? Jeden Moment, den wir abwarten, wächst die Gefahr für meinen Mann. Was werden die Entführer tun, wenn sie ihr Geld nicht rechtzeitig bekommen?«

»Wer ist hier der Polizist, Madame? Sie oder ich? Bitte lassen Sie mich meine Arbeit machen. Ich weiß, was ich tue. Wir beginnen mit Ihrem Fahrer, um ein paar Antworten zu bekommen, dann legen wir die nächsten Schritte fest.«

»Schön. Aber bitte beeilen Sie sich. Und was Motaleb angeht, bitte gehen Sie sanft mit ihm um. Ich hoffe, ich muss mich nicht deutlicher ausdrücken.«

»Verstanden.« Nandi schickt seine Konstabler nach Motaleb. Als sie den Raum verlassen, richtet er mit gedämpfter Stimme das Wort an sie. »Madame, es bestand wirklich kein Anlass, sich in dieser Angelegenheit an einen *Gora* zu wenden. Sie hätten uns auch direkt anrufen können, und wir wären umgehend gekommen.«

»Das bezweifle ich.«

»Doch, Madame. Vielleicht nicht ganz so schnell – der Befehl kam schließlich jetzt direkt vom Oberkommissar –, aber doch schnell genug. Es heißt, dass es morgen Aufstände geben soll, wenn die Muslimliga auf die Straße geht. Viele unserer Männer müssen momentan die Stadtteile sichern, wo wir Probleme erwarten.«

Er lehnt sich nach vorn. »Wir wissen beide, Madame, dass die Engländer auf dem Rückzug sind, früher oder später. Hindus und Muslime sollten sich langsam daran gewöhnen, die Probleme miteinander zu besprechen, statt sofort zum weißen Mann zu laufen, wenn man sich mal das Knie aufschürft.«

Zahira empört sich. »Nandi Babu, ich habe gerade erfahren, dass mein Mann entführt worden ist. Was faseln Sie da für einen Unfug von Engländern, zu denen man läuft? Von aufgeschürften Knien? Welche Hausfrau hätte an meiner Stelle bitte anders gehandelt? Warum sollte ich nicht alles tun, was in meiner Macht steht, um meinem Mann zu helfen? Wollen wir uns wirklich hier hinstellen und so tun, als gäbe es dieser Tage keine Feindseligkeit gegenüber Muslimen, jetzt, wo die Unabhängigkeit näher rückt? Der Anruf bei Drake war meine Garantie, dass Sie umgehend kommen. Ich würde jedes Mal wieder so handeln, wenn es notwendig wäre.«

»Keine andere Hausfrau wäre in der Lage gewesen, zum Hörer zu greifen und die Polizei anzurufen.«

»Was wollen Sie damit sagen?«

»Damit will ich sagen, dass Sie privilegiert sind. In dieser Stadt gibt es nicht mehr als tausend private Telefonanschlüsse, und einen davon haben Sie. Ihr Gatte stammt aus einer angesehenen

Familie. Sie haben Verbindungen, Sie sind reich und etabliert. Ihre Religion ist in diesem Fall Nebensache. Ist die Polizei voreingenommen? Behandeln wir manche besser als andere? Gewiss. Aber dabei geht es nicht um Hindu oder Muslim. Unsere Gründe sind viel banaler. Ist der Mensch, der uns ruft, reich und mächtig, dann schert es uns wenig, ob er am Abend einen Mandir aufsucht, eine Moschee oder eine Kirche.«

Jetzt, wo Zahira sich ein Bild von diesem Mann gemacht hat, nickt sie dazu. »Wenn es Reichtum und Macht sind, die Sie respektieren, Inspektor Nandi, dann bestätigt das nur, dass mein Anruf bei Mr. Drake die richtige Entscheidung war.«

»Mag sein, Madame. Aber dieses Land braucht die Engländer nicht mehr. Wir Hindus und Muslime sollten lieber lernen, zusammenzuarbeiten, um ohne sie die Zukunft zu gestalten. Sie und Ihr Mann haben zweifellos vor, Indien zu verlassen, falls das Land zerbricht?«

Die Frage überrascht Zahira, wenn auch nur für einen Augenblick. »Was geht Sie das an?«

»Nichts, Mrs. Choudhury. Das ist das Tragische und das Komische daran.«

Sie zieht sich bebend vor Zorn in ihr Schlafzimmer zurück. Nandis Plan besteht darin, erst Motaleb und weitere Hausangestellte zu verhören und dann einen Konstabler zu ihrem Schutz abzustellen, während er sich das Viertel vornimmt, in dem Rahim entführt wurde.

Sie erwägt, Drake nochmals anzurufen, um sich zu beschweren. Sie ist aufgebracht von Nandis Dreistigkeit, seiner Gleichgültigkeit, seinen ungebetenen, einschüchternden Bemerkungen zur Politik. Ihr Vertrauen in die Polizei, schon vorher eine kaum knöcheltiefe Pfütze, verdunstet gerade ins Nichts. Prüfend wägt sie die Tasche voll Geld und Gold in der Hand. Welche Möglichkeiten bleiben ihr sonst noch? In diesem Moment hasst sie es, eine Frau zu sein, Szene für Szene nur Nebendarstellerin auf der Bühne der Welt.

Sie tritt hinaus auf den Balkon, den Zeremonialthron so vieler Hausherrinnen. Was auch immer für eine Untersuchung der Inspektor im Haus durchgeführt hat, der Überlänge kann man sie nicht bezichtigen, denn schon bald sieht sie Nandi zum Polizeijeep stapfen, begleitet von einem der Polizisten. Er spürt ihren Blick und schaut zu ihr herauf. Sie zieht ihren Schal über den Kopf und tritt einen Schritt zurück.

»Vergessen Sie nicht, was wir besprochen haben, Madame«, sagt Nandi in beiläufigem Ton, die Worte absichtlich vage. »Wir haben die Situation vollkommen im Griff. Sobald wir mehr wissen, rufen wir an. So schwer es auch fallen mag, schlage ich vor, dass Sie sich etwas ausruhen. Diese Angelegenheiten verlangen einen kühlen Kopf.«

Sie streift durch ihr Zimmer, als es an der Tür klopft. Wieder Nargis. Sie reißt sich zusammen. Die Dienerschaft darf nicht sehen, wie verzweifelt sie ist.

»Was gibt es?«

»Es ist Motaleb, Begum Sahiba. Er bittet darum, Sie sprechen zu dürfen.«

Er wartet am Treppenaufgang auf sie, wringt die Chauffeurskappe in den Händen wie einen nassen Lappen. Sie steigt die Treppe nicht ganz hinab, sondern bleibt auf einer der unteren Stufen stehen, um die Oberhand zu behalten. Motalebs Augen sind rot, die Uniform schlackert an seinem dürren Leib. An guten Tagen wirkt er alt, heute ist er ein Greis.

»Ich werde dir nur eine einzige Frage stellen, Motaleb, und bei deiner Ehre und Treue für diese Familie verlange ich, die Wahrheit zu erfahren. Hast du damit irgendetwas zu tun?«

»Ich würde eher mein Leben opfern, als zuzulassen, dass dem Sahib etwas zustößt.« Motalebs Stimme ist erstickt. »Das müssen Sie mir glauben.«

Eine volle Minute steht sie schweigend da und beobachtet ihn. Unter ihrem Blick fällt er noch mehr in sich zusammen.

»Warte hier«, sagt sie.

Sie sucht das Bad auf, macht rasch eine Wudu – verkündet dabei zunächst Allah ihre Niya, also ihre Absicht, eine rituelle Waschung durchzuführen, und ihre Gründe dafür – und wäscht sich dann Gesicht, Füße, Mund, Ohren und Arme, in dieser Reihenfolge. Sie schließt mit einem schnellen Gebet, um Gott und seinen Propheten zu bezeugen, den rechten Zeigefinger gen Himmel gerichtet.

Durch die Waschungen rituell und spirituell gewandelt, zieht sie weiter in die Bibliothek, einen langen Raum, dessen regalbedeckte Wände über 5000 Bücher auf Bengali, Englisch, Farsi, Hindi, Urdu und Arabisch fassen – zusammengetragen von Generationen der Choudhury-Dynastie. An gewöhnlichen Tagen ist es ihr Lieblingsraum, und an diesem Abend, nachdem das Sonnenlicht eines ganzen Tages durch die großen Südfenster hereingeströmt ist, ist er warm und duftet nach altem Papier, Leder und Mahagoni. Sie besteigt einen Stuhl, um in eines der oberen Fächer zu greifen, auf dem nur ein einziger Band steht – der Familienkoran, über hundert Jahre alt und in rotes Tuch geschlagen. Auf den ersten Seiten haben die Patriarchen der Choudhurys sorgsam Geburtstag und Namen jedes Kindes vermerkt, das in die Familie geboren wurde.

Motaleb hat sich nicht von der Stelle gerührt. Energisch schiebt sie ihm das Buch hin. »Leg deine Hand da drauf.«

Seine Augen flackern.

»Leg deine Hand darauf und schwöre, dass du die Wahrheit sprichst.«

Er streckt vorsichtig die Finger aus und zuckt kurz vor der Berührung mit dem Koran zurück, als hätte er sich verbrannt. »Ich bin nicht rein. Ich habe mein Maghribgebet noch nicht verrichtet.«

»Dann hol es jetzt nach. Ich kann warten. Du musst nicht zum Bad für die Dienerschaft gehen. Benutz gleich das hier.«

Währenddessen legt sie das Buch auf einen Abstelltisch. Motaleb lässt sich viel Zeit, und als er wieder erscheint, mit aufgerollten Hosenbeinen, die die Gründlichkeit seiner Mühen belegen, nähert er sich dem Koran wie einem gefährlichen Raubtier.

»Leg deine Hand darauf und schwör mir, dass du nur die Wahrheit sprichst«, sagt sie. »Warum zögerst du?«

»Nicht, weil ich nicht die Wahrheit sage, Begum Sahiba«, erklärt er, und zum ersten Mal schleicht sich Ungeduld in seine Stimme. »Nur – dieses Buch gehört der Familie. Ich kenne es, seitdem ich hier in den Dienst gekommen bin.«

»Koran bleibt Koran, ob im Palast oder der Hütte.«

»Wenn Sie es sagen.« Er murmelt ein rasches Gebet und legt die rechte Hand – die Handfläche gewölbt, damit nur Finger und Handgelenk die Oberfläche berührten – auf das heilige Buch.

»Ich schwöre bei Allah, dass alles, was ich gesagt habe, die Wahrheit ist – ich würde eher mein Leben opfern, als zuzulassen, dass Rahim Sahib etwas zustößt.«

»Gut«, sagt sie. »Ich glaube dir.«

»Danke, Begum Sahiba.« Er sieht erleichtert aus und gleichzeitig, als wollte er gleich wieder losweinen.

»Wenn ich fragen darf, was hat die Polizei jetzt vor?«

Sie sinkt auf einen Stuhl an der Wand. »Sie führen ihre Ermittlungen durch, aber wir dürfen keinen Kontakt mit den Verbrechern aufnehmen.«

»Und was halten Sie von diesem Rat?«

»Ich habe wenig Vertrauen in Inspektor Nandi«, sagt sie, freimütig vor lauter Erschöpfung.

»Ich auch nicht, Begum Sahiba.«

»Und was sollen wir nun machen?«

Er blickt sich prüfend nach Zeugen um und senkt dann verschwörerisch die Stimme. »Mit Ihrer Erlaubnis, ich hätte vielleicht einen Vorschlag. Lassen Sie uns hingehen; wir können das Schicksal Sahibs nicht in die Hand dieses Stümpers von Kommissar legen. Mit diesen Entführern schien mir nicht zu spaßen. Wer weiß, was die tun, wenn sie davon Wind bekommen, dass wir mit der Polizei gesprochen haben.«

Sie lehnt sich zurück. Auch sie hat bereits mit dem Gedanken gespielt, sich der Polizei zu widersetzen und die Entführer mit dem Lösegeld direkt aufzusuchen. Ein riskantes Manöver, aber ist es nicht besser, als hier zu sitzen und zu warten?

»Aber Nandi Babu hat uns geraten, abzuwarten.«

Motaleb beugt sich vor, die Stimme schmeichelnd und bestimmt. »Welcher Polizist würde das nicht, Begum Sahiba? Die haben aber doch alle Hände voll zu tun mit dem Direct Action Day morgen, die verschwenden keinen Gedanken an die Entführung von Rahim Sahib. Jede Minute, die wir verstreichen lassen, bringt ihn nur noch mehr in Gefahr.«

»Meinst du, die Polizei lässt die Gegend gar nicht beobachten?«

»Vielleicht schon, aber selbst wenn, wissen sie ja nicht, worauf sie achten sollen. Ich gebe ihnen die Hälfte des Lösegelds und verspreche zu verraten, wo sie den Rest finden, wenn sie mir Rahim Sahib heil überlassen.«

Sie grübelt absichtlich lange und sorgfältig darüber nach. Ihre Verzweiflung hat sie nicht blind gemacht; konzentriert versucht sie herauszufinden, ob das Leuchten in Motalebs Augen seinem Handlungseifer geschuldet ist oder anderen, finsteren Motiven.

»Das ist gar kein übler Plan, Motaleb«, sagt sie schließlich.

Der Chauffeur strahlt vor Freude. »Dann willigen Sie ein?«

»Ja, aber unter einer Bedingung. Du kannst nicht alleine hingehen.«

»Soll ich einen unserer Wachmänner mitnehmen, Begum Sahiba?«

Sie schüttelt langsam den Kopf. »Nein. Ich denke an jemand anderen.«

SHAHRYAR & ANNA

Washington, DC, USA
September 2004

Faisal Ahmeds Kanzlei befindet sich an der Ecke Vermont und K, in einem Gebäude mit zehn Stockwerken aus dem gleichen graubraunen Granit wie im gesamten Zentrum von Washington. Shar steuert von der U-Bahn-Station McPherson Square aus darauf zu und nimmt den Aufzug in den sechsten Stock. Ahmeds Räumlichkeiten liegen hinter einer weißen Tür mit einem goldfarbenen Aufkleber, der Besucher informiert, dass sie hier über ein *ANWALTSBÜRO* gestolpert sind; die Apartmentnummer darunter steht auf einem etwas eindrucksvolleren Messingschild.

Diesen Morgen ist er voller Hoffnung aufgewacht, ermutigt von dem Gespräch, das er vergangene Woche in der Bangla-Schule mit Ahmed geführt hat, in dem der Anwalt über mögliche Wege sinniert hatte, ihm zu einem Verbleib in Amerika zu verhelfen. Ahmed hatte sich mit großen Versprechungen zurückgehalten, doch in den Tagen darauf waren seine beruhigenden Worte dennoch in unberechtigte Hoffnung und Optimismus ausgewuchert. Statt wie erwartet auf ein Büro hinter einer Glasfassade mit einem Empfangsdienst stößt er auf klapprige Raumteiler aus Holz, die Tische, Stühle und große Aktenstapel voneinander trennen, und schäbige blaue Auslegeware in einem Raum, der nach schalem Tabakrauch riecht.

Entlang der Wand steht eine Stuhlreihe, wo andere Klienten warten. Er nickt einen flüchtigen Gruß und setzt sich neben einen kräftigen Hispano mit farbbekleckster Kleidung und einem Bauhelm im Schoß. Ein junges afrikanisches Paar, aus Somalia, wie Shar aufgrund der Gewänder der Frau vermutet, ist beschäftigt mit einem Kind von vielleicht einem Jahr. Die übrige Handvoll Männer und Frauen scheint wie er aus Südasien zu stammen.

Er setzt sich und nimmt eine Zeitschrift. Zehn Minuten liest er darin, bis eine Tür sich öffnet, eine junge Frau heraustritt und sich vor ihn stellt. Sie ist groß, blond und lächelt nicht.

»Sind Sie Mr. Choudhury?«

»Ja«, erhebt er sich.

Ihre Worte klingen slawisch. »Bitte folgen Sie mir. Faisal erwartet Sie.«

»Moment mal!«, schaltet sich der somalische Mann ein. »Bitte entschuldigen Sie, aber wir waren vor ihm dran.«

»Kein Problem«, sagt Shar. »Er hat recht. Die Herrschaften waren vor mir da.«

»Kommen Sie bitte einfach mit.« Sie wendet sich an den aufgebrachten Mann. »Tut mir leid, Mr. Magid. Das hier ist dringend und es dauert auch nicht lange. Sie sind dann als Nächste an der Reihe.«

Der Mann zieht sich sichtlich verärgert zurück. Shar wird zu einer Tür ganz hinten im Raum geführt.

»Herein!«

Faisal Ahmed klemmt in seinem Zimmer zwischen einem Fenster, das auf die Vermont Avenue hinausgeht, und einem Schreibtisch. Er erhebt sich und begrüßt Shar auf Englisch. »Lese grad Ihren Lebenslauf! Ich hoffe, Sie haben nichts dagegen, wenn Katerina dabei ist. Sie ist meine Rechtsanwaltsgehilfin.«

»Kein bisschen.« Shar setzt sich, und Katerina platziert sich neben ihm mit Block und Stift in der Hand. Sie hat ein scharfes Profil und strahlend blaue Augen, wie ihm jetzt auffällt.

»Ich lasse Sie jetzt ein paar Sachen wiederholen, die Sie mir im Nachbarschaftszentrum erzählt haben. Katerina war ja nicht dabei, und sie braucht diese Informationen für Ihre Akte. Sagen Sie mir noch mal, wie ist Ihr Aufenthaltsstatus in den USA?«

»Ich bin vor sechs Jahren als Doktorand mit einem Stipendium für die George Washington University hergekommen. Letztes Jahr habe ich meinen Abschluss gemacht und arbeite jetzt auf Basis eines verlängerten Studentenvisums. Das ist aber nur noch drei Monate gültig. Wenn mein aktueller Arbeitgeber für mich nicht die Bürgschaft für eine Green Card übernimmt – und er hat mir schon gesagt, dass er das nicht tun wird –, dann muss ich gehen. Es sei denn, ich finde einen anderen Arbeitgeber, der mich anstellt.«

»Richtig.« Ahmed bearbeitet das Ende eines Kugelschreibers mit den Zähnen. »Und für wen arbeiten Sie gerade?«

»Das Institut für Politischen Dialog. Das ist ein von der Regierung finanziertes …«

»Ja, kenne ich. Der Leiter ist Albert Volcker, stimmt's?«

»Äh, ja«, sagt Shar überrascht und beeindruckt zugleich.

Faisal und Katerina tauschen einen flüchtigen Blick aus.

»Woher haben Sie das gewusst?«

Ahmed lacht entwaffnend. Seine Zähne sind klein und regelmäßig. »Ich bin Anwalt in DC. Wer da nicht genug Leute kennt, Shar, der braucht den Beruf gar nicht auszuüben. Übrigens, Ihr Name. Das dürfte eine Abkürzung sein, nehme ich an? Sharif vielleicht?«

Jetzt ist er derjenige, der lacht. »Sharif, das wäre zu einfach. Nein, es steht für Shahryar.«

Ahmeds verzogener Gesichtsausdruck soll wohl Mitgefühl vermitteln, nach dem Motto: Was wir doch alles auf uns nehmen, um in diesem Land leben zu können, nicht wahr?

»Ach, Sie hätten mal hören sollen, wie die meinen Namen verunstaltet haben, als ich vor fünfundzwanzig Jahren das erste Mal hierhergekommen bin. Ich hab mich damals einfach Faz genannt.«

»Mr. Ahmed hat mir erzählt, dass Sie hier eine Tochter haben, Mr. Choudhury«, mischt Katerina sich ein. »Welche Staatsbürgerschaft hat sie?«

»Amerikanisch. Genau wie ihre Mutter.«

»Und Sie beide sind nicht verheiratet?«

»Nein.«

»Waren Sie je verheiratet?«

»... nein.«

Katerina richtet die nächste Bemerkung an Ahmed. »Ich frage nur, weil es sich ja förmlich aufdrängt.«

»Da ist was dran, Katerina«, sagt Ahmed. »Shar, ich muss Sie das fragen, und verzeihen Sie mir, wenn ich Ihnen damit zu nahetrete – aber besteht irgendeine Aussicht, dass Sie sich mit der Kindesmutter wieder versöhnen könnten? Sie heiraten? Das würde uns die Dinge deutlich erleichtern.«

Er schüttelt den Kopf. »Sie hat einen Partner. Die beiden leben schon seit einigen Jahren zusammen.«

»Das ist zu schade.« Ahmed bläst die Backen auf und lässt die Luft langsam entweichen, tippt dabei mit dem Stift auf den Tisch. »Ich muss sagen, Shar, und das wissen Sie wahrscheinlich selbst, aber ich sehe hier nicht allzu viele Möglichkeiten.«

»Verstehe ...«

Seine Niedergeschlagenheit muss so offensichtlich sein, dass der Anwalt sich beeilt, ihm zu versichern: »Kommen Sie, ich will nicht, dass Sie denken, die Lage wäre aussichtslos. Ein Weg ist uns verschlossen. Aber dann müssen wir eben andere erwägen.«

Er mustert Shars Lebenslauf. »Haben Sie besondere Computerkenntnisse? Können Sie programmieren?«

»Nur Microsoft Word, Excel. Solche Dinge.«

»Wie sieht es aus mit Ingenieurswesen?«

»Nein. Wenn Sie sich meinen Lebenslauf anschauen ...«

»Ihr Doktortitel. Welches Gebiet war das?«

»Sozialanthropologie. Meine Dissertation war über die Fischer an der bengalischen Küste. Über ihre Sozialökonomie.«

Ahmed blickt auf, seine Neugier ist geweckt. »Ein interessantes Thema. Warum gerade dieses?«

»Dort liegen meine Wurzeln«, sagt Shar, ohne weiter darauf einzugehen.

»Gut, ich denke, in Ihrem Fall müssen wir etwas kreativer werden als gewöhnlich. Dann machen wir für heute mal Schluss, Shar, oder? Ab jetzt wird Katerina Ihre Ansprechpartnerin sein. Sie meldet sich wegen des weiteren Vorgehens.«

»Danke. Aber wir haben noch nicht über Ihr Honorar gesprochen …«

Ahmed unterbricht ihn mit abwehrender Hand. »Darüber machen wir uns jetzt erst mal keine Gedanken. Meine Tarife sind gestaffelt. Nichts, was Ihren Geldbeutel überfordern würde.«

Katerina führt ihn zum Eingang, vorbei an der Reihe wartender Klienten, zu denen sich mittlerweile zahlreiche weitere Menschen gesellt haben.

An der Tür dreht er sich noch mal zu ihr um. »Glauben Sie wirklich, er kann mir helfen?«

Ihr Händedruck ist fest. »Wenn es irgendwer kann, dann er.«

CLAIRE

Rangun, Burma
März 1942

Dr. Claire Drake erwacht in drückender Hitze; ihr Rücken ist steif von der Liege, die fast den ganzen Ruheraum der Ärzte einnimmt. Die Leuchtzeiger ihrer Omega Seamaster – ein Geschenk Teddies zu ihrem ersten Hochzeitstag – stehen auf 16.45 Uhr. Vor dieser kurzen Pause ist sie zwanzig Stunden am Stück auf den Beinen gewesen.

Trotz ihres pochenden Kopfs richtet sie sich vorsichtig auf. Unter den achtzehn Sanitätsoffizieren am General Hospital von Rangun ist sie die einzige Frau, weshalb es nicht reicht, einfach ebenso kompetent und fleißig zu sein wie ihre männlichen Kollegen – sie muss sie bei Weitem übertreffen. Nur so gesteht man ihr zu, dass sie »mit den Jungs mithalten kann«. Als Ärztin muss sie immer einen Schritt voraus sein.

Sie wankt auf den Korridor. An verwundeten Soldaten herrscht kein Mangel: Gerade ist eine frische Fuhre Versehrter aus Singapur eingetroffen, das erst vor ein paar Wochen an die Japaner gefallen ist.

In leichter Schlingerbahn vollzieht sie benebelt ihre Visite, bis Schwester Pershing, eine widerspenstige Schottin, die bereits an beiden Enden des Empire gedient hat – Singapur und Tanger –, sie zur Tür hinausschieben will. »Himmel, Doc. Gehen Sie nach Hause, bevor Sie noch irgendeinen armen Tropf aus Sheffield unter die Erde bringen, nur weil er sich den falschen Tag ausgesucht hat, um sich von den Japsen bombardieren zu lassen.«

Sie folgt dem Rat, geht hinaus und entscheidet sich gegen den Wagen, der ihr als Offizierin zusteht, und für die frische Luft. Sie hat den weißen Kittel aufgeknöpft, sodass er nun über dem Kleid flattert, und spaziert hinaus auf die Hauptstraße, die menschenleer und unbefahren ist bis auf die gelegentlich vorbeibrausenden Armeelaster. Angesichts der immer wahrscheinlicher werdenden Invasion der Japaner ist Rangun im Laufe der letzten Wochen zunehmend verwaist. Es ist nur noch eine Frage von Tagen, wenn Teddies Vermutung stimmt.

Der Heimweg zu Fuß ist ihr unvertraut, und so versucht sie sich an der goldenen Spitze der Shwedagon-Pagode, an den Zwillingstürmen der St.-Mary's-Kathedrale zu orientieren und läuft drauflos, bis sie in der Ferne den düsteren Teakholzklotz des Pegu-Clubs ausmacht.

Sie geht die Budd's Road entlang, die gesäumt ist von Straßenständen mit Kesseln voll öligen Currys und Nudeln, dicht neben offenen Abwasserschächten. Beim Anblick knurrt ihr der Magen, und unwillkürlich steuert sie einen Stand an, wo sich Berge von Glasnudeln türmen, garniert mit ihr unbekannten Blättern. Die Standbesitzerin springt auf, ihre Miene schwankt zwischen Bestürzung und Begeisterung angesichts einer möglichen Kundin von Claires Format. Die burmesischen Kunden auf ihren kleinen Holzschemeln sind zurückhaltender. Einige rücken zur Seite, doch keiner steht auf oder sucht das Weite.

Die Standbesitzerin hebt einen Deckel nach dem anderen und wedelt mit der Hand wie eine Zauberin über jedem einzelnen Topf, enthüllt abwechselnd Schmorgemüse, Teeblattsalat, Lamm, Hühnchen und etwas, das Claire verdächtig nach Curryfrosch aussieht.

»Danke. Das reicht schon«, sagt sie, im letzten Moment doch vom Mut verlassen. Teddie und sie waren anfangs sehr abenteuerlustig, was die lokale Küche betraf. Doch in der zweiten Woche erkrankten sie nach solch einem Essen auf der Straße. Seitdem hat er seine Mahlzeiten nur noch zu Hause eingenommen oder im Pegu-Club. Doch Claire hat sich ihre Schwäche für die burmesische Küche bewahrt, besonders für Mohinkhar, eine einzigartige Mischung aus Reisnudeln, Fischbrühe, frittierten Kichererbsen und scharfen Schoten. Ihre Aja, Myint, bereitet es ihr jeden Morgen zum Frühstück, wenn man ihr nichts anderes aufträgt.

Heute empfängt sie Claire an ihrem Haustor. Myint ist noch keine zwanzig, von schmaler, flachbrüstiger Gestalt, elegant in ihrer grünen Bluse und dem enganliegenden gelben Longyi. Ihr flächiges, glattes Gesicht verwandelt sich mit jedem Lächeln in einen See der Herzlichkeit.

Doch heute ist ihre Miene streng.

»Was soll das, Thakinma? Es ist gefährlich, zu Fuß nach Hause zu gehen. Überall gibt es Plünderer. Räuber. Was ist mit dem Auto los?«

Belustigt schließt Claire sie flüchtig in die Arme. »Verzeih die verschwitzten Kleider, Myint, aber ich freue mich auch, dich zu sehen. Der Tag war so anstrengend, da konnte ich mich nicht einfach in den verflixten Wagen setzen. Ich musste den Kopf freikriegen.«

»Einen leeren Kopf wollen Sie? Dann bleiben Sie doch zu Hause und putzen das Haus so wie ich! Ich geh dann zum Spital und bin Arzt wie Sie.«

Claire wirft den Kopf in den Nacken, lacht und spürt, wie etwas Erschöpfung von ihr abfällt. »Abgemacht! Wann kannst du anfangen?«

Trotz ihrer Belustigung kommt ihr das Angebot gar nicht völlig abwegig vor. Unlängst ist Claire zu dem Schluss gekommen, dass die junge Frau als Haushälterin weit unterhalb ihrer Fähigkeiten bleibt, und hat deshalb beschlossen, bei der Oberschwester des General Hospital nach einer Lernschwesterstelle für Myint anzufragen.

Myints Vater war ihr Gärtner gewesen, bis er vor zwei Jahren einem Herzinfarkt erlag. Seinen letzten Tag verbrachte er in Claires Obhut im Krankenhaus von Rangun, wo er ihr das Versprechen abrang, nach seinem Tod seine junge Tochter in Dienst zu nehmen, die alleine in Kalay lebte, weil ihre Mutter schon im

Kindbett gestorben war. Claire hielt Wort und ließ mit Teddies Einverständnis Myint herbeiholen. Das Mädchen entpuppte sich als Sprachtalent, das nach einem Jahr schon flüssig Englisch parlierte, nebenher das Haus makellos reinhielt und sich zur Meisterin der kontinentalen wie der burmesischen Küche entwickelte.

»Hast du es geschafft, die Schweinekoteletts aufzutreiben?«, fragt Claire.

»Schwierig. Aber ich hab sie.«

Claire kann sich gut vorstellen, was Myint für Mühe gehabt haben muss. Weil aufgrund des japanischen Vormarschs auf die Stadt die Vorräte zunehmend knapper werden, ist Fleisch auf den Märkten kaum noch zu finden.

Myint bietet an, zu kochen, doch Claire besteht höflich darauf, ihren Beitrag zu leisten, da heute Claires und Teddies fünfter Hochzeitstag ist. Also reiben die Frauen das Fleisch dick ein mit Salz, schwarzem Pfeffer, geriebenem Rosmarin und den kostbaren letzten Tropfen Olivenöl, das noch von einer Reise nach Porto stammt. Sie werfen Kartoffeln in einen Topf sprudelnden Salzwassers für das Püree.

Unterdessen flackert die Küchenlampe und erlischt, draußen dämmert es schon. Sie stecken Kerzen an und stellen sie auf die Arbeitsfläche und auf das Fensterbrett vor dem blutweißen Himmel.

Draußen rufen Elstern, die von ihrem Tagwerk der Nahrungssuche heimgekehrt sind und sich gegenüber auf dem gewaltigen Regenbaum niedergelassen haben. Während die Frauen kochen, hüpft eine besonders große Elster kühn auf das Ende eines Astes, der fast in Greifnähe des Küchenfensters reicht. Mit ihrem Bernsteinblick fixiert sie Claire, die zurückweicht und etwas Entbehrliches sucht, das sie nach dem Vogel werfen kann. Claire entscheidet sich für eine Kartoffel und will sie gerade werfen, als sich ihr sanft eine Hand ums Gelenk legt.

Das Gesicht ihrer Aja ist finster und vorwurfsvoll. »Nein, Thakinma. Das sind Geistervögel, Nats.«

»Mag ja sein.« Claire senkt die Hand. »Aber es sind so grässliche Kreaturen.«

»Sie ist schon weg. Schauen Sie.« Myint weist auf den verlassenen Ast.

Claire schüttelt es. Doch der Vogel ist weg und das Essen im Ofen, und so zieht sie sich erleichtert zurück, um ein Bad zu nehmen.

Das Haus ist ein Jahrhundertwendebau, ursprünglich für einen britischen Major errichtet, doch das Bad ist neuer und mit Marmorböden und modernen Armaturen ausgestattet, die Teddie eigens vor ihrem Einzug bestellt hatte. Sie dreht an einer Kurbel das lange Flügelfenster auf. In der Ferne blitzt es auf. Donnergrollen ist zu hören. Ein Unwetter rollt an, um die Belagerung der Sonne endlich zu brechen. Bis dahin muss das kühle Wasser genügen, das in die löwenfüßige Wanne läuft.

Sie versinkt in der Wanne, bis das Wasser sich seifig trübt. Als sie das Bad wieder verlässt – in einen Bademantel gewickelt, das Haar im Handtuch –, riecht es im ganzen Haus schon nach Schmorschwein mit Rosmarin. Die Uhr an der Wand zeigt 19.30 Uhr. Bald wird Teddie hier sein.

In der Küche hat Myint bereits die Koteletts herausgenommen. Claire ist gerade dabei, Myint zu zeigen, wie sie die Stangenbohnen zubereiten soll, als es auf einmal laut an der Tür klopft.

Draußen stehen zwei Soldaten, die schneidig salutieren. Beide sind aus Teddies Kompanie. Claire hält sich krampfhaft den Bademantel zu und hofft, dass die Hitze, die ihr ins Gesicht steigt, ihr nicht anzusehen ist.

»Was ist passiert? Wo ist Oberst Drake?«

»Er hat uns hergeschickt, Madame«, sagt der Größere. Er sieht gut aus, mit dunklem Haar und blauen Augen. Dem bestickten Namensschild auf seiner Uniform nach heißt er Waugh.

»Es hat einen Evakuierungsbefehl gegeben«, führt der kleinere, blonde Soldat aus – Geary. »Oberst Drake ist in Sicherheit. Er hat uns gebeten, Sie abzuholen, um ihn am Bahnhof zu treffen.«

»Das Krankenhaus. Für heute bin ich mit meinem Dienst fertig, aber ich muss wieder hin.«

Die Männer treten ein. »Das Krankenhauspersonal und die Patienten werden per Schiff evakuiert. Sie aber nehmen den Zug mit den anderen Offizieren«, sagt Waugh.

»Ich habe eine Pflicht gegenüber meinen Patienten.«

»Bedaure sehr, Madame. Ich folge nur meinen Anweisungen.«

Sie beißt sich auf die Lippe, überwältigt von dem, was jetzt notwendig ist. Schon so lange hören sie von den Japanern, von ihren Erfolgen, ihrem unermüdlichen Vordringen gegen das britische Empire, dass man es leicht als Mythos abtun konnte. Bis jetzt.

»Ich schlage vor, wir beeilen uns, Madame.« Waugh weist durch die offene Tür auf das östliche Hügelland. Ihr Blick folgt seinem Finger.

Vorhin, aus dem Badfenster, hatte sie das Flackern am Himmel für Blitze gehalten, das Grollen für Donner. Jetzt begreift sie das Ausmaß ihres Irrtums. Ihr Albtraum hängt nun in den Wolken, Kampfflieger, die sie umkreisen wie metallene Aasgeier.

Sie seufzt. »Ich vermute, für Koteletts haben wir keine Zeit?«

Myint und sie halten schon seit Wochen das Notwendigste zum Packen bereit. Jetzt machen sich die beiden Frauen hastig an die Arbeit. Nachdem sie erst Myint geholfen hat, deren bescheidene Besitztümer in einer Ledertasche zu verstauen, stopft sie einen Koffer randvoll mit Kleidung und wirft sich einen Notfallrucksack über die Schulter, in dem sich die signierten Graham-Greene-Erstausgaben, Fotografien und Schmuck befinden. Waugh und Geary gehen ihr zur Hand und versprechen, dass die Royal Air Force sich bemühen wird, ihr den Rest nachzusenden.

Sie laufen los. Keine zehn Minuten sind seit der Ankunft der Männer vergangen, doch das Grollen und Blitzen des Angriffs ist bereits deutlich näher gerückt. Sirenen zerreißen die Luft, am Himmel zerplatzen Blüten, grellgelb wie Ackersenf.

Sie drängen sich in den Lanchester, der in der Zufahrt parkt. Die Männer sitzen vorn, Geary am Steuer. Sie sausen zum Tor hinaus und die Halpin Road hinunter, biegen scharf rechts ab auf die Godwin Road, mit quietschenden, rauchenden Reifen. Dann passieren sie den Paradeplatz, aus dem sich panische Menschenmengen ergießen, die gen Himmel deuten. Eine hochschwangere Frau stürzt und wird binnen Sekunden von der Stampede verschluckt. Claire wendet den Blick ab.

Geary ist wie mit dem Lenkrad verschmolzen, ungerührt vom Chaos ringsum. Das Fahrgestell des Lanchester ächzt und stöhnt, er schlingert und weicht Menschen aus, die sich auf die Straße verirren. Ein Mann braucht eine Sekunde zu lang und wird vom Auto erfasst, man hört ein scheußliches Knirschen. Eine gefühlte Ewigkeit wirbelt er durch die Luft, bis er auf dem Fußweg landet und bäuchlings liegenbleibt.

Claire und Myint kreischen auf vor Schreck, doch der Wagen verlangsamt nicht sein Tempo. Claire packt Waugh bei der Schulter, bis er sich umdreht. »Wir können ihn da nicht einfach liegenlassen. Wir müssen etwas unternehmen.«

Waugh blickt ihr unbewegt in die Augen. »Wir unternehmen bereits etwas, Madame. Wir bringen Sie in Sicherheit.«

Sie erreichen die Bahnhofstore, die verschlossen und verriegelt sind. Davor stehen britische Soldaten in Formation, die Gewehre auf die Massen richten, die Einlass begehren.

Für den Wagen rücken die Männer aber zur Seite. Geary bremst und zeigt dem Soldaten, der auf sie zukommt, seine Papiere.

»Wen befördern Sie?«, fragt er nach flüchtigem Blick auf die Karte.

»Hauptmann Claire Drake, RAMC«, entgegnet Claire.

»Eine Ärztin ist sie?« Der Mann richtet ungläubig die Frage an Geary, bevor er hastig vor ihr salutiert. »Warum ist sie nicht am Kai bei der Medevac?«

»Sie können auch direkt mit mir sprechen, Korporal. Ich bin weder taub noch ein Kind. Wir wollen zu meinem Gatten, Oberst Drake.«

Der Korporal überlegt noch einmal kurz und zuckt dann die Achseln. »Sie können rein, aber Ihr Mädchen nicht«, sagt er und weist auf Myint.

»Sie gehört zu mir«, sagt Claire bestimmt. Sie ergreift Myints Hand und spürt, wie sie zittert.

»Das sehe ich, Madame. Aber diese Entscheidung obliegt weder Ihnen noch mir.« Schon rückt er von ihnen ab – in der Nähe ist es zu Handgreiflichkeiten zwischen Zivilisten und Soldaten gekommen.

»Macht ihr Burschen ihr das bitte klar«, sagt er zum Abschied und stürmt auf die Menschentraube zu.

»Sie geht nicht wieder zurück«, warnt Claire, doch als sie Waugh unterstützungsheischend ansieht, meidet der ihren Blick. Auch Geary starrt angestrengt geradeaus, fingert mit einer Hand an seiner Kennkarte herum und hält die andere am Steuer. Der Motor läuft weiter, doch das Tor bleibt verschlossen.

»Wir müssen uns bei Ihnen entschuldigen, Madame«, sagt Waugh. »Geary und ich haben das schon vorher besprochen und beschlossen, es Ihnen nicht zu sagen, weil wir fürchteten, sonst Zeit zu verlieren. Es war Eile geboten.«

»Was sagen Sie da?«, fragt sie, obwohl sie die Antwort schon längst kennt. Sie blickt zurück in die Menschenmenge. Einige schreien die Soldaten an, sie in den Bahnhof zu lassen, andere suchen eilig anderswo Schutz.

Einige liegen reglos am Boden.

Kein einziges Gesicht unter ihnen ist weiß.

Sie hasten weiter zu den Offiziersabteilen im vorderen Zugteil. Im Gegensatz zu dem Chaos draußen ist der Bahnsteig ein Vorbild an Organisation und Effizienz: Soldaten verladen Gepäck unter der Aufsicht von Offizieren, deren Familien von beflissenen Schaffnern zu Waggons geleitet werden. Die Ehefrauen und Kinder wirken verängstigt, aber gefasst, die Offiziere und Soldaten angespannt.

Sie entdeckt ihren Mann, der trotz der Hitze einen schweren

Armeemantel trägt. Auch den Offizier neben ihm erkennt sie. Es ist Selwyn, ein Junggeselle, der ein-, zweimal bei ihnen zum Essen eingeladen war, doch dessen derber Humor und endloser Durst auf Scotch bei ihr keinen guten Eindruck hinterlassen haben.

Teddie ist groß und gutaussehend, mit kastanienbraunem Haar und tiefliegenden grauen Augen. Er nickt Waugh und Geary zu, die Claires Koffer geschleppt haben.

»Was ist los?«, fragt er, als er Claires Miene sieht.

»Du musst den Soldaten am Tor sagen, dass Myint uns begleitet. Sie wartet jetzt dort.«

Er legt die Hände auf ihre Schultern. »Claire, die Züge sind nur für die Untertanen Seiner Majestät. Das kommt alles direkt von General Alexander.«

»Wir können sie nicht einfach zurücklassen … mittendrin.«

Er sieht ihr kurz in die Augen und sagt: »Nein. Nein, werden wir natürlich nicht.«

Kurz nimmt er Waugh und Geary beiseite und verhandelt verstohlen mit ihnen. Selwyn stellt sich gleich dazu.

Es dauert nicht lange, und er beginnt sich fürchterlich aufzuregen: »Soll das ein Witz sein, Drake? Was glauben Sie wohl, wer Sie sind?«

Teddie bemüht sich, die Wogen zu glätten, doch Selwyn schreit bereits Claire an: »Wächst das auf Ihrem Mist? Glauben Sie, uns anderen schmeckt es, unser Personal zurückzulassen? Wenn wir die Wahl hätten, wär der ganze Zug voller Scheißburmesen.«

Sie antwortet nicht und hält seinem Blick stand, bis er ihn abwenden muss.

Teddie legt ihm mit grimmiger Miene eine Hand auf die Schulter. »Jetzt ist's genug, Selwyn. So sprechen Sie nicht mit meiner Frau.«

Selwyn tritt schulterzuckend beiseite. »Pardon. Pardon. Geht mir etwas an die Nieren, das Ganze hier. Natürlich, ich bitte Claire um Verzeihung.«

»Ich habe kurz mit Waugh und Geary gesprochen«, berichtet ihr Teddie, als Selwyn sich trollt, um eine Zigarette anzustecken. »Wir können Myint nicht mitnehmen, aber es gibt eigene

Evakuierungen für Soldaten und Hauspersonal. Waugh und Geary kümmern sich darum, dass sie beim Personal mitfährt.«

»Sind das auch Züge?«

»Für die Soldaten Züge. Laster, Autos und was auch immer wir entbehren können für die Angestellten.«

»Wer garantiert uns, dass sie es in ihr Dorf schafft?«

»Garantien gibt es für niemanden.«

»Ich fahre hier nicht weg, bevor ich nicht weiß, dass sie in Sicherheit gebracht wird.«

»Der beste Weg, ihre Sicherheit zu garantieren, besteht darin, so schnell wie möglich diesen Bahnhof zu verlassen.«

»Was meinst du damit?«

»Komm mit.«

Inzwischen leert sich der Bahnsteig. Eine Gruppe Soldaten geht den letzten prüfenden Gang von einem Ende zum anderen, damit kein Gepäckstück vergessen wird. Er führt sie zur Spitze des Zugs, vorbei an der Lokomotive, um ihr zu zeigen, was auf der anderen Seite geschieht: Soldaten eilen mit Dynamitstangen umher und verteilen sie strategisch in Ecken und Winkeln – entlang der Schienen, neben den Mauern. Sobald sie fort sind, wird für die Japaner nichts Brauchbares übrig bleiben.

Nahe den Toren tönt es wie Raketenböller, Gewehrfeuer, nimmt sie stumpf zur Kenntnis. Übelkeit überschwemmt ihre Sinne.

Teddie nimmt sie bei der Hand. »Wir müssen los, Schatz.«

Das Abendessen wird im Speisewagen serviert, eine halbe Stunde nach Abfahrt des Zugs – Kohlsuppe und Braten, gefolgt von rosa Wackelpudding. Ein Offizier hat mehrere Flaschen Bordeaux aus seinem privaten Keller gerettet, die sie jetzt gemeinsam trinken. Claire, die kaum Appetit hat, lässt sich ein zweites Glas geben, was für sie sehr untypisch ist.

Gewöhnlich würden die Männer sich nach dem Mahl in den Raucherwagen zurückziehen, doch heute schweißt der Ernst der Lage die Geschlechter zusammen. Auch nachdem die Tische längst abgeräumt sind, bleiben sie dort sitzen: Die Frauen lutschen Bonbons, die Männer Zigarren.

Selwyn kommt ungefragt zu ihnen an den Tisch und tut, als wäre auf dem Bahnsteig nie etwas vorgefallen. Teddie sucht Claires Blick, doch sie starrt nur geradeaus. Seit sie den Bahnhof verlassen haben, hat sie kein Wort gesprochen.

Auch Selwyn zündet sich eine Zigarre an. Teddie öffnet das Fenster einen Spaltbreit, damit der Rauch nach draußen entweichen kann. Verwischte Schattenrisse der burmesischen Pflanzenwelt rauschen am Nachthimmel vorüber.

Sie haben eine lange Reise vor sich. Der Zug wird Mandalay durchqueren, die alte Hauptstadt des Königreichs mit ihren Stupas und Palästen, bevor sie Myitkyina erreichen, wo Engländer oft ihre Sommerfrische verleben. Von dort aus werden sie nach Imphal fliegen, um dort einen weiteren Zug zu besteigen – nach Chittagong.

»In diesem Land können wir nie wieder erhobenen Hauptes herumlaufen«, murmelt Selwyn. Er ist hager, aber athletisch und trägt einen schmal gestutzten Schnurrbart. Er könnte durchaus gut aussehen, würde er nicht ständig höhnisch grinsen.

»Wer ist in Chittagong Kommandierender Offizier?«, fragt Teddie, offensichtlich bemüht, das Thema zu wechseln.

»So ein widerlicher kleiner Ire. Wir haben zusammen in Kirkuk gedient.«

»Wie meinen Sie das?«

»Ach, Sie wissen schon, typisches Produkt des öffentlichen Schulsystems. Der ist gleich zu erkennen. Den Akzent hat er sich abgeschrubbt, aber gegen die roten Haare und Sommersprossen kann er nichts machen.«

»Verstehe«, sagt Teddie verkrampft. Bis auf die irische Herkunft würde Selwyns Beschreibung ebenso gut auf Claire passen, deren verächtlicher Blick ihm entgeht.

Stattdessen hält er grinsend seine Zigarette durchs Fenster. »Das Einzige, worauf ich mich in diesem Provinzloch freue, ist seine Reaktion, wenn er merkt, dass er jetzt meinem Kommando untersteht. Der kriegt Zustände!«

»Apropos«, sagt Teddie. »Ich werde die ersten paar Monate in Imphal sein, unter Slim. Ich hoffe, Sie werden in meiner Abwesenheit ein Auge auf Claire haben.«

Selwyn lächelt. »Nach unserem kleinen Vorfall am Bahnsteig vielleicht sogar zwei.«

Claire steht auf. »Entschuldigt mich.«

Sie läuft bis ans Ende des Zugs, tritt durch die letzte Tür hinaus auf die Plattform, wo der Bremser und ein paar Kellner stehen und rauchen, alles Burmesen. Ihr plötzliches Erscheinen versetzt sie in großäugigen Schrecken, der sich noch steigert, als sie um eine Zigarette bittet. Der Bremser steckt sie ihr an, verschwindet dann mit den anderen aber. Wenige Minuten darauf hört sie hinter sich die Tür aufgehen. Teddie stützt sich neben sie aufs Geländer.

Minutenlang sagen sie gar nichts, verfolgen nur, wie die verdunkelten Ebenen Burmas hinter ihnen zurückfallen.

»Woher hast du gewusst, wo ich bin?«, fragt sie schließlich.

»Wir sind in einem Zug, Claire. Da gibt's nur zwei Richtungen. Außer du springst aus dem Fenster und läufst nach Rangun zurück.«

»Wie konntest du Selwyn nur so etwas sagen? Diesen hirnlosen Rüpel drum bitten, ein Auge auf mich zu haben, als ob ich ein Kind wäre, auf das man achtgeben muss?«

Teddie seufzt. »Ob es uns jetzt passt oder nicht, er wird Kommandierender Offizier sein, und es ist besser, ihn auf unserer Seite zu haben. Außerdem, jedes Mal wenn er in der Vergangenheit Stuss verzapft hat, hast du Kleinholz aus ihm gemacht. Ich bezweifle sehr, dass sich an dieser Tradition viel ändert.«

Sie wählt ihre Antwort mit Bedacht. Teddie meint es gut, und bei ihm spürt sie auch nur selten etwas von der Verachtung, mit der andere Offiziere von den Kolonien und deren Einheimischen sprechen. Aber als er den Posten in Burma annahm, fiel ihr der Eifer, mit dem er in seine neue Autoritätsrolle schlüpfte, durchaus auf. Sie machte keinen anderen Menschen aus ihm, doch sie förderte eine beiläufige Arroganz zutage, die in den ersten Jahren ihrer Ehe nicht sichtbar gewesen war.

Vielleicht hätte sie damit rechnen sollen. Bis vor wenigen Generationen noch floss durch die Adern seiner Familie nicht rotes, sondern blaues Blut. Und die Porträtgalerie auf deren Sitz in Hampshire zeigt eine endlose Reihe von Admirälen, Sealords, Marquis und Earls, bis zu den morganatischen Zweigen des Hauses Hessen-Darmstadt.

Ihre eigene Herkunft ist bescheidener: Ihr Vater besaß eine Baufirma, die von der Zerstörungswelle profitierte, welcher um die Jahrhundertwende Englands Herrenhäuser zum Opfer fielen. Ein Mann, der in aller Unauffälligkeit wohlhabend geworden war und darauf bestand, seine Kindheitserfahrungen an seine vier Töchter weiterzugeben, von denen Claire die dritte ist. Weder kauften sie ein Auto, noch zogen sie aus dem kleinen Bauernhaus in Yorkshire aus, in dem Claire geboren worden war. Nach ihrem Eintritt ins King's College wurde sie angehalten, nicht mehr als vier Shilling pro Woche auszugeben und auf Extravaganzen wie Taxifahrten nur »im äußersten Notfall« zurückzugreifen.

Solch einem Notfall hat sie ihre Begegnung mit Teddie zu verdanken. Claire hatte ein Taxi nach St. Pancras genommen, um dort noch den Zug für ihre Heimfahrt über die Osterfeiertage zu erwischen, nur um am Bahnhof entsetzt festzustellen, dass sie ihre Geldbörse vergessen hatte. Bis zur Abfahrt des Zugs waren es nur noch Minuten, und Teddie, der gerade selbst einem Taxi entstieg, eilte herbei, erbot sich zu zahlen und half ihr hinterher mit dem Gepäck. Er lehnte ihr Angebot ab, ihm das Geld nach ihrer Rückkehr zu erstatten, bat jedoch um einen Spaziergang an der Themse und einen Kaffee. Sie zögerte, den Dingen ihren Lauf zu lassen, nachdem ihr seine gesellschaftliche Stellung bewusst geworden war, doch sein ungezwungener Charme und seine Hartnäckigkeit ließen ihre Abwehr bröckeln. Als sie wenige Monate darauf ihre Verlobung verkündeten, hielt sich die Begeisterung beider Familien in Grenzen, doch angesichts des Überschwangs des Paares fügten sie sich. Ihr Vater, immerhin Eigentümer eines florierenden Unternehmens und also hinreichend vermögend, war nicht willens, sich von den hochgeborenen Schwiegereltern in spe ausstechen zu lassen, und hätte keine Kosten gescheut. Doch die Hochzeit blieb auf Wunsch Claires schlicht, die sich in Grund und Boden schämte ob des Rauschens, das die Heirat des begehrten Junggesellen Theodore im öden Blätterwald erzeugte.

Während sie ihn jetzt anstarrt, nimmt Teddie ihre Hand. »Das war nicht gerade unser bester Tag heute. Aber es kommen bessere, das weiß ich.«

Aus seiner Jackentasche zieht er einen Gegenstand, der silbern glänzt. »Ich hatte gehofft, dir das unter etwas erfreulicheren Umständen überreichen zu können. Ich habe es nicht vergessen, weißt du?«

»Sie ist wunderschön. Danke.« Sie wendet die Taschenflasche in ihren Händen. Sie ist klein, eine Seite konkav. Selbst im Dunkeln kann sie erkennen, wie hervorragend sie gearbeitet ist.

»Dreh mal um«, sagt er. Im schwachen Licht kann sie die eingravierten Buchstaben erkennen – ihre Initialen, umrankt von einem Blätterkranz. Sie zieht sie mit dem Finger nach.

»Alles Gute zum Hochzeitstag, Claire Louise Drake.«

»Alles Gute zum Hochzeitstag.«

»War es das schon, Theodore?«, fragt sie ihn, nachdem sie sich umarmt und geküsst haben. Teddie hat das Geländer im Rücken, und hinter seinen Schultern ist mittlerweile nicht mehr das Blitzen und Brennen der Bomben zu erkennen, nur noch ein schwacher Lichterteppich in der Ferne zeugt von der Stadt, die die letzten drei Jahre ihr Zuhause war.

»Was meinst du damit?«

»War es das schon, was wir hier zustande bringen in den Kolonien? Uns die Rosinen herauspicken und dann weglaufen, sobald es schwierig wird? Was hat Forster noch mal gesagt über uns? Dass wir kalt sind und querköpfig und uns durch diese Länder bewegen wie ein Eisstrom? So langsam fürchte ich, da ist was dran.«

»Wenn es irgendeine Möglichkeit gegeben hätte, Myint in diesen Zug mitzunehmen, hätte ich sie ergriffen, aber wir haben immerhin das Zweitbeste getan. Waugh und Geary sind zwei meiner besten Männer. Die sorgen dafür, dass sie mitevakuiert wird. Myint wird sich in den Norden retten können. Da bin ich mir sicher.«

In Chittagong wartet bereits ein Telegramm von Waugh und Geary auf sie, das bestätigt, dass sie Myint mit dem gesamten anderen Personal haben evakuieren lassen. Doch trotz dringlicher Depeschen an ihre verbliebenen Verbindungsleute in Burma seien keine weiteren Nachrichten über die Männer und Frauen in diesem Konvoi zu bekommen: Die Japaner überrollen das Land und errichten entlang der Grenze eine Mauer des Schweigens.

Claire und Teddie werden in einem Bungalow namens The Hermitage untergebracht, am Westrand der Stadt. Das Haus steht am Gipfel eines Hügels am Ende eines Kieswegs mit Blick hinaus auf den Golf von Bengalen. Zur Ausstattung zählen ein Diener, zwei Hausmädchen, ein Dorji für eventuell zu schneidernde Kleidung, ein Chaprasi zur Überbringung der Nachrichten von Teddies Büro nach Hause, ein Khedmatgar zum Bedienen bei Tisch und ein Koch, der sowohl westliche als auch indische Gerichte beherrscht. Zum Transport steht außerdem ein funkelnder 37er Hispano-Suiza samt Fahrer bereit.

Doch schon im Laufe der ersten Woche sucht sie für die meisten ihrer Angestellten neue Posten, und nur der Diener sowie ein Hausmädchen bleiben. Teddie protestiert, wenn auch nur schwach. Ihn werden diese Entscheidungen ohnehin kaum betreffen, schließlich ist er nach Imphal beordert, um von dort den burmesischen Kriegsschauplatz zu koordinieren, während General Slim und Oberst Wingate Pläne zur Rückeroberung des Landes schmieden. In Chittagong wird er von zwölf Wochen nur zwei arbeiten. In seiner Abwesenheit, so erklärt sie ihm, möchte sie nicht in einem Haus voller Fremder leben. Doch sie beide kennen den wahren Grund: Je weniger Menschen im Haus sind, desto geringer ist die Wahrscheinlichkeit, dass jemand ihr so nahestehen wird wie Myint, und auch die Wahrscheinlichkeit, dass sie jemanden zurücklassen muss, sollten sie wieder fliehen müssen.

Noch in derselben Woche meldet sie sich zum Dienst. Im Vergleich zu dem in Rangun ist das Garnisonsspital in Chittagong winzig – ein Feldlazarett zur postoperativen Versorgung von Patienten, die bereits am Truppenverbandsplatz oder auf besser ausgestatteten chirurgischen Stationen behandelt wurden. Mit Claire zusammen gibt es vier Bereitschaftsärzte, einen Stab von zwölf Schwestern und eine Handvoll Helfer, die sie laufend unterstützen.

Im Osten geht der Krieg weiter. Tag für Tag kommen verwundete oder tote Soldaten; Flüchtlinge, die nach endlosen Märschen durch den Dschungel von Arakan eintreffen, ausgemergelt und schwankend vor Hunger, die Augen gelb durch Typhus und Cholera. Kaum sind sie halbwegs genesen, erkundigt sie sich stets sanft, ob sie kürzlich in Kalay gewesen sind und ob sie etwas wissen von den Konvois, die es kurz vor der Invasion aus Rangun hinausgeschafft haben. Sie beschreibt Myint, hofft, dass irgendwer sie gesehen oder irgendwas gehört hat. Ein winziger Hinweis hätte sie schon getröstet. Doch die Soldaten können ihr nur von Armeeangehörigen berichten und schütteln den Kopf auf ihre Fragen.

Teddie reist ab, und in seiner Abwesenheit gewährt ihr der Offiziersclub eine Atempause vom Krieg. Doch abgesehen vom gelegentlichen Pink Gin an der Bar macht sie von dessen Angebot wenig Gebrauch: Sie verpasst die Filmabende, verweigert sich den Einladungen zu den rangübergreifenden Bällen der Offiziere und Unteroffiziere aus Chittagong und der Fronturlauber aus Burma, deren Verletzungen ganz plötzlich verschwinden bei den Conga-Trommelsessions am Tresen. Bei diesen Gelegenheiten tanzen die Männer, bis sie sich ihre Uniformen vom Leib reißen und Unterhemden entblößen, die dunkel sind von Schweiß, und ebenso die Frauen, bis ihnen die fingergewellte Frisur welkt, an den Wangen klebt und der Krieg vergessen ist. Später, unter einer blauen Wolke aus Zigarrenrauch und auf Resten zerbrochenen Glases, sinken sie dann zusammen, schwanken aneinander, schunkeln zu »A Nightingale Sang in

Berkeley Square«, dichten mäandernd-schiefe Refrains zu »The White Cliffs of Dover«.

Ihre Freundschaften beschränkt sie auf Frauen, die sie im Club kennenlernt, und im Laufe ihres ersten Monats in Chittagong bildet sich um sie ein kleiner Kreis. Alle sind wie sie Offiziersgattinnen, doch selbst Offizierin ist nur sie. Die engste Verbindung baut sie mit Rachel auf, einer blassen Schönheit aus Cumbria mit traurigem Blick, deren Mann Harold ebenfalls in Imphal stationiert ist.

Die Frauen, alles Nachbarinnen, besuchen einander und spielen Rummy, Bridge und Carrom. Außerdem unternehmen sie Ausflüge in der Gruppe. Für ein Strandpicknick packt Claire stets einen Korb mit Rinderpastete, Landbrot aus der örtlichen, von einer Waliserin betriebenen Bäckerei und Krautsalat. Die Badeanzüge haben sie auch immer dabei, wagen jedoch nie, sie zu tragen und in der Brandung zu planschen; zu beobachtet fühlen sie sich unter dem wachsamen, missbilligenden Blick der Einheimischen.

Stattdessen trinken sie keinen Meter entfernt von der Brandung Gin aus ihren Taschenflaschen und werden dabei umtanzt von winzigen Krabben. Bei einem dieser Trips bricht Rachel plötzlich in Tränen aus und gesteht, dass es zwischen ihr und Harold kriselt. Claire tröstet Rachel, so gut es geht, bis die plötzlich ihr Sandwich ins Wasser schleudert, dabei lacht und schreit und flucht.

Der Schwarm einheimischer Kinder, die sie beobachten, rückt näher. Claire bietet einem Corned Beef auf Brot an, doch die erzürnte Mutter hält es für Schweinefleisch und zieht ihr Kind hastig fort.

Am Tag darauf beschließt sie, Rachel zu besuchen, und überquert die schmale, baumgesäumte Straße zwischen ihren Häusern. Doch auf ihr Klopfen kommt keine Antwort. Sie tritt ein und findet ihre Freundin im Bett vor, die hellwach an die Decke starrt.

»Hallo, Liebes«, sagt Claire besorgt.

Rachel spricht kein Wort. Die Uhr steht auf halb elf. Sekunden verstreichen, bevor Rachel die Augen auf Claire richtet und ihr ein schmales Lächeln schenkt. Mit leiser, heiserer Stimme sagt sie: »So wird man gern überrascht.«

Claire setzt sich zu ihr ans Bett. »Seit wann bist du wach?«

»Seit sieben.«

»Und noch nicht aufgestanden?«

»Nein.«

»Oh.« Je länger sie Rachel kennt, desto deutlicher wird Claire, dass ihrer Freundin trotz ihrer beschwingten Art und ihren entzückenden Macken eine dunkle Seite hat. Aus Angst, zu tief darin vorzudringen, hat sie aber bisher nur behutsam nachgestochert.

Das muss sie heute nicht, denn Rachel sagt von sich aus: »Ich weiß nicht, was mit mir los ist, Claire. Mir ist manchmal so schwarz zumute, wie wenn ein Strudel mich ständig nach unten zieht.«

Claire nimmt ihre Hand. »Es gibt heute Ärzte, die auf so etwas spezialisiert sind. Ich kann dafür sorgen, dass ein Psychiater mit dir spricht, wenn du magst.«

Rachel entreißt ihr die Hand. »Warum? Glaubst du, ich hab sie nicht mehr alle?«

»Natürlich nicht. Wir machen alle schwere Zeiten durch, in denen wir seelisch nicht auf der Höhe sind.«

»Du auch?«

»Manchmal schon.«

»Und, hast du mit einem Psychiater gesprochen?«

»Nein. Bei meiner Arbeit war immer so viel zu tun, dass die Ablenkung genügt hat.«

»Schön. Dann brauche ich auch einfach irgendwas zu tun.«

Claire beißt sich auf die Unterlippe, wägt ab. »Schön. Vielleicht können wir da etwas machen.«

Zwei Wochen später, an einem Sonntag, schließt sie gerade die morgendliche Visite ab, als sie es hinter sich flüstern hört: »Psst, he, meine Hübsche!«

In ihrer weiß-blauen Rotkreuzuniform und Haube sieht Rachel richtig brav aus. Bisher hat sich ihre Freundin als freiwillige Hilfsschwester hervorragend bewährt. Unter den anderen privilegierten Frauen und Töchtern der Begüterten und Einflussreichen hat sie sich hervorgetan, klaglos auch weniger angenehme Aufgaben wie das Reinigen der Bettpfannen übernommen und rasch gelernt, Injektionen zu setzen (indem sie vorher an Limetten geübt hat). Dabei ist sie zu einer Kraft geworden, auf die sich Claire zunehmend verlassen kann.

»Ich dachte, ich hätte deutlich gemacht, dass ich auf dem Lazarettgelände immer noch Hauptmann Drake bin«, sagt Claire mit gespielter Strenge.

Rachel hält sich die Hand vor den Mund und heuchelt Bestürzung. »Bitte verzeihen Sie mir, Ma'am.« Sie rückt näher. »Heut Abend schon was geplant? Ich hab gedacht, vielleicht ein paar Drinks im Club.«

Claire blickt aus dem Fenster. Die Sonne scheint hell herein, die Blätter der Regenbäume vor dem Haus wiegen sich im Wind.

»Ich hab eine bessere Idee«, sagt sie. »Wann hast du zuletzt einen Sonnenuntergang am Strand gesehen?«

Als sie am Ende des Tages auf den Rasen hinaustritt, wartet Rachel bereits auf sie, ganz herausgeputzt mit onduliertem Haar und roten Lippen.

»Was hast du denn noch vor?«

»Nichts drauf einbilden, Liebling. Ist nicht für dich.«

»Da bin ich aber erleichtert. Ist Harold zurück aus Imphal?«

Rachel antwortet nicht.

Als Hauptmann hat Claire Anspruch auf den Krankenhaus-Gharry – einen offenen Jeep – samt Fahrer, einen Burschen namens Joe, aus Yorkshire genau wie sie. Die drei fahren Richtung Strand, und keine zehn Minuten später graben die Autoreifen schon tiefe Schneisen in den Sand, schwappt ihnen die Salzluft ins Gesicht.

Sie fahren ostwärts am Meer entlang, das ruhig ist heute. Rachel steht auf, lässt das Ende ihres gelb-schwarzen Schals hinter sich herfliegen und stößt einen Jubelschrei aus. Claire muss lauthals lachen.

Der Jeep wird langsamer und hält schließlich neben einem Fischerboot aus hellem Holz. Zwanzig Schritt ist es lang, und sein Bug – in verblichenem Rot – steigt in steilem Winkel empor.

Joe dreht sich in seinem Sitz zu ihnen um. »Frau Hauptmann, ich kenne den Burschen, dem das Boot hier gehört. Sonntags nimmt er gern mal jemanden mit. Schon mal auf so einem gewesen?«

Kurz darauf treiben sie die gläserne Küste des Golfs entlang, recken die Gesichter der nun sanfteren und kühleren Sonne entgegen. Rachel, der es gelungen ist, einen Flachmann mit besonders gutem Scotch hervorzuzaubern, liegt nun bereits sanft schnarchend am Heck. Claire sitzt derweil in der Bootsmitte, blickt zum Strand, wo Joe und sein Jeep zu maßstabsgetreuen Miniaturen ihrer selbst geschrumpft sind. Hashim, der Schiffer, steht am Bug und hat, seit sie an Bord sind, kein Wort gesprochen. Er konzentriert sich ausschließlich aufs Rudern. Er ist stämmig und breit, sein schulterlanges Haar ist durchsetzt von frühem Grau. Ein Junge von sechs oder sieben Jahren sitzt ihm zu Füßen und betrachtet Claire und Rachel mit staunendem Blick, den Mund dabei leicht geöffnet.

Claire lächelt ihm zu und versucht sich an einer Mischung aus Englisch und Bengali.

»Hallo. Tomar ki nam?«

Der Junge lächelt ihr schüchtern zu und schmiegt sich enger an den Vater. Sein Oberkörper ist nackt, sein Gesicht schmal, die Haare lang und von der Sonne rötlich gebleicht.

»Er heißt Jamir«, sagt Hashim.

»Oh. Schön, dich kennenzulernen, Jamir.« Sie kramt in der Tasche. Der Hershey-Riegel ist in der Hitze etwas weich geworden, an den Ecken des Stanniolpapiers quillt schon die Schokolade durch. Sie hält ihn ihm trotzdem hin.

Jamir blickt zu seinem Vater, der nickt und ihm etwas auf Bengali sagt. Dann streckt er die Hand nach der Süßigkeit aus, ergreift sie und wendet sie in den Händen.

»Iss ihn am besten gleich, oder leg ihn unter den Bug. Sonst schmilzt er.«

Hashim übersetzt es seinem Sohn.

»Wo haben Sie Englisch gelernt?«, fragt sie den Mann.

»Wenn ich nicht fische, nehme ich Sahibs und Memsahibs mit auf Bootsfahrt.«

»Oh.« Sie sucht nach einer weiteren Frage. »Ihr Sohn. Geht er zur Schule?«

»Ja, Memsahib. Klasse eins«, sagt Hashim voll Stolz.

»Claire!«

Rachels schriller Ton lässt sie alle zusammenfahren. »Hör doch auf, die Ärmsten so auszufragen. Lass den guten Mann weiterrudern.«

Sie blickt zum Himmel und wendet sich dann in lautem, überdeutlichem Englisch an Hashim: »Es wird spät, können Sie uns jetzt bitte zurückbringen?«

»Ja, Memsahib.« Hashim macht sich daran, das Boot zu wenden. Claire lächelt ihm entschuldigend zu und kehrt zurück nach achtern.

»Was habt ihr drei da bloß zu schwatzen gehabt?«, fragt Rachel.

»Einfach geplaudert, zum Zeitvertreib.«

Rachel lacht ungläubig. »Und was für faszinierende Einsichten zum Zeitgeschehen hatten die beiden zu bieten?«

»Ich wollte nichts übers Zeitgeschehen wissen. Ich wollte was erfahren über den Mann und seinen Sohn.«

»Aber warum denn?«

»Egal.« Sie schüttelt den Kopf und fragt sich, warum sie befreundet sind.

Sie kehren zur Küste zurück, wo Rachel dem Schiffer ein Bündel Rupien in die Hand drückt und sich dann zum Jeep aufmacht. Die Sonne versinkt in einer Art Feuersbrunst über dem Golf und verleiht dem Wasser einen Regenbogenglanz. In einem anderen Himmelsabschnitt sammeln sich üppige, dunkle Wolken.

Claire nimmt die raue, schwielige Hand des Schiffers in ihre beiden und hält sie kurz fest. »Danke, Hashim. Das war wunderschön. Ich hoffe, ich kann eines Tages wieder mal in Ihrem Boot mitfahren.«

Nur einen winzigen Augenblick lang entgleitet dem Schiffer die Maske des Gleichmuts, und er offenbart seine Überraschung. »Wiedersehen, Memsahib.«

Sie kneift Jamir sanft in die Wange, der noch immer den ungegessenen Schokoriegel in der Hand hält und voll Ehrfurcht zu ihr aufblickt. »Und du. Schön weiterlernen, junger Mann.«

Doch sie fahren keine fünf Minuten, da gibt es einen Knall, dann folgt ein Zischen. Joe parkt vor einem Fichtenhag und inspiziert den Schaden. Der linke Vorderreifen ist kaputt. Sie sind über einen scharfkantigen Stein gefahren, der aus dem Sand hervorragt.

»Das musste ja jetzt passieren.« Er holt eine Werkzeugtasche aus dem Heck. »Dauert normalerweise nicht lang, aber ich brauch irgendeinen stabilen Untergrund für den Wagenheber.«

Rachel seufzt entnervt. »Schön. Aber beeil dich, wenn's geht, Joe.«

Sie steigen aus und setzen sich auf einen im Strand halb versunkenen Stamm, während Joe sich ans Werk macht. Claire zieht sich die Schuhe aus und vergräbt die Zehen im Sand, in dem noch die Wärme des Tages steckt.

Sie weist auf Rachels geschminktes Gesicht. »Also, seit wann ist Harold zurück?«

Ihre Freundin wendet den Blick ab.

Claire ist bestürzt. »Herrgott noch mal, Rachel!«

»Was meinst du?«

»Sag mir jetzt nicht, du hast eine Affäre!«

Rachel schmollt. »Du solltest doch am besten wissen, wie es ist, keine glückliche Ehe zu führen!«

»Das weiß ich ganz sicherlich nicht! Was willst du damit andeuten?«

»Ach, komm schon, Claire. Du bist hier. Er ist in Imphal. Du verlierst kaum ein Wort über ihn. Und wenn doch, dann höre ich dabei keine Sehnsucht heraus. Im Übrigen! Wie schwer kann es bitte sein, um Versetzung anzusuchen, wenn er wirklich dringend hier bei dir sein wollte?«

Claire kommt ins Stammeln, Rachels Worte sind wie ein Schlag ins Gesicht. Im ersten Jahr ihrer Ehe hatten Teddie und sie es kaum ausgehalten ohne einander, hatten sich endlose Briefe geschrieben, als er nach Kairo abkommandiert worden war und sie in London in der Endphase ihres Medizinstudiums steckte, hatten Pakete ausgetauscht, die seinen zum Verrücktwerden kreativ – schwüle arabische Düfte in dolchförmigen Fläschchen, strohgepolsterte Dattelkisten und einmal (später das von ihr am meisten geschätzte Geschenk) eine winzige Phiole mit Sand, von dem er behauptete, ihn persönlich von der Cheops-Pyramide gekratzt zu haben. Ihre eigenen Päckchen – die von Briefpapier über Gamaschen und Hemden von Hawes & Curtis bis zu einem Barographen und Schuhen mit Sohlen aus vulkanisiertem Gummi alles Mögliche enthielten – fielen im Vergleich deutlich prosaischer aus und waren eher Prognosen seiner Bedürfnisse als Prophezeiungen seiner Sehnsüchte. Also wog sie ihren Mangel an Fantasie mit Zuneigung auf. Kehrte er zwischendurch nach London zurück, stürzten sie einander in die Arme, und der Hunger ihrer Körper und ihrer Seelen prallte aufeinander.

Es ist wahr, dass sie nicht gerade oft an ihren Mann gedacht hat, seit er in Imphal ist. Und sie weiß nicht, was schlimmer ist – die Tatsache, dass sie einander kein einziges Mal geschrieben haben, seit Teddie abgereist ist, oder dass ihr das erst jetzt bewusst wird.

Dementsprechend schwach fällt ihre Verteidigung aus. »Er ist Oberst. Burma haben die Japsen schon eingenommen, und in

Bengalen marschieren sie auch bald ein! Wingate braucht ihn in Imphal. Und wir haben hier eine Million Verwundete und nur vier Ärzte.«

Rachel öffnet den Mund, als wollte sie antworten, klappt ihn jedoch rasch wieder zu. Sie runzelt die Stirn. »Hörst du das?«

Claire lauscht und will gerade verneinen, als sie das Geräusch plötzlich ebenfalls wahrnimmt. Ein schwaches Greinen, das mit jeder Sekunde stärker wird. Eine Luftschutzsirene klagt los, aber ihr Jammergeheul wird geschluckt vom dröhnenden Rauschen der See. Sie hasten Hand in Hand den Bäumen entgegen, ihr Streit ist sofort vergessen; Joe bildet die Nachhut. Dann kauern sie sich zwischen die Fichten, während sich das Brummen zum Gedröhn steigert. Rachel deutet auf den sich verdüsternden Himmel im Osten und schreit auf.

Da sieht sie ihn. Einen Bomber, der im Sinkflug direkt auf den Strand zufliegt, hinter dem Heck flattert eine Rauchspur wie ein Ergebungsfähnchen. Auf seinem Rumpf prangt die japanische Flagge – die rote Sonne auf weißem Grund leuchtet grell vor dem rasch fallenden Vorhang der Dämmerung.

SHAHRYAR & ANNA

Washington, DC, USA
September 2004

Am Samstag klingelt bei Shar zu Hause das Telefon. Die Nummer sagt ihm nichts, doch die Stimme am anderen Ende ist unverkennbar.

»Hey, Niten«, sagt er. »Neue Nummer?«

»Ich ruf aus dem Büro an. Ja, ja, am Samstag. So ist das Leben.«

»Wer die Wahnsinnskohle scheffeln will, muss auch die Wahnsinnsschichten einlegen«, lacht Shar. Niten und er kennen sich aus Georgetown, schon seit Jahren. Sein Freund steht kurz davor, bei einer K-Street-Kanzlei Juniorpartner zu werden.

»Was macht der Kampf, in diesem meinem wunderschönen Land bleiben zu können?«

Shar berichtet ihm von seiner Begegnung mit Ahmed und dem anschließenden Gespräch.

»Ist er der Einzige, mit dem du dich getroffen hast?«, fragt Niten.

»Ich hab auch noch mit anderen gesprochen. Aber der war der Optimistischste von dem Haufen.«

»Wart mal kurz«, sagt Niten. Man hört ihn eine Schublade aufziehen. »Sag mir noch mal, wie der Typ heißt.«

Shar gehorcht, buchstabiert den Namen. »Wieso?«

»Will nur mal nachschauen. Ich mag hier nicht den eigenen Berufsstand schlechtreden, aber bei Anwälten bin ich immer ein bisschen vorsichtig. Ich zieh mal mein Netzwerk zurate, und wir schauen, wie das Urteil ausfällt. Wie viel Vorschuss hat er denn haben wollen?«

»Er wollte bislang gar nichts. Hat nur gemeint, es gibt gestaffelte Tarife, und sein Honorar ist leistbar.«

»Darf ich dich mal was fragen?«

»Na klar.«

Nach kurzem Zögern fragt Niten: »Warum hast du das so auf die lange Bank geschoben, Shar?«

Als Shar nicht antwortet, fügt Niten hinzu: »Tut mir leid, Alter. Geht mich auch nichts an.«

»Nein. Nein. Es stimmt ja. Ich hab mir auch schon diese Frage gestellt.«

»Hast du Anna erzählt, warum du ihre ersten drei Jahre nicht hier warst?«

»Nein. Und Val auch nicht. Jedes Mal wenn ich denke, jetzt erklär ich es ihr, red ich mir ein, dass sie noch nicht alt genug ist.«

»Stimmt ja auch«, sagt Niten. »Aber vielleicht ist man das nie.«

Am Montag, nach der Arbeit, ruft Shar Katerina an. Sein Büro – ein dreistöckiger Klinkerbau in der Wisconsin Avenue – ist verwaist.

»Ich wollte nur fragen, ob es irgendwas Neues gibt«, sagt er, als sie das Telefon abhebt. »Auf meinem Arbeitsvisum sind kaum mehr zwei Monate übrig.«

»Es gibt ein paar Dinge, an denen Mr. Ahmed arbeitet. Aber wie er schon gesagt hat, der Fall ist heikel, Mr. Choudhury. Wir geben unser Bestes, aber es wird auch viel von Ihnen abhängen.«

»Wenn es hier um Geld geht, kann ich bestimmt …«

»Ich hab hier einige Klienten sitzen«, unterbricht ihn Katerina. »Warum besprechen wir die Einzelheiten nicht lieber persönlich?«

»Ich kann während der Mittagspause schnell in ein Taxi springen.«

»Nein. Ich dachte, wir können uns vielleicht nach der Arbeit treffen. Nur Sie und ich. Vielleicht kommenden Freitag. Gegen sieben. Kennen Sie das Dragonfly am Dupont Circle?«

»Ja.«

»Schön, dann sehen wir uns da.«

»Bis dann.« Er legt verwirrt auf.

Am Tag darauf ist er mit Anna den ganzen Nachmittag unterwegs. Er holt sie von der Schule ab, und sie fahren nach Chinatown, zu ihrem Lieblingsrestaurant, wo auf einem Förderband Sushi unter durchsichtigen Plastikdeckeln rotiert.

Anna verzehrt eine California Roll in Einzelteilen, die Algen baumeln von ihrem Teller wie schwarz schillerndes Klebeband. Sie macht sich gerade an die zweite, als sie plötzlich fragt, ob man in Bangladesch auch Fisch isst.

»Ja. Es ist ein Land der Flüsse. Manche essen ihn sogar dreimal am Tag.«

»Oh.«

»Ich hab früher auch Fisch mit den Händen gegessen, genau wie du«, fügt er hinzu, eifrig bemüht, ihre Aufmerksamkeit aufrecht zu halten. »Aber der war gekocht, und …«, er reibt Daumen und Zeigefinger gegeneinander, »ich musste alle Gräten rauszupfen.«

Sie essen auf, er zahlt und bemerkt, dass er keine rechte Vorstellung hat, was sie mit ihrer verbleibenden Zeit zu zweit anstellen sollen. Es sind noch zwei Stunden, bis er Anna zu Val zurückbringen soll.

Sie stehen im Hof zwischen dem MCI Center und dem Gallery Place. Eine Sportveranstaltung und ein Film sind gerade zeitgleich zu Ende gegangen. Viele Menschen strömen heraus.

Er kniet sich hin, um auf ihrer Höhe zu sein. »Was möchtest du jetzt machen?«

Er erwägt, die Schnitzeljagd in der nahen National Gallery vorzuschlagen. Die haben sie letztes Jahr entdeckt, als sie im Museum waren. Da standen sie vor der *Tempelreinigung*, die versteckt in einem Winkel des Ostflügels hing. Darin sah man vor wuchtiger Architektur und saphirblauem Himmel den Heiland prangen: In eine blutrote Robe gewandet und mit der Grazie des Tänzers geißelte er eine Gruppe von Geldwechslern. Am rechten

Bildrand streckte ein nackter Junge die Hand nach Mutter oder Vater aus, die in der Hölle versanken.

Gerade war er dabei, ihr den Namen des Künstlers zu erklären, El Greco, der Grieche, als er ein Mädchen und dessen Mutter bemerkte, die etwas auf einen Zettel kritzelten und aufgeregt auf das Gemälde zeigten. Die beiden machten gerade eine Schnitzeljagd. Den Kindern wurde dabei ein Zettel mit Hinweisen auf Gemälde und Skulpturen in die Hand gedrückt, die sie im Labyrinth der Museumsgeschosse finden sollten. Beim ersten Mal hatte Anna riesigen Spaß am Entdecken gehabt und für ihre erfolgreiche Teilnahme eine Anstecknadel überreicht bekommen, die das Lincoln Memorial zeigte.

Allerdings hatte ihre Begeisterung für das Spiel bei späteren Besuchen doch etwas nachgelassen.

»Ich hab eine Idee«, sagt er. »Wir können ins Luft- und Raumfahrtmuseum, da gibt's gerade eine neue Ausstellung über japanische Bomber aus dem Zweiten Weltkrieg, die würde ich mir wirklich gern mit dir anschauen.«

Sie schüttelt den Kopf. »Da war ich schon letzte Woche.«

»Mit wem?« Er fragt, bevor ihm klar wird, dass er die Antwort vielleicht gar nicht hören mag.

»Mit Da... mit Jeremy.«

Bei aller irrationalen Eifersucht, die ihn augenblicklich packt, staunt er, was für eine Rücksichtnahme sie trotz ihres jungen Alters für seine Gefühle aufbringt, und ist ihr dankbar dafür.

Er ringt sich ein Lächeln ab. »Du kannst ihn ruhig Dad nennen. Das haben wir doch ausgemacht, weißt du noch?«

ICHIRO

Zentralburma
März 1942

Leutnant Ichiro Washi sitzt an seinem Schreibtisch und beugt sich über ein ledergebundenes Tagebuch. Er befindet sich in einem Krankenhaus, das zur behelfsmäßigen Kaserne für die siegreichen Japaner umgebaut worden ist. Die anderen drei Offiziere im Raum schlafen. Da er nicht wagt, das Licht anzuschalten, schreibt Ichiro im Schein des durchs Fenster fallenden Mondlichts.

Inspirationssuchend blickt er hinaus. Der Mond hängt eine Handbreit über dem Horizont; sein Spiegelbild wogt auf dem Irrawaddy, der das Land der Länge nach durchfließt und dann ins Meer mündet, unweit des Hafens von Rangun, der Hauptstadt Burmas und dem Kleinod im britischen Weltreich, der Stadt, nach deren Eroberung sich japanische Kommandanten in nächtelangen Fieberträumen verzehrt hatten.

Wie eine Zange griffen die Japaner zu, über Tenasserim im Süden und Pegu im Norden. In Rangun sollen sich die beiden Armeen binnen eines Monats vereinigen – ein Ereignis, das mit jedem Tag wahrscheinlicher wird.

Nie hätten sie erwartet, dass ihr Einmarsch sich derart leicht gestalten würde, in diesem Land der Berge, die aus Gipfeln und Tälern endlose Irrgärten formen, wo jeder Urwald, der von oben so majestätisch wirkt, einen Hinterhalt bergen, nur so pochen kann vor Tropenkrankheiten und Parasiten. Angesichts der natürlichen Hindernisse des Geländes kam die klägliche Schwäche der britischen Verteidigung völlig überraschend. Jetzt schwelt in Ichiros Division eine diffuse Erregung, versetzt mit einer Prise Ungläubigkeit. Der unvermittelte Erfolg lässt sie alle – vom ranghöchsten General bis hinab zum gemeinen Fußsoldaten – ein wenig umherstolzieren wie die Gockel.

Es ist Winter, doch die Brise, die durchs Fenster streicht, trägt wenig Kälte herein. Tief inhaliert Ichiro die fremde Luft dieses Landes, die duftet nach dem Moder der reichhaltigen roten Erde und dem geschmeidigen Wohlgeruch des Blumenrohrs, des Niembaums und der Bougainvillea.

Der erste Blick des Luftwaffenpiloten auf dieses Land war von oben. Wie er so das sattgrüne Relief betrachtete, die Reihen der Hügel und Berge, die sich zu endlosen Mustern falteten, Dörfer in ihren Tälern wiegten, auf ihren Gipfeln Pagoden in glänzendem Gold trugen, da erschien ihm Burma wie ein junges Land, wild und listig – ein Eindruck, den er rasch revidierte, als er auf dem Boden stand und sich dabei so unbedeutend vorkam vor einem gigantischen liegenden Buddha, unter den neugierigen Blicken von jungen Frauen mit thanakagelben Gesichtern und neben den düsteren Prozessionen der Mönche in purpurnen Kutten bei der Sammlung ihrer Morgenalmosen.

Er blickt hinaus in die burmesische Nacht, und die Fremdheit seiner Umgebung lässt ihn seine Heimat vermissen; eine Stimme in seinem Kopf brüllt so laut und so plötzlich, dass er erzittert – *hier wirst du sterben*.

Dieser unheilvolle Gedanke löst etwas in ihm, und er beugt sich von Neuem über die leere Tagebuchseite, sein Füllfederhalter gleitet in säuberlicher englischer Schreibschrift über das Papier, bis sich ein Krampf seiner Hand bemächtigt und ihm der Rücken schmerzt vom Vornüberbeugen. Der Mond steht hoch am Himmel, sein kraternarbiges Gesicht verborgen hinter einem Wolkenband. Aus den umliegenden Kautschukwäldern ertönen die einsamen Rufe der Füchse und anderer nächtlicher Wesen.

Ichiro kehrt zurück in sein Bett, wickelt sein Tagebuch sorgfältig in einen Kissenbezug und legt den Kopf auf dessen harte

Oberfläche. Jetzt, wo er sein Herz ausgeschüttet hat, sinkt er rasch in den Schlaf.

Anderntags erhebt er sich voller Tatendrang: Die Melancholie, die ihn letzte Nacht gefangen hielt, hat sich aufgelöst im hellen Sonnenlicht, das zum Fenster hereinscheint. Er zieht sich an und geht hinaus.

Am Flussufer sucht er ein Teehaus auf und wählt einen Platz in Fensternähe. Der Morgen ist kühler als die Nacht. Nebelschlingen ranken sich über der Wasseroberfläche. Gelegentlich fährt mit schmetterndem Horn ein Dampfschiff vorbei.

Vor ihm steht eine ramponierte Thermoskanne randvoll mit dem hier allgegenwärtigen grünen Tee, schon erwärmt für jeden Kunden. Doch heute Morgen bestellt er zwei Produkte der britischen Herrschaft in Burma: ein Samosa mit einer köstlichen Kartoffelfüllung und eine Tasse Lahpet-ye, Schwarztee mit Milch und Zucker. Beides wird rasch gebracht, und nach wenigen Schlucken schwirrt ihm schon der Kopf. Er lächelt. Ein Trank des Handelns, nicht der Besinnung.

Doch außer ihm lächelt hier im Lokal niemand. Die anderen Gäste wenden entweder den Blick ab, wenn er sie ansieht, oder sie blicken abweisend zurück. Eine Überraschung ist das nicht: Die Japaner haben nie erwartet, in diesem leidenschaftlich unabhängigen Land als Befreier begrüßt zu werden.

Er entdeckt seinen Freund, der sich gerade einen Weg über die Straße bahnt. Auch Tadashi hebt grüßend die Hand; fast rutscht er dabei aus auf dem moosglatten Pfad zwischen Hauptstraße und Lokal. Höhnisches Gekicher ertönt im Teehaus, senkt sich bei seinem Eintritt aber zu bedrücktem Gemurmel. Tadashi bemerkt nicht einmal, welch ungebetener Gast er hier ist, und marschiert direkt auf Ichiro zu, der ihm triumphierend einen Zettel entgegenhält.

Tadashi mustert den Urlaubsschein. »*Honto?* Wie hast du das hinbekommen?«

»Ich habe jede einzelne Lachsbüchse aufgehoben, die mir

meine Mutter geschickt hat. Von jeder Schachtel Zigaretten aus der Ration fünf beiseitegelegt. Kurz gesagt, seit Monaten überschütte ich den Kommandierenden mit Geschenken.«

Er gießt ihnen beiden Tee ein, erfüllt von der Zufriedenheit, dass sich alles nach Plan zu fügen scheint. Tadashi wirkt hin- und hergerissen, vielleicht weil er sich zwangsverpflichtet fühlt, ihn bei seiner Reise zu begleiten. Doch Ichiro ahnt, dass das Ziel seinem tief buddhistischen Freund zusagen wird: Bagan, ein Tal übersät mit buddhistischen Tempeln, viele fast ein Jahrtausend alt und von unwahrscheinlicher Größe.

Letztendlich braucht Tadashi weit weniger Überredung, als Ichiro geglaubt hat. Am Tag darauf stehen die beiden schon vor Morgengrauen auf und packen Tornister mit eingelegten Pflaumen, Reis, Natto und gepökeltem Kabeljau. Sie nehmen Wasser mit, eine detailgenaue Militärkarte von Zentralburma und zwei Typ-38-Infanteriegewehre für den Fall der Fälle.

Am Lagertor präsentieren sie ihren Urlaubsschein den wachthabenden Soldaten, die sie nach einem Blick auf die Unterschrift des Kommandierenden Offiziers durchwinken. Sie schauen hinaus auf die Straße vor ihnen. Rot. Geröllübersät. Sie schlängelt sich südwärts und verschwindet in einem Tal, das im Kobaltschatten der Dämmerung versinkt.

Ihr Ziel bedeutet eine mehrstündige Wanderung entlang der Nyaung-U-Straße, die sich bis nach Mandalay erstreckt. Sie beginnen ihren Marsch auf der fast menschenleeren Straße. In Zentralburma wird die Hitze schon am frühen Morgen unerträglich, und bald müssen sich die Männer bis aufs Unterhemd ausziehen und ihre Kampfanzüge um die Hüften knoten. Die Fußgänger oder Radfahrer, die ihnen gelegentlich begegnen, machen einen großen Bogen um sie.

Um die Mittagszeit halten sie an einer Bude am Straßenrand, um etwas zu essen. Danach zieht Tadashi die Karte zurate, während Ichiro beim ältlichen Inhaber zwei Becher Palmsirup bestellt, ein leichtes, süßes Getränk, das an diesem heißen Tag erfrischend kühl schmeckt. Der Mann bedient sie mit merklichem Zittern und verweigert das angebotene Geld in japanisch-burmesischer Invasionswährung. Ichiro weiß, dass er das Geld eigentlich braucht, und lässt die Scheine deshalb unter den Bechern zurück.

Während der nächsten Stunde ihres Marsches rücken die dicht in Bäume und Laub gehüllten Hügel mal näher, mal ferner, ein zyklischer Tanz der Geologie, der erst abbricht, als sich die Straße jäh zu einem breiten Tal öffnet. Sie bleiben stehen. Vor ihnen tut sich eine gewaltige Ebene auf. Eng bestanden mit Unterholz, Erdnussbüschen und Palmen, flirrt sie in der Hitze. Unter einer Pappelfeige am Straßenrand suchen die beiden Zuflucht.

»Wie weit noch?«, fragt Tadashi hechelnd. Er hat sich als Schutz vor der gnadenlosen Sonne ein Baumwolltuch um den Kopf gebunden. »Wir haben das nicht richtig durchdacht. Unser Wasser ist schon halb ausgetrunken. Wir hätten es an der Bude auffüllen sollen.«

»Wir sind schon da, schau!« Ichiro weist in die Ferne. Ganz hinten ist die Landschaft mit Tempeln befleckt, aus der Entfernung ist nicht zu erkennen, wie zerfallen sie sind.

Tadashi drückt sich zwischen die knorrigen Baumwurzeln, die eine Art Wiege bilden, und schließt die Augen. »Wir haben es nicht eilig. Können wir nicht Pause machen, bis die Sonne etwas nachlässt? Es heißt ja, der Buddha habe seine Erleuchtung im Schatten eines solchen Baums gefunden. Wenn ich jetzt ein Nickerchen halte, geht mir vielleicht auf, wieso ich mich von dir habe herschleifen lassen.«

Ichiro lacht in sich hinein. Er zieht sein Tagebuch und einen Stift aus der Gürteltasche und schlägt eine leere Seite auf. »Schön. Wie lange, meinst du?«

Von Tadashi kommt keine Antwort – er schläft schon.

Ichiro lächelt. Die Landschaft regt ihn zum Schreiben an.

Vor dem Eintreffen seiner Division in Nyaung-U war er Teil einer Aufklärungseinheit mit der Mission gewesen, das Gelände zu überfliegen, in das sie vordrangen, und dabei nach Hinterhalten Ausschau zu halten. Vom Feind war nichts zu sehen – die

Engländer hatten das Landesinnere verlassen, um ihre Verteidigung an der Grenze zu Assam zusammenzuziehen. Stattdessen fand er ein mit unzähligen Tempeln gesprenkeltes Tal. Von Ehrfurcht ergriffen, flog er tiefer, streifte schon fast die Spitzen der Palmen und schrammte beinah mit den Flügeln ans uralte Mauerwerk der gewaltigen, unwirklichen Monumente.

Damals war er über Bagan hinweggeflogen, nun wollte er es erwandern, das Gestein mit den Händen berühren und die mystische Luft atmen. Doch er wollte diese Erfahrung nicht allein machen. Tadashi hatte er auf der Universität kennengelernt, beim Philosophiestudium, bevor sie sich zur Armee meldeten. Die unmenschliche Ausbildung hatte sie nur noch enger aneinandergeschmiedet. Die schlimmsten Härten ertrugen sie, indem sie ihre Gesichter gen Himmel wendeten, um sich Stärke und Mut zu erbitten. Er von Jesus, Tadashi von Buddha.

Ihm ist bewusst, dass sein Freund eine sanfte Seele hat und im Grunde seines Herzens diesen Krieg, den sie hier kämpfen, ebenso hinterfragt wie er. Auch wenn Tadashi seine Zweifel eher für sich behält, muss sich Ichiro in den Momenten der tiefsten Verzweiflung, wenn er am aufgewühltesten ist, nur Tadashis ruhige Seelenstärke zum Vorbild nehmen, um sich zum Durchhalten zu zwingen.

Nur ein Tag noch. Nur einer.

Welche Person wäre besser geeignet, dieses Tal mit ihm zu erkunden, als ein tiefgläubiger Buddhist? Wenn dieser Tag eine Insel der Ruhe sein kann im endlosen Ozean des Kriegs, in dem sie treiben, dann wird es ein guter sein.

Um drei hört er auf zu schreiben. Die Sonne ist westwärts gezogen, brennt immer noch auf sie herab, aber in einem weniger steilen Winkel. Über das braun verdorrte Feld haben sich Schatten gebreitet. Er spürt den Hauch einer Brise, hört das Zirpen und Schwirren von Insekten und rüttelt Tadashi wach.

Sie verlassen die Straße und dringen in die Ebene vor, durchqueren mehrere Morgen gelbbraunes Land, klettern ausgetrocknete Rinnen hinunter und wieder hinauf. Staubwolken folgen ihren Schritten, vorbei an Tempeln mit dunkel lockenden Toren.

Sie entdecken einen, der schmaler ist als die anderen, aber höher; die drei Stockwerke münden an der Spitze in einen breiten Pavillon. Sie ziehen die Schuhe aus, verneigen sich und treten ein. Eine große Buddha-Statue sitzt unter einem Gewölbe, die Augen geschlossen, das Lächeln gelassen und wissend. Daumen und Zeigefinger seiner beiden Hände – eine Fläche nach außen weisend, die andere nach innen – verbinden sich zu Kreisen. Tadashi sinkt in die Knie zum kurzen Gebet, wie auch Ichiro, aus Respekt. Danach erklimmen sie die schmalen, ausgetretenen Stufen, die sich seitlich im Tempel emporwinden.

Als sie ins grellgoldene Hell des Pavillons hinaustreten, müssen sie blinzeln. Doch kaum haben sich ihre Augen umgestellt, betrachten die Männer die Aussicht mit sprachlosem Staunen.

Das Tal wird durchflutet vom Licht der untergehenden Sonne, geborgen zwischen den scharf gezeichneten Kuppen des Arakan-Yoma und den schimmernden Schlaufen des Irrawaddy, besetzt mit unzähligen, spitzen wie stumpfen Tempeln. Einige sind von verwittertem Weiß, andere schwarz wie die Nacht, viele von einem Blutrot, das sich scharf abhebt gegen das Gelbbraun des Tals. Es sind so viele, dass es scheint, als hätte die Erde im Wettstreit mit dem Himmel ihr eigenes Sternbild geboren.

Tadashi fällt auf die Knie. Ichiro lässt sich vom Wunder des Anblicks erfüllen und spürt, wie jede Faser seines Körpers schwingt in der stummen Musik, die diesem heiligen Ort entspringt.

Nach einer Weile erhebt sich Tadashi und legt seinem Freund eine Hand auf die Schulter. »Diesen Anblick werde ich nie vergessen, Ichiro. Danke, dass du mich hergebracht hast.«

Sie steigen wieder hinunter und machen sich auf zu den großen Tempeln, die sie in der Ferne erspäht haben. In diesem Moment kommt sich Ichiro vor wie Solomon Kane oder wie Allan Quatermain, die Groschenheftthelden seiner Kindheit – eine Stadt durchquerend, die von den Göttern selbst geschaffen scheint, auf breiten, schnurgeraden Prachtstraßen, die aufragende Stupas aus bröckelndem Mörtel verbinden.

Sie betreten einzelne verlassene Tempel, lassen ihre Rufe im kargen Innern widerhallen und erkunden das Tal, bis die Dämmerung einsetzt. Von ihnen abgesehen ist hier jedes Wesen aus Stein – maulfletschende Chinthe flankieren die Tore, und auf den Spitzen der Türme sitzt ein Karaweik, der majestätische Vogel.

Die Luft kühlt ab, und Nachtschwalben erheben die Stimme. Ihr unheimlicher Ruf beflügelt Ichiros Wunsch, rasch ein Lager für die Nacht zu finden.

»Lass uns hier übernachten«, sagt er zu Tadashi. Hinter dem großen Tempel, dem sie sich nähern, hat der Himmel die Farbe starken indischen Tees angenommen.

Innen bildet der Tempel ein ausladendes Rechteck, das beherrscht wird von einem liegenden Buddha in atemberaubendem Format, gestrichen in glänzendem Gold. Den Kopf hat er in eine gewaltige Hand gestützt, die Lider halb gesenkt unter der Last der Ewigkeit.

Am Fuß der großen Statue fegt ein einsamer Mönch den Boden mit einem langstieligen Besen – das erste lebendige Wesen, dem sie in diesem einsamen Tal begegnet sind.

Das Rascheln ihrer Uniformen reißt den Mönch aus seiner Tätigkeit. Er richtet sich auf, aber sein Gesicht bleibt im Schatten verborgen, als Ichiro und Tadashi durch eine Mischung aus Gesten und einigen Brocken Burmesisch vermitteln, dass sie eine Unterkunft suchen. Darauf folgt schweres Schweigen. Schließlich grunzt der Mönch zustimmend, ergreift eine flackernde Sturmlaterne aus einer Nische und bedeutet ihnen, zu folgen.

Er führt sie um die Statue herum in einen verwinkelten, niedrigen Flur, der zu einem Zimmerchen führt – kahl, aber mit sauberem Boden, auf dem die Reisenden ihre Bettenbündel entrollen können. Sie bezeugen ihre Dankbarkeit mit Verneigungen, die der Mönch geflissentlich übersieht. Stattdessen führt er sie zu einem angrenzenden Waschraum, der ausgestattet ist mit gemeißelten Steinzellen und Becken voll reinen Wassers. Er stellt die

Laterne auf den Boden und verschwindet, offensichtlich mit der Finsternis vertrauter als sie.

Die Männer waschen sich, kleiden sich um und ruhen sich aus. Tadashi nimmt die Situation mit Gelassenheit hin, Ichiro dagegen sprudelt über vor Aufregung, welch neue Dimension ihr Abenteuer gerade annimmt.

»Das scheint mir ein geradezu fantastischer Zufall zu sein«, flüstert er Tadashi zu. »Dass sich dieser Mönch just in dem Tempel aufhält, den wir uns zum Nachtlager aussuchen.«

Wie heraufbeschworen ertönt ein Räuspern auf der Schwelle. Der Mönch ist mit einem Tablett und drei Schalen mit burmesischen Nudeln in Brühe zurückgekehrt.

Die Männer setzen sich zum Essen. Das Gericht ist einfach, heiß und köstlich. Sie konzentrieren sich aufs Essen, bis die Schalen leer sind.

Hinterher folgen sie dem Mönch hinaus auf den Flur; ihr Orientierungspunkt, das blaue Rechteck der Nacht, füllt die Tür. Er führt sie hinaus in den Hof, wo sie das Mondlicht erblicken, das sich ins Tal ergießt, die Sterne löscht und den Tempel treiben lässt wie ein Schiff auf einem silberblauen Ozean.

Der Mönch zieht Zigaretten aus den Falten seiner Kutte, teilt sie aus und zündet sie an. Sie rauchen und saugen die Nacht in sich auf, gehüllt in den Duft namenloser Blumen.

Ichiro unternimmt den weiteren Versuch einer Unterhaltung. Er weist auf den Tempel und spricht das burmesische Wort für »Name« aus.

»Er hat keinen Namen«, sagt der Mönch auf Englisch, mit Akzent, aber deutlich.

In der perplexen Stille, die folgt, lacht er los und hebt die Laterne an ein gebräuntes rosa Gesicht mit eisblauen Augen.

»Seid ihr überrascht?«, fragt er. Der Akzent klingt für Ichiros Ohren germanisch.

»Ja. Wir haben dich für einen Burmesen gehalten«, entgegnet Ichiro auf Englisch. Er hat die Sprache länger nicht gesprochen und merkt, dass er die Wortfolge erst im Kopf formen muss.

»Bist du Deutscher?«

»Österreicher.«

»Würden Sie es bevorzugen, Deutsch zu sprechen?«, fragt Ichiro, obwohl er weiß, dass die Frage zu förmlich formuliert ist.

Jetzt ist es an dem Mönch, überrascht zu sein. *»Ja«*, sagt er und fährt auf Deutsch fort: »Wo hast du die Sprache gelernt?«

»Wir sind von der Universität in die Armee eingezogen worden. Wir haben beide Philosophie studiert. Deutsch und Englisch zählten zu den Sprachen, die wir beherrschen mussten, um die Werke westlicher Philosophen lesen zu können. Mein Name ist Washi Ishiro. Mein Freund heißt Nakagawa Tadashi.«

Tadashi richtet erstmals das Wort an den Mönch. »Dürfen wir deinen Namen erfahren, o Heiliger?«

Der Mönch winkt müde ab. »Damals, als das noch von Bedeutung war, habe ich Josef geheißen. Josef Rab. Jetzt bin ich einfach ein alter Mann, der in einem Tempel lebt.«

Dort, wo das Gras auf die Bäume trifft, bewegt sich eine schwarze Masse. Sie schnaubt und dreht ihnen ein gewaltiges Haupt zu, die Augen glitzern im Mondlicht. Wir sind im Lande der Götter und Ungeheuer, denkt sich Ichiro.

Das Tier betrachtet sie eine Weile lang prüfend, schnuppert vernehmlich und trottet dann zwischen den Bäumen davon.

»Büffel«, sagt Josef. »Manchmal lockt sie das Licht an.«

»Gibt es hier noch gefährlichere Tiere?«, fragt Ichiro.

»Wenn du damit Fleischfresser mit Klauen und Zähnen meinst, dann ja, hier kann es durchaus Leoparden oder Tiger geben, obwohl ich nicht behaupten kann, dass mir je einer begegnet wäre. Auf jeden Fall sind Feuer und Licht völlig ausreichend, um sie auf Abstand zu halten.«

Der Mönch hebt die Laterne, gestattet ihnen dabei einen weiteren Blick in sein typisch europäisches Gesicht – lang, mit starkem Kiefer. Anhand der Falten schätzt Ichiro sein Alter auf zwischen fünfundvierzig und sechzig. »Aber was wirklich gefährliche Wesen betrifft, solche, die bereits Schaden angerichtet haben und es weiterhin tun werden, so gibt es hier nur euch.«

»Was meinst du damit?«

Der Mönch zündet sich gelassen eine weitere Zigarette an. »Lasst mich euch eins fragen: Warum seid ihr jetzt hier?«

»Wir haben viel von Bagan gehört. Weil es hier so zahlreiche buddhistische Tempel gibt und wir aus einem Land stammen, wo diese Religion weit verbreitet ist, wollten wir den Ort unbedingt sehen.«

»Das beantwortet nicht meine Frage.«

»Wieso nicht?«

Josef schüttelt den Kopf. »Ihr seid intelligente junge Männer, und trotzdem stellt ihr euch dumm. Ich frage euch nicht, was ihr hier an diesem Tag in diesem Augenblick macht. Wenn ich *ihr* sage, dann meine ich nicht euch als Einzelne, ich meine euch als Ganzheit, im Plural, das Land Japan. Wenn ich *hier* sage, dann meine ich nicht diesen Boden hier, diesen Tempel oder diese Stufen. Ich meine das Land Burma. Und wenn ich *jetzt* sage, meine ich nicht heute oder diesen Abend, sondern die vergangenen sechs Monate.«

Über ihre Köpfe fliegen schwarze Schatten hinweg, das Flattern der ledrigen Flügel fächelt Ichiro den schweren Geruch des Tiers in die Nase. Es sind Fledermäuse, die in den Winkeln der Tempel hausen. In diesem Moment, unter den Sternen, unter dem endlosen Himmel der Nacht, da ist ihm, als wären sie die einzigen drei Menschen auf Erden, als läge das Schicksal der Welt in ihren Händen. Tausend Gedanken schreien in ihm nach Erlösung. Seit Monaten wagt er nicht, seine Fragen zum Krieg zu stellen außer in seinem Tagebuch. Nun ist die Gelegenheit gekommen, sich diese Last von der Seele zu reden.

Doch als er den Mund aufmacht, spricht er Worte, die ihn selbst überraschen und enttäuschen.

»Wir sind hier, um für einen Kontinent zu kämpfen, der frei ist von westlicher kolonialer Aggression, auf dem ganz Asien vereint der Ausbeutung durch die Westmächte die Stirn bieten kann«, leiert er herunter. Die Scham über die eigene Feigheit lässt ihm die Ohren glühen.

»Das glaubst du doch selbst nicht«, sagt Josef. »Also, ich frage euch noch einmal, warum ihr hier seid.«

Tadashi kommt Ichiro mit der Antwort zuvor, ruhig, doch mit der Endgültigkeit eines Mahagonisargs. »Wir kämpfen hier, weil unser Kaiser das von uns wünschte. Wir kämpfen vor allem für Japans Interessen. Alles andere ist zweitrangig.«

Josef pafft vor sich hin, hüllt den Mond über seinem Kopf in Rauch. »Wenigstens versteckt dein Freund sich nicht hinter Plattitüden.«

Die nächste Frage richtet er direkt an Tadashi. »Bist du Buddhist?«

»Ja, o Heiliger.«

»Und du glaubst ans Blutvergießen?«

Tadashi antwortet nicht. Der Mönch blickt zu Ichiro. »Und du?«

»Fragst du, welche Religion ich ausübe oder ob ich ans Blutvergießen glaube?«

»Such es dir aus.«

Ichiro erklärt dem Mönch, dass er zwar Christ sei, wie viele Japaner, jedoch die Geburtsriten des Shintoismus befolge und im Tod jene des Buddhismus beachten werde.

»Also folgt das Ende deines Lebens buddhistischen Grundsätzen. Sollte der Rest das nicht auch?«

Ein auf flacher Flamme köchelnder Zorn brodelt in Ichiro auf. »Aber bist du hier der Richtige, uns zu belehren? Seit wann folgst du der buddhistischen Lehre? Gibt es in China nicht Mönche, die Schwert, Speer und Bogen beherrschen? Die bereit sind, bei der kleinsten Bedrohung ihre Tempel zu verteidigen, und nicht zögern, dabei Blut zu vergießen? Frieden hat keinen Preis, o Heiliger, aber umsonst gibt es ihn auch nicht.«

»Alles berechtigte Argumente«, sagt Josef. Der Mond, der jetzt an eine blasse Pampelmuse erinnert, rahmt seinen Kopf wie ein Heiligenschein. Er zieht noch ein letztes Mal an seiner Zigarette und drückt sie dann am Stein des Geländers aus, bevor er spricht. »Du sagst es: Als Außenseiter in eurer Religion bin ich nicht berufen, euch zu belehren. Und das tue ich auch nicht. Aber ist es denn so ungehörig von mir, ein paar Fragen zu stellen?«

Obwohl der Mönch nicht beleidigt zu sein scheint, stockt das Gespräch eine Weile, in der Ichiro sich seines Ausbruchs schämt.

»Wie hast du den Weg zum Buddha gefunden?«, fragt Tadashi schließlich.

»Das ist eine lange Geschichte, die dem Ort und der Gelegenheit unangemessen ist. Für den Moment reicht es, wenn ihr wisst, dass es passierte, während ich Soldat war – so wie ihr – im Weltkrieg.«

Ichiro ergreift die Gelegenheit, um nachzuhaken. »Schon seltsam, dass du so leichthin bereit bist, uns zu verurteilen, wenn man bedenkt, dass du in einem Krieg gekämpft hast, der kein bisschen gerechter war als dieser hier.«

Josef nickt. »Eine Weile lang. Doch dann habe ich den Weg nach Osten gefunden. Weil ich einem Mann begegnet bin, der mich die Werte der Geduld, der freudigen Anstrengung, der Großzügigkeit, der moralischen Disziplin, der Konzentration und der Weisheit gelehrt hat – die sechs Vollkommenheiten des Buddha.«

»Schön und gut«, sagt Ichiro. »Aber nicht jeder von uns hat das Privileg, solch ein friedliches, göttliches Leben zu führen. Jedenfalls noch nicht. Einige von uns haben noch eine Verpflichtung gegenüber ihrem Heimatland.«

»Und was hältst du von denen, die sich einer solchen Verpflichtung verweigern? Sind das Feiglinge?«

»Fast wäre ich einer von ihnen gewesen«, sagt Ichiro im Gedanken an die Prügel ihrer Vorgesetzten, die ritualisierten Demütigungen der militärischen Ausbildung.

»Wovor hast du Angst?«, fragt Josef.

»Vor demselben wie alle: dem Tod. Ich könnte tausend Geschichten über den Himmel hören und über das Jenseits, tief in meinem Herzen hält sich hartnäckig die Angst vor dem schwarzen Abgrund.«

»Warum hast du dich dann für den Kampf entschieden?«

Wie soll er diesem Mönch begreiflich machen, welches Fieber sein Land gepackt hatte, als er sich zur Armee meldete? Japan, dem vom Ruhm schwärmenden, verblendeten Reich, schien die Luft erfüllt vom Krieg. »Ich hätte mich weigern können. Nach dem Gesetz der Erstgeburt sind die ältesten Söhne von der Militärpflicht ausgenommen, wie auch Studenten und Lehrer. Auf mich traf beides zu, als die Anwerbungsoffiziere bei uns auf der Universität erschienen. Aber sich nicht zu verpflichten wäre untragbar gewesen. Sich dem Ruf des Kriegs zu verweigern wäre untragbar gewesen. Meine Familie mit Feigheit zu beflecken wäre untragbar gewesen. Also habe ich mich freiwillig gemeldet. Die Regierung hat unseren Abschluss beschleunigt, damit wir so schnell wie möglich ins Heer eintreten konnten.«

»Ist die Angst, Schande über deine Eltern zu bringen, nicht ebenfalls Feigheit?«

»Sollen sie dafür leiden, dass ich mich meiner Pflicht verweigere?«

»Solltest du für deinen Gehorsam leiden? Sollten das andere? Seid ihr eurem Gott verpflichtet oder eurem Land?«

»Beidem. Ich bin hier, weil etwas in mir auch an die Mission glaubt. Seit Jahrhunderten bluten die westlichen Länder den Orient aus. Sie haben Afrika und Asien sämtlicher Schätze beraubt. Sie horten Gold, Edelsteine, Holz und Öl, sie saugen es aus der Erde, die dem gelben Menschen gehört, dem braunen, dem schwarzen, dem roten. Wie gering der Beitrag auch sein mag, den ich dazu leisten kann, und sei es auch als Rädchen in einer noch so fehlerhaften und grausamen Maschine – diese Gelegenheit würde ich immer beim Schopf packen. Aber um deine Frage zu beantworten: Ich bin hier, um dadurch Gott zu dienen. Dein Rückzug aus der Welt und der Gesellschaft ist selbstsüchtig. Während du hier den Tempelboden fegst, strudelt um dich herum die Geschichte; vielleicht brechen sich die Wellen der Gewalt bald auch an deiner Tür und reißen dich mit. Der Unterschied ist, dass ich mich in die Fluten gestürzt habe, während du dich versteckst und darauf wartest, dass sie kommen.«

Josef lacht spöttisch. »Starke Worte. Willst du behaupten, diese Erlösung bringt das japanische Kaiserreich? Was habt ihr denn besser gemacht als die Briten und die Franzosen? Ich habe einen Kurzwellenempfänger. Die Kunde eurer Gräuel und Grausamkeit eilt euch voraus. Meinst du, wir wissen nicht, was sich vor vier Jahren in China abgespielt hat?«

Der Hinweis des Mönchs auf das Massaker von Nanking erschüttert Ichiro. »Das war vor meiner Zeit in der Armee. Ich bezweifle nicht, dass in China viel Unrecht geschehen ist, aber manche Berichte könnten auch übertrieben sein.«

Tadashi überrascht Ichiro, als er mit fester Stimme einhakt. »Nichts ist übertrieben, Ichiro. Das weißt du so gut wie ich. Sogar Matsui hat es hinterher eingestanden.«

Natürlich nicht. Wie lange noch kann er sich in die Tasche lügen? Wie kann er sich vormachen, dass eine Armee, die dem Leben ihrer eigenen Soldaten mit solcher Verachtung begegnet, dass sie sie als Kanonenfutter gegen die feindlichen Festungen feuert, andere besser behandeln würde? Ichiro starrt seinen Freund an, der ihnen den Rücken zugekehrt und sich ein paar Schritte entfernt hat und versunken das Tal im Mondlicht betrachtet.

Je dumpfer die Zukunft wird, desto deutlicher tritt das Vergangene hervor, bis die Erinnerungen diamantenscharf glänzen. Jene Tage an der Universität scheinen eine Ewigkeit her zu sein. Tadashi und er waren zwei unter vielen Erstsemestern, die sich nach ihrem ersten Seminartag in eine billige Izakaya geflüchtet hatten. Der Shochu hatte ihm nicht geschmeckt, aber dann hatte er einfach weitergetrunken, nachdem Tadashi ihm erklärt hatte, dass nach dem dritten alle Drinks gleich schmeckten. Sie hatten mit den anderen den »Dekansho« gegrölt (für Descartes, Kant und Schopenhauer) und sich dabei verbunden gefühlt, weil sie beide aus Kansai stammten und den gleichen Dialekt sprachen. Der Rest des Abends verging so schnell wie die folgenden drei Jahre. Zu schnell.

Er wendet sich an Josef. »Schlägst du vor, dass wir die Waffen niederlegen und verkünden, dass wir nicht länger bereit sind, für diese Sache zu kämpfen? Allein schon für dieses Gespräch mit dir würde man uns erschießen.«

»Daran habe ich keinen Zweifel«, sagt Josef. »Ich würde mir nie anmaßen, euch einen Rat zu erteilen. Wartet kurz.«

Er springt vom Geländer und verschwindet im Tempel. Kurz darauf kehrt er mit mehreren Bechern aus gebranntem Ton und einem großen Krug zurück, den er hochhebt, um ihnen den durchdringenden Geruch der Flüssigkeit vorzuführen.

»Aus Palmsirup fermentiert«, erklärt er. »Es gibt jemanden, der einmal die Woche vorbeikommt. Der ist so nett, einen alten Mann mit Schnaps und Batterien zu versorgen, unter anderem.«

Stundenlang bleiben sie noch beisammen. Erst nur zum Reden, doch als der Alkohol die düstere Stimmung lockert, auch zum Lachen und schließlich sogar zum Singen burmesischer Liedchen, die Josef sie lehrt. Irgendwann holt Josef weiter aus und erzählt, wie er zum Buddhismus gefunden hat, und von seiner Herkunft. Gebannt lauschen die Männer der erstaunlichen Lebensgeschichte des Mönchs, den Umständen seiner Jugend, die ihn auf seine Bahn setzten.

Als sie schließlich, weit nach Mitternacht, das tintenschwarz verschattete Innere des Tempels betreten, sieht die Buddhastatue in Ichiros Augen noch gewaltiger aus, wie vollgefressen mit Finsternis. Er liegt auf seinem Lager und fragt sich, wieso es so schwer ist, sein privates Ich mit seinem öffentlichen in Deckung zu bringen. Warum er so bereitwillig die Aggression seines Landes vor diesem völlig unerwartet aufgetauchten Menschen in Schutz genommen hat. Immer hatte er sich gefeit geglaubt gegen die blinde Stammes- oder Nationentreue, die einen dazu bringt, sein Land im Guten wie im Bösen über alles zu stellen. Aber nun ist es Tadashi gewesen, der stille Tadashi, der sich würdig erwies und nicht wankte, als man ihm vorhielt, was Japan an der Welt verbrochen hat.

Müde steht er auf, seine Muskeln schmerzen. In den Spitzbogenfenstern weit oben im Mauerwerk zeigen sich erste schüchterne

Strahlen. Der Morgen graut. Tadashi liegt auf seinem Lager. Josef ist nirgends zu sehen.

Er wäscht sich das Gesicht im Becken und wagt sich hinaus.

Das Tal erglänzt im frühen Licht, das über die Bäume streicht. Verglichen mit der Hitze des vorherigen Tages ist die Frische des Morgens ein Segen. Er spaziert über das Gras zu den Bäumen hinüber und findet die Hufspuren des Büffels von vergangener Nacht. In eine der Kuhlen, die das Tier hinterlassen hat, ist eine Blume gefallen. Sie ist klein, weiß mit gelben Staubbeuteln, und als er sie reibt, verströmt sie einen betörenden Duft.

Hinter sich hört er das Rascheln von Flügeln und das Kratzen von Krallen auf trockenem Laub.

»Brecht ihr heute wieder auf?«

Ichiro wendet sich um, der Mönch ist erschienen wie aus dem Nichts. »Ich packe euch Proviant ein für den Rückweg.«

»Wir stehen in deiner Schuld.«

Geld anzubieten wäre sinnlos, und so fragt er, ob es stattdessen irgendeine Arbeit gibt, die die beiden vor ihrem Aufbruch erledigen können.

»Nicht nötig«, sagt Josef. »Wenn ihr mir heute unter die Arme greift, macht ihr mir nur umso deutlicher, mit wie wenig Hilfe ich sonst auskommen muss.«

Nach dem Packen besteht Josef darauf, sie bis zur Hauptstraße zurückzubegleiten. Sie treten hinaus ins Sonnenhell, das sie weich umspült. Über den Hosen tragen sie nur ihre Unterhemden. Josef weist auf Tadashis Bauchbereich.

»Was hast du da um?«

»Es heißt Senninbari, o Heiliger«, sagt Tadashi. »Wenn wir uns zur Armee melden, stellen sich unsere Mütter auf die Straße und bitten vorüberziehende Frauen, einen Knoten zu machen, der dann in die Schärpe eingenäht wird. Wenn tausend Knoten beisammen sind, gilt die Schärpe als fertig. Senninbari schützen uns auf dem Schlachtfeld vor dem Feuer des Feinds.«

»Was bedeuten die beiden Zeichen darauf?«

運 命

»Das heißt *unmei*, also ›Schicksal‹«, sagt Tadashi. »Die Chinesen sprechen es *ming yun* aus und lesen es von links nach rechts, aber das ist ihr gutes Recht. Schließlich sind es ja ihre Schriftzeichen.«

Josef führt sie tiefer in den Wald, einen Ort der Stille und des laubdurchbrochenen Lichts. Wie gestern ist er ohne Schuhe und in seine purpurne Robe gehüllt, beim Wandern stützt er sich auf einen Bambusstab.

Eine weitere Stunde marschieren sie, bis die Bäume spärlicher werden und in Buschland übergehen. Schließlich erreichen sie die gepflasterte Hauptstraße.

»Unser Dank ist dir gewiss«, sagt Ichiro. »Für alles.«

Josef legt die Hände aneinander und verneigt sich vor den beiden. »Ich habe nur hervorgeholt, was unter der Oberfläche lag.«

Feierlich gemessen löst Tadashi seine Schärpe und reicht sie dem Mönch – wie ein Soldat, der dem siegreichen General sein Schwert aushändigt. »O Heiliger, erweise mir die Ehre, dies anzunehmen.«

Sanft schiebt Josef die Gabe von sich. »Deine Geste allein ehrt mich schon genug. Außerdem, brauchst du sie nicht dringender als ich?«

Tadashi wirkt gekränkt. »Wenn du auch meine Schärpe nicht annimmst, willst du uns wenigstens segnen?«

Josef überlegt. »Ich glaube an Wissen, nicht an Segenssprüche. Wenn ihr darum bittet, will ich euch das lehren, was ich gelehrt wurde.«

Tadashi kennt die Antwortformel zu diesem uralten Anerbieten und spricht: »Wir bitten dich. Bitte lehre uns.«

»Stellt euch neben mich«, sagt Josef.

Die beiden gehorchen.

Er bückt sich und ritzt mit der Spitze seines Wanderstabs ein verschlungenes zweiteiliges Symbol in den Boden. Dann geht er in die Knie, pustet den Staub aus den Furchen und enthüllt in der roten Erde die geschmeidigen Kurven und fremdartigen Proportionen.

Doch als sie sich neugierig darüberbeugen, sagt er: »Ich bin noch nicht fertig.«

Während der Mönch um sein Zeichen einen Kreis zieht, spürt Ichiro, wie ein Beben durch die Welt geht und wieder verebbt, wie der Boden dröhnt, als hätte sich ein mystischer Zirkel geschlossen.

»*Aum* ist der kosmische Klang«, sagt Josef. »Es ist Anfang und Ende des Universums, seine feste Achse und zugleich das allgegenwärtige Nichts. Es besteht aus vier Silben, vier Teilen: Stellt euch einen Fisch vor, der aus einem meilenweit unter der Erde verborgenen See emporspringt. Stellt euch vor, wie das Gesicht des Tiers durch das Wasser bricht, stellt euch den kurzen, strahlenden Moment vor, da er in der Luft hängt, und seine Rückkehr in den See und ins Wasser. Man kann ein ganzes Leben lang darüber nachsinnen und doch nur einen Bruchteil der Rätsel dieses Lauts lösen, nur ein Fünkchen seiner Möglichkeiten erfahren. Euch wird es jetzt vor allem als Meditationshilfe dienen, als Mittel zur Klarheit. Ein Tor zur Transzendenz, wenn es nottut.«

Lange starren die Männer auf das Zeichen, wispern immer wieder seinen Namen. Prägen es sich ein, seine Gestalt, seinen Klang.

Ichiro verneigt sich vor Josef. Dann fällt ihm etwas ein, was der Mönch in der vergangenen Nacht erzählt hat, und stellt eine Frage. »Josef, das Dorf, in dem du geboren bist …«

»Ranshofen, in Braunau am Inn.«

»Ja. Ich kann es nicht zuordnen, aber der Name kommt mir bekannt vor. Ist es berühmt?«

»Nur für eine Sache.« Josefs Miene verdüstert sich. »Als Geburtsort des Manns, dem Deutschland und Österreich jetzt folgen. Des Führers.«

Ichiro nickt. »Bemerkenswert, dass zwei Männer, die aus demselben Ort stammen, solch unterschiedliche Lebenswege wählen.«

»Er wird getrieben von Angst und Verlangen. Das führt zu Zerstörung und Leid. Nach meinem Tod wird sich niemand an mich erinnern. Und genau das ist mein Ziel.«

Sie verabschieden sich und nehmen ihren mühsamen Marsch wieder auf. Im Lager müssen sie erst am späten Nachmittag sein. Sie sprechen wenig, nippen nur an ihren Flaschen, um sich das Wasser einzuteilen. Die Mittagshitze ist mörderisch, der Horizont flimmert, die Bäume stehen stocksteif und sind so vertrocknet, dass sie jederzeit in Flammen aufgehen könnten.

Sie marschieren weiter. Stunden verstreichen, doch die Straße bleibt öd und verlassen, streckt sich aus bis in schimmernde, glasige Ferne. Als sie endlich auf ein Schild treffen, das ihr Feldlager ankündigt, bleibt Ichiro stehen und wartet auf Tadashi, der sich hat zurückfallen lassen, mit einem träumerischen Ausdruck im Gesicht.

Ichiros Lunge brennt, und er nimmt einen großen Schluck Wasser. »Warum hast du versucht, deine Schärpe wegzugeben?«

»Ein Stück Stoff. Was soll ich damit?«

»Deine Mutter hat sie gemacht.«

Tadashi lacht. »Meine Mutter oder die Regierung? Vielleicht wollte ich die Schärpe einfach nur an einem sichereren Ort unterbringen. Das hätte ich schon vor Langem tun sollen. Oder sie einem Fußsoldaten geben. Die brauchen sie nötiger, oder nicht? Außerdem hätte ich so größere Chancen, in den Yasukuni-Schrein zu kommen.«

»Soll ich meine Sachen auch verschenken?«

»Nein. Du wirst deine Mutter ja wiedersehen.«

Ichiro bleibt stehen, erschüttert von Tadashis Worten. »Was redest du da? Was ist das jetzt für ein Pessimismus?«

Die beiden Freunde starren einander an. Sie sind mittlerweile in Sichtweite des Lagers. Von den Wachtürmen werden Befehle gebrüllt, dass sie stehenbleiben und die Hände erheben sollen. Die Wachen beginnen, von zehn herunterzuzählen, danach wird geschossen.

Ichiro hebt die Hände, in der einen seine Marke, und schreit seinen Namen, seinen Rang, seine Kennziffer. Doch die Waffen bleiben erhoben, weil Tadashi weiter vorwärts geht, in gelassener Haltung, die Arme gesenkt, der Blick auf etwas gerichtet, was nur er sehen kann.

»Was machst du da?«, brüllt Ichiro.

Aber Tadashi scheint ihn nicht zu hören, und noch weniger die Soldaten, die weiter herunterzählen – FÜNF, VIER, DREI ... Eine Warnsirene heult auf, und die Soldaten im Lager mobilisieren sich in kontrolliertem Tumult. Tadashi dreht sich nach ihm um. Ichiro kennt diesen Ausdruck reiner, ursprünglicher Intensität. Es ist Glaube.

»Bitte meine Mutter, mir zu vergeben.«

Ichiro klettert in den Himmel über Bengalen, knapp hinter der burmesisch-indischen Grenze. Er fliegt eine Kawasaki Ki-48. Seine Abwurfzone liegt in Chittagong, über zweihundert Meilen von ihrem Lager entfernt. Eigentlich wäre es Tadashis Mission gewesen, die Ladung Propaganda-Flugblätter an der Küste abzuwerfen, in der Nähe eines kleinen Fischerdorfs.

Sie wagen es nicht, über die Stadtgrenze vorzudringen, an der die Engländer vermutlich Luftabwehrstellungen errichtet haben. Bisher hat sich kein japanischer Bomber so weit in britischindisches Gebiet vorgewagt wie er jetzt.

Seit sein Freund vor einer Woche, von Kugeln durchsiebt, in Ichiros Armen seinen letzten Atemzug tat, ist sein Leben ein Albtraum aus Verhören gewesen, aus Anschuldigungen und Drohungen seiner Vorgesetzten. Es hieß, er werde vors Kriegsgericht kommen, unehrenhaft entlassen, sogar mit sofortiger Hinrichtung wegen Verrats drohte man ihm. Ironischerweise waren es gerade die grotesken Umstände von Tadashis Tod, die ihm schließlich den Kopf aus der Schlinge zogen, da der Kommandant sich nicht entscheiden konnte, wegen welchen Verstoßes gegen welche Militärstrafbestimmung er ihn festsetzen sollte. Außerdem kam ihm zugute, dass er einer der wenigen erfahrenen Piloten war in einer Division, der jetzt ein Mann fehlt.

Der Mönch hatte die Saat seiner Gedanken in ihrer beider Köpfe gesät, doch in Tadashi fanden sie den fruchtbareren Boden, in dem sie Wurzeln geschlagen hatten. Ichiro hätte gerne geweint um seinen Freund, doch seine Trauer passt sich nicht jedem Hohlraum an, den man ihr bietet. Ihre spröden Kanten decken sich nicht mit der Form seiner Tage, ihr Gewicht verlangt eine Stärke, die er nicht hat.

Er drückt das Steuerhorn hinunter und taucht mit dem Flugzeug in die Wolkendecke, unter der Bengalen schlummert. Sanft durchbricht er die Kumulusschicht, der plötzliche Scherwind federt sein Sinken ab. Nun sieht er das Land aus der Höhe von zehntausend Fuß – breite Flüsse und Meeresarme durchziehen es und lassen es erscheinen wie eine große grüne Hand, die in die Bucht greift. Er sinkt tiefer, und der Blick auf das Land wird schärfer – ein strahlender Flickenteppich aus goldenen Äckern, grünen Reisfeldern und Wasser, das silbern in der Abendsonne glänzt.

Viertausend Fuß ... bald dreitausend. Nur Minuten trennen ihn noch von seiner Abwurfzone und so wenig vom Boden, dass er bereits die strohbedeckten Lehmhütten sehen kann, die sich um Teiche gruppieren, dazwischen Reihen von hohen Betelpalmen. Beim Geräusch seines Fliegers blicken die Menschen auf und flüchten in alle Richtungen. Die kegelförmigen Hüte auf ihren Köpfen erinnern ihn an die Bauern in seiner Heimat.

Immer weniger zeigt der Höhenmesser an.

Fünfzehnhundert ... vierzehn ... keine Minute mehr

Dreizehnhundert

Zwölfhundert

Elfhundert ... Er lässt das Steuerhorn los und geht über in den Geradeausflug.

Nur noch fünfzehn Sekunden bis zur Abwurfzone, da erblickt er das Mädchen – eine winzige Gestalt in Weiß. Rasch greift er nach seinem Feldstecher. Sie ist nicht älter als sechs, vielleicht sieben Jahre und stocksteif vor Angst. In einer Hand hält sie einen Eimer, wohl um Wasser zu holen. Einen absurden Augenblick lang treffen sich ihre Blicke.

Zehn Sekunden

Sie ist das einzige menschliche Wesen, das er sieht.

Fünf Sekunden

Sie steht mitten in der Abwurfzone, als einziges Publikum der japanischen Propaganda für Bengalen. Er zieht am Hebel, um die Last freizugeben. Tausende Flugblätter flattern im Windschatten des Flugzeugs, eine wirbelnde Wolke aus Rot, Gelb und Schwarz, wie Monarchfalter sehen sie aus.

Nur momentlang kann er den Anblick genießen, bevor er das Flugzeug aus dem tiefen Gleitflug emporsteigen lassen muss, einer Baumgruppe gerade noch ausweichen kann. Mit aller Macht zerrt er das Steuerhorn gegen die Kraft des Scherwinds nach hinten, und plötzlich spürt er die Erschöpfung.

Eben da hört er zwei Geräusche – zuerst eine rasche Reihe von Hustern, gefolgt vom Winseln des sinkenden Luftdrucks in der Kabine. Es fühlt sich an, als hätte ihm jemand fest in die Seite geboxt. Roter, kreischender Schmerz. Die rechte Schulter blutüberströmt. Kugeln haben den Rumpf des Flugzeugs durchlöchert, und wenigstens eine davon auch ihn. Die Engländer haben ihre Luftabwehr deutlich weiter vor der Stadt installiert als erwartet.

Er sieht zu, wie seine Treibstoffanzeige rasant abfällt. Das Flugzeug sinkt kontinuierlich. Sein Blick wird trübe, sein Griff um das Horn schwach.

Sein schwindendes Bewusstsein sucht panisch nach Halt, bevor es in den Abgrund des Vergessens stürzt, und klammert sich an ein Symbol. Einen Klang.

ॐ

Als das Wort seinen Mund verlässt, flaut sein Schmerz etwas ab. Der Nebel vor seinen Augen lichtet sich beim Gedanken an das Symbol, das Josef auf den Boden gezeichnet hat. In Schräglage steuert er das Flugzeug nach links, am Wasser entlang. Er sinkt tiefer, nähert sich dem Strand und streift fast den grobkörnigen Sand. Es sind kaum noch dreißig Meter bis zum Boden. Er hofft, dass er mit einer Wasserlandung die Wahrscheinlichkeit eines Brandes verringert, die Wahrscheinlichkeit ziviler Todesopfer, vielleicht sogar seines eigenen Tods.

Da springt ihm plötzlich eine Hügelkette entgegen, und wieder reißt er am Horn. Das Kreischen berstenden Metalls hallt ihm im Ohr. Ichiros letzte Gedanken gelten einem Fisch, der aus dem Wasser emporspringt. Zurücktaucht in die Finsternis.

Zweites Buch:
Im Auge

SHAHRYAR & ANNA

Washington, DC, USA
September 2004

Das Dragonfly ist leicht zu verfehlen: Es liegt in einer Seitengasse, etwas versteckt hinter einer straßenseitigen Terrasse, im Obergeschoss, das man über eine Treppe betritt. Ganz hinten gibt es eine Bar.

Die tiefen Bässe der Hintergrundmusik lassen den Boden wummern. Ein unsichtbarer Projektor wirft japanische Animes an die Wand. Eine schwarzgekleidete Frau begrüßt ihn. »Nur eine Person?«

»Zwei, aber ich warte erst mal an der Bar.«

Er ist eine halbe Stunde zu früh dran. Nach einem Blick auf die Karte bestellt er eine Ramune-Limonade, um einen klaren Kopf zu bewahren.

Neunzehn Uhr rückt näher, der verabredete Zeitpunkt, und das Dragonfly füllt sich allmählich mit den Schönen, Jungen und Reichen von DC.

Viertel nach sieben. Dann halb acht. Mittlerweile ist der Laden fast voll und schwirrt von unterschiedlichen Stimmen. Gerade will er den Barkeeper um die Rechnung bitten, als Katerina eintritt, ihn in der entgegengesetzten Seite des Raums ausmacht und mit flüchtigem Winken zu ihm herüberspaziert. Sie trägt ein schmales schwarzes Cocktailkleid, knielang und schulterfrei. Ihr dickes, goldenes Haar trägt sie auf dem Kopf getürmt. Ihre langen Glitzerohrringe schwingen mit jedem Schritt. Sie begrüßt ihn mit einem Küsschen auf beide Wangen. Aus dieser Nähe nimmt er den schwachen Fliederduft ihrer Haut wahr, ihr aufwendiges Make-up. Auf der Straße würden sich die meisten Männer nach ihr umdrehen.

Sie legt eine Clutch auf dem Tresen ab – ebenso schmal und schwarz wie ihr Kleid. »Hatten Sie Probleme beim Herfinden?«

»Nein. Gehen Sie … hinterher noch irgendwo hin?«

»Nein. Wieso fragen Sie?«

»Das Kleid.«

Sie lacht. »Freitagabends sollte ein Mädchen sich schickmachen. Finden Sie nicht?«

Sie fängt den Blick des Barkeepers ein. »Ich nehme einen Wodka Sour. Und Sie?«

»Einen Dark and Stormy.«

Bald darauf kehrt der Barkeeper mit den Getränken zurück; Shar und Katerina nippen daran und beobachten einander dabei in der Spiegelwand hinter der Bar. Es herrscht unnatürliches Schweigen.

»Ist das normal, sich so mit Ihren Klienten zu treffen, nach der Arbeit?«

»Normal ist das nicht. Aber Ihr Fall ja genauso wenig, Mr. Choudhury.«

»Was ist denn so schwierig daran?«

»›Schwierig‹ habe ich nicht gesagt.«

»Aber ›nicht normal‹.«

»Das ist nicht dasselbe wie ›schwierig‹. Für Schwieriges gibt es nicht allzu viele Lösungen.«

»Also ist er einfach?«

»Auf den ersten Blick ist er tatsächlich sehr einfach. Da Sie niemanden zum Heiraten haben, können Sie nur in Amerika bleiben, wenn Sie einen Job haben. Aber auch dafür brauchen Sie Glück.«

»Ich habe alles versucht«, sagt Shar. Was der Wahrheit entspricht. Er hat sich breitflächig beworben, auf Forschungsstellen, in der Lehre, als Vorstandsassistenz, Programmentwickler und Politikanalytiker. Doch jeder noch so kleine Funke an Interesse, den anzufachen ihm gelungen war, verglomm auf der Stelle, wenn ihm die entscheidende Frage gestellt wurde: *Haben Sie eine Arbeitserlaubnis für die Vereinigten Staaten?*

»Alles vielleicht nicht. Niemand hat jemals alles versucht. Dafür sind wir ja da. Mr. Ahmed wird einen Weg für Sie finden. Das weiß ich.«

Er lächelt. »Sie haben ja großes Vertrauen in ihn.«

»Dafür habe ich meine Gründe.«

»Was meinen Sie?«

Ihr Blick schweift prüfend über den Club. Der Lärmpegel im Dragonfly hat neue Höhen erreicht, und die Kunden strömen von den vollbesetzten Tischen auf die Tanzfläche, wo ein DJ mit Sonnenbrille und Kopfhörern J-Pop auflegt.

Sie schiebt zwanzig Dollar auf den Tresen. »Gehen wir ein bisschen spazieren.«

Sie schlendern durchs Adams-Morgan-Viertel. Es ist ein milder Abend, untertags hat es geregnet. Entlang der 18th Street müssen sie sich durch Horden von Studenten und Barbesuchern einen Weg bahnen.

Sie biegen in die Ontario Road ab, die verwaist zwischen dunklen, hohen Stadthäusern hindurchführt. In der leeren Grünanlage an ihrem Ende finden sie eine Bank zum Sitzen.

»Wissen Sie, was ein K-1-Visum ist, Mr. Choudhury?«, fragt Katerina.

»Nein.«

»Dann muss ich das kurz erklären. Vor ungefähr drei Jahren lebten meine Mutter und ich in Kiew, in einer dieser vielen Chruschtschowkas – Plattenbauten aus den Fünfzigern. Mein Vater war Ingenieur. Als er starb, war ich noch nicht erwachsen. Seine kleine Rente von der Regierung und ein paar Stipendien reichten aus, dass ich an der Uni Kiew einen Masterabschluss in Elektrotechnik machen konnte. Ich sprach gut Englisch und hatte einen guten Abschluss von einer guten Universität, aber leider gab es in Kiew keine Stellen, überhaupt nirgendwo in der ganzen Ukraine. Ich arbeitete halbtags am Empfang einer Internetfirma und suchte ständig nach einem vernünftigen Job.

Über eine Freundin hörte ich dann von einer dieser Websites, die damals wie Pilze aus dem Boden schossen. Man musste einfach nur ein paar Zeilen über sich schreiben (oder das gleich der Website überlassen), die besten Fotos von sich hochladen, und dann würde man vielleicht einen netten Herrn in Amerika, Kanada oder Westeuropa kennenlernen. So, wie sie es erklärte, verpflichtete man sich zu gar nichts. Ich ließ es mir durch den Kopf gehen. Und hab's gemacht. Mein Leben führte ich weiter wie normal. Falls sich irgendwas ergibt, wäre das wie ein Sechser im Lotto, hab ich mir gesagt.

Und es ergab sich tatsächlich etwas. Die Männer interessierten sich. Viele. Ich will jetzt nicht angeben, aber daran hatte ich mich schon seit Längerem gewöhnen müssen. Die meisten waren Deppen. Perverse. Ich habe so viele anzügliche Nachrichten und Bilder bekommen, dass ich schon drauf und dran war, mein Profil zu löschen und die ganze Sache zu vergessen, als Howard mich anschrieb. Er war ungefähr dreiundvierzig. Viel älter also. Er hatte seinen eigenen Elektronikreparaturbetrieb in Virginia, und er hatte zwei jugendliche Töchter aus erster Ehe. Er war groß und wirkte fit für sein Alter, nicht allzu gutaussehend vielleicht, aber gut angezogen, und hatte ein freundliches Gesicht. Und vor allem bezog er sich in seiner ersten Nachricht nicht auf meinen Körper oder mein Gesicht, sondern auf meinen Namen. So habe seine Großmutter geheißen, schrieb er, die aus Schweden nach Amerika eingewandert sei.

Wir begannen mit Videotelefonaten übers Internet. Er hatte diese amerikanische Art, ein lautes Lachen, bei dem man sich sofort entspannte. Warm. Verliebt habe ich mich nicht in ihn, aber ich dachte, das könnte noch kommen.

Er hat dann ein K-1-Visum für mich beantragt. Man nennt es auch ›Verlobungsvisum‹. Wenn man eine Frau mag (oder auch einen Mann, aber meistens sind es Frauen), beantragt man für sie ein Visum, damit sie nach Amerika einreisen darf, und wenn sie da ist, hat man neunzig Tage, um sich zu entscheiden, ob man die Sache durchzieht.

Howard hat seinen Teil erledigt und hat in Herndon, Virginia, den Antrag auf Erteilung eines Verlobungsvisums eingereicht. Binnen eines Monats war der Antrag bewilligt, und die Unterlagen wurden nach Kiew geschickt. Wir haben beide vor der Webcam Freudensprünge gemacht. Meine Familie war aufgeregt, aber voller Angst. Ich auch.

Und eines Januartags habe ich dann einen dicken Ordner gepackt mit all meinen wichtigen Dokumenten: Pass, Führerschein, Geburtsurkunde, polizeiliches Führungszeugnis, Atteste, meine Diplome und Abschlüsse, Kopien von jeder E-Mail und jedem Brief, den Howard und ich je gewechselt hatten. Vier Stunden lang stand ich am Morgen in der Eiseskälte in der Schlange vor der amerikanischen Botschaft in Kiew – ein riesiger Klotz, wie ein Gefängnis. Als ich drankam, hat mich so eine dürre, mürrische Frau befragt, die mich genau spüren ließ, dass sie mich für eine Betrügerin hielt, die nur wegen der Green Card nach Amerika wollte.

Aber ich muss sie trotzdem irgendwie überzeugt haben. Denn mein Visum wurde bewilligt. Und kaum einen Monat später landete meine Aeroflot-Maschine in Dulles.

Von Nahem sah Howard genauso aus wie aus der Ferne, warmherzig, lustig, charmant und nett. In diesem ersten Monat sind wir nach New York gefahren, nach Disney World, nach Chicago. Ich fühlte mich wie in einem Traum. Mir kam es vor, als müsste ich mich gar nicht dazu überwinden, ihn zu lieben. In diesem Land schien alles schlichtweg einfacher. Das muss die Luft sein, hab ich gedacht. An der Luft muss es liegen.

Eines Abends, beim Essen, habe ich dann endlich allen Mut zusammengenommen und ihm gebeichtet, was ich ihm die letzten sechs Monate verschwiegen hatte.« Katerina öffnet ihre Clutch. Während ihrer gesamten Erzählung hat sie nach vorn geschaut, ohne Shahryar wahrzunehmen, ganz versunken in ihre Erinnerungen. Jetzt zieht sie aus ihrem Täschchen ein kleines Fotoalbum hervor. Er greift danach. Die Bilder zeigen ein kleines Mädchen, blond und der Frau, die neben ihm sitzt, sehr ähnlich.

»Wie heißt sie?«

»Ilyana. Sie ist jetzt neun. Sie lebt in Kiew, bei meiner Mutter.«

»Wie hat Howard reagiert?«

»Na, wie wohl. Nicht gut. Über Nacht war es vorbei mit der Nettigkeit und der Warmherzigkeit. Er sagte, es sei gar nicht das Kind, sondern meine Unehrlichkeit. Er könne mir einfach nicht mehr vertrauen.

Ich musste in ein Hotel ziehen. Ich hatte kaum Geld. An jenem Abend habe ich mich in den Schlaf geweint. Weil ich mir alles selbst zuzuschreiben hatte und für jeden Fehler selbst verantwortlich war. Ich hatte geglaubt, ich könnte Ilyana nachholen, damit wir uns hier gemeinsam ein Leben aufbauen. Zuerst hatte ich einfach zu viel Angst gehabt, Howard von ihr zu erzählen, um ihn nicht zu verschrecken. Und dann fand ich immer wieder Gründe, es weiter aufzuschieben – habe mir vorgemacht, es würde leichter sein, es ihm persönlich zu erzählen. Darin war ich gut. Mir etwas vorzumachen.

Dann sah ich Mr. Ahmeds Anzeige in der Zeitung, ging zu ihm, und er sagte mir im Grunde dasselbe, was er Ihnen gesagt hat – dass es nicht leicht sei, aber dass er eine Möglichkeit finden würde. Aber er fand keine. Schließlich hat er mir angeboten, als seine Assistentin zu bleiben. Er würde für mich bürgen, bis ich meine Green Card bekäme. In der Zwischenzeit konnte ich an der Privatuni meine Ausbildung zur Rechtsanwaltsgehilfin machen. Dort gehe ich jetzt jeden Dienstag- und Donnerstagabend hin. Im Mai mache ich meinen Abschluss. Mit meiner Tochter spreche ich jeden Tag. Manchmal sehen wir uns durch die Webcam. Aber in der Ukraine ist das Internet nicht so gut.

Wissen Sie, wovor ich am meisten Angst habe, Mr. Choudhury?«

»Dass Sie sie nicht hierherholen können?«

»Nein. Dass sich etwas ändern wird. Dass sich ihre Gefühle für mich ändern. Diese Gefühle zwischen einem Elternteil und einem

Kind, die sind so … zerbrechlich, wie ein Spinnennetz. Eine gewisse Zeit trägt es, aber dann macht man einen Fehler, und es ist zerrissen.«

Sie blickt zu ihm auf. Ihre Augen glitzern, und sie wischt ihre Tränen ab.

»Wie ist das bei Ihnen?«

»Was meinen Sie?«

»Sie haben doch eine Tochter. Aber mit ihrer Mutter verheiratet sind Sie nicht. Was ist da passiert?«

»Das ist keine schöne Geschichte. Aber ich habe meine Tochter um mich, zumindest jetzt noch.«

»Würde es Sie erleichtern, sie mir zu erzählen?«

Er sieht sie an. Sie beugt sich vor, den Mund leicht geöffnet. In diesem Licht, in dieser Umgebung ist sie von herzzerreißender Schönheit.

Er wendet den Blick ab, atmet tief durch und beginnt zu sprechen.

SHAHRYAR

Über dem Atlantik
August 1993

Irgendwann während des sechsstündigen Flugs von Heathrow nach Washington, DC erwacht er in tiefer Dunkelheit, hört den Rollwagen der Flugbegleiterin quietschen. Er schiebt die Fensterblende hinauf und späht nach draußen. Das Flugzeug hat den Wettlauf gegen die sinkende Sonne verloren. Unter den Wolken wälzt sich das tiefblaue Meer.

Er hat bislang ein behütetes Leben geführt – wurde vom Chauffeur erst zur Schule, später zur Universität gebracht und auch wieder abgeholt, wie so viele seiner Klasse in seiner Generation. Am Wochenende traf er sich zum Fußball, Cricket oder Kino mit Freunden aus ähnlich vornehmen Verhältnissen.

Selbst nach den konservativen Maßstäben einer muslimischen Familie Bengalens ist er ein Spätzünder. Liebeleien hat er zwar durchaus schon gehabt, aber nie so ernst, dass er sie zu seinen Eltern eingeladen hätte. Abgesehen von der gelegentlichen Zigarette – die er stets vertuschte, indem er vor der abendlichen Heimkehr die Blätter des Guavenbaums aus ihrem Garten kaute – hat er nie über die Stränge geschlagen, noch nicht einmal Alkohol probiert.

In Dhaka wurde er jeden Morgen von Rina geweckt, der Frau, die ihn umsorgt hat, solange er denken kann, und die ihm nach seiner Mutter am nächsten steht. Nach der Begrüßung mit seinem gewohnten heißen Milchtee pflegte Rina Shar die Kleider herauszulegen, während er in der Wanne lag. Anschließend gesellte er sich zu seinen Eltern zum Frühstück an den Esstisch, und ihr gedämpftes, kultiviertes Gespräch kam ihm oft vor wie die Vokalbegleitung zur Musik aus klirrenden Tellern, Gläsern und Löffeln.

Mit seinem stämmigen Körperbau und der dunklen Haut sieht er seinen Eltern denkbar unähnlich – beide sind groß und schlank, mit der typisch gekrümmten Nase und hellen Haut der Mogularistokraten. Ein Jahr bevor Indien in drei strikt getrennte Flügel zerbrach, überquerten seine Eltern die Grenze von der einen zukünftigen Nation in die andere, aus Indien in das, was zunächst Ostpakistan werden sollte und später dann Bangladesch. Sie waren schon in ihren besten Jahren, als sie Shar bekamen, einundzwanzig Jahre später.

Deshalb nennt ihn seine Mutter ihr kleines Wunder.

Der Einwanderungsbeamte in Washington, DC ist ein Schwarzer mit grauem Haar und gütigem Blick. Er mustert Shar über seine halbmondförmige Brille hinweg und betrachtet ihn dabei genau.

»Was wollen Sie in Georgetown studieren, junger Mann?«

»Wirtschaft, Sir.«

»Und Sie machen hier Ihren Bachelor?«

»Eigentlich meinen Master.«

Der Beamte hebt erstaunt die Brauen. »Aber Sie sehen so jung aus!«

Er holt seinen einen Koffer ab und verlässt den Terminal in Dulles. Dann geht er zur Bushaltestelle, wo alles hässlich und trostlos und einschüchternd wirkt, wo bedrohlich aussehende Betonbauten den Himmel verstellen und breite gelbe Taxis mit rot-weißen Bussen um den Platz rangeln. Beim Wartehäuschen stehen noch andere Passagiere – ein Aufgebot von Gesichtern aller Formen, Formate und Farben, die darauf warten, in diese neue Welt geworfen zu werden.

Er kauert sich in eine Ecke des Wartehäuschens. Unter einem Baldachin aus milchigem Plastik macht er sich so klein und unsichtbar wie möglich.

Nach ein paar Wochen in einem heruntergekommenen Wohnheim in Kalorama sucht er sich eine längerfristige Bleibe. Am Schwarzen Brett seiner Fakultät sticht ihm ein Zettel ins Auge. In schmaler, spinnenbeiniger Handschrift steht da geschrieben: *Verantwortungsbewusster Untermieter gesucht. Zimmer voll ausgestattet. Waschmaschine und eigenes Badezimmer vorhanden. Ruhe und Sorgfalt sind Voraussetzung. Teilnahme an Mahlzeiten möglich. Unfug wird nicht geduldet.*

Die Adresse ist in Georgetown in einem der zahllosen Stadthäuser. Bei einer telefonischen Anfrage, ob das Zimmer noch zu haben sei, macht er einen Besuchstermin aus. Der Besitzer ist ein älterer Herr namens Karl Laurson, der Shar an der Tür empfängt und ihn zu dem in Rede stehenden Zimmer führt. Es liegt am Ende eines Flurs im ersten Stock, ist groß und hell und sieht aus, als hätte der Bewohner es nur kurz verlassen: Hockey- und Lacrosseschläger zieren die Wände wie Graffiti zum Anfassen, der Schreibtisch beherbergt zerlesene Exemplare von *Der Fänger im Roggen*, *Der Fremde* und *Herz der Finsternis*.

Es ist ein Zimmer wie das, das er in Bangladesch zurückgelassen hat, nur dass seine Wände mit Cricket- und Badmintonschlägern geschmückt waren und auf seinem Schreibtisch die Werke von Tagore, Islam und Guha lagen.

Sie setzen sich ins Wohnzimmer, um die Einzelheiten zu besprechen. Während der Stunde ihrer mäandernden Unterhaltung erfährt er, dass Karl Laurson aus Wisconsin stammt, aus einer norwegischen Familie, die sich im neunzehnten Jahrhundert in dieser Gegend niederließ. Die Fotos an der Wand zeigen Karl und seine zierliche, dunkelhaarige Frau hinter drei Jungs und zwei Mädchen, die mit jedem Jahr älter und größer werden. Die jüngste Bilderserie bildet eine Phalanx aus Enkelkindern, doch auf den letzten beiden Bildern fehlt seine Frau.

»Sie sind jetzt über das ganze Land verstreut«, erklärt er, als er Shars Interesse bemerkt. Er sieht sie zweimal im Jahr, zu Weihnachten und zu Thanksgiving. Sein ältester Sohn Patrick, dessen Zimmer Shar mieten wird, ist jetzt Bauingenieur in Phoenix.

In Shar kommt Mitgefühl auf. Er denkt an Dhaka – überlaufen und lärmend –, daran, wie er am Morgen des Eid-Fests mit seinen Eltern aufzustehen pflegte, zur Moschee ging, mit dem Auto über die plötzlich wie leergefegten Straßen brauste, im Laufe des Tages die wenigen Verwandten und Freunde besuchte, die sie in der Stadt hatten. Wie für die meisten Bengalen ist es für ihn undenkbar, dass ein Kind sich absichtlich und langfristig von seinen Eltern trennt, hat doch die Familie in seiner Kultur eine so überragende Bedeutung, dass es sogar ein Wort dafür gibt, *ekannoborti* – die einundfünfzigköpfige Familie.

Es ist offensichtlich, dass Karl den Untermieter nicht um des Geldes, sondern um der Gesellschaft willen sucht. Als ehemaliger Ökonom am Amt für Arbeitsmarktstatistik ist er im Ruhestand wohlversorgt.

»Sie scheinen mir einer von der anständigen Sorte zu sein«, meint er zu Shar. »Einer, der sich auf seine Bücher konzentriert und keinen Ärger sucht.«

Sie erheben sich gleichzeitig und unternehmen eine ausführliche Begehung von Mr. Laursons Haus, das erstaunlich weitläufig ist. Schwere Holzmöbel (aus der Shaker-Werkstatt, versichert Karl) drängen sich in einem Riesenzimmer nach dem anderen, die Tische und Stühle gleichen Relikten der Vergangenheit, verschreckt von der heutigen Welt. Shar gefällt das große Haus, das ihm wie eine moderne Inkarnation des Anwesens aus der *Sturmhöhe* vorkommt. Hier wird er bestimmt gut arbeiten können.

»Brauchen Sie eine Kaution?«, fragt er.

Er bezieht das Zimmer und richtet sein Leben um das Patricks herum ein, neben dessen Dire-Straits- und Genesis-Alben Shars Bangla-Rock-Platten von Miles und Souls mickrig aussehen. Patricks verstaubte Hardcover-Ausgaben von Robert Ludlum und Stephen King lehnen an seinen Siddiqua-Kabir-Kochbüchern und Lyrikanthologien. Patricks alte Schwimm- und Wrestlingmedaillen machen sich gut vor dem rustikalen Hintergrund der bengalischen Macraméarbeiten, die Shar mitgebracht hat.

Jetzt, wo er endlich in Amerika angekommen ist, gewöhnt er sich an morgendliche Routinen mit Frischkäsebagels, zu denen er die *Washington Post* durchblättert. Er joggt und wird dabei das Bäuchlein los, das er während seines ersten Monats im Land bekommen hat, auch wenn ihm von den steilen Straßen Georgetowns die Knöchel schmerzen. Karl interessiert sich für seinen Lernstoff. Gelegentlich findet er morgens ausgeschnittene Artikel aus dem Wirtschaftsteil auf dem Esstisch vor, Karls Kommentare mit Bleistift an den Rand gekritzelt.

Er kauft sich einen Gebrauchtwagen, einen 1983er Chevrolet Malibu. Das Auto ist klein, aber rostfrei und erweist sich in der Stadt als verlässlicher denn auf der Autobahn, wo er ab Tempo 100 zu zittern beginnt wie ein Malariapatient und bedrohlich ins Schwanken gerät, wenn ihn ein Laster überholt.

Mit diesem gewagten Transportmittel unternimmt er über die Weihnachtsferien eine nervenaufreibende Fahrt die Interstate 95 hinauf nach New England, wild entschlossen, einen richtigen Winter im ländlich-idyllischen Amerika zu erleben. Bei einem Bauern in Stowe, Vermont, mietet er sich eine Hütte und sieht zu, wie der Schnee die Ortschaft erstickt, bis er sich türmt auf Hüten und Mützen, Giebeln und Straßen, den Zweigen des Ahorns, der Birken und Eichen. Bei der Betrachtung dieses stummen, unerbittlichen Schneefalls in tiefster Dezembereinsamkeit wird ihm zum ersten Mal seit einem halben Jahr bewusst, wie weit er weg ist von zu Hause.

Mit dem neuen Jahr ebbt seine Abenteuerlust ab, und er verkriecht sich in Patricks Schlafzimmer, um seine Abschlussarbeit fertigzuschreiben – über Hayeks Theorie der spontanen Ordnung in ihrer Beziehung zur Katastrophenhilfe. Nachdem er seinem Prüfer für Anfang April ein Exposé versprochen hat, wird ihm immer klarer, dass diese Deadline viel zu optimistisch war, er neigt dazu, wichtige Projekte auf die lange Bank zu schieben. Immer häufiger erwacht er morgens in Panik, jeden Abend verbringt er in der Lauinger-Bibliothek, wo er die Bibliothekarin überredet hat, ihm eine der Arbeitskabinen zu überlassen, die sonst den Doktoranden vorbehalten sind. Verborgen in einer dieser Holznischen und versorgt mit Kaffee und Chips, brütet er über seinen Lehrbüchern und verliert den Überblick, an wie vielen Morgen er trüben Blicks ins Freie tritt, wenn im Osten gerade das erste Licht in den Himmel sickert.

In einer solchen Nacht Anfang März liest er gerade in einem von Hayeks undurchschaubareren Werken, als ihn der Schlaf übermannt. Er erwacht zwei Stunden später, die Umrisse seines Blocks haben sich in seine Wange geprägt. Er überfliegt die beiden letzten Seiten völlig wirrer Notizen, lacht kurz auf und steht auf, um sich zu strecken. In der Bibliothek ist es leer, bis auf ein Paar Converse, die unter einer Kabine am Fenster hervorlugen.

»Hallo«, sagt er zu deren Besitzer, dem einzigen anderen Bibliotheksbürger. »Könntest du kurz auf meine Tasche aufpassen? Ich hol mir nur eben einen Kaffee.«

Noch während er seine Bitte formuliert, wird ihm klar, dass er den anderen kennt. »Hi! Wie geht's?« Er nickt, um zu zeigen, dass er sich an ihn erinnert. Wie hieß er noch mal? *Nikhil? Nitesh?* Ein indischstämmiger Amerikaner, der sich für das Unischwimmteam die Haare abrasiert hat, wie er Shar erzählt hat.

»Klar, Mann«, lächelt der andere. »Mach ich gern. Aber bleib nicht zu lang weg. Kann sein, dass ich einschlafe.«

Niten. Der Name fällt ihm erst wieder ein, als er in den grauen Morgen hinaustritt. Er stammt aus Niagara Falls, wo seine Eltern ein Motel betreiben. Er hat erwähnt, dass er den Sommer über immer dort aushilft und an den Wochenenden dann oft über die Grenze nach Toronto fährt.

Er holt sich und Niten einen Kaffee bei Peet's. Bei seiner Rückkehr ist der Bibliothekseingang von einer Gruppe von Campustouristen blockiert. Die Führerin, eine Frau in weinrotem Dufflecoat und Hoyas-Baseballkappe, spricht mit einer Fröhlichkeit, die in diesem grauen, deprimierenden Umfeld besonders auffällt.

Trotz der Kälte bleibt er stehen, trinkt seinen Kaffee in kleinen Schlückchen und lauscht, wie die Frau die Geschichte der Lauinger-Bibliothek erzählt. Ihr kastanienbraunes Haar trägt sie im Pferdeschwanz, um den Hals einen dicken gestreiften Schal. Ihre Augen sind grün. Er muss sie einfach anstarren, doch als sich ihre Blicke treffen, bekommt er von ihr nur ein kleines, unpersönliches Lächeln. Da fällt ihm wieder ein, dass Niten immer noch seine Tasche hütet. Shar geht hinein und vergisst die Frau mit der Hoyas-Kappe.

Einen Monat darauf ist er dabei, eine anständige erste Fassung seiner Arbeit fertigzustellen, als ihn beim Heimkommen ein Brief erwartet. Oben in der rechten Ecke klebt eine Briefmarke mit Adler, darunter stehen in grüner Tinte die Worte *Selective Service*. Sein eigener (absurd falsch geschriebener) Name begrüßt ihn durch das Sichtfenster.

Sofort reißt er den Umschlag auf und liest das Schreiben, und gleich noch mal, ohne auch nur den Rucksack abzunehmen.

Er findet Karl bei der *New Yorker*-Lektüre in seinem Arbeitszimmer, der kaum einen halben Blick auf das Schreiben und das beiliegende Formular wirft, das Shar ihm reicht.

»Das ist eine Aufforderung zur Registrierung«, erklärt er. »Die Vereinigten Staaten führen ein Verzeichnis von möglichen Kandidaten für den Wehrdienst. Wenn man ein bestimmtes Alter erreicht hat, muss man sich dort registrieren lassen.«

»Wehrdienst?«

»Einberufung. Zum Militärdienst.«

»Da muss doch ein Irrtum vorliegen.«

»Die wissen wahrscheinlich nicht, dass du aus dem Ausland kommst«, sagt Karl, befeuchtet einen Zeigefinger und blättert damit um. »Ich glaube nicht, dass du das zurückzuschicken brauchst.«

Doch er schafft es nicht, die Einberufung so leichthin beiseitezuschieben. Am Abend sitzt er an seinem Schreibtisch, vor sich *Die unsichtbaren Städte* und den Brief, der sich unaufhörlich in sein Blickfeld drängt.

Er liest ihn noch einmal. Die Strafe für unterlassenes Einsenden des Formulars kann bis zu einer Viertelmillion Dollar betragen. Oder fünf Jahre Gefängnis. Oder beides.

Er sucht gleich am übernächsten Tag die Servicestelle für internationale Studierende auf, meldet sich an und wartet darauf, dass er mit einem Berater sprechen kann. Vor ihm kommen noch zwei andere dran: ein großer Blonder in Schwarz und eine Frau im Hijab. Sie werden mit Nachnamen aufgerufen – erst *Harakka*, dann *Yilan*.

Erst nach einer Weile tritt Yilan wieder aus der Bürotür und lächelt ihm im Vorbeigehen entschuldigend zu.

Die Beraterin, eine rothaarige Frau, kommt heraus und schaut auf die Liste.

»Chou-dhu-ry?« Sie bedeutet ihm, ihr zu folgen.

Das Büro ist kahl und ordentlich. Durchs Fenster sieht man auf den Potomac hinaus, über ihn hinweg hüpfen die Betonbögen der Key Bridge. Die Frau weist auf den leeren Stuhl. »Wie kann ich Ihnen behilflich sein?«

Kurz wendet er den Blick ab, überlegt krampfhaft, woher er sie kennt. Dann fällt ihm ein, dass die Vermeidung von Blickkontakt in Amerika unhöflich ist, blickt sie an und trägt ihr sein Anliegen vor.

»Darf ich mal sehen?« Sie streckt eine Hand aus, genauso sommersprossig wie ihr Gesicht. Die kastanienbraunen Locken hat sie sich hinter die Ohren geschoben, ihre Augen sind schräg und grün.

Sie betrachtet den Brief eine volle Minute lang und beißt sich dabei auf die Lippen. Schließlich gesteht sie mit verlegenem Schulterzucken, dass sie keine Ahnung hat, was das sein soll. Sie verlässt den Raum, um ihren Kollegen zu konsultieren. Kurz darauf kehrt sie zurück.

»Colin sagt, Sie können das einfach ausfüllen und zurücksenden. Die schicken Sie deswegen nicht in den Krieg«, meint sie lachend.

Er lacht auch, beschämt, wie lächerlich seine Ängste wirken, wenn man sie bei Tageslicht betrachtet.

»Kann ich Ihnen sonst noch behilflich sein?«

»Vielleicht können Sie mir auf die Sprünge helfen und mir sagen, woher wir uns kennen? Sie kommen mir so bekannt vor.«

»Bei der Campus-Tour vor der Bibliothek, glaube ich. Vor ungefähr einem Monat.«

Da erinnert er sich. »Ja, genau! Sie hatten diese Kappe und den Schal an, unter denen man sie kaum gesehen hat.«

Er streckt die Hand aus. »Ich bin Shar.«

Sie ergreift sie. »Ich bin Val.«

Vals Lächeln und ihr fester Händedruck beherrschen seine Gedanken den ganzen Abend lang. Rasch entschlossen hat er sie beim Abschied um ihre Karte gebeten – falls er doch noch Fragen haben sollte – und ob des fadenscheinigen Vorwands verlegen gegrinst.

Im Laufe des folgenden Tages öffnet er mehrfach sein Portemonnaie und betrachtet die Karte. *Valerie Neider*. Ihren Namen mit sich herumzutragen beruhigt ihn – als besäße er eine Quittung zur Bestätigung des Funkens, der übergesprungen ist.

Seit dem Treffen in der Bibliothek trifft er sich häufiger mit Niten, und jetzt lässt er sich von seinem amerikanischen Freund beraten, wie er vorgehen soll. Niten schlägt vor, Val einfach anzurufen und um eine Verabredung zu bitten, doch Shar hat Hemmungen. Seinen Affären in der Heimat gingen allesamt Monate, manchmal Jahre uneingestandener Anziehung zwischen ihm und den begehrten Mädchen voraus.

»Jetzt spring einfach mal ins kalte Wasser«, beharrt Niten.

Bald darauf erwacht er eines Morgens und steuert ein Münztelefon in einer stillen Ecke des Campus an. In der Nacht hat es geregnet, und in den Pfützen auf dem Gehweg schwimmen Blätter und Sonnenlicht, die Luft ist frisch.

Er drückt die sieben Ziffern ihrer Nummer in die quadratischen

Aluminiumknöpfe. Die geprägten Zahlen sind verblasst von vielen verschiedenen Fingern, und jeder Ton kommt ihm vor wie eine Glocke, die sein Verhängnis verkündet. Es ist 9.35 Uhr. Ihr Büro hat seit fünf Minuten geöffnet.

Sie hebt beim dritten Klingeln ab. »Servicestelle für internationale Studierende, Valerie Neider am Apparat.«

Er erstarrt. Irgendwie hatte er trotzdem auf den Anrufbeantworter gehofft – die Gegenwärtigkeit eines direkten Gesprächs macht eine Abfuhr wesentlich schmerzhafter. Doch er spricht mit fester Stimme.

»Hi. Hier ist Shar. Ich war letzte Woche bei Ihnen im Büro.«

»Ah, hi! Wie geht's?«, fragt sie, und das erfreute Wiedererkennen klingt aufrichtig.

»Alles klar. Ich wollte fragen, ob Sie vielleicht irgendwann mal mit mir einen Kaffee trinken gehen«, prescht er vor.

Stocken. »Ich trinke keinen Kaffee.«

Er scheint den Halt zu verlieren. Es war zu erwarten, dass die Zurückweisung schmerzen würde. Aber in diesem Moment fühlt er einfach gar nichts.

»Also, könnte ich stattdessen einen Tee mit Ihnen trinken?«

Er lehnt sich gegen das Telefon und schließt die Augen, spürt das Metall beruhigend kühl auf seiner Stirn, sein Herzschlag hämmert, und doch haben sie sich am Schluss tatsächlich verabredet, bei Peet's, für Freitag.

Niten ist weniger beeindruckt, als er beim Mittagessen in der Arlingtoner Food Factory bei rosa Tandoori-Huhn, würzigem Raita und Naan auf den neuesten Stand gebracht wird.

»Kaffee? Mehr nicht?«

»Wir treffen uns zum ersten Mal. Macht man das hier nicht so? Ich will nicht – wie sagt man? – zu sehr auf die Tube drücken.«

»Aber es ist ja wohl offensichtlich, dass ihr euch beide mögt. Warum dann so was Schwachmatisches wie Kaffee?«

Sein Appetit löst sich in Luft auf. »So hab ich das noch gar nicht betrachtet. Vielleicht lieber ins Kino?«

Niten taucht ein Hühnerbein in das Raita und führt es ohne Kleckern zum Mund. Nachdenklich kaut er und schluckt. »Auch kein Knaller. Das ist euer erstes Date. Und dann wollt ihr zwei stundenlang die Leinwand anstarren, statt einander kennenzulernen?«

»Dann gib mir halt ein paar schlaue Tipps, du Liebesguru.«

»Tja, ihr könntet euch vielleicht nachher irgendeine Spätvorstellung ansehen. Und davor essen gehen.«

Letztendlich wählt er keine dieser Möglichkeiten, sondern ruft sie am verabredeten Tag an, um einen Spätnachmittagsspaziergang entlang der Mall vorzuschlagen. Val sagt sofort zu.

Sie wartet auf ihn auf einer Bank am Kiesweg entlang des Spiegelbeckens. Als er auf sie zugeht, steht sie auf und lächelt. Sie ist deutlich größer, als er sie in Erinnerung hat – ihre Schultern sind auf gleicher Höhe.

Ein grauer Wolkenvorhang verbirgt den Horizont hinter dem Lincoln Memorial. Val hat die Hände in die Taschen ihres wollenen Dufflecoats gestopft, den sie auch vor der Lauinger-Bibliothek getragen hat. Während sie in Richtung Washington Monument schlendern, verflüchtigt sich seine Nervosität.

Sie erzählt ihm, dass sie aus Reading, Pennsylvania stammt – kleiner als eine Groß- und größer als eine Kleinstadt. Hat er davon schon mal gehört? Nein? John Updike zählt zu den berühmten Söhnen der Stadt, erklärt sie.

Den Namen kennt er, weil er als Jugendlicher *Rabbit, Run* in einem alten Bücherstapel im Schrank seines Vaters gefunden hat. Es war die Penguin-Ausgabe von 1963. Der Einband, auf dem sich vor rotem Hintergrund die Skizze eines männlichen Gesichts und eines weiblichen Oberkörpers befanden, hatte ihn fasziniert. Doch nach einem Viertel des Buchs hatte er es aufgegeben und sich wieder den Science-Fiction-, Fantasy- und Horrorromanen gewidmet, für die er sich zu jener Zeit begeisterte.

Dennoch behauptet er aus Angst vor weiteren Fragen, von Updike nie gehört zu haben.

Sie ist im zweiten Studienjahr eines Masters in Internationaler Entwicklung. Vergangenen Sommer hat sie ein Praktikum in Bhopal, Indien, gemacht – eine schwierige Zeit, in der sie sich Chikungunya-Fieber und Madenwürmer zugezogen hat und sogar kurz ins Krankenhaus musste.

Sie fragt ihn über Bangladesch aus, und rasch wird ihm klar, dass sie mehr über das Land weiß als der Durchschnittsamerikaner. Sind die Menschen dort wegen des Kriegs noch immer schlecht auf die Pakistanis zu sprechen? Wie ist das Verhältnis zu Indien jetzt? Ist er schon einmal in den Hill Tracts im Süden gewesen, wo die Indigenen leben?

Sie hat von Muhammad Yunus gehört, erzählt sie Shar, dem Gründer einer Bank, die den Armen Finanzdienstleistungen anbietet. Und von Fazle Hasan Abed, der eine Konkurrenzorganisation namens BRAC aufgebaut hat, die Millionen von Menschen im Land zugutekommt.

Er berichtet ihr, dass er Yunus persönlich getroffen hat, während ihre Familien im selben Viertel in Nord-Dhaka lebten.

»Du verarschst mich!«, ruft sie aus und errötet sofort.

Er lacht. »Bangladesch ist groß und klein zugleich. Wie Reading im Grunde. Nur eben ein bisschen überlaufener. Stell dir vor, halb Amerika beschließt, nach Iowa zu ziehen.«

Sie lassen die Mall hinter sich, und die Zeit verfliegt im Sog ihrer Unterhaltung. Es wird Abend, und im Schein der Straßenlaternen beginnen die losen Haare um Vals Pferdeschwanz wie Glühfäden zu leuchten. In der Eye Street entdecken sie ein peruanisches Restaurant, wo sie ihre Unterhaltung bei Ceviche, Lomo Soltado und Bier fortsetzen.

Vals Eltern haben sich scheiden lassen, als sie neun war und ihr Bruder zehn. Ihr Vater war Automechaniker und zog hinterher nach Shippensburg zu seiner Freundin. Vals Mutter traf auch andere Männer, ohne jedoch wieder zu heiraten oder eine längere Beziehung einzugehen. Acht Jahre lang kutschierte sie Val und ihren Bruder pflichtschuldig jedes zweite Wochenende nach Shippensburg. Val erinnert sich genau an die heißen Sommer im Garten ihres Vaters: Jeanie, die Freundin ihres Vaters, setzte ihnen selbstgemachte Limonade vor, die so sauer und bitter war wie sie selbst.

»Warum Internationale Entwicklung?«, fragt er, um das Thema zu wechseln.

»Ich wollte einfach nur weg«, sagt sie und heftet den Blick auf die leere Bierflasche, die sie in ihrer Hand dreht. »Hier auf die Uni zu gehen statt auf die Penn oder in Pittsburgh war der erste Schritt.«

»Warum Naturkatastrophen?«, hakt sie ihrerseits nach und befragt ihn zu seinem Arbeitsthema.

»Unser Land hat eine Art Hassliebe zum Wasser. Bangladesch ist ganz flach, liegt nur ein paar Meter über dem Meeresspiegel, und bei uns gibt's etliche unglaublich breite, lange Flüsse, die im Himalaja entspringen. Dadurch entsteht das ganze fruchtbare Schwemmland, das hundert Millionen Menschen ernähren kann, aber gleichzeitig sind es eben genau diese Flüsse, die jeden Sommer beim Monsunregen über die Ufer treten und Millionen von Menschen obdachlos machen. Aber noch mehr Todesopfer fordern die Stürme. Die treffen unsere Südküste jedes Jahr. Manchmal übersteigt der Schaden jede Vorstellungskraft. Der Sturm im November 1970 hat von einem Tag auf den anderen eine halbe Million Menschenleben gekostet, weil es keine Vorwarnung gab.«

Sie hält sich den Mund zu. »Mein Gott. Das ist grauenhaft.«

Er nickt. »Indische Schiffe wurden durchaus davor gewarnt, dass sich der Tropensturm Nora zu einem Taifun auswächst und auf Ostpakistan zusteuert – so hieß Bangladesch damals. Aber das Verhältnis zwischen Indien und Pakistan war damals so schlecht, dass man diese Warnungen entweder nicht weitergegeben oder ignoriert hat. In dieser Zeit haben im Osten die Westpakistanis das Sagen gehabt, und sogar nach dem Taifun, als Hunderttausende von Leichen und Viehkadavern in der Sonne verrotteten, haben sie nur sehr zögerlich und widerwillig Hilfe geleistet. Sie haben sogar Indiens Unterstützung abgelehnt, die wir dringend gebraucht hätten. Viele Forscher glauben, dass das die eigentliche Wurzel für den Bangladesch-Krieg war, der fünf Monate später ausbrach.«

Einen anderen Grund für sein Interesse verschweigt er ihr: seine Kindheitserinnerungen an die Küste, an einen Tag schwarzen Himmels und scharfen Winds – und wie er rannte, Hand in Hand mit einer fremden Gestalt, auf ein riesiges Haus zu, auf der Flucht vor einem Sturm. Seine Eltern haben diese Erinnerung stets sanft ins Reich der Fantasie verbannt, wann immer er sie erwähnte, und mit der Zeit hat er sich selbst eingeredet, dass sie dorthin gehört.

Als die Rechnung kommt, greift sie ohne Zögern nach ihrem Geldbeutel. Er hebt die Hand. »Darf ich das übernehmen?«

»Nein! Meinst du das ernst? Ich bin durchaus in der Lage, selbst zu zahlen.«

»Dann zahl doch einfach nächstes Mal.«

»Dann gibt's also ein nächstes Mal?«

Er lächelt.

Die Kellnerin kommt – eine junge Frau in Weiß und Schwarz mit aschblondem Pferdeschwanz. Sie danken ihr für die Bedienung und das Essen. Sie beugt sich zu ihnen, um das Geld zu kassieren.

»Ich wollte euch nur sagen, dass ihr so süß miteinander ausseht. Eure Kinder werden wunderschön.«

Sie lachen – verlegen wegen des Kompliments – und laufen zur Tür.

»Ich hätte ihr mehr Trinkgeld geben sollen«, sagt er.

In der Woche darauf schauen sie sich im Loews-Kino am Fluss *Vier Hochzeiten und ein Todesfall* an. Später, auf dem Weg zu einem Mitternachtskebab im Moby Dick, küssen sie sich auf einer Brücke über den Kanälen.

Die folgenden Wochenenden verbringen sie damit, von einem Ende des gewaltigen Smithsonian-Museumskomplexes zum anderen zu spazieren und die Stände am Eastern Market zu durchstöbern. Hier kauft er ihr ein großes blaues Tuch mit Goldbrokat und bringt sie zum Lachen, indem er die Wickelmethode vorführt, mit der sich die modischen Männer Bangladeschs ihre Schals um die Schultern schlingen. Nachdem er auf ihr Bitten seine bengalischen Bücher aus dem Koffer in seinem Schrank hervorgekramt hat, verbringen sie einen ganzen Nachmittag mit Milchtee und Schreibübungen: Er hilft ihr, die Buchstaben auf Butterbrotpapier durchzupausen, zeichnet mit ihr ihren Namen in den Lettern seiner Muttersprache, bis das windschiefe Bleistiftgekritzel langsam sicherer wird und sie das Licht anknipsen müssen, um fortzufahren.

In der Anfangszeit ihrer Beziehung sorgt er sich um Dinge, auf die er keinen Einfluss hat – die Missbilligung, die er in den Augen von Ladenbesitzern und Fußgängern wahrnimmt, flüchtige finstere Blicke oder das ganz leichte Herunterziehen der Lippen, wenn sie Händchen halten oder sich küssen, oft so kurz, so versteckt, dass er sich fragt, ob es nur Einbildung ist. Im Laufe mehrerer Regennachmittage erzählt sie ihm von ihrem indischen Freund – dem Sohn eines Leiters einer dortigen NGO –, den sie als Freiwillige bei der Hochwasserhilfe kennengelernt hat. Die Romanze war kurz, heimlich und mit ihrer Abreise aus Indien beendet. Aber in einer Schuhschachtel in ihrem Schrank bewahrt sie Fotos von ihnen beiden auf. Bei ihrem Anblick packt Shar die Eifersucht, dass Val einem anderen, der ihm zumindest oberflächlich ähnelt, einst so nahe gewesen ist.

Als die Wochen und Monate vergehen, beginnt er, dunkle und sorgenvolle Visionen zu entwickeln, wie seine Eltern wohl die Neuigkeit aufnähmen, dass er sich mit einer Ausländerin trifft. Er ruft sich selbst in den Zeugenstand, um über seine Motive für die Beziehung mit Val Rechenschaft abzulegen – sind seine Gefühle aufrichtig oder bloß genährt vom Reiz, mit einer Amerikanerin zusammen zu sein? Sein imaginärer Staatsanwalt stellt Val ähnlich strenge Fragen – ist Shar die Zweitbesetzung, ein blasser (und blasserer) Ersatz für den Mann, den sie in Indien zurückgelassen hat? Den, den sie wirklich liebt? Wenn sie miteinander schlafen, verdrängt die Anstößigkeit des Aktes, seines Lebensstils in diesem neuen Land allgemein das Gefühl der Nähe und Liebe, die sich eigentlich einstellen sollte – hat er doch sein ganzes Leben lang die islamischen Moralvorstellungen eingeatmet, die seine Heimat ungreifbar und zugleich allgegenwärtig durchdringen.

Er beichtet ihr seine Ängste, auch seine Sorge um ihre gemeinsame Zukunft, wenn sein Studium in Georgetown beendet ist. Ihre Antwort, das würden sie dann sehen, findet er keineswegs beruhigend.

Sie kommt ihm scheinbar nicht entgegen, also drängt er sich enger an sie heran. Eines Nachts erzählt er ihr von einem Traum, den er seit seiner Kindheit hat – wie er in einer Hütte aufwacht und die Sonne strahlend hell durch die vielen Ritzen im Strohdach hereinscheint. Wie er in einem lehmigen Hof mit den Hühnern spielt, seine Zehen in den heißen Sand eines namenlosen Strands gräbt, die Hand einer Frau hält, deren dunkle Haut das Grau ihrer Augen noch intensiver hervorstechen lässt.

»Seltsamer Traum«, sagt sie. »Wie oft hast du den schon gehabt?«

»Ich kann's schon gar nicht mehr zählen«, sagt er. Sie liegen im Bett. Eine matte Julibrise stiehlt sich von draußen durchs Fenster ihrer Einzimmerwohnung in Tenleytown. Das Laken klebt ihnen am Rücken.

»Vielleicht hast du mal so etwas gelesen? Oder im Kino gesehen?«

»Nein.« Er schüttelt den Kopf, findet keine Worte, um auszudrücken, warum dieser Traum – genau wie der von der Flucht vor dem Sturm – ihm nicht ausgedacht vorkommt. Es ist Treibgut aus alter Zeit, angespült an den Ufern seines Selbst.

Abgesehen von seinen Eltern und von Val hat er über diesen Traum nur noch mit Rina gesprochen, der Frau, die ihn mit großgezogen hat. Aber auch sie meinte, er solle sich darüber keine Gedanken machen.

~

Eines Samstags im September mieten sie sich ein Cabrio und unternehmen eine lange Fahrt über den Blue Ridge Parkway. In der Frische der Morgenluft folgen sie der Straße, winden sich um Bergkuppen, blicken hinab auf ein Tal, dessen dichte Nebeldecke hin und wieder durchbrochen wird von Wipfeln, die bereits ihre herbstliche Feuerkrone tragen. Mittags picknicken sie auf einer Bergwiese, breiten ihre Decke aus auf dem leuchtend grünen, mit Wildblumen gespickten Gras. Dort verzehren sie ihre selbstgemachten Hähnchensandwiches – ein Rezept, das er von seiner Mutter gelernt hat – mit gewürfeltem Hühnchenfleisch und in Butter, Salz und Pfeffer geschmorten Gurken.

Als sich der Tag dem Ende neigt, kehren sie bei einem am Bergkamm gelegenen Bed-and-Breakfast ein. Nach dem Abendessen treten Shar und Val auf eine Veranda, die einen eindrucksvollen Blick auf das Tal gewährt. In der Dämmerung wird das Feuer in der Eisenschale vor ihnen zu Glut, der Wein in ihren Gläsern färbt ihre Münder abendhimmelrot, und so sitzen sie in ihren Holzstühlen, gehüllt in ein Schweigen, das Shar als Zeichen der Vertrautheit und der Zufriedenheit liest.

Er will ihr sagen, dass er sie liebt, dass er sich ein Leben mit ihr nicht nur vorstellen kann, sondern es für unausweichlich hält. Er macht den Mund auf, doch seine Entschlossenheit wird überholt von seiner Angst vor dem Absprung. Nur der Druck des Kästchens in seiner Jackentasche – dessen Inhalt er Val im nächsten Moment enthüllen möchte – macht ihm wieder Mut. Er schiebt seine Unsicherheit beiseite und nimmt ihre Hand. Sie dreht sich um, lächelt ihm zu. Im dämmrigen Licht bleibt ihm verborgen, wie gequält ihr Lächeln wirkt.

»Ich muss dich etwas fragen«, sagt er.

VALERIE

Washington, DC, USA
September 1994

Sie beschließen, noch in derselben Nacht zurückzufahren und auf das Pensionszimmer zu verzichten, das sie für das Wochenende eigentlich gebucht hatten. Diesmal bleibt das Verdeck des Cabrios geschlossen, die Atmosphäre im Auto ist düster und aufgewühlt. Shar sitzt schweigend am Steuer; Val weint leise und wendet ihr Gesicht ab. Sein Antrag hat sie kalt erwischt. In den vergangenen Tagen hatte sie den Mut aufzubringen versucht, die Beziehung sanft zu beenden, denn sosehr sie ihn auch mochte und seine Liebenswürdigkeit schätzte, so wenig konnte sie sich eine gemeinsame Zukunft vorstellen. In allem, worauf es ankommt, sind sie das genaue Gegenteil voneinander – sie giert nach Abenteuern, er schätzt die Sicherheit. Während sie es kaum erwarten kann, ihr Zuhause zu verlassen, kann er es kaum erwarten, dorthin zurückzukehren.

Und selbst wenn es ihnen gelänge, diese Unterschiede zu überbrücken, ist sie mit fünfundzwanzig auch schlicht noch nicht bereit, so viele Türen ungeöffnet hinter sich zu lassen. Sie hatte gehofft, dass sich alles entspannen würde, wenn man nach diesen gemeinsamen Monaten auf natürliche Weise getrennte Wege ging, und dass diese Weggabelung sie immer weiter auseinanderbringen würde, je näher das Ende ihres Studiums rückte. Sie hat ihm erzählt, wie sehr sie sich über den Praktikumsplatz bei der Weltbank freut, wie begeistert sie ist vom Arabischkurs, doch keiner dieser Winke durchdrang den Panzer seiner Heiterkeit. Im Wochenendtrip in die Blue Ridge Mountains hatte sie die Gelegenheit gesehen, einen freundschaftlichen Schlussstrich zu ziehen. Aber Shar hatte augenscheinlich andere Vorstellungen gehabt.

Diese Gedanken waren es, denen sie gerade Ordnung und Ausdruck zu geben versucht hatte, als er stattdessen auf der Veranda das Wort ergriff, und im selben Augenblick verkrampfte sich ihr Herz in Panik vor dem, was jetzt unweigerlich folgen würde, und alles, was dann aus ihrem Mund drang, klang stockend, rücksichtslos und abrupt. Noch im Sprechen sah sie ihn vor ihren Augen zusammenbrechen und zerfallen, und sie spürte, wie ihre zärtlichen Gefühle für ihn sich in Ärger über seine selbstbezogene Begriffsstutzigkeit verwandelten. *Mein Gott, wie kannst du das nicht mitgekriegt haben, Shar?*

Sie hasste sich selbst dafür.

Vor Vals Mietshaus in Tenleytown kommt der Wagen zum Stillstand. Die Straße ist zu dieser nächtlichen Stunde menschenleer, getaucht in den Schein der Natriumlaternen. Shar steigt aus und geht zum Kofferraum, um ihr Gepäck herauszuholen. Auch sie tritt hinaus auf den Gehsteig. Er rollt ihr den kleinen American-Tourister-Trolley hinüber.

»Brauchst du Hilfe beim Hochtragen?«, fragt er, seine ersten Worte seit zwei Stunden.

Sie schüttelt den Kopf. Ihre Augen sind immer noch rot. »Shar, es tut mir so leid, dass …«

Er hebt eine Hand. »Schon gut. Keine Entschuldigungen. Ich hätte es ahnen müssen. Mir tut es leid, dich in so eine Situation gebracht zu haben.«

»Ich will jetzt nicht so was Banales sagen wie ›lass uns Freunde bleiben‹, aber das könnten wir doch wirklich, ich möchte es jedenfalls sehr gern.«

Er nickt, ohne ihr in die Augen zu sehen. »Danke. Ja, klar. Vielleicht.«

Er geht hinüber zur Fahrerseite. »Ich warte, bis du drinnen bist.«

Und er fährt tatsächlich erst los, als sie im Treppenhaus die Haustür hinter sich schließt, aber keine Sekunde später als nötig.

Tage vergehen, ohne dass sie von ihm hört, und so hält auch sie sich zurück, um ihm Raum und Zeit zu geben, sich zu sammeln. Eines Abends, eine Woche nach jenem schicksalhaften Moment in den Blue Ridge Mountains, erwägt sie gerade einen freundschaftlichen Anruf bei ihm, um zu erfahren, wie es ihm geht. Da klingelt ihr Telefon. Es ist Shar. Ihre Freude und Erleichterung weichen rasch der Sorge, als er spricht.

»Val, ich hab gerade einen Anruf aus Dhaka bekommen«, sagt er mit gebrochener Stimme. »Wegen meines Vaters.«

Gleich nachdem er die Nachricht von dessen Herzinfarkt bekommen hat, hat er sie angerufen. Rahim liege im Krankenhaus, sei ansprechbar und auf dem Weg der Besserung, aber Shar ist trotzdem außer sich vor Sorge. Rina hat ihm Bescheid gesagt, was passiert war: Rahim und Zahira hatten hinter dem Haus auf der schmiedeeisernen Schaukel gesessen und ihren Morgentee getrunken. Als sie den Zeitungsausträger vorn am Tor klingeln hörte, hatte Zahira ihren Mann kurz allein gelassen. Bei ihrer Rückkehr mit dem *Daily Star* unterm Arm hatte sie ihn auf dem Rasen kniend vorgefunden, sein Gesicht war schmerzverzerrt, die Beine seiner blütenweißen Hose befleckt von Gras und Tee.

»Ich hab mit dem Arzt telefoniert«, berichtet er ihr. »Er hat gemeint, es war ein ›Feld-Wald-und-Wiesen-Infarkt‹. Unfassbar, oder? Als wär es irgendeine Schneckenart.«

Noch am selben Abend fährt sie zu ihm. Sie nimmt ihre gewohnte Strecke über die Massachusetts Avenue, die zu dieser abendlichen Stunde meist frei ist, und verdrängt mühsam das Kopfweh, das hinter ihrer linken Schläfe pocht. Schon die ganze Woche kämpft sie mit leichtem Fieber und Übelkeit. Vielleicht ist es die Grippe.

Karl begrüßt sie an der Haustür. »Er ist oben und packt.«

Dann legt er ihr eine väterliche Hand auf die Schulter. »Das ist ein guter Junge. Ihr habt Glück miteinander.«

Sie nickt und steigt die Treppe hinauf, spürt, wie er ihr hinterherschaut, und fühlt sich unwohl unter der Last seiner Erwartungen. *Schätze mal, Shar hat ihm nichts erzählt.*

Im Zimmer packt Shar gerade den Koffer auf seinem Bett. Als sie eintritt, umarmt er sie. »Danke fürs Kommen.«

»Sei nicht blöd.« Kurz scheint sich der Raum zu verdunkeln, und ihr wird schwummrig.

»Alles okay?«

»Entschuldige, bin nur erschöpft.« Als er sie weiter anstarrt, bekräftigt sie: »Mach dir keinen Kopf über mich. Konzentrier dich aufs Packen. Hast du schon dein Ticket?«

»Ja. Verdammt teuer, aber was soll ich machen. Mein Flug geht in der Früh.«

»Ich fahr dich zum Flughafen«, sagt sie und tritt zu ihm, um ihn noch mal in die Arme zu nehmen, verlegen um Worte. »Es wird wieder gut. Das weiß ich. Wie geht's deinem Dad jetzt?«

»Schon besser, aber sprechen kann er noch nicht. Wenigstens sind Mutter und Rina bei ihm.«

»Das Kindermädchen, das dich mit großgezogen hat, oder?«

»Ja. Sie hat schon immer zur Familie gehört. Meine Mutter sagt, sie sei die Präsidentin und Rina die Premierministerin.« Er lacht.

Die Vorhänge flattern in der kalten Brise. »Möchtest du was essen? Ich hab noch Sandwiches.«

»Nein. Aber ich kann sie dir holen.« Sie will sich in die Küche aufmachen.

»Val. Möchtest du heute Nacht hierbleiben?«

Sie zögert. »Shar, natürlich kann ich das, und ich möchte es auch gerne, aber rein freundschaftlich. Ich hoffe, da sind wir uns immer noch einig.«

Er nickt. »Du kannst im Gästezimmer bleiben. Ich spreche mit Karl. Ich bin mir sicher, er hat nichts dagegen. Ich hab ihm noch nicht erzählt, was zwischen uns passiert ist, aber jetzt ist wahrscheinlich der richtige Moment.«

Sie lächelt. »Dann bleibe ich.«

Am Morgen fahren sie zum Dulles Airport. Er fliegt um elf mit der Dragonair 216. Verkehrt herum nach Bangladesch: von Los Angeles über Tokio und Bangkok nach Dhaka. Eine Reise von vierzig Stunden.

Seinem Doktorvater von seinem Vater zu erzählen, hat er keine Zeit mehr gehabt, und so erbietet sich Val, ihm einen erklärenden Brief zu übergeben. Karl, der darauf bestanden hat, sie zu begleiten, sitzt auf dem Rücksitz. Niten ist gerade auf Elternbesuch in Niagara Falls.

»Ich glaub kaum, dass ich lange weg sein werde«, sagt er und klingt zuversichtlicher als am Vortag. Im Laufe der Nacht hat er noch mal zu Hause angerufen und erfahren, dass sein Vater schon wieder etwas zu Kräften gekommen ist, sich im Bett aufgesetzt hat und sprechen kann. Die Gefahr eines zweiten Infarkts sei sehr gering, haben die Ärzte seiner Familie versichert. Rahim werde noch in dieser Woche nach Hause kommen.

Sie erreichen den Flughafen sehr zeitig, checken ein und beschließen, bei Johnny Rockets im Terminal zu frühstücken. Shar nimmt zum Ei keinen Speck – eine Selbstbeschränkung, die Val immer amüsiert angesichts seiner fehlenden Hemmungen beim Alkohol. Er leugnet aber jede Heuchelei – *Ich kann einfach nicht, egal, wie gut es schmeckt. Essen ist einfach was völlig anderes als Trinken.*

Während er seine Eier und Bratkartoffeln verschlingt, erzählt er aufgeregt davon, wie sehr er seine Familie vermisst, Rina, Dhaka. Sie hingegen nimmt nur halbherzige Bissen von ihrem Frischkäsebagel. Als sein Flug aufgerufen wird, stehen sie gemeinsam auf. Karl sagt, sie sollten ohne ihn gehen, schüttelt Shar die Hand und wünscht seinem Vater rasche Genesung. Val erkennt die gutgemeinte Geste, die ihnen beim Abschied etwas Privatsphäre gewähren soll. Doch wäre es ihr lieber gewesen, er hätte darauf verzichtet.

Am Gate küsst sie ihn auf die Wange, wünscht ihm eine gute Reise und dem Vater gute Genesung. Er geht durchs Gate und dreht sich noch mal um, um zu winken. Kurz darauf rumpelt die

737 schwerfällig auf die Startbahn. Val sieht die Maschine am Horizont emporsteigen, bis sie nur noch ein winziger Metallsplitter am Morgenhimmel ist. Erst dann läuft sie zu den Toiletten, um ihr Frühstück zu erbrechen.

Shar ruft sie an, kaum dass er in Dhaka gelandet ist. Sein Vater ist wieder zu Hause, »aber so ernst habe ich Abba noch nie erlebt«, sagt er mit leiser Stimme. »Er meinte, er hat mir etwas Wichtiges zu erzählen. Ich hab ihm gesagt, dass das Zeit hat. Wahrscheinlich geht's um sein Testament. Ich glaube, dieser Infarkt hat ihm Angst eingejagt.«

»Verständlich.«

»Wie geht's dir?«

»Besser«, schwindelt sie. In einem Winkel von Vals Bewusstsein, in den sie noch nicht zu blicken wagt, wächst eine winzige, aber hartnäckige Erkenntnis.

»Erzähl mir von Dhaka«, sagt sie, um das Thema zu wechseln.

Und so erzählt er. Er ist keine zwei Jahre fort gewesen, und doch fühlt sich die Stadt schon anders an, als wäre sie ein junger Cousin, der während Shars Abwesenheit in die Pubertät gekommen ist. Entlang der Autobahn stehen massenhaft Werbetafeln für Mobilfunkgesellschaften. Neue Automodelle verstopfen die Straßen und verdunkeln den Horizont mit Smog. Er muss sich erst wieder daran gewöhnen, herumkutschiert zu werden, statt selbst zu fahren, und auch an die Feinheiten des Tees anstelle des starken Kaffees.

Sie plaudern noch ein wenig weiter. In DC ist es später Abend und in Dhaka früh am Morgen. Val gähnt immerzu. Shar verspricht, sich bald wieder zu melden.

Am nächsten Tag hat Val viel zu tun. Vormittags vier Stunden bei ihrem Weltbank-Praktikum, nachmittags Arabischkurs. Da sie sich viel besser fühlt, verzehrt sie mittags eine große Portion gebratenen Basilikumreis und geht abends mit einer Freundin etwas trinken. Sie und Jennie – eine Kommilitonin von der Drexel

University, die jetzt in der Innenstadt als Sachbearbeiterin in der Buchhaltung arbeitet – treffen sich im ersten Stock von Lindy's Red Lion, von wo man auf die Pennsylvania Avenue hinausschauen kann.

Jennies Haare sind zu einem geschäftsmäßigen Dutt geschlungen. In ihrem dunklen Hosenanzug sieht sie älter aus als vierundzwanzig. Val sackt leicht in sich zusammen, als ihr der Kontrast zwischen ihnen beiden bewusst wird. Denn sie selbst trägt eine graue Jogginghose, weil sie vorher um die Ecke im Bally Total Fitness für eine rasche Runde auf dem Stairmaster vorbeigeschaut hat, aber nach zwanzig Minuten hat abbrechen müssen, völlig außer Atem.

Jennie macht sich die Haare auf und reckt die verschlungenen Finger mit der Handfläche nach oben, bis die Gelenke knacken. »Herrgott, ich brauche ein Bier.«

»Der Herrgott kümmert sich drum. Harter Tag?«

»Kannst es dir nicht vorstellen.« Jennie beugt sich vor. »Einen ganzen Tag nur bescheuerte GuV-Rechnungen durchgesehen, und dann noch Lernen fürs Wirtschaftsprüferexamen. Du kannst dich echt glücklich schätzen, dass du das Leben genießen und in Ruhe überlegen kannst, was du willst.«

Val fühlt sich angegriffen. »So locker ist das jetzt auch nicht bei mir.« Warum scheinen bei Frauen selbst die harmlosesten Dinge, die sie zueinander sagen, so oft vergiftet zu sein? Oder ist sie überempfindlich? »Ich mach das Praktikum, hab Unterricht, lerne Arabisch …«

»Mm, ja.« Jennie späht ihr über die Schulter. »Ich glaub, der Typ dahinten will was von dir.«

»Von dir will der was. Mich schaut heut keiner zweimal an, so wie ich angezogen bin.«

Ihre Freundin ist immer noch mit ihrem angeblichen Verehrer beschäftigt. Dann schnellt ihr Kopf wieder zu Val zurück: »Der ist niedlich!«

»Dann spendier ihm doch einen Drink.« Sie fragt sich, wo der Kellner steckt. Jennie und sie haben sich auf der Drexel angefreundet, wo sie mit denselben Leuten rumhingen. Doch schon damals kam es ihr vor, als wäre Jennie überwiegend an sich selbst interessiert. Daran scheint sich wenig geändert zu haben.

»Sieht aus wie ein Student, der zum ersten Mal mit echtem Ausweis ausgeht. Wahrscheinlich erinnere ich ihn an seine Mutter. Außerdem hat er wirklich dich angeschaut, Süße. Dreh dich mal um und schau hin.«

»Verzichte.«

»Ach, klar, du hast ja was mit diesem indischen Typen. Wie heißt er noch gleich?«

»Er ist aus Bangladesch, nicht aus Indien.«

»Pardon. Wo soll das überhaupt sein?«

»Genau nebenan. War mal ein Teil von Indien, bevor die Engländer da weg sind.«

Jennie schüttelt den Kopf. »Du weißt so viel unnützes Zeug. Unfassbar, dass du ein halbes Jahr dortgeblieben bist.« Sie erschauert. »Könnte ich nie.«

Die Kellnerin erscheint – eine abgehetzte junge Frau in T-Shirt und Jeans. »Hi, wollt ihr auch was essen?«

Jennie bestellt sich einen Burger, Val Pommes frites.

»Was zu trinken?«

»Ein großes Heineken für mich«, sagt Jennie.

Die Kellnerin schaut zu Val. »Ich nehme nur ein Club Soda mit Limette.« Sie wendet sich an Jennie, die perplex wirkt. »Sorry, hab bisschen zu viel getrunken gestern und hab immer noch einen Kater.«

»Du sieht wirklich ein bisschen blass aus. Die Party muss gut gewesen sein.«

»So ungefähr.«

»Also, was ist jetzt mit diesem Typen? Kannst du dir vorstellen, mit ihm zusammenzubleiben?«

»Ehrlich gesagt, wir haben uns getrennt. Letzte Woche erst.«

»Ach, das tut mir leid, Süße. Was ist passiert?«

»Lange Geschichte.« Sie umreißt Jennie ihre Überlegungen zu der Beziehung, doch was in den Blue Ridge Mountains passiert ist, übergeht sie, um Shars Würde zu wahren. Ihre Zweifel an ihm Jennie gegenüber zu äußern kommt ihr wie Verrat vor, so als verkaufte sie ein wertvolles Erinnerungsstück auf dem Flohmarkt. Vielleicht ist alles ihre Schuld. Die Scheidung ihrer Mutter hat ihr Vertrauen in Beziehungen, Ehe und Kinder vergiftet. Ihre Mutter hatte kein bisschen Raum mehr für sich selbst gehabt, war völlig vereinnahmt gewesen von der Verantwortung, Val und ihren Bruder alleine großzuziehen. Am liebsten würde sie ihre Mutter für all die Zeit, die sie verloren hat, irgendwie entschädigen.

Erst kommen die Getränke, dann das Essen. Sie lenkt das Gespräch in weniger riskante Gefilde: Jennies Karriere, ihre Kurse. Beim zweiten Bier wird Jennie noch unverhohlener und dreister, und endlich beginnt Val, den Abend auch zu genießen und die Anspannung der letzten Tage hinter sich zu lassen.

Um zehn treten sie auf die mit Studenten gefüllte Straße hinaus und weichen dabei einem Paar aus, das sich lachend umherjagt.

»Nimmst du die U-Bahn?«

»Ja, aber fahr ruhig schon mal. Ich muss mir noch Kontaktlinsenflüssigkeit besorgen.«

»Was, jetzt noch?«

Val ringt sich ein Lachen ab. »Ohne geht's leider nicht.«

Mit dem Hörer in der zitternden Hand wählt sie drei Stunden später Shars Nummer. Während sie gerade die Ländervorwahl 880 für Bangladesch eingibt, kommt ihr der Gedanke, dass sie sich für diesen Anruf besser eine Telefonkarte hätte besorgen sollen. Sie hat keine Ahnung, was ihr der Betreiber berechnen wird.

Als er abhebt, ist sie nicht in der Verfassung, seinen gedämpften Tonfall zu bemerken oder seinen Mangel an Überraschung, dass sie es ist, die ihn anruft, statt umgekehrt. »Ich muss ganz dringend was mit dir besprechen«, sagt sie. »Passt es gerade?«

Seine Stimme ist ausdruckslos. »Ich muss auch was mit dir besprechen.«

»Okay. Fang du an.«

Dann spricht er über eine Stunde lang, in der sie ihn nicht unterbricht, ihn gar nicht unterbrechen kann, und in der die Neuigkeit, die sie zum Anruf veranlasst hat, angesichts seiner Enthüllungen in der Bedeutung schrumpft. Gegenwärtig, aber der Wahrnehmung nicht wert.

Am Vorabend hätten seine Eltern ihn und Rina ins Wohnzimmer gerufen, erzählt er. Einander an den Händen haltend, erklärten sie ihm, er sei der Sohn eines Manns und einer Frau, an die er sich vielleicht nicht mehr erinnere. Zunächst hatte er gelacht, es für einen Scherz gehalten und gedacht, sie spielten eine der melodramatischen Enthüllungen aus den indischen Serien nach, die sich im bengalischen Fernsehen zunehmender Beliebtheit erfreuten. Dann hatte er sich gefragt, ob seine Eltern unter dem Druck der Krankheit seines Vaters und Shars langer Abwesenheit schlichtweg den Verstand verloren hatten. Doch die Entschiedenheit in ihren Blicken überzeugte ihn, ebenso wie die Tatsache, dass sie eine Stofftasche mit zwei Gegenständen hervorholten, die seinen leiblichen Eltern gehört hatten.

Mehr als zwei Jahrzehnte hatten Rahim, Zahira und Rina die Last dieses Geheimnisses getragen. Endlose Diskussionen hatten sie geführt, ob und wann sie es ihm sagen sollten, doch je größer und älter er wurde, desto mehr verblassten seine Erinnerungen an die Hütte am Strand und auch an seine Mutter und seinen Vater. Somit wurde die Lüge auf dieselbe Weise leichter zu pflegen wie die Wahrheit immer schwerer zu erklären.

»Ich … ich weiß nicht, was ich sagen soll, Shar.« Mehr bringt Val nicht heraus, als er schließlich innehält. »Was willst du jetzt machen?«

»Ich weiß nicht. Ich kneife mich schon den ganzen Morgen. Sie haben mich allein gelassen, als wäre ich ein gefährliches Tier, das zubeißt, wenn sie mir zu nahe kommen. Sie sind vor Schuldgefühl völlig überwältigt. Am meisten leidet mein … Rahim darunter. Er sagt, er hat es mir so lang nicht erzählt, weil er sich nicht verzeihen konnte, was er meiner leiblichen Mutter angetan hat. Er hat Angst, dass ich ihm vorwerfe, sie verraten zu haben.«

»Und, tust du das?«

»Ich hab keine Ahnung, was ich fühlen soll. Einerseits bin ich wütend, klar, aber andererseits frag ich mich auch, wie ich mich an ihrer Stelle verhalten hätte.«

»Was war denn in der Tasche?«

Er beschreibt es ihr.

»Das ist ja eigenartig. Hast du irgendeine Vorstellung, wo die herkommen?«

»Über das eine wusste Rahim ein bisschen was. Wegen des anderen sind wir uns nicht sicher. Anscheinend wurde es mir mitgegeben, als ich damals zu ihnen in Sicherheit gebracht wurde.«

»Du wirst eine Weile brauchen, das zu verarbeiten …«

Er fällt ihr brüsk ins Wort. »Ich hab mit Rina geredet. Ihr gesagt, dass sie mich nach Chittagong führen soll. Zu dem Dorf. Ich will sehen, wo ich geboren wurde.«

»Das versteh ich.«

»Tut mir leid. Ich hab dich unterbrochen. Du hast ja eigentlich angerufen, um mir was zu sagen.«

»Nicht so wichtig.«

»Sag es mir.«

Sie holt tief Luft. »Soll ich dein Auto zum Ölwechsel bringen? Auf der Plakette steht, es ist fällig.«

»Ach, okay. Ja, klar. Danke.«

Sekunden verstreichen in Stille.

»Val?«

»Ja?«

»Ich glaube, ich muss hierbleiben, bis mir klarer wird, was das alles bedeutet. Wie lang das dauern wird, weiß ich nicht. So gesehen ist das, was neulich im Blue Ridge passiert ist, vermutlich ganz gut so.«

Sie presst die Augen zu, lässt die Tränen über ihre Wange auf ihren grauen Kapuzenpulli tropfen. Doch als sie spricht, ist ihre Stimme ruhig. »Ja. Es war gut so.«

»Du bist mir sehr wichtig.«

»Du mir auch.«

»Danke, Val. Gab es sonst noch was?«

»Erst mal nicht. Ruh dich aus. Halt mich auf dem Laufenden, wie es weitergeht.«

Sie legt auf. Es ist zwei Uhr früh. Durch das Küchenfenster weht ein sanfter Luftzug herein. Bis auf das schwache Licht über ihrem Herd ist es in der Wohnung finster.

Vor ihr auf dem Esstisch liegen fünf Schwangerschaftstests, die sie – in einem Anfall von Zwanghaftigkeit – säuberlich in Reihen arrangiert hat. Im Fensterchen jeder Teststange erscheint ein blaues Plus.

Valerie Neider, allein in Washington und dreizehntausend Kilometer entfernt vom Vater ihres Kindes, legt das Gesicht in die Hände und bricht in Schluchzen aus.

Sie erwacht irgendwann nach acht aus einem unruhigen Schlaf. Sie hat vergessen, die Rollos herunterzuziehen, und das hereinfallende Licht zeigt ihr die Vorzüge des Spätsommers – aber wenige Sekunden später bricht ihre neue Wirklichkeit über sie herein.

Sie streift die Joggingsachen ab, in denen sie geschlafen hat, duscht lange und heiß und konzentriert sich auf die alltäglichen Reinigungsrituale. Aber immer wenn ihre Hand ihrem Bauch zu nahe kommt, zieht sie sie unwillkürlich fort, als wäre dieser Körperteil ihr plötzlich fremd geworden und als dränge sie in Gebiete vor, die einem anderen gehörten.

Dann dreht sie das Wasser ab und stützt den Kopf gegen das Glas. Das Tropfen des Hahns und ihr Atem sind die einzigen Geräusche. Kein Herz schlägt bis auf das ihre. Doch sie fühlt sich beobachtet.

Paradoxerweise ist ihr gerade heute Morgen kein bisschen schlecht, wie als hätten ihre Symptome nur darauf gewartet, dass sie Bescheid weiß, um verklingen zu können. Sie kocht sich Haferflocken, ohne hungrig zu sein, wirft die Tests in den Müll und isst an dem Tisch, an dem sie gestern Abend noch geweint hat.

Es ist für sie nicht der erste Schreck dieser Art – einmal hatte sie einen Test in ihrem letzten Schuljahr gemacht und dann noch mal im zweiten Jahr an der Uni. Das zweite Mal hatte ihre Periode so spät eingesetzt. Das war mit Paul gewesen. Er war unter den Jahrgangsbesten gewesen und hatte im Uniteam Squash gespielt – ein Mann, nach dem sich alle umdrehten und der diverse berufliche Ambitionen hatte, als sie Schluss machten. Inzwischen ist er Firmenanwalt an der Wall Street. Gelegentlich telefonieren sie noch, wollten sogar einmal gemeinsam zu Mittag essen, als sie in New York war, doch irgendwie hat es sich nicht ergeben.

Sie hat es ihm nie erzählt.

Sie wirft die Schale in die Spüle und wählt Shars Nummer. Angesichts der großen Enthüllungen hatte sie am vergangenen Abend der Mut verlassen, aber jetzt muss sie es ihm sagen. Ihren Berechnungen nach dürfte es in Dhaka jetzt neun Uhr abends sein. Ihr fällt dabei ein, wie er ihr einmal scherzhaft erzählt hat, dass die Bengalis lieber spät essen – erst dann den Tisch decken, wenn die Flagge auf der Mattscheibe erscheint.

Das Telefon läutet fünfzehn Mal und wird erst abgehoben, als sie gerade auflegen will.

»Hallo?«, fragt eine fremde Männerstimme.

Sie erstarrt. Warum war sie so sicher gewesen, Shar würde dran sein? Ihre Stimme klingt in den eigenen Ohren weinerlich und furchtsam.

»Ha… hallo, ich würde gern mit Shahryar sprechen.«

»Er ist leider nicht hier«, sagt der Mann mit heiserer Stimme, doch in makellosem Englisch. »Darf ich ihm etwas ausrichten?«

»Oh, Sie müssen Mr. Choudhury sein. Ich bin so froh, dass es Ihnen besser geht, Sir.«

»Danke, meine Liebe. Sind Sie eine Freundin meines Sohnes?«

Ja. Und geschwängert hat er mich auch. Sie unterdrückt ein irres Kichern. »Ja, ich heiße Valerie.«

»Ach. Er hat so nett von Ihnen gesprochen, Valerie. Ich fürchte, er ist nach Chittagong gereist, falls Sie wissen …«

»Ja, ich weiß, wo das ist, Mr. Choudhury. Gibt es eine Möglichkeit, ihn dort zu erreichen?«

»Ich habe leider keine Nummer, die ich Ihnen geben könnte. Er ist in einer sehr ländlichen Gegend, verstehen Sie. Ist es dringend?«

Kann man so sagen. »Nein. Ich wollte nur kurz Hallo sagen. Wissen Sie, wann er zurückkommt?«

»Ich fürchte, da bin ich völlig überfragt.«

Immer wieder ruft sie an.

Während dieser ersten Wochen möchte sie ihn so unbedingt erreichen, dass sie manchmal seinen Eltern – die die Frequenz ihrer Anrufe zunehmend verwirrt – entgegenbrüllen möchte, dass sie sein Kind im Bauch trägt, dass sie Angst hat und es nicht alleine schafft, dass sie es sowieso überhaupt nicht schafft. Doch kurz vor der Beichte hält sie sich stets zurück. Schließlich kommt ihr sogar der Verdacht, dass seine Eltern insgeheim längst erraten haben, was hier vor sich geht. Sie spürt die Frage förmlich, die ihnen auf der Zunge liegt, wenn sich das beharrliche, unangenehme Schweigen einstellt. Wenn sie doch nur fragten. Sie würde es ihnen sofort erzählen. Aber sie fragen nicht.

Sie beginnt, Briefe zu schreiben. Briefe, die sie überall dorthin schickt, wo Shar sein könnte – an sein Zuhause in Dhaka, nach Chittagong und sogar an seine alte Adresse in Kalkutta, in der Hoffnung, er werde auf seiner Reise durch die Vergangenheit auch dorthin steuern. So groß ist ihr Bedürfnis, ihn zu erreichen, dass sie Namen und Adresse mühevoll auf Bengali auf den Umschlag schreibt, mithilfe eines Buchs, das sie in der Stadtbücherei auftut. Die Briefe, die sie ihm nach Dhaka schickt, werden ihm von seinen Eltern respektvoll auf den Schreibtisch gelegt. Die anderen sind wie in einen Abgrund geworfene Steine.

Dass sie schwanger ist, vertraut sie zunächst niemandem an, nicht ihren Freundinnen und vor allem nicht ihrer Mutter, der zu ähneln sie sich fürchtet, da sie nun selbst Mutter wird. Ein Kind hat sie immer gewollt, aber zu einem Zeitpunkt und in einer Lebenssituation ihrer Wahl. Diese Wahl schrumpft jetzt dahin, mit jedem Tag, an dem sie nichts von ihm hört, schwindet wie die Küste hinter einem davonbrausenden Boot, weil sie sie nicht alleine treffen kann.

Sie schließt das Herbstsemester ab und beantragt eine Woche vor Beginn der Weihnachtsferien eine Studienunterbrechung. Als sie endlich zu Hause anruft, fährt ihre Mutter noch am selben Abend die drei Stunden von Reading nach Washington.

Sie verbringt erst den Winter in Pennsylvania, dann den Frühling. Manchmal, wenn sie sich mit alten Freundinnen trifft, die sie seit Studienbeginn nicht mehr gesehen hat, und mit Verwandten, denen sie ihre Lebensplanung erklären muss, fragt sie sich, ob die Rückkehr nicht ein Fehler war.

Jetzt, mit ernüchtertem Blick auf ihre Aussichten auf eine internationale Karriere, besucht sie Abendkurse am hiesigen College, konzentriert sich auf einen schnellen Abschluss in Finanzwissenschaft. Unterdessen wächst das Kind in ihr heran. Gelegentlich wird ihr morgens immer noch übel, doch davon abgesehen ist es ein gelassenes, unauffälliges Reifen. An manchen Abenden meldet sich das Wesen in ihr, mit einer verirrten Gliedmaße oder dem Kopf, der von innen gegen sie drückt, bis sich die Umrisse auf ihrem Bauch abzeichnen. Dieser Anblick lässt Val stets schmunzeln, und sanft drückt sie mit dem Finger gegen die Wölbung, bis diese sich wieder in die Tiefe ihres Bauches zurückzieht wie ein verschreckter Fisch.

Eines Morgens macht ihre Mutter sich auf zu ihrem ehrenamtlichen Teilzeitjob in der Stadtbücherei und erinnert vorher Val daran, dass sie ein Päckchen erwartet. Als es gegen halb elf an der Tür klingelt, steigt sie daher raschen, aber vorsichtigen Schritts die Treppe hinab, eine Hand um den Bauch gelegt und besorgt, sie könne den FedEx-Laster verpassen.

Sie öffnet die Tür, und da steht Shar, schlicht gekleidet in olivgrünem T-Shirt und Jeans, mit einem Segeltuchrucksack über der Schulter. In der Einfahrt hinter ihm steht ein grauer Buick, den er wohl gemietet hat, um zu ihr zu fahren.

Er macht keine Anstalten, sich ihr zu nähern. Sein Haar ist jetzt lang, seine Wangenknochen ausgeprägter als früher, die Arme und Ellbogen knochiger. Er lächelt nicht. Sein Blick ist verschleiert und vorsichtig. Dieser andere Mann war verschüttet gewesen unter dem Mann, den sie kannte, und ist nun fast vollständig hervorgetreten.

»Wann bist du angekommen?«, bringt sie heraus.

»Ich bin vor ein paar Tagen in DC gelandet. Ich dachte, du wärst noch dort. Ich hab dich erst suchen müssen. Du hast keine Adresse hinterlassen.«

»Von dir kam ja nie was, da hab ich zu schreiben aufgehört. Hab nicht gedacht, dass irgendwer mich sucht.«

Er starrt ihren Bauch an. »Weißt du, ob es ein Junge wird oder ein Mädchen?«

Sie schüttelt den Kopf. »Ich hab gesagt, ich will es nicht wissen. Ich hatte das Gefühl, damit wenigstens ein bisschen Kontrolle zu haben.

Wie lange bleibst du?«, fragt sie ihn.

»Mein Visum ist drei Monate gültig.«

Sie verstellt ihm weiter den Weg, und auch er bewegt sich nicht zu ihr hin, während sie sprechen. Val seufzt und legt den Kopf gegen den Türrahmen.

»Tja, mein Freund, was machen wir jetzt bloß?«

SHAHRYAR & ANNA

Washington, DC, USA
September 2004

Shar verstummt, um durchzuatmen. Es ist fast eine Stunde vergangen, seit er zu reden begonnen hat. Katerina hat ihn nicht ein einziges Mal unterbrochen. Mittlerweile hat es abgekühlt, ihr Atem wird in der Luft langsam zu Nebel. Vom Dupont Circle dringen Feiergeräusche herüber. Ein Waschbär tapst vorsichtig aus einer Einfahrt und huscht, als er ihrer gewahr wird, zurück in die Dunkelheit.

Er merkt, dass Katerina sich fester in ihr Tuch gewickelt hat. Verlegen, dass ihm das erst jetzt auffällt, bietet er ihr seine Jacke an. Sie nimmt sie dankbar an.

»Unglaubliche Geschichte, Shar«, sagt sie und zieht den Reißverschluss der Lederjacke hoch. »Das mein ich im positiven Sinne, also nicht so, dass ich Ihnen nicht glaube. Aber warum hat es so lange gedauert, bis Sie zurückgekommen sind?«

»Nachdem ich das mit meinen leiblichen Eltern rausgefunden hatte, hat sich nichts mehr echt angefühlt. Nur sie selbst kamen mir noch real vor. Ich musste einfach mehr rauskriegen. Ich hab Monate in ihrem Dorf verbracht und mit jedem geredet, der sie gekannt hat. Der Rest der Welt war für mich wie ausgelöscht in dieser Zeit. Aber irgendwann musste ich zurück, allein schon deshalb, um meinen Eltern zu zeigen, dass ich nicht völlig durchgedreht bin. Die haben mir dann erzählt, dass Val immer wieder angerufen hat, und mir ihre Briefe gezeigt. Als ich den ersten gelesen hatte, habe ich sofort ein Visum für die Staaten beantragt, was normalerweise Monate braucht, aber mein Vater hat sämtliche Strippen gezogen. Zwei Wochen später saß ich im Flugzeug.«

»Und waren Sie bei der Geburt Ihrer Tochter dabei?«

»Das schon, aber Val und ich konnten uns nicht darauf einigen, wie es mit uns beiden weitergehen sollte. Diese ersten paar Monate waren ziemlich angespannt. Beide waren daran schuld und gleichzeitig auch gar keiner.«

Katerina rückt näher. »Ich weiß, dass wir schon bei Mr. Ahmed im Büro drüber gesprochen haben, aber warum war es so unmöglich, dass Sie wieder zusammenkommen?«

»Wir haben darüber gesprochen. Ich wollte nicht so kurz nach Annas Geburt wieder weggehen. Ich hab es ihr auch angeboten. Damit ich hätte bleiben können, hätten wir heiraten müssen. Doch sie hat sich geweigert – hat gesagt, wir hätten keine solide Basis, um eine Beziehung aufzubauen, aber dass ich an Annas Leben so viel teilhaben kann, wie ich will.«

»Wann hat sie dann ihren Freund kennengelernt?«

»Ein paar Jahre später.« Er erzählt Katerina, wie Val tagsüber in Läden wie dem Pottery Barn oder Williams-Sonoma gearbeitet hat, während Anna von ihrer Großmutter betreut wurde, und dabei zusätzlich die Abendkurse für ihren Abschluss in Finanzwesen besuchte. Darauf folgten ein Ausbildungsprogramm für Führungskräfte an der Drexel und die Zulassung zur Wirtschaftsprüferin. Dann bekam sie eine Stelle bei ING in Maryland, wo sie schnell zur leitenden Finanzanalytikerin aufstieg und später zur Finanzdirektorin.

In Baltimore wollte eines Abends nach der Arbeit Vals Wagen auf dem Parkplatz von Trader Joe's nicht anspringen. Der Mann im BMW neben ihr bot Starthilfe an, und als das nicht funktionierte, fuhr er sie zum Haus ihrer Babysitterin, damit sie dort Anna abholen konnte. Schließlich brachte er sie auch noch nach Hause und gab ihr eine Firmenvisitenkarte, auf die er seine Handynummer schrieb. Drei Tage später rief Val ihn an, um einen Spaziergang im Rock Creek Park vorzuschlagen. Als sie erwähnte, einen Babysitter für Anna zu organisieren, bestand Jeremy darauf, dass sie ihre Tochter mitbrachte. Anna war damals knapp über zwei Jahre alt.

Inzwischen hatte Shar bei einer kleinen NGO nahe Chittagong zu arbeiten angefangen und konnte daneben in seiner knappen Freizeit nach seinen Wurzeln forschen. Mit Val und Anna korrespondierte er regelmäßig. Zugleich erkannte er, wie schlecht sich dieses Leben auf Dauer aufrechterhalten ließ, und suchte nach Mitteln und Wegen, seiner Tochter näher zu sein. Eine Möglichkeit bot die Bewerbung für ein Doktoratsstudium mit dem Themenvorschlag: Das Leben der Fischer an der bengalischen Küste. Und so schrieb er an die Sozialanthropologische Fakultät der George-Washington-Universität, von der er vier Monate später tatsächlich eine schriftliche Zusage bekam.

Die Neuigkeiten mit Jeremy brachte Val ihm schonend bei. Ein paar Wochen nach seiner Rückkehr nach Amerika, als er seine Doktorandenseminare an der George Washington bereits aufgenommen hatte, lud sie ihn eines Sonntags zu Grillkäsetoast und Krautsalat in ihre Wohnung ein und erzählte ihm, dass sie seit einiger Zeit mit Jeremy zusammen sei und sie und Anna jetzt bei ihm einziehen wollten.

Ich will, dass du weißt, dass das in keiner Weise deine Rolle in Annas Leben schmälern wird, sagte sie. *Ich glaube, es wird ihr guttun, in so einer liebevollen Umgebung aufzuwachsen. Das können Jeremy und ich ihr bieten. Und du wirst natürlich auch einen großen Anteil daran haben.*

Eine Weile lang saß er völlig überrumpelt einfach nur da. Als er schließlich den Mund aufmachte, lag stiller Zorn auf seinen Worten. *Das hätte ich ihr auch bieten können. Ich hab es dir angeboten, zwei Mal. Beide Male hast du Nein gesagt.*

Mit dieser Anklage schien sie gerechnet zu haben. *Habe ich. Stimmt*, sagte sie. *Das erste Mal war ich noch nicht bereit. Aber beim zweiten Mal warst du es, der noch nicht bereit war. Ich hab gesehen, wie erleichtert du warst, als ich Nein gesagt habe. Das hat man dir angemerkt. Du hattest noch nicht abgeschlossen mit deiner Vergangenheit, und sogar Anna war nicht Grund genug für dich, um hierzubleiben. Ich weiß, dass du geblieben wärst, wenn ich dich gebeten hätte, aber glücklich wärst du nicht geworden. Ich nehme dir das nicht übel. Ich kann mir nicht vorstellen, wie es ist, so zwischen Vergangenheit und Zukunft gefangen zu sein, wie du … es warst.*

Sie langte über den Tisch und ergriff seine Hände. *So ist es am besten, Shar. Ich schwöre es dir. Dass du hierher zurückgekommen bist, das war eine große Sache, die du auf dich genommen hast, Shar. Das weiß ich. Jeremy weiß es, und wenn Anna größer ist, dann wird sie es auch wissen.*

Und jetzt legt Katerina ihren Arm auf seinen. »Da hat sie wirklich Recht gehabt. Und damit sind Sie nicht allein. Ich weiß ebenso gut wie Sie, wie weh es tut, sein Kind nicht zu sehen. Und wir haben beide Glück, dass wir Mr. Ahmed auf unserer Seite haben.«

»Ich weiß«, sagt er. »Danke.« Sanft nimmt er seinen Arm weg. Er hat länger, ausführlicher erzählt, als er eigentlich vorgehabt hatte. Jetzt spürt er, wie ihn Scham befällt, so viel von seinem Leben vor dieser Frau ausgebreitet zu haben, die kaum mehr ist als eine Fremde.

Katerina starrt ihn eindringlich an. Er weicht ihrem Blick aus, ruft sich dabei in Erinnerung, wie leicht Charme und Schönheit benutzt werden können.

»Mr. Ahmed wird sich mit ganzer Kraft für Sie ins Zeug legen, Shar, umgekehrt braucht er jedoch auch Ihre Hilfe.«

»Viel Geld habe ich nicht, aber ich werde mich bemühen …«

»Nein, nein. Das meine ich gar nicht.«

Katerinas Schultern sind angespannt, als müsste sie sich rüsten für das, was jetzt kommt. Ihre Stimme ist kaum lauter als ein Flüstern, als sie fragt:

»Wissen Sie, wer Pablo Aguilar ist?«

An diesem Abend nimmt er vom Dupont Circle ein Taxi nach Hause, zu erschöpft für Sparsamkeit. Vor seinem Aufbruch hat Katerina ihn noch gedrängt, über ihren Vorschlag sorgfältig nachzudenken und über den Lohn, den Faisal Ahmed forderte.

Er setzt sich an den Schreibtisch und fährt seinen Laptop hoch, sucht nach Pablo Aguilar.

Das allererste Ergebnis ist seine offizielle Website am US-Senat, oben rechts in der Ecke befindet sich ein Foto des gutaussehenden jungen Senators.

Dann kehrt er zurück zu den Suchergebnissen und klickt den zweiten Eintrag an – einen Artikel aus der *New York Times*. Er ist kaum ein Jahr alt und handelt von den immer lauter werdenden politischen Gerüchten um eine mögliche Präsidentschaftskandidatur des jungen republikanischen Senators aus Maryland für die Wahl 2008. Aguilar, ursprünglich Senator in Maryland, war vom republikanischen Gouverneur des Bundesstaats als Nachfolger für einen langgedienten Demokraten im US-Senat nominiert worden, den ein Skandal zum Rücktritt gezwungen hatte.

Eines von Aguilars Hauptanliegen ist es, im kommenden Jahr einen umfassenden Gesetzesentwurf zur Einwanderungspolitik einzubringen, für den der junge Senator um parteiübergreifende Zustimmung wirbt. Zuletzt zitiert der Artikel eine anonyme Quelle, nach der schon eine ganze Anzahl von Politologen und Experten mit Aguilar daran arbeitet, sowohl Demokraten als auch Republikaner von der Gesetzesvorlage zu überzeugen.

Einer von ihnen ist Albert Volcker, der Leiter des Instituts für Politischen Dialog und Shars Chef.

Drittes Buch:
Sturmflut

~

ICHIRO

Chittagong, Ostbengalen (Bangladesch)
April 1942

Er erwacht, kann nichts sehen, kann nur spüren, dass er gefesselt ist. Er muss blind sein. Blauer Himmel, lichtgefleckte Wellen, das Flattern von Flügeln durch die Bäume – all das wird Erinnerung sein.

Er windet sich, stöhnt, als die Bewegung das Blut in seine Gliedmaßen schickt. Um seine Armgelenke und Knöchel sind Stricke verschnürt, die um die Pfosten eines Betts gebunden sind.

»Er kommt zu sich«, sagt eine Frau auf Englisch, und da weiß er, dass er ein Gefangener ist. Eine Männerstimme, trocken und näselnd, bestätigt es. »Sie sind jetzt Gefangener der Armee Seiner Majestät. Sie werden interniert nach den vom Militärtribunal für die Inhaftierung feindlicher Soldaten vorgegebenen Grundsätzen. Sie werden auf unbestimmte Zeit festgehalten oder bis zum Zeitpunkt eines Gefangenenaustauschs mit Ihrer Regierung. Haben Sie das verstanden?«

Der Mann hält inne, während ein anderer seine Worte in derbes, akzentschweres Japanisch übersetzt.

»Haben Sie das verstanden?«, wiederholen der Mann und sein Übersetzer auf sein Schweigen hin.

Immer noch sagt er nichts.

Eine Hand greift ihm ins Haar und reißt seinen Kopf zurück. »Verstanden, Japs?«

Die Frau unterbricht ihn. »Selwyn, ich glaube nicht, dass er schon in der Verfassung ist für solche Grobheiten.«

»Was glauben Sie, wie diese Schlitzaugen uns behandeln würden, wenn es andersrum wäre?«

»Nicht allzu gut, nehme ich an. Aber das bildet ja wohl kaum unseren Maßstab, oder? Und wenn er von Wert ist, wollen Sie doch vermutlich, dass er während der Vernehmung bei Kräften ist.«

Selwyn lässt das Haar los, und Ichiros Kopf sinkt ins Kissen zurück. Zorn durchwallt ihn bei dieser Entwürdigung. Er bezähmt ihn, indem er den Kiefer anspannt und sich von innen fest in die Wangen beißt.

»Sie sollten ihm nur das Allernotwendigste geben. Mir wird übel, wenn ich dran denke, wie unsere Jungs draußen in den Gängen liegen, während der hier sein eigenes Zimmer kriegt.« Selwyn und sein Übersetzer verlassen den Raum mit dem scharfen, gemessenen Gang des Soldaten.

Er atmet einmal langsam und zitternd durch und entkrampft seinen Kiefer, bis ihm der metallische Blutgeschmack in den Mund schießt. Die Welt ist immer noch dunkel; er hört die Schreie und Klagen anderer verwundeter Soldaten. Die Tür zum Zimmer muss offen stehen.

Die Frau bleibt noch.

»Ich habe da etwas, was Ihnen gehört«, sagt sie. »Ihr Tagebuch, glaube ich. Auf Japanisch, aber Deutsch und Englisch hab ich auch gesehen. Ich weiß, ich hätte da nicht reinschauen dürfen, aber … Ich weiß, dass Sie mich verstehen«, wagt sie sich vor.

Er spricht nicht. Was, wenn diese Frau und der Mann von eben ihm gemeinsam eine Falle stellen? Lauert Selwyn hinter der Tür? Und grinst darüber, wie naiv er ist? Ichiro ist belehrt worden, dass er im Fall einer Gefangennahme von den Engländern kein Erbarmen zu erwarten hat: Man solle Herz und Geist in Gleichmut hüllen, um der Folter standzuhalten, die sie ihm zufügen würden, und sich dann bei der ersten Gelegenheit in Würde das Leben nehmen.

»Unter meiner Obhut haben Sie nichts zu befürchten. Mein Name ist Claire. Darf ich Ihren erfahren?«

Ihr Tonfall wird schärfer, als er stumm bleibt. »Schön. Wenn Sie nicht sprechen wollen, dann bekommen Sie auch Ihr Tagebuch nicht zurück. Wenn Sie so weit sind, können Sie ja darum bitten. *Auf Englisch.*«

Claire verlässt den Raum entschiedenen Schritts. Er lauscht, wie ihre Absätze den Flur entlangklappern.

Hätte sie noch einmal gefragt, er hätte ihr alles erzählt.

In den blinden Tagen, die folgen, ordnet seine Nase die Gerüche des Lazaretts – den beißenden Geruch nach Dettol in seiner Kammer; den schweren Rauch in der Abendluft, der vom brennenden Heu auf den Reisfeldern hereinweht; morgens die stinkende Ankunft des Düngervorrats auf einem knirschenden Karren vor seinem Fenster. Seine Ohren zählen die scharfen Schritte der britischen Schwestern, die über den Flur dröhnen wie regelmäßige Pistolenschüsse, das sanfte Schlurfen der Schuhe ihrer indischen Kollegen, den dunklen Gong des Schichtwechsels.

Seine Zunge ist viel stumpfer im Vergleich – kaum fähig, den morgendlichen Haferbrei vom abendlichen aus Kartoffeln auseinanderzuhalten und die Eigenheiten der kalkigen Tabletten, die man ihn zu schlucken zwingt.

Der verhärtete Offizier vom ersten Tag kehrt im Laufe der Woche noch zweimal wieder. Beide Male befragt er Ichiro eindringlich, beide Male steht Claire dabei und überwacht das Geschehen.

Während dieser Tortur bleibt er stumm. Blind ist er schon, dazu noch Taubheit zu heucheln kostet nicht mehr so viel. Nach dem dritten ergebnislosen Verhör fragt Selwyn Claire, wann Ichiro in Militärgewahrsam überstellt werden kann.

»Sie sehen ja, dass es ihm noch nicht besser geht. Wir haben ihm noch nicht mal den Verband von den Augen abnehmen können.«

Ichiro empfängt einen scharfen Stoß in die Rippen, vermutlich von einem Schlagstock. Er stöhnt gequält auf. »Mir scheint er in Ordnung zu sein.«

»Selbst wenn es so wäre, dann könnte er ja nicht plötzlich Englisch verstehen. Ich erkenne den Grund zur Eile nicht.«

»Sie sollten begreifen, Claire, dass Sie hier weder Schutz noch Privilegien genießen, nur weil Sie mit Drake verheiratet sind. Wenn es hier eigentlich um die Sache in Rangun geht …«

»Das hat gar nichts damit zu tun«, fällt Claire ihm ins Wort. »Ich spreche hier nur als Ärztin. Ich bin auf Ihrer Seite, Selwyn. Aber Sie werden mir doch sicher Recht geben, dass er, wenn ich ihn vorzeitig entlasse, in ein paar Tagen wieder hier sein wird. Ich erspare Ihnen nur, Ihre Zeit zu vergeuden.«

Man hört Papier rascheln, Selwyn scheint Unterlagen hervorzukramen. »Gesund oder nicht, in einer Woche kommt er in die mobile Verhörzentrale, und dann wird er zu weiteren Verhören ins Quartier in Delhi verlegt.«

»Das ist zu früh.«

Selwyns Ton wird einen Hauch umgänglicher. »Schauen Sie, Claire, ich verstehe ja, dass Sie dieses Milchgesicht sehen und denken, das ist auch für eine Mutter der Sohn oder jemandes Bruder. Aber Sie können sich nicht vorstellen, was die getan haben. Ich hab's mit eigenen Augen gesehen. Der ist nicht unschuldig, nur weil er Pilot ist. Der hat so viel Blut an den Händen wie alle anderen.«

Aus Claires Stimme ist jegliche Wärme entwichen. »Ich weiß, was sie getan haben, Selwyn. Ich sehe es jeden Tag um mich herum. Und haben Sie vergessen, warum wir aus Burma flüchten mussten? Ich werde über den Befehl nachdenken.«

»Merken Sie ihn sich einfach – eine Woche, mehr nicht.« Selwyn verlässt den Raum.

Sekunden verstreichen. So unangekündigt, dass Ichiro erschauert, flüstert ihm Claire plötzlich verzweifelt etwas ins Ohr. »Wenn Sie nichts sagen, gibt es nichts, was ich noch für Sie tun kann. Und ich werde Ihr Tagebuch aushändigen müssen.«

Er schmeckt sein eingerostetes Englisch auf der Zunge. »Und warum sollten Sie mir helfen wollen?«

Sie rückt noch näher an ihn heran. »Hab ich's doch gewusst.«

Sie löst die Riemen um seine Handgelenke, und seine Hände beginnen sofort zu prickeln, weil das Blut wieder hineinschießt.

Sie legt ihm etwas hin, und seine Hände tasten hastig über das Leder, streicheln über die glatte Oberfläche und fahren die Form des fliegenden Kranichs nach, der in den Umschlag geprägt ist. Er sieht es genau vor sich: Wie von oben wird er gezeigt, seine Flügelspitzen schließen sich über dem Kopf zu einem anmutigen Kreis, seine weißen Federn erinnern an die Blüten der Chrysantheme.

Sein Vater hatte ihm das Tagebuch von einer Reise nach Tokushima mitgebracht, einen Monat bevor er einrückte.

Er seufzt und schiebt das Tagebuch in die Richtung zurück, wo Claire stehen muss. »Danke. Würden Sie für mich darauf achtgeben? In diesem Zustand kann ich nichts damit anfangen.«

Sie nimmt es an sich.

Am nächsten Tag hört er Schritte näher kommen, die er nicht kennt: schwer, männlich. Sie gehören einem Arzt, der ihn informiert, dass der Verband um seine Augen jetzt entfernt werde.

»Bei der Explosion hat er Netzhautverletzungen erlitten«, sagt er zu jemand anderem im Raum. »Wir haben uns sehr bemüht, sein Augenlicht zu retten, aber der Himmel weiß, was er sehen kann, wenn der Verband runterkommt.«

Die Hand auf seinem Gesicht ist rauer und dicker als Claires, aber trotzdem ebenso sanft. Er hält die Augen geschlossen, während der Mull abgenommen wird.

»Sie können jetzt versuchen, die Augen zu öffnen«, sagt der Arzt. »Wir haben das Rollo runtergezogen.«

Als Ichiro nicht reagiert, tippt ihm der Arzt vorsichtig an die Augenlider, damit er begreift.

Er hebt sie nur einen winzigen Spaltbreit, bevor das gleißende Licht ihn überwältigt. Wie kann es derartig hell sein, wenn sie das Rollo heruntergelassen haben? Es ist, als hätte sich die Sonne vom Himmel in sein Zimmer hinabbegeben. Haben sie ihn belogen? Ist das eine besonders grausame, eigens seinem Zustand angepasste Strafe? Er wendet den Kopf ab, will nichts wissen von dieser quälend grellen Welt.

»Scheint mir ein gutes Zeichen.« In der Stimme des Arztes liegt widerwillige Anerkennung. Ichiro fürchtet sich, einen erneuten Blick zu wagen, doch er zwingt sich dazu. Nach und nach hebt sich der gleißende Schleier. Das Sengen des Lichts wird erträglicher, bis die Bilder seiner neuen Welt sich langsam scharfstellen.

Er befindet sich wie vermutet in einem Krankenhauszimmer. Tatsächlich stimmt es, dass sie die Rollos heruntergelassen haben; die Umrisse zeichnen sich in der Sonne hell ab. Über ihm leuchtet mattgelb eine Stehlampe, auf der anderen Seite steht ein Infusionsständer. Und dann gibt es einige verwaschene Gestalten – eine davon ist wohl ein großer, schnurrbärtiger Mann. Die andere Person steht nahe am Fenster. Ihr Gesicht kann er nicht erkennen, doch wer sie ist, weiß er genau.

Er sieht sie wieder, als sie am folgenden Tag in die Tür tritt und sie hinter sich schließt. Er wünscht ihr auf Englisch einen guten Morgen und fügt hinzu: »Frohe Ostern.«

Während sie seine Verbände prüft, hält sie inne. »Auch Ihnen frohe Ostern«, sagt sie überrascht.

Dann wechselt sie seinen Verband und wirft den alten in einen Eimer zu ihren Füßen. Er ist dunkelrot gefleckt. Seine Schulter schmerzt weniger.

»Woher wissen Sie, dass heute Ostern ist?«

»Ich habe die Tage seit meinem Absturz gezählt. Außerdem bin ich Christ.«

Wieder hält sie inne, ihre grünen Augen sind schmal. »Ist das wahr?«

»Ja.«

Sie schüttelt den Kopf. »Bei dem, was man uns über euch erzählt hat, ist es immer nur um Unterschiede gegangen, nicht um die Gemeinsamkeiten.«

Sie nimmt die Schüssel mit dem mittlerweile grässlich verklumpten Haferbrei vom Tischchen. Gerade will sie ihm einen Löffel voll in den Mund schieben, als sie wieder einhält. »Können Sie denn auch die zwölf Apostel Christi aufzählen?«

Er nennt alle einzeln, spricht sie mit Sorgfalt aus und kann dabei beobachten, wie mit jedem weiteren Namen das Misstrauen aus ihrem Gesicht schwindet. So steht sie zuletzt peinlich berührt da, noch immer mit dem Haferbreilöffel vor seinem Mund.

»Hab ich sie richtig aufgezählt?«

»Ich bin überfragt«, sagt sie. »Sie haben acht mehr genannt, als ich es könnte.«

Am nächsten Morgen weckt ihn das Prasseln des Regens. Ein kühler Wind weht durchs Fenster herein. Die letzten Tage waren so heiß und trocken gewesen, dass die Bäume in Staub gehüllt wurden. Doch jetzt hat der Regen die Welt gewaschen, und er kann ihre wahren Farben sehen – die tiefgrünen Blätter, die rostroten Ziegel, die den Weg zum Lazarett pflastern, die korallenfarbigen Rosenbeete im Vorgarten.

Der niedrige Himmel, die drückende Luft Burmas gehören für ihn nun zu einer anderen Welt, Japan mit seinen eisigen Winternächten und bocksdornbestandenen Bergketten zu einem noch ganz anderen Leben. Nur er selbst ist noch derselbe. Das Feuer im Flugzeug hat ihm die Zweifel nicht ausgebrannt, die Kugeln, die ihn trafen, seine Schwäche nicht ausgelöscht. Tapfer zu sein ist so schwer und so furchteinflößend. Er möchte sich wieder fallenlassen, zurück ins bodenlose Becken dieser schönen neuen Welt.

Claire erscheint den ganzen Tag über nicht. Sein Frühstück, Mittagessen und die Medikamente bringt ihm eine dunkelhaarige Schwester mit rotgeschminktem Schmollmund. Diese Schwester – von der er später erfahren wird, dass sie Rachel heißt – ist auf ihre eigene Weise schön. Was Claire ihm an Mitgefühl entgegengebracht haben mag, Rachel teilt es nicht. Ihre Abneigung zeigt sich deutlich in ihren Blicken und der Schroffheit, mit der sie seine Verbände prüft. Das findet er beruhigend, weil es dem entspricht, womit er gerechnet hat.

Claire kommt erst in der Abenddämmerung. Er hört das Muhen der Kühe, die heimgeleitet werden, und fremde Gesänge in religiösem Ton und fragt sie, was es damit auf sich habe.

»Das ist der muslimische Aufruf zum Gebet. Das findet fünfmal täglich statt, von Sonnenaufgang an.«

»Es ist von seltsamer Schönheit«, sagt er. »Fast schon …«

»Unheimlich?«

»Ja, unheimlich. Aber ich höre noch andere Klänge. Trompeten. Ist das auch etwas Muslimisches?«

»Mit diesen Schneckenhörnern beten die Hindus zu ihren vielen Göttern und Göttinnen.«

Sie unternimmt die obligatorische Inspektion seiner Wunden und prüft sein Sehvermögen, indem sie in unterschiedlicher Entfernung unterschiedlich viele Finger emporhält. Er besteht.

»Müssen Sie auf die Toilette?«

Er schwankt. Für den Toilettengang gibt es genaue Anweisungen. Jedes Mal wenn er auf die Toilette muss, holen der Arzt oder die diensthabende Schwester zwei Soldaten herbei, die während des Lösens seiner Fesseln ihre Gewehre auf ihn richten. Dann folgen sie ihm ins Bad und zielen auf seinen Rücken oder sein Gesicht.

Aber dieses Mal geht sie zur Tür, späht hinaus und verschließt sie.

»Was machen Sie denn da?«

Sie beginnt, ihm die Fesseln zu lösen. »Ich werde Ihnen jetzt einfach vertrauen, dass Sie nicht auf mich losgehen, wenn ich Sie losmache. Oder zu fliehen versuchen. Betrachten Sie es einfach als Höflichkeit, sowohl Ihnen gegenüber als auch den Soldaten, die Sie sonst begleiten müssen.«

Er reibt sich ebenso erleichtert wie erstaunt die Hände. Mittlerweile ist sie schon mit seinen Füßen beschäftigt und löst einen

Riemen nach dem anderen. Einen Moment lang bricht sich sein Soldatenherz Bahn. Rasch erwägt er die Erfolgsaussichten und möglichen Konsequenzen, wenn er sie beiseitestieße und zu fliehen versuchte. Doch er verwirft den Gedanken bereits, ehe sie fertig ist. Er ist viel zu schwach, um auch nur eine unbewaffnete Frau zu überwältigen, ganz zu schweigen von den Soldaten, von denen es im Spital nur so wimmelt.

Aber vor allem will er nicht, dass ihr etwas zustößt.

Etwas von diesen Gedankengängen muss ihm anzusehen sein. Denn als sie ihm ins Gesicht schaut, richtet sie sich hoch auf und kreuzigt ihn mit Blicken. »Werde ich das bereuen?«

Er schüttelt den Kopf.

Im Bad gibt es ein dünnes Handtuch an einer Stange, ein Seifenstück in einer Schale und Toilettenpapier. Der Rest ist festgedübelt, sogar der »Spiegel« – ein Stück rostfreien Stahls, der auf Hochglanz poliert und an die Wand genietet ist.

Er öffnet den Mund und untersucht im Spiegel dessen dunkle Höhle. Der zweite Backenzahn von hinten, links unten, ist größer als die anderen und etwas verfärbt. Er nimmt das Handtuch, wickelt es sich um Zeigefinger und Daumen und ruckelt damit am Zahn herum.

Es ist mühsamer als erwartet, doch schließlich gelingt es ihm, ihn aus dem Zahnfleisch zu lösen. Dann setzt er sich mitten auf das Handtuch, von Blut umkränzt. Mit seinen langen Fingernägeln zupft er aus dem Zahn eine winzige Glaskapsel heraus.

Wie der Zahn ist sie blutverschmiert. Er spült sie ab, bis sie im matten Licht glitzert. Die Flüssigkeit in der Kapsel ist klar und unscheinbar und bildet mit dem sie umgebenden Glas eine mörderische Einheit, dem Glas, das ihn schneiden wird, sobald es in seinem Mund zersplittert und die Flüssigkeit in seine Blutbahn einsickert, durch die das Zyankali in ihn eindringen und eine Zelle nach der anderen lahmlegen und sie ersticken kann. Der Geruch nach Bittermandel wird seine Sinne überschwemmen, und fünf Minuten später wird er sich am Boden winden, nach zehn eingegangen sein in die Ewigkeit.

Dann wird er nicht länger darüber nachsinnen müssen, was ihn im britischen Kriegsgefangenenlager erwartet, über die Schande, die seine Mutter und sein Vater als Eltern eines gefangenen Soldaten erleiden. Und über Liebe, Heirat, Kinder.

Der Tod. So wird es von ihm erwartet: Sein Leben widerspruchslos hinzugeben, sich zu opfern auf dem Altar des Stolzes und der Schande – jener dunklen Götter, die Japan beherrschen, hinter dem Thron des Kaisers lauern und ihre monströsen, verquollenen Körper auf sein Land verteilen, mit ihren furchtbaren Flügeln das Licht verschatten.

Ein Hämmern an der Badezimmertür. Dringlich, beharrlich. In Claires Stimme schwingt Panik mit. »Was machen Sie denn da drin?«

Erschrocken fährt er herum. Die Ampulle entfällt seiner Hand, trifft mit vernehmlichem *Kling* auf dem Boden auf und rollt dem Abfluss in der Ecke entgegen.

»Gleich fertig!« Wild rutscht er am Boden umher, um die Kapsel aufzuhalten, doch seine panisch tastenden Finger befördern sie nur noch näher ans klaffende Loch. Er fängt sie gerade noch ab, wenige Zentimeter vorm Abgrund.

Das Herz hämmert ihm in seiner Brust. Er hat die Nähte seiner Wunde wieder aufgerissen und er spürt nun das frische Blut in seine Schulter sickern.

Wieder Claires Stimme. Ihr Mund muss direkt auf der Tür liegen, denn ihre Stimme wird durchs Holz verstärkt. Ihre Worte sind ein Flehen im Gewand einer Drohung. »Sie haben noch eine Minute, um wieder herauszukommen. Wenn Sie das nicht tun, muss ich … dann muss ich Hilfe holen.«

»Nicht nötig, ich komme heraus.« Mühsam richtet er sich auf und steckt sich die Kapsel zurück in den Zahn, den Zahn zurück in den Kiefer.

Sie ist von der Tür abgerückt, als er öffnet, und mustert ihn von Kopf bis Fuß. Er setzt sich derweil aufs Bett und macht seine Füße bereit zum Fesseln.

»Keine Eile«, sagt sie und geht ins Badezimmer.

Nach einer Minute ist sie wieder da. Die Fäuste hat sie in die Hüften gestemmt – die Haltung einer Mutter. Trotz seiner Schmerzen amüsiert er sich darüber.

»Was ist passiert?«

»Ich bin gestürzt.«

»Wie?«

»Es war Wasser auf dem Boden. Ich bin ausgerutscht.«

»Ich habe kein Wasser gesehen.«

»Ich habe es mit dem Handtuch aufgewischt.«

»Verstehe.« Sie schält den Kragen seines Krankenhemds zurück, betrachtet stirnrunzelnd seine Schulter. Sie berührt ihn dort, ganz sanft, doch er fährt trotzdem zusammen, genau wie sie. Dann starren sie einander einen Augenblick lang an, in dem aus einem Akt der Pflicht etwas anderes wird. Sie errötet, die Farbe verändert ihre blassen Züge, bis ihr Gesicht den Ton ihres Haars widerspiegelt. Unwillkürlich macht sie einen Schritt rückwärts, den Blick auf ihn geheftet, als fürchtete sie einen Angriff. Sie tritt zum Tisch an der Wand und kehrt zurück mit Dettol, frischem Verbandszeug, Gaze, Textilklebeband und Schere.

Von Neuem reinigt sie seine Wunden und verbindet sie sorgfältig. Als sie fertig ist, sagt sie: »Ich muss Ihnen wieder die Arme festbinden. Bitte halten Sie ruhig, sonst reißen Sie die Wunde nochmals auf.«

Zuletzt zieht sie zwei kleine Pillen aus ihrer Schürze, hält ihm ein Glas Wasser an die Lippen. »Damit können Sie sich etwas ausruhen.«

Er schluckt sie. Er will nur vergessen.

Am Tag darauf kehrt die dunkelhaarige Schwester nicht wieder. Stattdessen weckt ihn Sonnenschein, so hell und sauber, als hätte er nie geschlafen. Claire erscheint diesmal früh. Wieder verriegelt sie die Tür hinter sich, bindet ihn los und stellt ihm dann eine Schale heißen, flüssigen Breis vor die Nase.

»Warum sind Sie so gut zu mir?«, fragt er.

»Ich tue nur meine Pflicht.«

»Mehr als das. Wenn Sie nicht wären, hätte Selwyn mich längst ins Kriegsgefangenenlager gebracht.«

»Solange Sie in einem dieser Betten liegen, sind Sie Patient, ganz gleich, unter welcher Flagge Sie geboren wurden.«

»Selbst wenn unsere Länder miteinander im Krieg sind?«

Sie hört auf, an seiner Infusion zu drehen. »Daran muss man mich nicht erinnern. Ich war in Rangun, als die *Jap*… als die Japaner dort eingefallen sind.«

»Die Briten sind dort ebenso eingefallen. Sie sind nur ein paar Hundert Jahre früher dran gewesen.«

In ihren Augen blitzt es so schnell, dass er nicht ausmachen kann, ob es aus Wut geschieht, aus Bedauern oder einer anderen Emotion, doch als sie spricht, klingt ihre Stimme fest. »Das stimmt wohl. Ich verteidige weder die Vergangenheit, noch gebrauche ich sie als Entschuldigung für die Gegenwart.«

»Ist das der Unterschied zwischen uns?«

»Zwischen den Engländern und den Japanern oder zwischen Ihnen und mir?«

»Entscheiden Sie!«

»Der grundlegende Unterschied zwischen Ihnen und mir – völlig unabhängig davon, welcher Nation wir angehören – ist der, dass ich eine Frau bin und Sie ein Mann. Jeden Morgen, wenn ich aufwache, liegen mir tausend Steine im Weg, die für Sie entweder gar nicht existieren oder zumindest nicht wahrnehmbar sind. Hundert Abwägungen, die ich erst hinter mich bringen muss, bevor ich überhaupt den Mund aufmache oder entscheide, was ich tun kann und was nicht.«

»Aber zweifellos haben Sie gewisse Vorteile durch Ihre Staatsangehörigkeit. Die Welt steht Ihnen offen.«

»In Wahrheit habe ich als Frau kein Land. Als Frau will ich auch gar kein Land haben. Als Frau ist mein Land die ganze Welt.«

»Wer hat das gesagt?«

Sie lacht. »Virginia Woolf. Vielleicht sollten Sie mehr Literatur von Frauen lesen.«

Sie erkundigt sich nach seinem Tagebuch, möchte wissen, warum er es auf Englisch führt.

»Ich werde schwer bestraft werden, sollten die kommandierenden Offiziere mein Tagebuch lesen. Ich schreibe auf Englisch, um mich und meinen Freund zu schützen.«

»Aber wo haben Sie gelernt, so gut Englisch zu sprechen?«

»Wir mussten in der weiterführenden Schule zusätzlich zu Latein zwei moderne Fremdsprachen lernen. Ich musste wählen zwischen Deutsch, Englisch und Französisch. Ich habe die ersten beiden genommen. Französisch habe ich mir selbst beigebracht, aber darin bin ich nicht flüssig.«

Sie nickt beeindruckt. »Wir lernen in der Schule nur Englisch. Latein natürlich, für die Altsprachler. Ein bisschen Französisch, wenn einem danach ist.«

»Sind alle Japaner so sprachkundig wie Sie?«, fragt sie nach einer Weile.

»Das weiß ich nicht. Aber viele von uns sind direkt von der Universität zur Armee gegangen, also sind wir normalerweise recht gebildet.« Er denkt an seine Freunde, die vielen hellen Flammen, die dieser Krieg auslöschen wird, bevor sie je richtig brennen konnten.

»Sie sind anders, als ich Sie mir vorgestellt habe.«

»Weil ich Ihre Sprache spreche?«

»Nein. Weil Sie so nachdenklich sind.«

»Der Tod macht aus Soldaten Philosophen.«

»Sind alle Menschen aus Fernost so fatalistisch?«

Fatalistisch – das Wort kennt er von den deutschen Philosophen. Trotzdem bittet er sie, es ihm zu erklären, und ihre Antwort ist: »Wenn man sich seinem Schicksal unterwirft.«

»Wir sind alle unserem Schicksal unterworfen, ob wir nun damit einverstanden sind oder nicht.«

»Ich nicht«, sagt sie und erstarrt, weil sich ihrer Tür Stimmen genähert haben. Erst als sie weiterziehen, entspannt sie sich wieder. »Was ist Ihre letzte Erinnerung an zu Hause?«

Er schließt die Augen und denkt zurück. »Ein Frühlingsmorgen. Ich bin bei Vogelgezwitscher aufgewacht. Wir haben gemeinsam gefrühstückt, meine Mutter, mein Vater, mein jüngerer Bruder und ich. Später bin ich im Wald spazieren gegangen, einen Bergpfad hinauf. Ganz allein.«

»Erinnern Sie sich nicht an die Abreise? An den Abschied?«

»Ich erzähle Ihnen das, was ich beschlossen habe, mir zu merken. Das war der letzte Tag meines alten Lebens. An der Universität habe ich ein neues begonnen. Und in der Armee wieder ein neues. Was ist mit Ihnen? Was wissen Sie noch von Ihrer Heimat?«

»Ein kalter, verregneter Morgen. Dicke, durchnässte Grasmücken in den Bäumen. Milchtee mit meiner Mutter und meinen Schwestern. Meine Heirat an diesem Tag. An meinem Brautkleid war unten ein Saum aus Matsch. Das sehe ich immer noch vor mir.«

Da fällt ihm ein, dass Bengalen ihnen ja beiden fremd ist, dass Claire so wenig mit diesem Ort verbindet wie ihn. Vielleicht, so überlegt er, ist das die Triebfeder des britischen Wahns, fremde Gefilde mit Denkmälern zu bestücken, Schienen zu verlegen über Tausende Kilometer hinweg, das Land mit Wegen und Schnellstraßen zu fesseln, als gälte es, ein wildes Tier zu bändigen. Beide Nationen sind Inselstaaten, die danach gieren, ihr blaues Gefängnis zu überwinden und Spuren in Ländern zu hinterlassen, wo sie nicht erwünscht sind.

»Sie sind verheiratet.«

»Er heißt Theodore. Er ist in Imphal stationiert.« Sie greift in ihre Schürze und holt sein Tagebuch hervor. Und eine Füllfeder. »Das ist für Sie. Nachdem Ihre Augen jetzt wieder tadellos funktionieren.«

Er betrachtet den Füller. Ein Parker 51, Silber und Gold mit schwarzem Schaft. Er liegt ihm angenehm schwer in der Hand.

Sie bemerkt, wie angetan er ist. »Den hat mir ein Vetter aus New York mitgebracht. Die Tinte trocknet rasch. Es schreibt sich wirklich gut damit.«

»Danke.«

»Nun, Sie dürfen ihn nur so lange behalten, bis Sie fertig sind mit dem Schreiben.« Sie geht zur Tür. »Ich schaue in drei Stunden wieder nach Ihnen. Heute habe ich den Schlüssel, also keine Sorge, es kommt niemand sonst einfach herein.«

Er schreibt. Nicht ein Mal blickt er von seinem Tagebuch auf, das einzige Geräusch im Raum ist das Kratzen der Feder auf dem Papier.

Claire kehrt ein paar Minuten nach der Mittagsglocke zurück, und er blickt auf, lächelt, schüttelt seine Hand, um einen Krampf loszuwerden. »Verzeihung. Ich habe mir viele Tage in Erinnerung rufen müssen.«

Er streckt ihr Tagebuch und Feder entgegen. »Ich wäre Ihnen sehr dankbar, wenn Sie es aufbewahren würden. Und ich habe sogar noch eine Bitte. Auf der letzten Seite habe ich die Adresse der Mutter meines Freundes notiert. Wären Sie so freundlich, es ihr zu schicken, sobald ich ins Quartier verbracht worden bin?«

»Das werde ich tun. Aber jetzt muss ich weiter. Es warten noch andere Patienten.«

Er neigt den Kopf. »Danke. Ich wollte Sie noch um einen weiteren Gefallen bitten. Würden Sie mich losbinden, damit ich das WC benutzen kann?«

»Keine Albernheiten wie letztes Mal, versprochen?«

»Ja.«

»Nun gut.« Sie löst seine Fesseln.

Er geht ins Bad, hantiert ein wenig im Waschraum herum und produziert dabei die Geräusche, die von ihm erwartet werden: setzt sich aufs Klosett, betätigt die Spülung und den Wasserhahn am Waschbecken.

Er starrt im Spiegel auf die ausgemergelte Erscheinung vor sich. Ist er wirklich erst seit zwei Jahren bei der Armee?

Religiös ist er nie gewesen. Die Kirche hat er mehr aus Liebe zu seiner Familie besucht denn aus Angst vor Gottes Gericht. Er liebt Jesus, doch den Menschen, nicht den Sohn Gottes. Er glaubt an die Unsterblichkeit der Seele, an die Erlösung, doch die japanische Tradition in ihm giert nach dem Tod, danach, sich ohne einen Blick zurück in die Finsternis zu werfen. Wenn er die Pille schluckt, wird dann sein Geist ewig auf dieser Welt herumwandern müssen? Ein heulender, hungriger Geist, wie ihn die Buddhisten beschreiben? Ein Häuflein Asche, das sich im Wind dreht, aber nie auseinanderfällt?

Bei diesen ganzen Fragen hilft nur, es selbst herauszufinden.

Wieder öffnet er den Mund, um den falschen Zahn herauszunehmen.

SHAHRYAR & ANNA

Washington, DC, USA
September 2004

Am nächsten Tag trifft er Katerina wieder, diesmal am Lafayette Square. Heute ist ihr Haar zu einem straffen Knoten gebunden, ihr beige-weißes Kleid eng mit einem goldenen Gürtel umschnürt, wie eine Frau auf einem Patrick-Nagel-Druck.

»Ich hab mich informiert über ihn«, sagt er, als sie sich setzt. »Das ist sehr ernst, wovon wir hier reden. Für so was kann man ins Gefängnis kommen.«

»Welches Risiko ist größer, Shar? Das, oder nach Bangladesch zurückzugehen und nicht zu wissen, ob Sie Ihre Tochter jemals wiedersehen können?«

»Ich könnte mir jederzeit ein neues Visum besorgen, um sie zu besuchen.«

»Natürlich. Das stellt auch niemand in Abrede. Aber wir leben hier in der Welt nach dem elften September. Und Sie sind ein männlicher Muslim, der genau ins Profil passt. Bangladesch steht zwar nicht auf der Liste der Länder, die Terrorismus unterstützen, aber wer kann schon sagen, was die Zukunft bringt? Eine Garantie gibt es einfach nicht.«

Er lässt sich ihr Argument durch den Kopf gehen. Auch wenn seit jenen dunklen Wochen und Monaten nach 9/11 schon drei Jahre vergangen sind – die fiebrige Atmosphäre der Angst, der Verwirrung und des Misstrauens hält an, so als hätte sich das ganze Land eine Krankheit geholt, von der es selbst nach der Genesung weiterhin geschwächt und entstellt ist.

Allein im vergangenen Jahr musste er zweimal erleben, »Windelkopf« oder »Paki« genannt zu werden, beide Male, als er nach dem Freitagsgebet gerade die kleine Moschee nahe der Uni verließ. Das erste Mal war es ein Obdachloser, der Shar mit dem Schimpfwort bedachte und dann in ein zahnloses Kichern ausbrach. Das andere Mal war es ein gutgekleideter Geschäftsmann in einer Corvette, der ihn beim schnellen Rechtsabbiegen an der Ampel beinahe überfahren hätte. Knallrot und laut fluchend war er mit quietschenden Reifen davongebraust.

»Wie dem auch sei«, sagt er. »Eine Garantie gibt es auf jeden Fall: dass ich im Gefängnis lande, wenn ich erwischt werde.«

»Die Gefahr ist äußerst gering. Mr. Ahmed wird schließlich alles tun, das zu verhindern.«

»Dazu hätte ich eigentlich auch noch eine Frage.«

»Was meinen Sie?«

»Sie haben mir doch gesagt, Mr. Ahmed habe Sie als Rechtsanwaltsgehilfin angestellt, als es mit dem Verlobtenvisum nicht geklappt hat, stimmt's?«

»Ja ...«

»Hätten Sie nicht erst das Land verlassen müssen, um das andere Visum überhaupt beantragen zu können?«

Wenn Katerina bis jetzt vorsichtig war, ist sie nun empört. »Wollen Sie damit sagen, ich lüge?«

»Nein ... nein, ich will nur ...«

»Um was geht es hier eigentlich, Shar? Um das, was mir passiert ist, oder um das, was in ein paar Wochen mit Ihnen passieren wird? Was mich angeht – ja, man muss das Land verlassen, um ein neues Visum zu beantragen, aber Mr. Ahmed hat seine Methoden, so was zu regeln. Er hatte Angst, dass die mich nie wieder reinlassen, wenn ich erst mal außer Landes bin.«

Seine Stimme ist leise. »So schlimm wäre das nun aber doch auch nicht, oder? Dann könnten Sie immerhin Ihre Tochter wiedersehen.«

Sie steht auf. »Dann belassen wir's dabei. Ich sitze nicht hier und lasse mich von Ihnen beleidigen.«

Er ergreift ihr Handgelenk. »Schauen Sie, es tut mir leid. Ich nehme es zurück. Bitte, setzen Sie sich wieder.«

Das tut sie, aber mit finsterer Miene.

»Ich sage jetzt nicht Ja oder Nein, aber erklären Sie mir noch mal genau, worum es eigentlich geht.«

Wieder zieht sie einen Gegenstand aus ihrer Handtasche. »Das ist ein USB-Stick. Zweiunddreißig Megabyte Speicher. Wenn Volckers Computer in den letzten zehn Jahren gebaut wurde – und davon gehen wir aus –, hat er vorn einen USB-Eingang. Sie müssen nur den Stick reinstecken und die Daten kopieren. Ganz einfach.«

»Und es dreht sich um die Daten zum Gesetzesentwurf zur Einwanderungspolitik, den Aguilar durchbringen will?«

»Ja. Und alles, was darüber hinausgeht. Jede Korrespondenz zwischen den beiden wäre nützlich. E-Mails, White Papers, Beschlussnotizen. Alles.«

Sie sitzen da und haben beide den Blick fest nach vorne gerichtet. Ihnen gegenüber, jenseits der dahinschlendernden Touristen, der Jogger und Büroangestellten beim Pausenspaziergang, steht das Weiße Haus. Eine Gruppe Protestierender reckt vor dem Zaun Plakate mit dem Slogan *Befreit Tibet!* in die Höhe.

»Darf ich Sie was fragen?«

»Natürlich.«

»Wofür braucht Faisal Ahmed das?«

Katerina steht auf, streicht sich mit beiden Händen das Kleid glatt. »Diese Fragen stelle ich mir nicht, Shar. Ich weiß nur, dass er ein guter Mensch ist. Und dass er Wort halten wird.«

Sie beugt sich zu Shar herunter und küsst ihn rasch auf die Wange, bevor sie davongeht, ohne sich noch einmal umzudrehen. Schon ist sie im Gewirr verschwunden.

Faisal Ahmed ruft ihn am selben Abend an. »Hallo, Shar. Wie geht's?«

»Gut. Ich versuche bloß, mir darüber klarzuwerden, was von mir verlangt wird und warum.«

Ahmed seufzt, wie ein erschöpfter Vater mit einem schwierigen Kind. »Ich verstehe, dass Sie da Fragen und Bedenken haben, Shar. Glauben Sie mir, die habe ich auch. Aber wie Katerina Ihnen bereits versichert hat, auf Sie wird nichts zurückfallen. Das kann ich versprechen.«

»Ich begreife ja noch nicht mal, wieso Sie diese Informationen brauchen, ich …«

»Wir halten dieses Gespräch mal ganz allgemein, Shar, okay?«, unterbricht Ahmed ihn scharf, um dann aber sanfter fortzufahren. »Ich denke, mein Interesse an dieser Geschichte versteht sich von selbst, meinen Sie nicht? Ich bin jetzt seit weit mehr als zwanzig Jahren Anwalt für Einwanderungsrecht. Ich bin Präsident des Amerikanischen Instituts für Einwanderungsanwälte. Ich habe Tausenden von jungen Männern und Frauen wie Ihnen geholfen, die nur um ihre Chance auf den amerikanischen Traum bitten. Wenn in diesem anstehenden Gesetzesentwurf irgendwas drinsteht, was meine Arbeit gefährden könnte, dann wüsste ich das natürlich gern. Sie sind jetzt einer meiner Klienten. Wenn hier einer davon profitiert, dann Sie.«

»Und das können Sie nicht einfach rauskriegen, indem Sie die Zeitung lesen wie jeder andere auch?«

»Je früher, desto besser.«

»Es ist ein gewaltiges Risiko.«

»Ich weiß, ich verlange einiges, aber dafür biete ich auch einiges im Gegenzug. Ich hab mit einem Freund gesprochen. Wir können Sie schon nächste Woche als Assistent der Geschäftsführung bei einer Wendy's-Filiale unterbringen.«

»Was?«

»Hören Sie erst mal zu. Ich besorge Ihnen einen Job als Politikanalytiker bei einem Unternehmen in DC, aber so was braucht Zeit und viel Vitamin B. In der Zwischenzeit müssen Sie von irgendwas leben. Und es ist wirklich nicht für die Ewigkeit, das kann ich Ihnen versichern.«

Shar schließt die Augen. Sechs Jahre Doktorat, ein Abschluss mit Auszeichnung von der George Washington University – und all diese Leistungen landen jetzt auf einem Hamburgergrill?

»Sagen Sie mir bitte, dass es wenigstens in der Nähe von DC ist.«

»Kommt drauf an, wie Sie ›Nähe‹ definieren. In Huntington ist es.«

»Huntington, Virginia?« Er versucht, darin etwas Tröstliches zu finden. Von Huntington ist es nur eine Viertelstunde Fahrt bis zu Anna.

»Nein. Huntington, *West* Virginia.«

»Was?« Sein Laptop steht aufgeklappt vor ihm. Er tippt Stadt und Staat bei Google ein. »O Gott. Das ist ja praktisch schon Ohio.«

»In der Not, Shar ...«

»Was sollte mich hindern, einfach Nein zu sagen und irgendwo schwarz zu arbeiten?«

»Gar nichts, aber dann führen Sie eben eine Schattenexistenz. Mit ständig eingezogenem Kopf. Permanent auf der Flucht. Dann können Sie weder eine Steuererklärung abgeben noch Ihren Führerschein verlängern, weder eine Wohnung mieten noch Ihre Eltern in Bangladesch besuchen. Wenn Sie als Illegaler leben, verlieren Sie das Recht, sie zu sehen. Dann entscheiden Sie sich für Ihr Kind, aber gegen Ihre Eltern. Ich biete Ihnen einen Platz an der Sonne. Dann müssen Sie nicht wählen, sondern können alles haben. So soll's doch sein in Amerika, oder etwa nicht?«

»Kann ich darüber nachdenken?«

»Ja«, sagt Ahmed. »Sie haben eine Woche Zeit.«

Am nächsten Morgen bekommt er eine SMS von Niten, der ihn mittags treffen will, in der Nähe von Shars Arbeit. Die Kürze der Nachricht unterstreicht ihre Wichtigkeit: Erst beim Treffen wird Niten Genaueres erklären.

Shar erwartet seinen Freund in einem Starbucks, und Schlag zwölf erscheint er mit sorgenvoller Miene und einem Aktenkoffer.

»Kann ich dir was holen?«, fragt Shar. Seit der Uni hat sich Niten in die entgegengesetzte Richtung als sonst bei Männern üblich entwickelt: Er hat abgenommen und das ehemals kurzgeschorene Haar wachsen lassen; der dichte, vorzeitig ergraute Schopf ist akkurat gescheitelt wie bei einem Nachrichtensprecher.

»Nur einen grünen Tee, Alter, danke.«

Shar kauft den Tee und kehrt an den Tisch zurück, wo Niten schon einen Papierstoß hervorgeholt hat. »Ich hab mir mal diesen Faisal-Ahmed-Typen näher angeschaut.«

Er reicht Shar einen ausgedruckten Zeitungsartikel aus der *Baltimore Sun*: »Beschwerden über Einwanderungsanwalt aus Gaithersburg häufen sich.« Er ist eine ganze Seite lang und zeigt in der Mitte ein nicht mehr ganz aktuelles Schwarz-Weiß-Foto von Ahmed. Shar liest den Artikel von vorne bis hinten durch und blickt dann zu Niten auf.

»Das ist das Geschäftsmodell von dem Typen, Shar. Der verpflanzt Leute in zwielichtige Betriebe und verspricht, ihnen gültige Papiere zu verschaffen. Oder er arrangiert ihnen Scheinehen, um an Green Cards zu kommen. Weil es bereits zahlreiche Beschwerden über ihn gibt, würde ich mal stark davon ausgehen, dass die Regierung ihn schon eine Weile im Auge hat. An deiner Stelle wäre ich sehr vorsichtig.«

Shar legt die Zeitung beiseite. »In dem Fall erzähl ich dir besser, was hier läuft.«

Er berichtet Niten von seinen bisherigen Verhandlungen mit Ahmed, seinen Treffen mit Katerina und was sie von ihm verlangen im Austausch für eine Anstellung in Amerika.

Niten starrt ihn mit offenem Mund an. »Um Himmels willen, sag mir, dass du darüber nicht etwa wirklich nachdenkst.«

»Das würde ich gern. Aber was hab ich für eine Wahl? Wenn sich im Laufe des nächsten Monats nichts tut, muss ich entweder ausreisen oder illegal dableiben.«

»Kannst du dir nicht ein Touristenvisum besorgen und wiederkommen?«

»Dafür gibt es keine Garantie. Seit dem elften September nehmen die mich am Flughafen bei jeder Einreise aus Bangladesch auseinander, trotz meines gültigen Studentenvisums. Und selbst wenn ich das Touristenvisum kriege und wieder einreisen darf, kann ich hier trotzdem noch längst nicht arbeiten.«

»Also willst du lieber das Gesetz brechen und riskieren, auf was weiß ich wie viele Jahre hinter Gitter zu wandern?«

Er wird unwirsch. »Ich hab nie behauptet, dass der Plan perfekt ist.«

»Das kannst du wohl laut sagen. Was will der überhaupt anfangen mit diesen Informationen?«

»Er hat gesagt, er muss wissen, was sich beim Einwanderungsgesetz ändern könnte. Aber das halt ich für Bockmist.«

»Ganz deiner Meinung.« Nachdenklich wühlt sich Niten durch den Papierstapel. »Aber wart mal kurz …«

Er zieht einen weiteren Ausdruck hervor, auf dem eine Menschengruppe in einer Hotellobby zu sehen ist. »Du hast gemeint, er will die Korrespondenz zwischen Aguilar und Volcker, oder?«

»Insbesondere das, was mit dem Entwurf fürs Einwanderungsgesetz zu tun hat. Aber im Grunde alles, ja.«

»Dann schau dir mal das hier an.«

Das Bild zeigt Ahmed, wie er einem anderen größeren Mann mit silbernem Haar die Hand schüttelt. Sie sind umgeben von einer Menschentraube.

»Und was genau soll ich da erkennen?«

»Der Lange da ist Clarence Cummings. Der aktuelle Attorney General von Maryland. Das war bei einer Veranstaltung im Januar, wo er angekündigt hat, dass er im Herbst gegen Aguilar antreten will.«

»Und?«

»Denk doch mal nach. Was macht denn der Attorney General?«

»Er ist der oberste Rechtsberater der Regierung seines Staats?«

»Und weiter?«

»Du bist hier der mit dem Jurastudium, mein Freund.«

»Neben vielen anderen Pflichten ist er derjenige, der entscheidet, gegen wen im Namen des Bundesstaats Anklage erhoben wird.« Niten beugt sich vor. »Kapierst du, worauf ich hinauswill?«

»Ahmed versucht, sich Cummings anzubiedern?«

»Höchstwahrscheinlich in der Hoffnung, dass der dann keine Anklage erhebt. Ich vermute, das Justizministerium von Maryland ermittelt bereits gegen ihn.«

»Aber wie?«

Niten legt die beiden Artikel nebeneinander. »Jetzt zähl mal eins und eins zusammen.«

»Cummings kandidiert bei den Senatswahlen gegen Aguilar …«

»Den wiederum der republikanische Gouverneur bestellt hat. Als Demokrat kann Cummings von der Seite also nicht auf Unterstützung hoffen.«

»Dementsprechend braucht er schmutziges Material über Aguilar?«

»Uuund?«

»Und Ahmed besorgt ihm Details zu Aguilars Prestigeprojekt, in der Hoffnung, dass Cummings ihn dann in Ruhe lässt?«

»Tja, über das Gesetz versucht er's dir zu verkaufen, aber ich glaube, das ist eine Nebelgranate. Dem ist das Einwanderungsgesetz wahrscheinlich schnurzegal. Sonst würde er ja nicht die E-Mails wollen. Vermutlich hofft er, in denen irgendwas Belastendes oder Schlüpfriges zu finden, was Cummings brauchen kann. Nach dem, was ich heute in der *Post* gelesen habe, wird es ein knappes Rennen; Aguilar hat Cummings nur ein paar Prozentpunkte voraus – weniger, als die Fehlertoleranz ausmacht. Da braucht Cummings alles, was er nur kriegen kann. Weil du erwähnt hast, dass du beim IPD arbeitest, hat Ahmed wahrscheinlich Katerina auf dich angesetzt, damit sie dich mit ihrer Leidensgeschichte einlullt. Hat sich vielleicht gedacht, auf ein hübsches Gesicht fällst du rein.«

»Vermutlich. Wenn's auch reichlich von hinten durch die Brust ins Auge klingt.«

»Hast du eine bessere Theorie?«

»Nein.«

Niten legt den Papierstoß in eine Aktenmappe und schiebt sie ihm hin. »Man sollte nie einen Mann unterschätzen, auf den der

Knast wartet. Bevor du hier irgendwas übers Knie brichst, schlag ich vor, du stellst erst mal deine eigenen Nachforschungen über Ahmed an. Schau doch mal, ob du mehr über ihn rauskriegen kannst.«

»Ich glaube, ich weiß auch schon wo«, sagt Shar.

CLAIRE

Chittagong, Ostbengalen (Bangladesch)
April 1942

Sie zwingt sich, sich hinzusetzen. Ihr Herz rast, ihr Nacken ist feucht. Erst als sie die Toilettenspülung hört und den Wasserhahn, entspannt sie sich, wenn auch nur ein wenig. Keinen Atemzug tut sie während der unendlichen Minute, die folgt, bis ein Sturzbach an Flüchen aus Ichiros Mund zu hören ist.

Er kehrt zurück. »Was haben Sie getan?«

»Bitte, regen Sie sich nicht auf«, sagt sie und erhebt sich.

Ichiro kommt nicht näher. Sein Gesicht ist wie eine Maske. Sie schielt zur Tür und tritt beiseite. Sie könnte weglaufen oder nach Hilfe rufen. Doch er müsste nur ein wenig nach links rücken, um ihr den Weg zu verstellen.

»Was haben Sie getan?«

»Das Beruhigungsmittel, das ich Ihnen am Abend gegeben habe, hat Sie völlig ausgeschaltet. Ich hatte Angst, dass Sie wieder versuchen, sich umzubringen. Deswegen musste ich Sie durchsuchen, und das ging nur, solange Sie im Tiefschlaf lagen.«

»Sie haben die Kapsel in meinem Zahn gefunden?«

»Ich hatte durchs Schlüsselloch geschaut und dabei gesehen, wie Sie sich in den Mund gefasst haben.«

»Warum haben Sie das getan? Ob ich leben oder sterben soll, liegt nicht in Ihrer Hand!«

»In Ihrer aber auch nicht! Schätzen Sie Ihr Leben so gering, dass Sie es einfach wegwerfen würden?«

»Gerade weil ich mein Leben wertschätze, will ich auch selber entscheiden, wie ich es beende. Selbst wenn ich irgendwann mal aus dem Lager entlassen werde, ist mein Leben vorbei. In Japan gibt es keine größere Schande als die eines Soldaten, der sich hat gefangen nehmen lassen. Oder solch einen Soldaten in der Familie zu haben. Meine Regierung hat dafür gesorgt, dass meine einzigen Möglichkeiten Tod oder Schande sind.«

Er taumelt zum Bett und setzt sich, den Kopf gesenkt. »Die Wahl dazwischen war das Einzige, was mir noch geblieben ist. Und die haben Sie mir jetzt auch noch genommen.«

Am folgenden Morgen erscheint sie um zwei Minuten nach acht auf der Station, nach einer schlaflosen Nacht, in der sie eine wichtige Entscheidung getroffen hat. Sie steht vor Ichiros Tür, ringt mit sich, ob sie eintreten soll, als sich hinter ihr jemand räuspert.

Es ist Rachel, die mit einem Tablett in der Hand dasteht.

»Ich dachte, du hast heute frei?«

»Hatte ich auch eigentlich, aber Ivy ist krank geworden. Alles okay mit dir, meine Liebe? Du siehst irgendwie seltsam aus.«

Claire lacht, aber hört selbst, wie künstlich es klingt. »Nur müde, denke ich.«

»Noch ein Grund, dass wir mal wieder im Club was trinken gehen. Ich glaube, wir haben keine zehn Worte mehr gewechselt, seit uns dieser Orientale in den Schoß gefallen ist.«

Sie öffnet Rachel die Tür. Sie treten gemeinsam ein und finden Ichiro genauso im Bett vor, wie Claire ihn am Vorabend verlassen hat. An die Bettpfosten gebunden, blickt er von einem Gesicht ins andere, sein Ausdruck ebenso leer wie unterwürfig.

Als Rachel sich umdreht, um das Tablett auf einem Rollwagen abzustellen, wirft Claire Ichiros Infusionsständer um. Das Glas schlägt mit lautem Knall auf und zersplittert.

»Tut mir leid, meine Liebe. Ich bin so ein Trampel.« Claire macht ein verlegenes Gesicht.

Rachel schnalzt verärgert mit der Zunge. »Gott, das Zeug ist überall. Egal. Ich hol den Krankenwärter.«

Sie folgt Rachel erst kurz hinaus und beobachtet, wie ihre schlanke Gestalt ans Ende des Korridors hastet.

Dann eilt sie ins Zimmer zurück und bindet seine Fesseln los, so schnell sie nur kann. »Wir sind hier im ersten Stock. Aber gleich unterm Fenster ist ein Blumenbeet. Können Sie hinunterspringen?«

Er setzt sich auf, reibt die Handgelenke. »Ja, aber …«

»Nicht jetzt. Ich löse gleich den Feueralarm aus. Sobald Sie ihn hören, können Sie im Tumult rausrennen. Alle anderen werden sich vor dem Haus auf dem Rasen versammeln.« Sie reicht ihm eine Karte. »Sie müssen immer genau nach Osten gehen. Treffen Sie mich oben auf dem Hügel, wo das ›X‹ markiert ist. Es ist der höchste, nicht zu verfehlen. Auf dem Gipfel steht ein Tempel. Wir sehen uns dort heute Abend.«

Das laute Plärren der Sirenen treibt Personal und Patienten tatsächlich binnen Minuten auf den Rasen vor dem Haus. Dort drängen sie sich besorgt zusammen. An Fliegeralarm hat man sich mittlerweile gewöhnt, doch einen Feueralarm hat es schon seit Monaten nicht mehr gegeben. Wer zu krank zum Gehen ist, bleibt drinnen und wird von einer Handvoll Personal versorgt.

Eine Vorhut Artillerieschlepper erscheint noch vor den Feuerwehrwagen. Einem davon entsteigt Selwyn. Er überblickt die Menge, bis er Claire entdeckt, und geht dann schnellen Schritts auf sie zu.

»Es gab Feueralarm. Wir haben uns an die Vorschriften gehalten.«

Er stürzt ins Gebäude. Minuten später kehrt er mit blassen und wutverzerrten Gesichtszügen unter seiner Feldmütze zurück. Wild fuchtelt er mit einem Finger vor ihrem Gesicht und brüllt: »Wenn Sie sich an die Vorschriften gehalten hätten, wären Sie während des Brandes bei ihm geblieben. Er ist weg!«

»Wer?«

»Sie wissen verdammt genau, wer!«

»Der Kriegsgefangene? Tut mir leid, das zu hören.«

»Ach ja?« Drohend beugt er sich über sie. Seine Mütze hat einen dunklen Schweißrand.

»Auf meiner Station liegen mehr als fünfzig Soldaten. An erster Stelle stand für mich, sie alle heil nach draußen zu bringen. Kann schon sein, dass ich in der Eile vergessen habe, die Tür zu verschließen. Wie gesagt, es tut mir leid. Aber weit kann er ja nicht gekommen sein.«

Alle Augen richten sich mittlerweile auf sie. Selwyn funkelt sie böse an, ballt die Fäuste, lockert sie wieder, ballt sie von Neuem. »Er sollte ständig am Bett festgebunden sein! Und dann wäre es völlig gleichgültig, ob Sie eine Tür abschließen oder nicht!«

»Ich weiß«, sagt sie, und ihr Blick trifft in der Menge etwas von ihnen entfernt den Rachels. Sie wirkt zornig, wie jemand, der gerade für dumm verkauft wurde. »Ich weiß.«

Am Abend kehrt Claire zurück in ihr stilles, leeres Haus. Die Hausangestellten haben heute frei, und so ist sie ganz alleine. Vor allem aber ist sie erschöpft, gleichzeitig ist ihr bewusst, wie viel noch zu tun ist.

Zwei Stunden lang hat Selwyn sie im Büro der Oberschwester verhört, bis seine Heftigkeit die ältere Frau schließlich zu der Frage bewegt hat, ob Dr. Drake jetzt freundlicherweise ihre Visite wieder aufnehmen könne. Daraufhin zog er ab, voller Misstrauen, und Claire war klar, dass sie ihre nächsten Schritte sorgfältig würde bedenken müssen. Und so hat sie sich den ganzen Tag auf ihre Aufgaben konzentriert, stets ein inneres Auge auf die Uhr und ein Ohr auf die Schichtwechselglocke gerichtet.

Daheim packt sie eine Proviantbox voller Essen, eine Taschenflasche mit Wasser, ein kleines Messer und eine Armeedecke in einen Tornister. Einen Umschlag, der ihr erstes Monatsgehalt vom Krankenhaus enthält, legt sie in eine von Teddies ausrangierten Geldbörsen und wickelt ihn – zusammen mit einem handgeschriebenen Brief – fest in die Fetzen eines alten Regenmantels. Schließlich öffnet sie die unterste Schublade des Schlafzimmerschranks und räumt einen Stapel Kleidung ihres Manns heraus. Eine Luger P.08 liegt darunter. Die hatte er zu ihrem Schutz dagelassen, doch bislang hat sie nicht gewagt, sie auch nur anzufassen. Wie eine dunkle, eingerollte Schlange scheint sie ihr entgegenzustarren. Rasch begräbt sie sie wieder unter den Hemden und schließt die Schublade.

Danach wühlt sie sich durch Teddies Kleider. Weil sie keinen schwarzen Pulli findet, nimmt sie einen dunkelblauen. Mit der Küchenschere kürzt sie eine seiner dunkelgrauen Hosen und schlüpft hinein. Sie steckt ihr Haar zu einem engen Knoten auf und stopft es unter eine Mütze. Dann mustert sie im Spiegel ihre Erscheinung. Die Kleider riechen noch immer nach ihm, und plötzlich ist sie überwältigt von Einsamkeit, sehnt sich verzweifelt nach seiner Stütze und seiner Anwesenheit.

Das allzu helle Mondlicht verhindert ihren sofortigen Aufbruch, und so setzt sie sich erst mal ins Wohnzimmer, um Kraft zu sammeln. Der muslimische Gebetsruf weht durchs Fenster herein, zusammen mit dem warmen, schweren Geruch nach Jasmin. Es fühlt sich an wie die erste und zugleich letzte Nacht in diesem Land, wie Verrat an ihrem Volk, ihrem Mann und ihrer Familie. Es fühlt sich richtig an.

Sie betet um baldige Finsternis, denn jede weitere Minute arbeitet gegen sie. Glücklicherweise sammeln sich nun Wolken vor dem Mond, und so stiehlt sie sich zur Hintertür hinaus, in der Hand eine kleine, aber starke Taschenlampe, den Tornister über der Schulter. Der Wald beginnt jenseits der kleinen Wiese hinter ihrem Garten, doch zunächst muss sie an den Unterkünften der Diener vorbei. Aus deren Fenstern dringt sanftes gelbes Licht, das leise Murmeln von Gesprächen, das Klimpern und Klappern des Abends, der dort drinnen sein Leben entfaltet. Sollte jetzt zufällig jemand hinausschauen, wäre sie entdeckt.

Doch es gelingt ihr, diesen gefährlichen Abschnitt ohne Zwischenfall zu überwinden. Im Schutz der Bäume riskiert sie, die Lampe einzuschalten, um sich zu orientieren. Der Tempel liegt am Rande des Waldstücks auf einem steilen Hügel, nicht weit entfernt und doch mitten in der Wildnis. Teddie und sie hatten ihn mal bei einem Erkundungsspaziergang entdeckt, in der ersten Woche in ihrer neuen Heimat – als Lohn für das Erklimmen des Hügels.

Dorthin wandert sie jetzt, betet, dass er es geschafft hat. Eine Stunde lang stapft und klettert sie voran, bis sie schließlich schwer atmend vor dem Tempel steht, der aussieht wie ein aus dem Nachthimmel geschnittenes, klaffendes Loch.

Verborgen von den Bäumen, kauert sie sich hin. Zwischen Waldrand und Gebäude liegt eine Lichtung. Mit der Taschenlampe blinkt sie dreimal in rascher Folge. Sofort löst sich ein Schatten von der Tempelwand und tritt auf sie zu.

»Ich habe nicht geglaubt, dass Sie kommen«, sagt Ichiro, als er sie sieht.

»Aber ich hab's doch versprochen, nicht wahr?«

Gemeinsam betreten sie den Tempel. Sie lässt die Lampe über die Mauern gleiten, und der Strahl fällt dabei plötzlich auf eine Fratze. Sie erstarrt vor Schreck, bis ihr wieder einfällt, wer das ist. Eine überlebensgroße Frau mit Mitternachtshaut steht an der Wand, unbekleidet bis auf einen Gürtel aus abgetrennten Gliedmaßen. Die Göttin Kali ist es, mit den goldumrandeten Augen und der baumelnden roten Zunge bis unter ihr Kinn. Nach endlosem Brüten im Finstern hat das Licht sie zum Leben erweckt.

»Sie ist großartig, oder?«, fragt Ichiro. »In ihrer Gesellschaft fühle ich mich sicherer.«

Sie nickt und bewegt das Licht weiter über die Wände. Sie sind über und über bedeckt von Weinranken, unter denen sie aufwendige Reliefs erspäht – Elefanten, Pferde, Menschen, die Mann und Frau zugleich sind, kopulierende Gestalten. Über ihnen blickt man durch Löcher im Dach hinaus in einen Sternenhimmel. Hier sind nur sie zwei allein, unter der Obhut einer zeitlosen Gottheit.

»Setzen wir uns.« Sie geht auf die Wand zu. Das Übermaß ihrer Verantwortung wird ihr deutlich bewusst: In ihren Händen liegt das Schicksal eines Menschen und mehr. Das ist kein Spiel.

Sie setzen sich mit dem Rücken zur unebenen Wand, lauschen, wie das Geräusch ihres Atems – unregelmäßig, asynchron – allmählich in denselben Rhythmus fällt.

Mond und Sternenlicht umreißen Ichiros Profil. »Als ich klein war, haben wir in den Bergen gelebt. Ich bin den ganzen Tag im Wald geblieben, bis es ganz dunkel war. Die Geräusche der Nacht machen mir nicht viel aus. Wenn ich mir Symphonien anhöre, muss ich immer zuerst an den Wald denken.«

»In England haben mir die Geräusche der Nacht auch nichts ausgemacht, weil es eh kaum welche gab. Aber hier schon.« Sie blickt zur Statue. »Hier sind die Nächte so lebendig. Haben Sie irgendwo Schlangen gesehen?«

»Nein. Warum?«

»Nur so.« Das erste und einzige Mal, dass sie einer begegnet ist, war mit sechs Jahren. Sie waren gerade in Dorset auf Sommerurlaub, als sie bei Corfe Castle eine Natter durchs Gras gleiten sah mit sonnenglitzernder goldbrauner Haut. Kreischend war sie zu ihrem Vater gerannt, panisch vor Angst.

»Ich möchte Ihnen danken, dass Sie mir zur Flucht verholfen haben«, sagt Ichiro. »Geholfen haben, mein Leben zu retten. Während der Gefangenschaft war ich fest entschlossen, es zu beenden.«

»Warum?«

»In Japan gibt es so viel Irrsinn, den wir im Namen der Ehre zur Normalität gemacht haben. Mittlerweile kann ich erkennen, was hinter der Fassade steckt, und durch diese Masken hindurchsehen. Wir nennen es *Gyokusai*. Der Begriff stammt aus einem ganz alten chinesischen Text – der *Chronik des Nördlichen Qi-Reichs*. Er bedeutet ›zersprungene Jade‹.«

»Das verstehe ich nicht.«

»Der übertragene Sinn ist der, dass ein Soldat, der in der Schlacht fällt oder sich das Leben nimmt, ein zersprungener Edelstein ist. Ein Kriegsgefangener, der überlebt, ist dagegen wie ein unversehrter Dachziegel. Die Japaner favorisieren das Erstere. Die Chinesen haben zumindest heutzutage einen anderen, vernünftigeren Blick entwickelt. Sie sehen keinen Grund mehr, sinnlos das Leben ihrer Männer der Ehre und der Tradition zu opfern.«

Die Vorstellung gibt ihr zu denken. »So ein zersprungener Edelstein wollten Sie sein?«

»Die letzten Tage bin ich einer gewesen.«

»Auf gewisse Weise sind wir alle zersprungene Edelsteine«, sagt sie.

»Wie meinen Sie das?«

»Wir sind doch alle irgendwie kaputt. Aber während die Japaner darin den Endzweck sehen, etwas, was man nicht nur hinnimmt, sondern geradezu sucht, suchen die Engländer auch nach einem Weg zurück, auf dem man die Stücke wieder einsammelt und etwas daraus macht.«

Sie holt das Essen aus dem Tornister.

»Was ist das?«

»Eine Proviantbox. Die Inder sagen dazu *Dabba.*« Sie öffnet den Deckel und stellt die drei Schalen auf den Boden.

Er pfeift. »Sehr schlau. In Japan haben wir Bento-Boxen. Aber das hier eignet sich besser zum Tragen. Diese Krankenschwester. Rachel. Ist das eine Freundin von Ihnen?«, fragt er.

»So etwas in der Art. Zumindest, als wir uns kennengelernt haben. Aber in letzter Zeit haben wir uns aus den Augen verloren. Und wenn ich sie jetzt ansehe, kommt es mir vor, als würde ich sie überhaupt nicht gut kennen.«

»Haben Sie hier viele Freunde? Außerhalb von England, meine ich.«

»Ich hatte eine gute Freundin in Rangun«, sagt sie nach einer Weile. »Wir sind bei der Eroberung der Stadt … getrennt worden.«

»Das tut mir leid.«

»Und Sie?«

»Ich hatte auch einen guten Freund.«

Er erzählt ihr von Tadashi, von allem, was sich vor ihrem Tempelbesuch ereignet hat und was danach. Es dauert fast eine Stunde.

»Was ist aus seiner Schärpe geworden, nachdem Sie sie genommen hatten?«, fragt sie daraufhin und fügt dann hastig hinzu: »Ich meine, es tut mir leid. Ich weiß, das sollte natürlich nicht mein erster Gedanke sein …«

»Das habe ich auch überlegt«, sagt er. »Als Sie mir mein Tagebuch gegeben haben, wollte ich Sie auch nach der Schärpe fragen.«

»Und warum haben Sie das nicht?«

Er dreht sich zu ihr. »Weil mir da das Mädchen wieder eingefallen ist.«

Sie starrt ihn an. Die Nacht ist jetzt abgekühlt, das Licht des Mondes verblasst. »Was für ein Mädchen?«

»Als ich gerade die Flugblätter abwerfen wollte, stand da ein Mädchen in der Abwurfzone. Stand … einfach nur da. Wie erstarrt. Als ich sie durchs Fernglas gesehen habe, kam es mir vor, als schaute sie mich direkt an. Und dann, als ich abgestürzt bin. Da war sie auch da.«

»Was hat sie getan?«

»An die Momente unmittelbar nach dem Absturz erinnere ich mich nicht mehr, aber ich muss irgendwie vom Flugzeug weggekrochen sein, weil ich auf dem Boden lag, als ich die Augen aufgemacht habe, nicht weit vom brennenden Wrack. Mein Blick war ganz verschwommen, und die Augen schmerzten von der Explosion, aber ich konnte trotzdem über mir das Mädchen stehen sehen. Vielleicht hat sie mich auch dorthin geschleift. Ich hatte mir die Schärpe meines Freundes um den Arm gewickelt, und ich weiß nicht warum, aber ich habe versucht, sie ihr zu geben. Vielleicht wollte ich nicht, dass sie mit mir verschwindet. Aber da hat sie etwas ganz Unerwartetes getan. Sie hat die Schärpe in ihren Wassereimer getunkt und sie mir gegen den Mund gehalten, und diese Abkühlung war das pure Glück. Der Himmel. Sie stand eine Weile lang so über mir, aber ich erinnere mich nur noch an ihre Augen – ein tiefes Grau. Wie Juwelen sahen sie aus.«

»Meinen Sie, sie hat jetzt die Schärpe Ihres Freundes?«

»Wahrscheinlich. Vielleicht hat sie etwas aufgeschreckt, und sie ist wegen der Ankunft der britischen Soldaten weggelaufen. Ich habe nichts dagegen, wenn sie sie behalten hat. Ich werde ihr für immer dankbar sein.«

»Ich denke, dass Sie sich hier nicht ewig verstecken können«, sagt Claire zwischen den Bissen, die sie zu sich nimmt.

»Geht Ihr Plan noch weiter?«

»Es gab überhaupt nie einen richtigen Plan. Heute Morgen, zu Beginn meines Arbeitstags, habe ich noch nicht gewusst, was ich tun würde, nur, dass Sie am Abend frei sein würden. Das mit dem Infusionsständer war völlig spontan.«

»Also, was machen wir jetzt?«

Sie haben die oberste Schale geleert, die mit dem Roti und dem Aloo Bhaji. Claire macht sich daran, den Tornister wieder einzuräumen. »Wir kehren dorthin zurück, wo wir uns zum ersten Mal getroffen haben.«

»Ins Krankenhaus?«

»Nicht ganz. Wir gehen zurück an den Strand.«

»Warum?«

»Weil Sonntag ist.«

Sie brauchen über zwei Stunden bis an die finstere, grollende Küste. Dort sitzen sie im Sand, lauschen, rüsten sich für die zu erwartende Enttäuschung. Als der Himmel sich in helleren Tönen färbt, stehen sie auf und gehen ostwärts.

Sie treffen auf Hashim zwischen anderen Männern, breitschultrig und untersetzt, wie er den Rumpf des Boots mit Pinsel und Eimer teert. Kaum hat er sie erblickt, unterbricht er seine Arbeit und richtet sich auf. Claire nimmt die Mütze ab und löst ihr Haar.

Hashim reicht Pinsel und Eimer an einen anderen weiter und wischt sich die Hände an einem Tuch ab.

»Hallo, Hashim. Erinnern Sie sich an mich?«

Er nickt sofort. »Ich nehm Madame mit auf Bootsfahrt.«

Als sie erklärt, was sie von ihm verlangt, scheint er seinen Ohren nicht trauen zu wollen. Daraufhin wiederholt sie ihre Bitte, und er lacht auf, wendet sich seiner Mannschaft zu, um sie an dem Scherz teilhaben zu lassen. Sie fallen ein ins Gespött und schütteln die Köpfe.

»Burma weit, Madame. Ganzen Tag …«, er macht Ruderbewegungen, »bis dahin.« Er weist nach Süden. »Wenn geht, immer noch schlecht. Armee … große Problem.«

Sie fasst Ichiro bei der Hand. »Bitte, Hashim. Es geht hier um Leben und Tod.«

Aber Hashim erkennt genau, dass ihre Bitte voller Fallstricke ist. Sie wagt einen neuerlichen Anlauf, ihn zu bereden, doch schon seine Körpersprache verrät ihre drohende Niederlage – die kräftigen Arme verschränken sich vor der Brust, der unüblich feste Blick richtet sich über sie hinweg, und seine Züge verhärten sich unerbittlich und starr. Die Besatzung gafft, wendet die Köpfe abwechselnd von ihr zu Hashim, so als verfolgte sie ein Tennismatch.

Nach ihrer Ansprache weist er auf den bleiernen Himmel. »Sehen Himmel? Große, große Sturm kommt.«

Sie zieht das Geldbündel aus den Tiefen ihres Tornisters hervor. »Bitte, Hashim. Ich zahle auch. Bitte, bringen Sie ihn hin. Es ist sehr wichtig.«

»Memsahib nicht verstehen. Kann Boot kaufen. Kann nicht Leben kaufen. Sturm kommt.«

Aber das angebotene Geld wirkt wie Brennstoff auf die Mannschaft, die schon gleich bei ihrer Ankunft Feuer gefangen hat. Einer von ihnen nähert sich Hashim und scheint ihn überreden zu wollen, die Tour doch zu übernehmen. Die anderen stimmen ein, bis er schließlich umzingelt ist von einem Chor des Zuspruchs und Drängens. Doch unbeirrt schüttelt der Fischer seinen Kopf.

Nach minutenlanger, lautstarker Debatte hebt er die Hand, gebietet den Männern Schweigen und wendet sich an Claire. »Sie sagen, nimm das Geld, wir bringen Mann. Aber ich sage Nein.«

Er lässt den Kopf sinken. Die See im Rücken, steht er da, der Wind fegt sein schulterlanges Haar nach vorn, bis es einen schwarzen Vorhang bildet, der sein Gesicht verbirgt. Wasser besprüht Claire die Haut, der Ozean zappelt wie ein rastloser Hund.

Hashim blickt wieder auf. In seinen Augen liegt Trauer, und sie weiß, dass sie wieder einmal ihren Willen bekommt, doch noch nichts von der Bitternis dieses Siegs.

Er weist auf Ichiro. »Er und ich. *Nur wir gehen.*«

Er ergreift das Geldbündel, nimmt sich die Hälfte und verteilt die andere unter seiner Mannschaft. Doch diese protestiert erneut. Offenbar richten sie sich nun dagegen, dass Hashim allein fährt.

Bislang ist Ichiro nur Zuschauer gewesen, jetzt verneigt er sich tief vor dem Schiffer. »Danke. Ich bin so dankbar.«

Er weist auf den Teereimer und den Pinsel. »Darf ich sie verwenden?«

Der Schiffer nickt verwirrt.

Kniend im Sand, bemalt Ichiro den Bug, erst die eine Seite, dann die andere. Nach wenigen Minuten ist er fertig.

»Was ist das?«, fragt sie.

Das Boot starrt nun aus anmutigen, bösen Augen südwärts. Unter jedem Auge steht ein einziges Schriftzeichen in fremder Sprache. Mit den schlichten Strichen eines Teerpinsels hat Ichiro das Boot zum Leben erweckt. Jetzt bebt es in der Brandung, ist bereit, übers Wasser zu preschen.

運 命

»Die Augen des Drachen. Und die Schriftzeichen darunter bedeuten ›Schicksal‹. Das bringt Glück.«

Hashim ist nicht beeindruckt, zeigt stattdessen auf die sich wälzenden Wolken. »Keine Zeit. Wenn gehen, dann gehen jetzt.«

Auf diesen Moment sind sie zugerauscht wie kleine Zweige im Wasserfall. Die Mannschaft starrt und tuschelt, während Claire und Ichiro sich verabschieden. Während sie sich umarmen.

»Ich bin auf ewig dankbar«, sagt er. »Wenn ich mich jemals irgendwie erkenntlich zeigen kann …«

»Das können Sie sogar.« Sie holt die wasserdichte Geldbörse samt Brief aus dem Tornister. Sie trägt ihren Auftrag vor.

Er nickt. »Ich werde nicht ruhen, bis es erledigt ist.«

»Ja, das will ich Ihnen geraten haben. Sonst kriegen Sie es mit mir zu tun.«

Die beiden Männer springen ins Boot, dessen Bug in der Brandung wippt und gegen die Wellen schlägt. Ichiro ergreift ein Ruder und legt sich neben Hashim in die Riemen. Ihre Schläge sind geschmeidig und stark. Erst als das Boot nur noch ein Fleck am eisengrauen Horizont ist, erhebt sich Ichiro und dreht sich zur Küste. Er winkt ihr zu, bis sie ihn nicht mehr sehen kann.

Hashims Mannschaft zerstreut sich unter Gemurmel und Kopfschütteln. Sekunden später sind nur noch ihre Fußspuren zu sehen und die tiefe, lange Rinne, die das Boot hinterlassen hat. Sie zieht die durchweichten Schuhe aus und setzt sich in den Sand. Sie friert am ganzen Körper. Der Wind peitscht. Das Wasser leckt ihr beinahe an den Füßen, bevor es zurückwogt.

Sie riecht das Benzin der Artillerieschlepper, noch bevor sie sie hört, und steht auf, um ihr Näherrücken zu beobachten. Dem einen entsteigt eine Gruppe Soldaten, dem anderen Selwyn und Rachel.

Die beiden bleiben stehen. Selwyns Gesicht ist so bleich, dass es unter dem bedeckten Himmel weiß hervorsticht. Rachel steht einen Schritt hinter ihm, doch dicht genug, dass der Raum zwischen ihnen bedeutungsschwer wird.

»Wie lange seid ihr schon ein Paar?«

Rachel blickt zu Boden.

»Wie lange spionierst du mir schon hinterher?«

»Es war nur zu deinem Besten, Claire. Schau, was du jetzt angerichtet hast.«

Selwyn kommt auf sie zu, sein Auftreten ist gefasst, seine Stimme fast im Plauderton: »War das jetzt Ihre Rache?«

Sie blickt hinaus auf die See, denkt an das wasserfeste Bündel, das Ichiro nun ins Herz des Golfs trägt, hinüber nach Burma, das Bündel mit dem Brief, den sie in jener Nacht im Zug geschrieben hat, um Myint um Verzeihung zu bitten, weil sie sie zurückgelassen hat, zusammen mit einer Börse voller Pfundnoten, die das Leben ihrer Freundin hoffentlich zum Besseren wenden werden.

Ich bete darum, dass er dich findet, Myint.

Sie blickt Selwyn in die Augen.

»Nein«, sagt sie. »Das war meine Buße.«

SHAHRYAR & ANNA

Washington, DC, USA
September 2004

Während Anna an diesem Nachmittag in der Bangla-Schule ihren Schreibunterricht absolviert, marschiert Shar zum Empfang. Dort begrüßt ihn eine freundlich aussehende Frau mit festem Haarknoten, Kurta und Jeans.

Er spricht sie auf Bengali an. »Ich habe mich gefragt, ob Sie mir vielleicht weiterhelfen können. Es ist mir etwas peinlich. Ich habe mich nämlich neulich hier mit einem Herrn unterhalten, der mir seine Karte gegeben hat, aber ich habe sie verloren. Ich brauche nur seine Nummer, wegen einer geschäftlichen Angelegenheit.«

Die Bitte macht sie misstrauisch. Sie blickt sich um und sagt: »Das darf ich nicht. Wegen so was hat es schon Elternbeschwerden gegeben.«

Er strahlt sie mit seinem gewinnendsten Lächeln an. »Wissen Sie, sie haben ganz Recht. Ich würde mich auch aufregen, wenn mit solchen Informationen einfach so um sich geworfen wird. Aber vielleicht können Sie mir den einen winzigen Gefallen tun – die Nummer bräuchte ich eigentlich gar nicht. Können Sie mir vielleicht einfach nur sagen, ob ich mir den Namen richtig gemerkt habe?«

Sie seufzt. »Na schön, aber das dürfen Sie niemandem sagen, okay?«

»Natürlich.«

Ihre Finger schweben über der Tastatur. »Wie ist der Name?«

»Faisal Ahmed.«

Sie tippt ihn ein, runzelt dann die Stirn. »Eventuell in einer anderen Schreibweise?«

»Nein, aber wenn es Ihnen nichts ausmacht, probieren Sie den Vornamen noch mal mit ›o‹. Oder sonst den Nachnamen ohne ›h‹.«

Sie erledigt dies binnen dreißig Sekunden. »Ich finde hier niemanden, der so heißt. Sind Sie sicher, dass er einer unserer Eltern hier ist?«

»Das hat er mir …« Er verstummt, als ihm plötzlich etwas anderes ins Auge fällt.

»Vielen, vielen Dank. Sie haben mir sehr geholfen«, sagt er zur Empfangsdame und geht hinüber zu den Tischtennisplatten, wo Ahmeds Sohn sich gerade mit einem anderen Jugendlichen ein wildes Duell liefert.

Nach einem besonders hart erkämpften Punkt bemerkt der junge Mann den erwartungsvoll hinter ihm stehenden Shar und hält beim Ballholen inne. »Hi.«

»Hi. Ich hab mich nur gefragt, ob dein Vater dich heute abholen kommt. Ich hab ihn hier neulich getroffen und wollte mich noch mal ein bisschen mit ihm unterhalten.«

Zweifelnd sieht der Junge ihn an. »Ich komme immer allein her. Sind Sie sicher, dass das mein Vater war?«

»Dein Vater ist nicht Faisal Ahmed?«

»Nein.«

»Dann muss ich was falsch verstanden haben. Entschuldigung!«

Ihm bleibt eine Stunde, um über seine Entdeckungen nachzugrübeln, bis Anna aus dem Klassenzimmer tritt. Sie trägt einen Bogen Papier in der Hand.

»Was war heute dran?«

»War nicht sehr schwer.« Sie reicht ihm das Ergebnis ihrer nachmittäglichen Mühen.

»Was ist das?«

»Als erste Hausaufgabe müssen wir unsere Namen auf Bengali

schreiben. Kannst du mir helfen?«

»Na klar.« Beeindruckt betrachtet er ihr Werk.

আ

»Ich sehe, das ›A‹ kannst du schon.«

Dann zeigt er ihr, wie, wenn man neben das অ – das *Shorey »o«* – diesen einen kleinen Abwärtsstrich setzt, daraus ein আ wird – *Shorey »a«*, die erste Hälfte ihres Namens. *Ah*-na.

Sie lässt den Kopf hängen. »Das dauert ewig, oder?«

»Nein. Du hast das wirklich schon gut gemacht. Und ich helfe dir, sobald ich dich nach Hause gebracht habe.«

»Gehen wir jetzt nach Hause?«

»Gleich, aber erst muss ich noch kurz telefonieren.«

Er stattet Anna mit Münzen für den Süßigkeitenautomaten aus und tritt kurz vor die Tür.

Faisal Ahmed hebt gleich beim ersten Läuten ab.

»Shar. Schön, dass Sie sich melden.«

»Raten Sie mal, wo ich bin«, sagt Shar.

»Äh, also …«

»In der Bangla-Schule.«

»Der Bangla…«

»Erinnern Sie sich nicht? Das ist komisch, dort haben wir uns doch vor kaum einem Monat kennengelernt. Sie haben mich in ein Gespräch verwickelt. Schon vergessen?«

Eine irritierte Note legt sich in Ahmeds Stimme. »Natürlich erinnere ich mich. Shar, ich verstehe wirklich nicht, welchen Bezug das jetzt haben soll zu dem, was wir letztens besprochen haben.«

»Ich hab hier nach Ihnen gefragt. Und Ihr Name steht nicht im Mitgliederverzeichnis.«

»Das mag daran liegen, dass ich gar kein Mitglied bin.«

»Sind Sie nicht?«

»Nein. Und das habe ich auch nie behauptet. Man muss nicht Mitglied sein, um die Einrichtungen dort zu benutzen.«

»Dann erklären Sie mir mal, wieso der Junge, den Sie als Ihren Sohn bezeichnet haben, Sie überhaupt nicht kennt.«

»Wie sieht denn der Junge aus?«

Shar beschreibt ihn.

»Damals haben zwei Jungen miteinander gespielt. Schon mal daran gedacht, dass Sie vielleicht den falschen angesprochen haben, Shar?«

Jetzt zieht Shar seinen letzten Pfeil aus dem Köcher – konfrontiert Ahmed mit allem, was er durch Niten über ihn erfahren hat.

Ahmed seufzt. »Shar, das ist ja eine ziemliche Räuberpistole, die Sie sich da auf Grundlage äußerst dürftiger Indizien zusammengereimt haben. Ich habe im Laufe der Jahre Tausenden von Menschen geholfen. Menschen, die einer verzweifelten Lage entkommen wollten oder auf eine Chance für ein besseres Leben hofften. Katerina kann Ihnen eine ganze Liste geben von Personen, wenn nicht von ganzen Familien, bei denen Sie sich erkundigen können, falls Sie mir nicht glauben. Und was Cummings angeht – klar, den habe ich wahrscheinlich bei der einen oder anderen Wohltätigkeitsveranstaltung mal gesehen, aber davon besuche ich mehrere im Jahr.«

»Ganz recht, ich glaube Ihnen nicht.«

»Darf ich Sie daran erinnern, dass Sie es waren, der um meine Hilfe gebeten hat, als ich Ihnen gesagt habe, dass ich Anwalt für Einwanderungsrecht bin?«

»Mein Name und Profil stehen auf der Website des Instituts für Politischen Dialog. Sie haben sich denken können, dass ich Bangladeschi bin, und mich deshalb bis zur bengalischen Schule verfolgt.«

Ahmed lacht. »Sie haben den falschen Beruf, Shar. Sie sollten Bücher schreiben bei Ihrer Fantasie. Ich lege jetzt auf. Wenn Sie wieder zur Besinnung kommen, wissen Sie ja, wie Sie mich erreichen.«

Jeremy empfängt ihn bei Anna zu Hause an der Tür, eine Stunde nach seinem Gespräch mit Faisal Ahmed.

»Hey.« Shar streckt den Arm aus, und sie schütteln einander steif die Hand. Jeremy trägt einen dunkelblauen Anzug, die Krawatte hängt locker um den aufgeknöpften Kragen.

»Val und ich haben uns gefragt, ob wir uns kurz unterhalten können. Anna, gehst du schon mal auf dein Zimmer? Shar kommt gleich, um dich ins Bett zu bringen.«

Shar folgt ihm ins Wohnzimmer. Val sitzt auf dem Sofa, ebenfalls in Bürokleidung – eine gestreifte Bluse zum Bleistiftrock. Als die beiden eintreten, steht sie auf, was die Situation noch förmlicher macht.

»Hi, Shar.«

»Hi.« Er setzt sich in den Ohrensessel. Jeremy gesellt sich zu Val aufs Sofa. In dieser Sitzordnung kommt er sich vor wie ein Paartherapeut.

Sie verschwendet keine Zeit auf höfliches Vorgeplänkel. »Wie steht's in Sachen Visum?«

Er denkt an das Gespräch mit Ahmed eben, seine letzte wirkliche Option. »Nicht gut.«

Val trägt seit einigen Jahren eine Brille, eine schwarze, schmalgerahmte, über die sie jetzt mit nadelspitzem Blick hinüberspäht.

»Wie wäre es, wenn du dich für ein weiteres Studium einschreibst, damit du als Student bleiben kannst?«

»Dazu müsste ich erst das Land verlassen, um dann ein neues Studentenvisum zu beantragen. Und eine Garantie gibt es dafür nicht. Ewig hier zu leben, ohne zu arbeiten, kann ich mir außerdem nicht leisten.«

»Kannst du dann nicht einfach so bleiben?«

»Illegal, meinst du?«

»Wie auch immer man es nennen möchte. Du wärst nicht der Erste, der das tut.«

Er zählt ihr sämtliche Risiken auf, die sich an diese Möglichkeit knüpfen, und nennt ihr alle Nachteile, die Faisal Ahmed ihm beschrieben hat.

Val lehnt sich zurück. Jeremy, nach vorne gebeugt mit den Ellbogen auf den Knien, bildet ihr Gegenstück. Für Shar sehen sie in diesem Moment so seltsam richtig aus, so passend, wie Schlüssel und Schloss.

»Ich glaube, wir verschließen hier gerade die Augen vor dem Offensichtlichen«, sagt Jeremy.

»Nein«, entgegnet Shar, der sofort begreift, worauf er hinauswill. »Nein. Das können wir nicht. Das wäre nicht richtig.«

»Denk doch mal drüber nach«, sagt Jeremy. »Ihr beide habt zusammen ein Kind. Ihr habt eine Vergangenheit. Es wäre nicht schwer, die Regierung davon zu überzeugen, dass es eine richtige Ehe ist.«

Val wendet sich ihm zu, ihr Gesicht verrät nichts. »Das wäre dir recht?«

Jeremy lacht trocken. »Natürlich nur als Übergangslösung. Tut mir leid, Schatz. Ich hätte es erst mit dir besprechen sollen. Es ist mir eben erst eingefallen. Von uns beiden würde niemand was erfahren. Vermutlich müssten Shar und du so etwas wie ein gemeinsames Bankkonto vorweisen und eine gemeinsame Adresse. Ich hab es noch nicht zu Ende gedacht. Wenn Shar dann seine Green Card hat, könnt ihr euch wieder scheiden lassen.«

Val und Jeremy blicken einander an, irgendetwas geht zwischen ihnen vor – ein Rubikon wird überschritten, eine Entscheidung gefällt, übermittelt in der wortlosen Sprache von Paaren. Sie nicken und wenden sich ihm zu.

»Ich … ich weiß nicht, was ich sagen soll«, stammelt er.

Val sieht ihn eindringlich an. »Willst du bleiben?«

Er schaut tief in sein Innerstes, um die Antwort hervorzuholen, und ist sicher, dass das, was herausdrängt, die reine Wahrheit ist. »Ich habe mit meiner Vergangenheit Frieden gemacht. Ich will bleiben. Aber welche Folgen wird das für euch haben?«

»Tja, das ist es eben, nicht wahr?«, sagt Jeremy. »Es geht ja nicht bloß um uns. Es geht um Anna.«

ZAHIRA

Kalkutta, Indien
August 1946

Zahira geht hinters Haus, wo sie Motaleb treffen soll. Als angedeutete Tarnung hat sie sich zwischen die Augen einen großen roten Punkt gemalt, doch an ihrer Kleidung hat sie nichts verändert, abgesehen vom Sari, den sie nach der lockeren, wogenden Manier einer Hindu der Oberschicht trägt.

Über eine Stunde ist vergangen, seit Inspektor Nandi aufgebrochen ist und sie und der Fahrer einen wichtigen Entschluss zur Rettung Rahims gefällt haben. Draußen ist es mittlerweile vollends dunkel geworden.

Am Fuß der Treppe, die in den Hinterhof führt, blinzelt Motaleb ihr im trüben Licht entgegen. Zuerst hat er sich heftig dagegen gewehrt, dass sie ihn zum Treffen mit den Entführern begleitet, die diversen Gefahren und Risiken aufgeführt, doch schließlich nachgegeben, als er ihre unbeirrbare Entschlossenheit erkannte.

»Begum Sahiba, wenn ich's nicht besser wüsste, würde ich Sie für den Dschinn im Haus eines Oberbrahmanen halten.«

Aber auch er selbst ist verwandelt und trägt einen Dhoti statt seiner gewöhnlichen Hose. Mit dem dicken Zinnoberstrich auf der Stirn und dem orangefarbenen Turban gleicht er haargenau einem Hindu.

»Nenn mich nicht ›Begum Sahiba‹, du Trottel, und spar dir deine Schmeichelei. Es wird schon dunkel, und so langsam frage ich mich, wie schlau unser Unterfangen ist.«

»Abends versammeln sich die Sadhus im Ashram zum Rauchen. Das ist die beste Zeit zu gehen. Haben Sie das Lösegeld?«

Sie zeigt ihm die Tasche. »Ja.«

»Gut.«

Inspektor Nandis einzig verbliebener Konstabler ist vor dem Haupteingang postiert, also schlüpfen sie durchs hintere Tor, das auf eine Gasse hinausgeht, und rufen ein Fahrradtaxi.

Zahira stolpert beim Einsteigen, die Lösegeldtasche schwankt dabei in ihren Händen. Motaleb hingegen springt mit einer Wendigkeit auf, die sein Alter Lügen straft, und erklärt dem Rikschafahrer, wohin sie wollen.

Der Mann, der trotz seiner kaum dreißig Jahre schon schütteres Haar und eingefallene Wangen hat, schüttelt energisch den Kopf. »Ihr seid wohl verrückt? In diese Gegend, um diese Zeit?«

»Wieso, was ist denn dort?«, fragt Zahira.

»Eine einzige Räuberhöhle ist das. Ich kann euch allerhöchstens ein paar Straßen davor rauslassen.«

»Ja, das geht auch. Mach nur schnell.«

Der Mann stemmt sein ganzes Gewicht ins rechte Pedal, um in Schwung zu kommen, dann ins linke. Zahira betrachtet Motaleb von der Seite. Die Augen des alten Chauffeurs glitzern fiebrig im Dunkel, als wollte er am liebsten selbst die Rikscha ziehen. Ersatzweise lehnt er sich auf den Rücken des Fahrers wie ein Jockey aufs Pferd.

Sie flüstert ihm zu: »Du hast gesagt, du könntest dir vorstellen, wer die Entführer sind, Motaleb. Wie kommt das?«

»Hm? Ach.« Kurz wirkt er verwirrt. »Ich habe die Tripundra auf ihrer Stirn gesehen. Das Zeichen der Aghori. Das ist eine hochgefährliche Sekte, Begum Sahiba, verstrickt in alles mögliche Finstere, Widernatürliche. Ich habe gehört, dass die Bande in der Nähe eines Ashrams bei Hungerford ihr Unwesen treibt. Morgen ist Direct Action Day, da würde es mich nicht wundern, wenn irgendein skrupelloser Sadhu, den diese Männer verehren, auf Krawall setzt.«

»Indem er einen reichen Muslim entführt? Die meisten Sadhus, die ich kenne, sind Männer des Friedens!«

»Begum Sahiba, urteilen Sie nicht vorschnell über das, was in den Herzen der Menschen vorgeht. Muslim, Hindu, Buddhist, Jaina, Brahma, Jude oder Christ – der Gott ist dabei ganz egal. Es heißt, ein zu starker Glaube zerstöre den Menschen, aber eigentlich sind es immer die Menschen, die den Glauben zerstören. Ein Mensch stößt mit seinem ganzen Selbst zu einer Religion, mit seiner ganzen Verworfenheit, der ganzen Finsternis, die er in sich trägt. Daran erkrankt dann der Glaube. Die Aufstände, die wir gesehen haben, die sinnlosen Morde – dafür ist nicht die Religion verantwortlich, sondern die Menschen, die sie praktizieren!«

»Und wo finden wir nun diese so verschlagenen Männer des Glaubens?«

Ihren Sarkasmus nimmt Motaleb nicht wahr. »Wenn irgendwer weiß, wo sich diese Gauner verbergen, dann die Leute im Ashram. Wir gehen hinein und erkundigen uns – als zwei Gläubige, die nach der Weisheit eines Baba heischen.«

»Ich habe allmählich Zweifel, Motaleb. Inspektor Nandi hat gesagt …«

»Begum Sahiba, wenn wir jetzt von Risiko sprechen – woher, meinen Sie, droht Sahib die größere Gefahr? Wenn wir denen, die ihn gefangen halten, das Lösegeld bringen oder wenn wir mit einem Polizeiaufgebot auftauchen?«

Als sie in die unvertrauten Straßen einbiegen, ist die Stadt schon vollkommen erfüllt von der Dunkelheit. Die Gassen sind hier gesäumt von knorrigen Mango- und Litschibäumen, dahinter befinden sich die Einfriedungen alter Häuser, deren Putz sich schuppengleich schält und das Mauerwerk darunter entblößt. Wie etwas Totes ragt es empor, und es durchzuckt sie der Gedanke an die, die hier hausen, an die Füße, deren Gewicht auf ihren Stiegen lastet, an die Hände, die die Türen aufschieben, an ihre eigenen geheimen Geschichten des Lachens und des Leids.

Sie entkommen dem Knäuel der Gassen und rollen hinein in den

Strudel einer breiten Straße. Hier herrscht weit mehr Verkehr, mit zahlreichen Rikschas, das Fahrgestell erhellt von Sturmlaternen, und gelegentlich sogar einem Auto. Zwei merklich betrunkene junge Männer, die Arme einander um die Schultern gelegt, rufen Anzügliches in Zahiras Richtung und zeigen ihr im Vorübergehen eine obszöne Geste.

An einer Straßenecke in Barabazar steigen sie aus, und dort, am Südende, befindet sich unter einer prächtigen Lichtergirlande der Ashram des Sri Krishna Pramahansha. Offiziell dient die Anlage den Anhängern Kalis, doch gelegentlich tauchen dort auch freie Sadhus auf – heilige Männer, die durch Kalkutta und Umgebung ziehen und von der Güte der Bevölkerung ernährt werden –, um unter den gewaltigen Banyan-Bäumen zu sitzen, zu plaudern, Ganja zu rauchen und die, die sie suchen, mit Kostproben ihrer Weisheit zu bedenken.

Die Luft ist getränkt mit Weihrauch und Ganja und wird immer wieder durchdrungen vom scharfen Zupflaut der Ektaras. Die beiden verschmelzen mit der Menge aus Männern und Frauen, Reichen und Armen, ziehen von Baum zu Baum. Darunter sitzen meist männliche (und meist nackte) Gurus mit eindrucksvollen Filzlocken, die Körper mit Asche beschmiert, der Blick glasig vom Ganja, im Halbkreis mit Jüngern und Kumpanen.

Sie gehen an Sadhus vorbei, die verschiedenen Sekten und Splittergruppen des Hinduismus angehören und deren Unterschiede Zahira schon bald vor den Augen verschwimmen, bis Motaleb zu erklären beginnt: Hier die Vaishnavas, die Vishnu verehren, mit großem weißem »U« auf der Stirn und rotem Punkt in der Mitte, dort die Shakti-Priester, die ausschließlich den roten Punkt auf der Stirn tragen, der für das dritte Auge steht; dann wiederum die Smartisten, die sich nicht an einen einzigen Gott binden und im Gesicht alle einen Aschestreifen, ein *Aum* auf der Stirn haben.

»Wie kommt es, dass du so viel über den Hinduismus weißt?«, fragt sie. Die Spuren ihrer eigenen Kindheitslektüre zu dieser Religion sind längst mit dem Alter verblasst.

Er lächelt ihr schüchtern zu. »Ich weiß nicht. Die Geschichten haben mich immer fasziniert. Ihr Glaube ist so bunt.«

Sie blickt sich um. »Wir sind jetzt an jedem einzelnen Baum gewesen, aber wir haben keine Männer oder Sadhus gesehen mit dem Symbol auf der Stirn, das du beschrieben hast. Der Tripundra.«

Motaleb wirkt besorgt. »Das ist tatsächlich seltsam. Sie haben mir gesagt, sie würden um diese Stunde hier sein.«

»Und der da, Motaleb?«

»Welcher?«

Sie weist auf eine Menschentraube. »Dort, der Mönch mit dem geschorenen Kopf in der purpurnen Kutte. Der scheint einen Platz zu suchen. Siehst du ihn denn nicht?«

»Er trägt die Tripundra auf der Stirn?«

»Nein, auf seiner Tasche.«

»Auf seiner ...«

Doch ehe Motaleb seine Frage beenden kann, läuft sie schon auf den Mönch zu.

»Ich bitte um Verzeihung, Baba«, spricht sie ihn an, worauf der Mönch sich umdreht.

»Ja?«, entgegnet der Mann auf Englisch.

Sie stammelt, um Worte verlegen. Der Mann ist Europäer, seine klaren blauen Augen glitzern, Falten durchziehen sein schmales Gesicht. Das, was sie aus der Ferne für die Tripundra gehalten hat, ist ein völlig anderes Zeichen: Der weiße Hintergrund besteht aus einem durchgehenden Rechteck, nicht aus drei Streifen, und der rote Kreis darin ist im Verhältnis viel größer als der, den Motaleb vor vielen Stunden aus der Erinnerung aufgemalt hat.

Sie deutet darauf. »Dieses Symbol, das Sie da tragen, ist das eine Flagge?«

Der Mönch blickt mit erfreutem Ausruf dorthin. »Das hat mein Schüler gemacht. Wenn er sich langweilt, stickt er mir manchmal Flicken und Zeichen auf die Tasche. Das hier hat er mir geschenkt, als ich zu einer Reise nach Lumbini in Nepal aufgebrochen bin, zum Geburtsort des Buddha. Er wollte mir mit den roten und weißen Fäden eine japanische Flagge auf die Tasche nähen.«

»Verstehe«, sagt sie niedergeschlagen.

»Es tut mir leid. War das nicht das Symbol, das Sie suchten?«

»Nein, Baba«, sagt sie in leisem, gequältem Ton.

»Vor Jahren, als ich selbst Antworten brauchte, hat mir ein weiser Mann geraten, mich nach Osten zu wenden. Vielleicht liegen Ihre Antworten ebenfalls dort.«

Ihr Hals ist trocken. »Nach Osten? Sie glauben, dort sollte ich hin?« Sie denkt an ihre Heimat. Ostbengalen. Unwillkürlich wendet sie den Kopf unbestimmt in diese Richtung.

Dann dreht sie sich zurück, doch der Mönch ist nicht mehr zu sehen.

»Hast du bemerkt, wohin er gegangen ist, Motaleb?«

»Verzeiht, Begum Sahiba, ich habe Sie gesucht. Ich habe nicht verstanden, worüber gesprochen wurde.«

Sie spürt, dass sich ein Blick auf sie richtet, hebt den Kopf und erstarrt.

Auf dem niedrigsten Ast des nächsten Banyan-Baums sitzt ein großer Rabe, genau wie der, dem sie heute Morgen auf dem Balkon begegnet ist. Sein Körper hebt sich vor dem Stamm wie eine schwarze Masse ab, der große, keilförmige Kopf neigt sich ihnen zu, und die Augen funkeln im Widerschein der Lichter des Ashram.

Einen Moment noch hält er ihren Blick, bevor er vom Ast springt. In tiefem, geradem Flug verschwindet er in der Finsternis jenseits des eisernen Osttors.

Motaleb, verblüfft von ihrer plötzlichen Starre, erkundigt sich: »Wo schauen Sie hin, Begum Sahiba?«

»Folg mir«, sagt sie.

Der Ashram ist groß, und sie bewegt sich immer schneller aufs Tor zu, hinter sich den keuchenden Motaleb.

Als sie das Tor erreicht, klemmt sich Zahira die Lösegeldtasche unter den Arm, fasst nach dem Türgriff und drückt mit all ihrer

Kraft. Unter gewaltigem metallischem Kreischen löst sich der Riegel.

Sie treten ein in einen kleinen Obstgarten, der in Dunkel gehüllt ist und die Größe des Grundstücks eines bürgerlichen Hauses hat. Die Luft hier ist warm und schwer.

Gerade will sie Motaleb sagen, dass sie sich vermutlich geirrt hat, als das Metall erneut aufkreischt. Drei Männer treten ein und schließen das Tor hinter sich. Der Mann an der Spitze der Gruppe ist der größte, sein Umriss ist hochgewachsen und schlank, das Gesicht verborgen im Gegenlicht. Kurz bleibt er prüfend stehen, dann kommt er mit großen Schritten auf sie zu. Die anderen beiden bleiben beim Tor, anscheinend um zu prüfen, ob noch jemand kommt.

Von Nahem erkennt sie die Messernarbe im Gesicht des Manns, das Zeichen der Tripundra auf seiner Stirn.

Er feixt. »Was soll das? Spielt ihr hier die Gläubigen? Das kauft euch keiner ab.«

Im Nachhinein wird sie über den Mut staunen, der sie das folgende Gespräch führen ließ, obwohl sie durchaus das lange, krumme Messer in einer Lederscheide an seinem Gürtel wahrgenommen hat. Ein nepalesisches Khukri.

»Euch ebenso wenig. Wo ist mein Mann?«

Der Mann amüsiert sich über ihre Kühnheit. »Sein Schicksal liegt buchstäblich in deinen Händen. Habt ihr dabei, was wir verlangen?«

Sie reicht ihm den Beutel. Er wühlt sich durch die Geldbündel und beißt in jede einzelne Goldmünze.

Schließlich sagt er: »Das ist nur halb so viel, wie wir verlangt haben.«

»Den Rest bekommt ihr, wenn ihr mir meinen Mann heil und unversehrt übergebt.«

Der Mann gähnt. »Ist mir zu viel Aufwand. Das hier wird uns genügen.«

Er wirft einem seiner Genossen das Messer zu. »Kümmert euch um die beiden. Ich übernehme ihren Mann.«

Motaleb, bislang wie gebannt vom Geschehen, schreit erstickt auf. »So war das nicht ausgemacht! Ihr habt gesagt, uns würde nichts zustoßen!«

Der Mann geht einfach weiter. »Entschuldigung, aber ich habe beschlossen, deinen Anteil zu behalten. Du solltest besser überlegen, bevor du mit Leuten wie uns Geschäfte machst.«

Zahira packt Motaleb am Hemd und ohrfeigt ihn so fest, dass ihre Hand schmerzt. »Du Schweinehund. Das ist also dein Dank?«

Motaleb sinkt weinend in sich zusammen. »Es tut mir leid. Es tut mir so leid. Ich dachte, Sie beide ziehen weg, und ich, ich habe nicht gewusst, was aus mir und meiner Familie werden soll. Ich habe so viele Spielschulden.«

»Dann frag uns doch! Frag!« Sie lässt ihn los, und er fällt auf den Boden, hält sich die Brust und schreit, dass er nicht atmen kann. Die anderen beiden Verbrecher kommen auf sie zu. Einer hält das blanke Messer in der Hand, sie lächeln sadistisch. Zahira erwartet das Schlimmste, will aufschreien, doch ihr Mund will und will sich nicht öffnen.

Stattdessen zerreißt plötzlich das ohrenbetäubende Schrillen von Trillerpfeifen die Abendluft, gefolgt von herbeieilenden Füßen, gebrüllten Kommandos. Die Banditen bleiben stehen und blicken sich um. Noch eine Gruppe von Männern hat den Garten betreten, uniformierte Polizisten, die ihre Pistolen auf die Entführer richten. Der Dünne ist der Erste, der von zwei kräftigen Konstablern gepackt wird. Seine Komplizen lassen die Waffen fallen und legen sich gehorsam flach auf den Boden.

Inspektor Nandi tritt hinter seinen Polizisten hervor und streicht sich den Staub von der Uniform. »Da sind Sie ja, Madame. Sie haben uns einen ganz schönen Schreck eingejagt.«

»Sie … wie … was?«

Der Inspektor setzt die Mütze ab und fährt sich durchs verschwitzte Haar. »Der Polizist, den wir vor Ihrem Haus stationiert haben, hat bemerkt, dass Sie und Ihr Fahrer verschwunden waren, und mich umgehend verständigt. Wir hatten schon eine Ahnung, wo Sie sein könnten, und trotzdem hätten wir Sie vielleicht nicht rechtzeitig gefunden, wenn nicht ein Mönch uns gesagt hätte, wo Sie stecken.«

»Dieser Mönch, wie sah der aus?«

»Das war höchst seltsam. Es war ein *Firangi*, ein Europäer.« Nandi blickt sich um. »Eben war er doch noch hinter mir.«

Sie setzt sich auf den Boden, die Ereignisse des Tages überwältigen sie. »Ist Rahim in Sicherheit?«

»Bestimmt. Und wir sind uns sicher, dass er ganz in der Nähe ist. Wir müssen nur diese drei hier ein bisschen … eindringlicher befragen, und dann wissen wir, wo genau.«

»Warum haben sie das gemacht?«

»Ich weiß nicht. Aber hier handelt es sich um eine Verschwörung, bei deren Ermittlung wir noch ganz am Anfang stehen. Die Männer hier dürften wohl kaum die Urheber sein. Und Ihr Fahrer war der Mittelsmann. Seine Motive wollen wir jetzt herausfinden.«

Hinter ihm meldet sich eine Stimme. »Ich glaube kaum, dass das möglich sein wird, Sir.«

Sie drehen sich um und sehen einen der Polizisten, der Motalebs Hand emporhält, als tastete er seinen Puls. Sie leuchten hinab zu ihm. Die Augen des Fahrers sind offen, doch die Pupillen starr und stumpf. Aus seinem Mund baumelt ein Speichelfaden, fällt hinab auf den staubigen Boden. Der Konstabler schließt Motaleb die Augen, bringt Frieden in sein Gesicht.

»Ich fürchte, der ist jenseits einer Vernehmung.«

SHAHRYAR & ANNA

Washington, DC, USA
September 2004

Nach dem Gespräch mit Jeremy und Val geht er hinauf ins Zimmer seiner Tochter. Anna schläft. Doch als er sie auf die Stirn küsst, schlägt sie sofort wieder die Augen auf.

»Hey, Baba«, sagt sie mit schlaftrunkener Stimme.

»Hi.«

»Warum kommst du erst jetzt?«

»Ich hab noch mit deiner Mom geredet … und mit deinem Dad. Wir mussten ein paar wichtige Dinge besprechen.«

»Damit du hierbleiben kannst?«

»So ähnlich.«

»Was haben sie gesagt?«

»Eigentlich hab die meiste Zeit ich geredet.«

»Ist das gut oder schlecht?«

»Das weiß ich nicht. Wie war's denn heute in der Schule?«

»Ganz okay. He, willst du mal was sehen?«

»Klar.«

Aus ihrem Bücherregal zieht sie eine große Papierrolle mit Gummiband darum. Sie entrollt sie auf ihrem Bett.

»Das kenn ich! Da haben Sie ja ganz schöne Fortschritte gemacht, junge Dame!«

Auf dem Blatt von vorhin hat Anna es tatsächlich geschafft, ihren ganzen Vornamen zu schreiben:

আনা

»Das ist richtig gut!«

Ihre Leistung erscheint ihm so eindrucksvoll, dass sie die Diskussion mit Jeremy und Val in den Schatten stellt. »Wie hast du rausgekriegt, wie du weiterschreiben musst?«

»Ich hab mich dran erinnert, was du über den kleinen Strich gesagt hast, den man ans ›n‹ dranhängen soll – damit es zum ›na‹ wird.«

Es beglückt ihn, dass sie sich so für die bengalische Schrift interessiert und ganz von allein ausprobiert hat, ihre Aufgabe zu lösen.

Er wuschelt ihr durchs Haar. »Du bist ein Naturtalent.«

Sie blickt strahlend auf. »Echt? Das hab ich dann wohl von Opa und Oma geerbt.«

Er lächelt. »Ja, so ungefähr.«

Eine Stunde später schläft sie dann erneut ein, und er geht hinunter. Weil weder Val noch Jeremy zu sehen sind, tritt er völlig aufgewühlt hinaus in die Zufahrt. Er greift mit der Hand in seine Jeanstasche, giert nach dem beruhigenden Gift einer Zigarette. Doch die zerdrückte Schachtel Camels, die er hervorzieht, ist leer. Er flucht auf Bengali.

Mittlerweile ist es kühler geworden. Alles liegt in tiefem Dunkelblau, gefleckt vom warmen gelben Licht, das aus den umliegenden Häusern leuchtet – die blaue Stunde.

Er hört Schritte. Es ist Jeremy, nun in T-Shirt und Jeans, aber irgendwie sieht er sogar noch schicker aus als vorhin.

»Darf ich dich zur U-Bahn fahren?« In seinem BMW dreht Jeremy den silbernen Knopf, bis er einen Sender findet, der britische Popmusik spielt. Shar ringt damit, das Gespräch von vorhin noch mal anzusprechen.

»Ich wollte dir für das danken, was du vorgeschlagen hast. Es ist unglaublich großzügig von dir.«

»Wir sollten uns noch mal zusammensetzen und das Ganze ein bisschen planen. Ich bin mir sicher, bei so was wird sehr genau hingeschaut.«

»Du gehst ein ziemliches Risiko ein.«

»Das tun wir alle. Hast du's dir anders überlegt?«

»Ich … ich weiß nicht. Nicht, weil ich nicht bleiben möchte, aber weil ich mich manchmal frage, was eigentlich meine Rolle ist. Ihr drei, ihr seid eine Einheit. Ich bin der Zaungast, der von außen zuschaut. Du bist es, der Annas Fahrrad gehalten hat, als sie das erste Mal ohne Stützräder gefahren ist. Du bist es, der ihre Freunde unter die Lupe nehmen wird. Mit ihr Unis anschauen wird. Ihr Zimmer im Studentenwohnheim einrichtet.«

»Das stört dich?«

»Sollte es nicht, tut es aber. Und ich schäme mich dafür. Ich komme mir kleinlich vor. Du bist da gewesen, als ich es nicht konnte. Alles, was du von Anna bekommst, alle Liebe, die hast du dir verdient.«

Sie halten an einer roten Ampel. Jeremy dreht das Radio leiser. »Du hast doch dasselbe getan, Shar. Du bist die letzten sechs Jahre für sie da gewesen. Sie wird immer deine Tochter sein. Ihr Nachname bleibt, wie er ist. Sie wird immer aussehen wie du. Ich werde zwar eher als der traditionelle Vater fungieren, das stimmt. Aber du wirst etwas sein, was ich wahrscheinlich nie sein werde – nämlich ihr Freund. Du wirst immer derjenige sein, von dem sie nie genug kriegen kann.«

Während sie weiterfahren, starrt er aus dem Fenster ins vorbeisausende Dunkel, sinnt nach über dieses Höllenjahrzehnt, da er weder eine Familie noch keine hatte, Kind war und Waise zugleich, Vater und Junggeselle.

»Was ist mir dir und Val?«, fragt er Jeremy. »Wollt ihr denn nicht irgendwann heiraten?«

Jeremy lacht. »Wir sind jetzt seit über sechs Jahren zusammen, also jederzeit. Meine Eltern haben es mittlerweile aufgegeben, uns davon zu überzeugen. Ich hab das Thema auch schon unzählige Male angeschnitten, aber Val hat's nicht eilig. Sie sagt, die Leute heiraten, weil sie sich nicht sicher fühlen und Angst haben vor der Zukunft. Aber sie fühle sich zu sicher mit mir, um heiraten zu müssen.«

»Und wie geht's dir damit?«

»Ich würde Val liebend gerne heiraten. Sie und Anna sind das Beste, was mir je passiert ist.«

Er sieht Shar an. »Verrat's ihr nicht, aber ich habe vor einem Monat einen Ring gekauft. Ich habe vorgehabt, ihr an ihrem Geburtstag einen Antrag zu machen, im Oktober.«

»Hilfe, Jeremy …«

»Mach dir keine Gedanken. Der Ring haut mir ja nicht ab. Und Val auch nicht. Früher oder später werden wir heiraten. Das weiß ich genau.«

Sie erreichen die U-Bahn-Station, der BMW kommt in der Kiss-and-Ride-Zone zum Stehen. Shar steigt aus, überwältigt von Dankbarkeit und auch von Schuldgefühlen, weil er all die Jahre insgeheim mit solchem Neid auf diesen Mann geblickt hat. Wie wäre er damit umgegangen, wenn die Rollen vertauscht wären? Wie schwer ist es, das Kind eines anderen großzuziehen? Ein Kind, das auch den Namen jenes anderen trägt und einem selbst gar nicht ähnlich sieht? Eines, dessen Vater sehr wohl noch Teil ihres Lebens ist?

»Jeremy. Ich … einfach danke. Danke für alles«, sagt er. Jeremy hält kurz den Daumen hoch und fährt davon.

Die ganze Rückfahrt über auf der Blue Line denkt er nach. Und als er schließlich seine Wohnung betritt, hat er sich entschieden. Er setzt sich an den Küchentisch und wählt die erste Nummer, die er heute Abend anrufen muss.

Faisal Ahmed ist kurz angebunden. »Mr. Choudhury. Was kann ich für Sie tun?«

»Ich rufe an, um mich wegen vorhin zu entschuldigen«, sagt Shar. »Ich habe in letzter Zeit ziemlich unter Druck gestanden, und das hat mir zugesetzt.«

Als Ahmed nicht reagiert, sagt Shar: »Ich hoffe, das Angebot steht noch.«

»Tut es«, sagt Ahmed nach einer Weile, und Shar atmet leise aus. »Aber, Shar, Sie müssen mir versprechen, dass solche Ausbrüche nicht wieder vorkommen. Sie müssen darauf vertrauen, dass ich den richtigen Weg gehe, sonst funktioniert das nicht.«

»Danke, Mr. Ahmed. Ich bin morgen bei der Arbeit. Wenn Sie mir ein paar Tage Zeit geben, kann ich wahrscheinlich das beschaffen, was Sie brauchen.«

»Gut.«

Als Nächstes ruft er Jeremy an.

»Hallo?« Jeremys Tonfall legt nahe, dass Shars Nummer nicht auf seinem Handy gespeichert ist.

»Ich bin's, Shar. Verzeih den späten Anruf. Ich bin gerade heimgekommen und hab meine Mails gecheckt. Eins der Bewerbungsgespräche, auf die ich meine letzte Hoffnung gesetzt hab, scheint geklappt zu haben. Damit kann ich erst mal mein Studentenvisum wieder verlängern, und irgendwann sollten die auch für eine Green Card für mich bürgen können.«

Jeremy klingt aufrichtig beglückt. »Wirklich? Das ist richtig toll! Das muss ich Val gleich erzählen. Was für ist ein Job ist das denn?«

»Ach, nur politische Analyse. Bisschen weit weg, aber die Fahrerei ist mir egal, wenn man bedenkt, was es langfristig bringt. Und vor allem müssen wir das, was wir eben besprochen haben, nicht durchziehen.«

Jeremy lacht. »Ich hab beim Heimfahren weiter drüber nachgedacht. Ziemlich verrückte Idee war das, was? Ich hab tatsächlich schon ein bisschen kalte Füße gekriegt, soweit man überhaupt kalte Füße kriegen kann, wenn jemand anderes heiratet. Also, vielleicht ist es ganz gut so.«

Shar lächelt. »Ja, das glaube ich auch.«

RAHIM

Kalkutta, Westbengalen (Indien)
Chittagong, Ostbengalen (Bangladesch)
September 1946

Rahim liegt gefesselt auf dem schmutzigen Boden eines Schuppens nahe dem Ashram und hört, wie sich der Tür Stimmen nähern. Im Glauben, seine Entführer kehrten zurück, um seinem Leben ein Ende zu setzen, macht er sich auf das Schlimmste gefasst und hofft, der Tod möge wenigstens schnell kommen. Doch das erste Gesicht, das er in der Tür sieht, ist das seiner Frau. Er bricht in Tränen der Erleichterung aus, und auch sie vergießt Tränen beim Anblick seines zugerichteten Gesichts und seiner zerrissenen Kleider.

Als er von der Festnahme seiner Entführer erfährt, vom Verrat und Untergang seines Fahrers, steht ihm der Sinn nicht nach einer Befragung durch die Polizei. Klugerweise lässt man ihn auch in Ruhe.

Ihm bleiben wenig Zeit und Muße zur Genesung, denn am Tag nach seiner Rettung bricht über Kalkutta das Chaos herein. Die Demonstranten der Muslimliga prallen mit denen der Hindus zusammen. In der ganzen Stadt wüten Aufstände.

Sie verbringen den Tag hinter ihrer verriegelten Schlafzimmertür. Rahim fühlt sich wie knapp dem Regen und noch nicht der Traufe entronnen: Ein zweiköpfiges Publikum, so denkt er, stellen sie dar für die Symphonie der Gewalt, die dort draußen aufgeführt wird, für die Schreie, die Rufe und Sirenen. Gelegentlich spähen sie durch die Fensterläden, um die Quelle dieser grässlichen Geräusche zu suchen. Das Schrecklichste unter all den Gräueln, deren Zeugen sie an diesem Tag werden, ist das Bild eines Manns mit blutverschmiertem Gesicht, der vor einem bewaffneten Pöbel flüchtet. Er läuft auf das Haupttor zu, um das Zahira noch am Vorabend von der Wache eine feste Kette hat legen lassen. So fest rüttelt der Blutende daran, dass das Klappern der Schlösser bis herauf in ihr Zimmer zu hören ist. Selbst in seinem geschwächten Zustand ist Rahim drauf und dran, ihm mit dem Schlüssel in der Hand zu Hilfe zu eilen, doch seine Frau hält ihn auf.

»Es ist zu spät.« Sie deutet auf die Volksmenge, die sich bereits auf den Mann gestürzt hat. Ein Mahlstrom aus rasenden Fäusten und Knüppeln hat ihn verschluckt.

Während dieses zweiten Tags seiner Gefangenschaft ist es, dass Rahim beschließt, nach Ostbengalen zu ziehen. Wie in einem Kaleidoskop spiegeln sich in diesem Beschluss viele verschiedene Enttäuschungen: Er ist enttäuscht von seiner Stadt, enttäuscht von seinem Land, enttäuscht von der ewigen, niemals verwirklichten Verheißung der Eintracht zwischen Hindus und Muslimen. Und nicht zuletzt ist er enttäuscht von sich selbst – von der Brüchigkeit seiner Treue zum Land seiner Geburt.

Viertausend Menschen gehen im Verlauf sieben albtraumhafter Tage bei den stadtweiten Unruhen zugrunde. Als die Woche der Langen Messer vorbei ist, rollen mit Leichentürmen beladene Karren aus Kalkutta hinaus zu den Beinhäusern, den Massengräbern. Hinterher drucken die Zeitungen Berichte von Gewalt und Grauen, so entsetzlich, dass weder Rahim noch Zahira es über sich bringen, sie zu lesen.

Er schickt ein Telegramm an den Zamindar in Chittagong, der Rahims Meinungsumschwung erleichtert aufnimmt und sofort einwilligt, den Häusertausch voranzutreiben. Rahim und Zahira beantragen die nötigen Formulare, reichen seine Kündigung beim ebenso enttäuschten wie hilfsbereiten Theodore Drake ein und beginnen, ihr Leben in Kalkutta zusammenzupacken. Als der Tag ihrer Abreise näher rückt, schreiben sie Zahiras Vater und teilen ihm ihre Entscheidung mit. Zur Antwort kommt ein knappes Telegramm – *Werde am genannten Tag am Bahnhof sein.*

Noch einen ganzen weiteren Monat dauern die Vorbereitungen. Am Abreisetag mieten sie sich eine Tonga. Beim Anblick des Kutschpferdes runzelt Rahim die Stirn, so deutlich zeichnen dessen Rippen sich unter dem mattbraunen Fell ab. Doch mit einem bekräftigenden Klaps auf das Hinterteil versichert ihm der Kochwan, das Tier sei seiner Aufgabe gewachsen.

»Ich hab sie erst heute Morgen gefüttert, Sahib. Die bringt Sie schneller zum Bahnhof, als Sie bis drei zählen können!«

Ob das Pferd, das zur Antwort einmal halbherzig mit dem Schweif zuckt, die Überzeugung seines Besitzers teilt, bleibt ungeklärt.

Zahira ist überrascht, wie sehr ihr Choudhury Manzil ans Herz gewachsen ist: Eigentlich bemerkt sie es erst jetzt, wo der Abschied unvermeidlich ist. Während die Kutsche beladen wird, macht sie eine letzte Runde durchs Haus. Mit den festgezurrten Fensterläden und den möbellosen Räumen sieht das Haus viel düsterer und trostloser aus als sonst.

Sie tritt hinaus auf den schnitzwerkverzierten Balkon, wo sich unter ihr Kalkutta in seiner ganzen Vertrautheit entfaltet – gelb vor Staub, grün durch die Kokosnusspalmen, gezackt mit den Türmen der britischen Bauten, die sich gegenseitig am Himmel bedrängen. Von den Menschen jedoch, die die Straßen durchströmen, fühlt sie sich entfremdet, jetzt, da sie weiß, wozu sie fähig sind.

Beim Abstieg hallen ihre Schritte von den Stufen wider. Einmal ratscht ihre Hand an der Kalksteinmauer vorbei, und ihre Knöchel färben sich weiß. Sie starrt sie an, und im Weitergehen drückt sie sie fester, immer fester gegen die Wand, bis sie brennen und bluten. Im Weiß erscheinen nun Flecken von Rot, wie Zinnober.

Ach Haus, nun haben wir uns gegenseitig Abdrücke hinterlassen, doch wir werden kein gemeinsames Leben beginnen, sondern eines beenden.

Sie tritt hinaus in die helle Sonne, hält die unversehrte Hand schützend vor die Augen und versteckt die andere unterm Saum ihrer Dupatta vor dem ungeduldigen Rahim, der in seinem schlichten weißen Punjabi im Licht regelrecht strahlt.

»Wie gut du aussiehst«, flüstert sie ihm ins Ohr, wagt jedoch nicht, ihn zu berühren.

Alle – vom Kutscher bis zum Hauspersonal – schauen zu. Ihr Diener Mintu ist der einzige ihrer Angestellten, der sie nach Ostbengalen begleitet. Für die Zurückbleibenden hat Rahim im Freundes- und Bekanntenkreis neue Anstellungen gefunden oder ihnen Entschädigungen in der Höhe mehrerer Jahresgehälter angeboten.

»Wenn er doch nur gefragt hätte«, sagt Zahira wieder, zum ungezählten Mal seit der Nacht von Rahims Entführung.

Er weiß, wen sie meint. Aber Motaleb war unfähig zu fragen, und so haben sie nach vielen Gesprächen den einzigen Ausweg in der Vergebung erkannt. In diesem Sinne bezahlten sie die Bestattung des Fahrers und richteten für dessen jüngsten Sohn sogar ein Stipendium ein.

»Hast du dich überall verabschiedet?«, fragt Rahim sie, als sie die Kutsche besteigen.

»Ja«, sagt sie mit einem letzten Blick auf Choudhury Manzil. »Das habe ich.«

Eine Stunde brauchen sie bis zum Howrah-Bahnhof, atmen tief den Bodensatz der Stadt ein. Die Leichen sind von den Straßen geräumt, der Rauch in den ausgebrannten Siedlungen vom Regen gelöscht, die blutverschmierten Mauern hastig mit Kalk überstrichen, die Dächer nicht mehr von den gemästeten Geiern besetzt, die sich an Leichnamen laben. Kalkutta ähnelt allmählich wieder sich selbst und kommt ihnen trotzdem nun wie ein ehemals vertrauter Kamerad vor, der seine Maske abgerissen und darunter das Gesicht eines Dämons entblößt hat.

»Wer würde glauben, dass hier erst vor ein paar Wochen so viele Menschen umgebracht worden sind«, sagt Rahim nachdenklich.

Sie nimmt seine Hand. Schon früh in ihrer Ehe hat sie begriffen, dass er der zarter Besaitete ist, und so hat sie sich eine innere Reserve an Kraft und Seelenstärke zugelegt, die für sie beide ausreichen kann. Die Hässlichkeit und Ungerechtigkeit der Welt haben ihn immer schockiert. Sie, einst ein Mädchen, jetzt eine Frau, hat nie etwas anderes erlebt.

Am Bahnhof erwartet sie wildes Durcheinander – Familien, fliegende Händler und Stationswarte verstopfen die Bahnsteige. Schaffner in strahlend weißer Uniform brüllen sich heiser, um die Ordnung zu wahren, bis sie besiegt die Hände in die Luft werfen müssen, woraufhin sich die Züge nun durch jede Öffnung bis in den letzten Winkel füllen. Die Woche der Langen Messer hat die Flucht der Muslime aus Westbengalen ebenso wie die Ankunft der Hindus aus dem Osten beschleunigt.

»Wie Ameisen, die sich über eine tote Kakerlake hermachen«, flüstert Zahira Rahim bestürzt zu. Doch der entdeckt inmitten des Irrsinns auch Nester der Nächstenliebe – eine Gruppe Männer, die die riesigen Koffer einer allein reisenden, gesichtslosen Frau in dunkler Burka ans Fenster hieven; zwei Polizisten, die ein im Tumult verlorengegangenes Mädchen seiner Familie wiederbringen; Kulis, die auf ihr Bakschisch verzichten, um den Alten und Notleidenden zu helfen. Kurz erfüllt ihn Zuversicht für die Zukunft Ostbengalens.

Zahira trägt ihr eigenes Gepäck, Rahim teilt sich das Gewicht eines schweren Koffers mit Mintu. Zu dritt bahnen sie sich einen Weg durch die Menge zu den Waggons erster Klasse ganz vorn im Zug. Geduldig warten sie, bis sie einsteigen können, doch als sie ihr Abteil erreichen, ist es besetzt. Ein korpulenter Mann teilt gerade mitgebrachtes Essen an zwei junge Mädchen aus. Eine Frau sitzt im Schneidersitz auf der Bank.

Rahim und Zahira wechseln einen unglücklichen Blick, zu höflich, um die Menschen auf ihren Plätzen zum Gehen aufzufordern. Mingu spricht an ihrer Stelle den Mann an. »Dies ist das Abteil meiner Herrschaften.«

Der Eindringling nickt ihnen einen Gruß zu und fährt mit der Essensverteilung fort. »Arey Bhai, hier ist Raum genug für uns alle. Kommt. Ich mache gleich Platz für euch.«

Mintu versteht das Schweigen seines Arbeitgebers als Erlaubnis, es zum Streit kommen zu lassen. »Darf ich Ihre Fahrscheine sehen?«

»Warum? Bist du der Schaffner?«

Mintu zieht die Fahrscheine aus der Tasche und hält sie dem Mann ins Gesicht. »Ich weiß nicht, ob Sie lesen können, aber hier steht: Erste Klasse, Abteil F.«

Es ist ein Bluff, denn Mintu kann selber gar nicht lesen.

Die Familie des Manns windet sich vor Scham, doch er selbst lacht nur. »Ihr seid doch Muslime wie wir, nicht? Fahrt hier weg, um euch in Ostbengalen niederzulassen? Bruder, wenn wir das Land unserer Geburt verlassen müssen wie die geprügelten Hunde, dann reisen wir alle dritter Klasse.«

Bei dieser Beleidigung macht Mintu einen Schritt nach vorn, doch Rahim hält ihn zurück. »Schon gut. Der Herr hat ganz Recht. Hier ist genug Platz für uns alle.«

»Aber Sir …«

»Setz dich, Mintu«, sagt Zahira. »Wir kommen zurecht.«

Während sie in der Gluthitze des Zugs auf die Abfahrt warten, nutzen ihre Abteilgenossen die Verzögerung für ein gemeinsames Familienschläfchen auf Decken, die der Vater über Bänke und Boden breitet. Rahim und Zahira sitzen steif da und widerstehen jedem natürlichen Bedürfnis – aus Angst, auf dem völlig überfüllten Weg zur Toilette auf Arme oder Beine zu treten. Erst als der Zug zwei Stunden später plötzlich gen Osten losruckelt, erhebt sich die Familie und reckt ihre Glieder. Hinter dem letzten Wagen bleibt ein orangeroter Klumpen Sonne zurück, der über der Stadt zerfließt.

»Es ist klug gewesen von uns, so früh fortzugehen, noch vor all den anderen«, verkündet ihr Reisegenosse. »Der richtige Albtraum kommt erst, wenn sie das Land wirklich teilen, egal ob jetzt gleich oder erst nächstes Jahr.«

»Wie können Sie da so sicher sein?« Die Selbstgefälligkeit des Manns ärgert Zahira und weckt in ihr das Bedürfnis, an seiner dunklen Prophezeiung zu rütteln. Seine Kinder schauen aus dem Fenster; ihre Aufregung wächst mit der rasch anschwellenden Dunkelheit, durch die der Zug sich pflügt. Sie wendet den Blick von ihnen ab. Unter dem blauschwarzen Himmel hängt ein gelber Streifen Horizont, die gelbsüchtige Haut einer kranken Welt.

Das Licht geht aus.

»Vielleicht war das der Schaffner«, nickt der Mann altklug, »falls wir überfallen werden.«

Seine Augen leuchten wie, wie ... *wie die einer Krähe*, denkt Zahira widerwillig. Plötzlich ist ihr kalt.

Der Mann steckt sich eine Zigarette an, nachdem er Zahira um Erlaubnis gefragt und eilfertig Rahim eine angeboten hat (der sie ablehnt). Seine Frau, die sich auf der Bank zusammengerollt hat und ihnen den Rücken zukehrt, hat noch kein einziges Wort gesprochen.

»Hat einer von euch, mein Bruder oder meine Schwester, jemals jenseits des Flusses gelebt? Auf der anderen Seite?«

»Ich stamme von dort«, sagt Zahira. »Aus der Gegend von Mymensingh.«

»Also in der Nähe der Hauptstadt. Dhaka ist nicht so groß und prächtig wie Kalkutta, aber wer das Stadtleben schätzt, dem wird es dort auch gefallen. Es ist ein sauberer, stiller Ort.«

»Dort werden wir aber nicht leben«, platzt Rahim heraus, woraufhin Zahira ihn warnend kneift. »Wir haben mit einem Mann in Chittagong Häuser getauscht, an der Küste.«

»Dort hat ein Vetter von mir gelebt, als das Land noch ganz war und nicht in verschiedene Teile zerbrochen. Direkt am Meer war das. Die Briten hatten dort während des Kriegs eine Garnison, aber dann gab's ein großes Gewese, weil ein britischer Offizier einen Schiffer erschossen hat.«

»Wirklich?« Zahira ist fasziniert. Sie erinnert sich undeutlich daran, im *Statesman* von dem Vorfall gelesen zu haben.

»Ja. 1942 hat ein Schiffer aus der Gegend einen japanischen Flieger, einen Kriegsgefangenen, mit seinem Boot nach Burma gebracht. Es gab viele Gerüchte, was davor passiert ist – wie er eine englische Ärztin verführt hat, ihm zur Flucht zur verhelfen, und wie er drei britische Soldaten, die sich ihm in den Weg gestellt haben, mit seinem japanischen Schwert erschlagen hat. Es heißt, der Kommandant vor Ort habe herausbekommen, was passiert ist, und dann ist er runter zum Strand, um auf die Rückkehr des Schiffers zu warten. Und als er dann kam – *Peng!* Eine Hinrichtung. Die Einheimischen sagen, dass der Geist des Manns jetzt an der Küste spukt. Wenn in stürmischen Nächten die Blitze zucken, dann sehen manche, wie ein Boot südwärts segelt und eine einsame Gestalt darauf unter schwarzen Segeln steht.«

Rahim lächelt. »Regt dich die Dunkelheit zu Schauergeschichten an, Bruder?«

»Ich berichte nur, was man sich dort erzählt. Ich glaube nicht an Gespenster. Wenn die Toten wiederkehren könnten, würde sich niemand vor dem Tod fürchten.«

»Oder ihn mehr fürchten denn je.«

»Habt ihr keine Kinder?«, fragt der Mann nach einer Weile.

»Nein.« Rahim führt es nicht weiter aus. Zahira schweigt. Früher hat sie diese wiederkehrende Frage gestört, doch jetzt erzeugt sie in ihr nur noch nichtssagende Leere.

»Da hast du Glück, Bruder! Ich liebe meine Mädchen, so sehr, als wären sie Jungen. Aber lass dir was sagen. Man beginnt zu sterben, sobald sie geboren werden. Wer ewig leben will, darf sich keine Kinder anschaffen.«

Sie verbringen eine Woche in Zahiras Elternhaus in Mymensingh, bevor sie weiter nach Süden reisen. Ihr Vater, Abu Bakar, der ihrer Entscheidung, sich in Ostbengalen niederzulassen, skeptischer gegenübersteht als seine Tochter, ist darum nicht weniger erfreut, sie zu sehen.

Eines Morgens stellt er Rahim bei Tee und Keksen eine Frage: »Was genau wirst du hier tun? In Chittagong?«

»Ich weiß es nicht, Abba«, antwortet Rahim. »Die Fischerei wäre wohl eine Möglichkeit. Zum Häusertausch gehören auch die gesamten Ländereien des alten Zamindar, an dessen Stelle ich trete, und das bedeutet Hunderte Bhiga an Pachtland, außerdem die Boote, die er wiederum an die örtlichen Fischer zu verpachten pflegte. Das will alles verwaltet werden. Es ist nicht gerade glamourös, aber immerhin ehrliche Arbeit.«

Abu Bakars Miene ist hinter seinem grauen Backenbart und der Brille nicht auszumachen. »Ehrliche Arbeit verrichten der Bauer, der unter der heißen Sonne schwitzt, und der Fischer, der knietief im Schlamm watet. Du genießt nur die Früchte des Landes und des Meers. Außerdem bist du ein Stadtjunge, mit wenig Erfahrung in solchen Belangen.«

Rahim nimmt einen Schluck Tee, um seine Gedanken zu sammeln. »Ich habe vor dem Tausch Erkundigungen eingezogen«, sagt er schließlich. »Der Zamindar, den ich ersetze, war beim Volk nicht sehr beliebt. Er war zwar nicht unbedingt grausam, aber doch gnadenlos, wenn die Bargadars nicht seine Erntequoten erfüllten oder wenn die Fischer mit mageren Fängen zurückkehrten. Ich kann versuchen, etwas von dem Schaden, den er in der Gemeinschaft angerichtet hat, wiedergutzumachen. Und wenn mir sonst nichts bleibt – Zeit habe ich. Ich habe bereits ein Treffen mit einem Mann namens Abbas vereinbart. Er verwaltet die Fischereiflotten, die mir gehören sollen. Den Posten hat er von seinem Vater geerbt, der vor ein paar Jahren verstorben ist.«

Rahims Schwiegervater beugt sich vor. »Versteh mich nicht falsch, mein Sohn. Ich frage das nur, weil ich das Beste will für euch beide. Ich bin dankbar, meine Tochter wieder in meiner Nähe zu haben. Und Gott weiß, dass du ein guter Mensch bist – wenn ich daran denke, was hätte passieren können …« Er bricht ab, von Gefühlen überwältigt.

Es ist klar, worauf er anspielt, und die unverhüllte Dankbarkeit, die er hier zeigt, ist Rahim unangenehm, unterstellt sie doch, dass es ihm niemand übelgenommen hätte, hätte er sich nach drei kinderlosen Jahren eine neue Frau gesucht.

»Du musst mir nicht danken«, bringt er heraus.

Abu Bakar schüttelt den Kopf. »Das muss ich. Verzeih einem alten Mann seinen Gefühlsausbruch, manche Schuld ist mit Worten nicht abzugelten. Aber vielleicht sollten wir nun Dringenderes besprechen. Vor allem: Kennt ihr denn schon das Haus, in dem ihr den Rest eures Lebens verbringen werdet?«

In der folgenden Woche stehen sie davor. An der Pforte ihres neuen Heims können sie vor Ehrfurcht nur staunen: Rahim ist eindrucksvolle Unterkünfte gewohnt, und doch verschlägt ihr zukünftiges Zuhause selbst ihm den privilegierten Atem.

Der Hof des Küstenanwesens ist mehrere Morgen groß und von fast vier Meter hohen Zementmauern umgeben. Das Haupttor besteht aus zwei gewaltigen schmiedeeisernen Flügeln, die sich in der Mitte zu einer zierlichen Spitze erheben; bronzene, japanlackierte Schmuckaufsätze glitzern im späten Morgenlicht. Hunderte Meter hinter dem Tor wuchtet sich der Sandsteinkoloss des Hauses in den Himmel. Die klaren Formen und breiten Treppen erinnern an eine holländische Festung.

Zahira zeigt auf die fahlgelben Kreise im üppigen Rasen des Hofs. »Da stand irgendwas, was so wertvoll war, dass sie es mitgenommen haben.«

»Die heiligen Basilikumpflanzen«, sagt Rahim. Die ungleiche Verteilung des Reichtums, deren er sich schon in Kalkutta immer bewusst war, zeigt sich hier noch viel deutlicher: Dies ist im Umkreis vieler, vieler Kilometer das einzige Haus, das nicht aus Bambus oder Erde gebaut ist. Kalkutta, beständig durchdrungen von einem Nebel aus Krach, Gerüchen, Gewusel, fand er oft unerträglich, jetzt erst wird ihm klar, wie lebendig er sich darin gefühlt hat. Er dreht sich um. Ein Kiesweg führt fort vom Tor, geht über in Gras und Sand, wo sich dahinter schon die Küste nähert. Auf dem schmalen Streifen Strand, der das Grün vom Blau trennt, ist keine Menschenseele zu sehen.

»Wer soll uns aufmachen?«

Mit einem Stoß seiner Hand schwingt das Eisentor auf. »Keiner betritt ohne Erlaubnis das Haus des Zamindars. Außerdem hat der bestimmt nichts hinterlassen, was sich zu stehlen lohnt.«

~

Bis ihre Möbel auf Kuhkarren aus Mymensingh eintreffen, wird es noch eine Woche dauern. Dann wird auch Mintu wieder zu ihnen stoßen, der gerade Verwandte auf den Dörfern besucht. In der Zwischenzeit schaut ein griesgrämiger alter Verwalter bei ihnen vorbei und bringt einen Korb voll mit frischem Gemüse, Reis, Fisch und lebenden Hühnern mit zusammengebundenen Flügeln, die er mürrisch im Hinterhof schlachtet, wobei er seinen eigentlich dienstfreien Tag betrauert. An diesem Abend bekocht Zahira ihren Mann in einer hallenden, kahlen Küche. Rahim hilft ihr. Der Geruch nach würzigem Curryhuhn erfüllt das ganze Haus.

Auf dem breiten, freischwebenden Balkon ihres Schlafzimmers entzünden sie die Sturmlaternen und eine Moskitospirale, um die Stechmücken in Schach zu halten. Während des Abendessens sehen sie zu, wie die Sonne im Meer versinkt.

»Ich fühle mich so anders hier«, sagt sie. »Als ich gewusst habe, dass wir zurückgehen, habe ich immer nur Mymensingh vor mir gesehen – bloß Ebenen und Wälder. Hier möchte mein Herz nun über die Meeresfläche davonsegeln wie ein Vogel und nie wiederkehren.«

»Erschreckt dich das?«

»Ich glaube, das Erschreckende daran ist vorbei.«

Sie ergreift seine Hand. »Lass uns die ganze Nacht wach bleiben und den Sonnenaufgang beobachten, wie damals als Kinder.«

»Da kannten wir uns doch noch gar nicht.«

»Dann werden wir uns jetzt kennen.«

Er lächelt. »Ich setze das Wasser auf.«

Ihr Vorsatz, den Sonnenaufgang zu erwarten, erweist sich als allzu ehrgeizig: Am nächsten Tag erwachen sie aneinandergeschmiegt im Bett, nachdem sie sich die ganze Nacht mit einer Intensität geliebt haben, die sich in der Stadt nie eingestellt hatte.

»Ich kann es nicht fassen, wie still es ist in diesem Haus«, sagt sie, den Kopf auf seine Brust gelegt.

»In ein paar Tagen wird sich das ändern. Wir werden Leute brauchen.«

Nach einem schlichten Frühstück aus Bhaji und Paratha bricht er auf zu seinem Treffen mit Abbas, der ihm kürzlich eine genaue Übersicht seines Anwesens in Chittagong geschickt hat, zusammen mit einer groben Karte der Gegend.

Er schreitet zum Haupttor hinaus und in die Richtung, in der laut der Skizze wohl Abbas' Haus liegen dürfte. Zunächst hatte er erwogen, einen Spazierstock mitzunehmen, doch Zahira hat ihm abgeraten. »Das würde zu gebieterisch wirken. Du bist Grundherr, nicht Herrscher.«

Der Strand ist verlassen, bildet einen grauen Bogen, der sich bis ans Ende seines Blickfelds erstreckt und im Norden gesäumt ist von grünbekappten Hügeln. Das Sonnenlicht ist wie blankgeputzt, die Luft riecht nach Palmen, Sand und Tang. Er folgt einer Reihe niedriger Fichten auf der anderen Seite des Strands, wo sich Grasbüschel an den Boden heften. Lange Rinnsale plätschernden Wassers trennen ihn von der südlichen Hälfte der Küste, wo die Fischerboote liegen wie schwarze Halbmonde.

Nach einer halben Stunde hat er Abbas' Haus erreicht: Der zweistöckige Bau aus Ziegeln und Blech am schattigen Fuß eines Hügels bildet einen scharfen Kontrast zu den Strohhütten, die an der Küste entlang stehen. Rahim hält am Eingang inne und überlegt. Offensichtlich ist Abbas ein erfolgreicher Mann.

Die Tür zum Hof steht offen, genau wie die nächste, hinter der sich ein untersetzter Männerkörper bewegt; immer wieder blitzt das Weiß eines Lungis auf. Geräusche von Haushaltsverrichtungen dringen zu ihm heraus, und er atmet den Geruch eines Herdfeuers.

Rahim tritt ein.

»Wer bist du?«

Die Stimme ertönt hinter ihm, ihr Ton ist kalt und unverschämt. Rahim dreht sich um und sieht einen ungefähr zehnjährigen Jungen unter einer Betelnusspalme stehen.

»Ein Nachbar von euch. Ich möchte zu deinem Vater, denke ich. Ist er daheim?«

Der Junge blickt ihn abschätzig an. Trotz der Dreistigkeit des Kindes verspürt Rahim eine Welle des Mitgefühls. Sein schmales Gesicht ist von tiefen Kratern gezeichnet, den Spuren eines schweren Pockenanfalls vor gar nicht langer Zeit.

»Manik, behandeln wir so unsere verehrten Gäste?« Ein breitschultriger, dickwanstiger Mann tritt heraus und zieht sich hastig ein Hemd über den nackten Oberkörper. Er verneigt sich rasch, sodass sein schulterlanges Haar mitschwingt, und nimmt Rahims Hand zwischen seine größeren, raueren.

»In aller Demut, Sahib, begegne ich meinem neuen Herrn, doch auch in tiefer Beschämung, dass Ihr es wart, der Ihr in meine armselige Hütte tratet. Hättet Ihr mir nur Nachricht gegeben, dann hätte ich Euch in Eurem neuen Heim meine Aufwartung gemacht.« Er dreht sich um und brüllt: »Jamila, bereite auf der Stelle Tee und Süßigkeiten! Uns ist die Ehre zuteil, heute unseren neuen Zamindar bewirten zu dürfen!«

»Nur etwas Tee, danke«, sagt Rahim, abgestoßen von Abbas' serviler Art. Er sieht sich nach einer Sitzgelegenheit um.

Abbas' Sohn ist während dessen Rede näher an den Vater gerückt. Zur Belohnung erhält er einen Hieb auf die Stirn. »Was stehst du hier rum, du Esel? Eine Kedara für unseren Gast! Die große aus Holz, nicht die aus Bambus.«

»Wann hat Ihr Sohn sich die Pocken geholt?«, erkundigt sich

Rahim, als sich der Junge schmollend, aber gehorsam zurückzieht.

»Ach, Sahib sind zu gütig, danach zu fragen!«, ruft Abbas aus. »Vor ein paar Jahren. Er war erst sieben. Zum Glück hat er sein Augenlicht behalten. Wahrscheinlich hat er sie sich bei einem der Dorfkinder eingefangen. Ihr wisst ja, wie schmutzig die sind. Da tummeln sich die Krankheiten.«

Schnell kehrt der Junge mit einem großen Holzstuhl mit Armlehnen wieder, seine dürren Beine schwanken unter dem Gewicht. Rahim will ihm beispringen, doch Abbas kommt ihm zuvor und schnappt sich den Stuhl. »Ah, ah, ah, was tut Ihr da, Sahib? Ein schlimmer Fluch wird über meine Familie kommen, wenn ich Euch in meinem Haus auch nur einen Finger rühren lasse.«

Er trägt den Stuhl in die Mitte des Hofs und bittet Rahim, sich zu setzen, während er selbst sich auf die bloße Erde niederhockt. Eine Frau, deren Gesicht der lange Schal ihres Saris verbirgt, bringt ein Tablett heraus, auf dem sich Süßigkeiten, Winterpitthagebäck, eine Kanne dampfenden Tees und zwei Tassen drängen. Sie stellt es auf einem Flechtstuhl vor ihm ab und zieht sich wortlos zurück. Abbas' Sohn im Schatten der Veranda sieht mit großen Augen zu.

Rahim nippt am überzuckerten Tee.

»Ich habe mich etwas in die Geschäfte eingearbeitet – angefangen bei den Booten«, sagt er. »Ich brauche die Zahlen – ob Pacht, ob Miete, Eigentum oder wie auch immer. Ich möchte das Fangvolumen des Fischs wissen, möglichst aufgeschlüsselt nach der Art, und wie viel es dem Gut monatlich einbringt. Ist das zu beschaffen?«

Abbas wirft den Kopf in den Nacken und lacht. »Oho! Ich habe schon gehört, dass Sahib ein Zahlenmensch sind. Einiges von dem, was Ihr da verlangt, kann ich beibringen, aber so gebildet wie Ihr bin ich nicht. Ich kann einfache Rechnungen ausführen, lesen und schreiben – wie Ihr aus meinem Brief ersehen konntet. Meinem alten Herrn habe ich einfach zum Monatsende das

Geld von unseren verpachteten Booten gegeben und ihm gezeigt, wie sich die Summe zusammensetzt, und damit war er zufrieden. Aber ich sehe schon, das wird Euch nicht genügen. Ich werde mein Bestes tun, Euch zu beschaffen, was Ihr braucht.«

»Danke.« Rahim lächelt. Vielleicht war er etwas voreilig mit seinem Urteil über diesen Abbas. Seinen reflexhaften Zynismus, so sagt er sich, sollte er ablegen, jetzt, wo er nicht mehr in Kalkutta ist.

Sie plaudern noch ein wenig, und Abbas erzählt ihm bereitwillig die Geschichte des Dorfs, wichtige Einzelheiten wie den Gezeitenplan, die Fischarten, die im Golf gedeihen, und sogar ein wenig von der Geschichte des Anwesens, das Rahim nun bewohnt und das einst für den Urgroßvater des letzten Zamindars gebaut wurde, der sein Vermögen mit dem Indigoanbau machte, bis der Aufstand von 1859 alldem ein Ende setzte.

Abbas' Wissen über die Gegend, das wird Rahim schnell klar, ist enzyklopädisch.

An einer bestimmten Stelle hält Abbas inne, um ganz sicherzugehen, dass sie allein sind; sein Sohn ist längst nach drinnen verschwunden. Er beugt sich vor und senkt die Stimme. »Wir haben von den schrecklichen Leiden gehört, Sahib, die Ihr und Eure Familie vor den Unruhen habt erdulden müssen. Ich bin froh, Euch so unversehrt zu sehen. Ich hoffe, Begum Sahiba ist ebenfalls unbeschadet davongekommen.«

Beim Gedanken an jenen Tag und an die Woche, die darauf folgte, verzieht Rahim unwillkürlich das Gesicht. »Wie haben Sie davon gehört?«

»Ach, der vorherige Zamindar, mein Herr, hat davon in der Zeitung gelesen«, sagt Abbas rasch. »Aber es gab keine Einzelheiten, nur, dass eine Hindu-Bande dahintersteckte.«

»Darauf möchte ich lieber nicht eingehen.«

»Natürlich. Natürlich. Bitte verzeiht meine Taktlosigkeit. Ich kann mir denken, dass Ihr für diesen Haufen wenig übrighabt.«

Nun ist Rahim verwirrt. »Welcher Haufen wäre das?«

»Na, die Hindus natürlich.«

Gerade will er schon Abbas zurechtweisen, als ein sechster Sinn ihn abwarten lässt. Mit betontem Gleichmut in Stimme und Ausdruck antwortet er stattdessen: »Ja, das könnte man so sagen …«

Das scheint Abbas als Zustimmung zu werten. »In diesem Fall gibt es tatsächlich eine Angelegenheit, die ich liebend gern mit Euch besprochen hätte.«

»Bitte, fahren Sie fort.«

»Wie Ihr wisst, Sahib, sind neun von zehn Dorfbewohnern hier Hindus, zumeist arme Fischer – Namasudra, das Niedrigste vom Niedrigen. Da sie alle weitläufig miteinander verwandt sind, haben sie auch alle denselben Nachnamen – Jaladas. Das sind alles sehr eng miteinander verbundene, simpel gestrickte Leute, abergläubisch, störrisch und dumm. Unter dem alten Zamindar genossen sie einen gewissen Schutz, aber jetzt, wo der alte Herr nach Indien geflohen ist und seine Glaubensbrüder und -schwestern im Stich gelassen hat, fürchten sie um ihre Zukunft.«

Abbas hält inne und blickt Rahim eindringlich in die Augen, um zu betonen, dass er jetzt etwas sehr Wichtiges sagen wird.

»Sprechen Sie weiter«, sagt Rahim.

»Viele Muslime kommen aus Indien in unser neues Land, aber umgekehrt gehen fast genauso viele Hindus hinüber auf die andere Seite. Natürlich ist das leichter zu bewerkstelligen, wenn man das Kapital hat für so eine Reise. Die Fischer in diesem Dorf können es sich nicht leisten, von hier wegzugehen, selbst wenn sie es wollten.«

»Und was ist nun Ihr Vorschlag?«

Die Habsucht steht Abbas ins Gesicht geschrieben. »Ganz einfach, Sahib. Viele der hinduistischen Fischer in der Gegend haben angeboten, mir ihr Boot zu verkaufen, was oft ihr einziger Besitz ist, nur damit sie nach Indien fliehen können. Mit meinen bescheidenen Mitteln ist es mir immerhin möglich gewesen, eines oder zwei davon zu erwerben, aber mit Eurem Kapital, Sahib, da könnten wir eine ganze Flotte besitzen.«

»Und wer soll dann mit diesen Booten fischen, wenn alle Fischer fort sind?«

Abbas winkt ungeduldig ab. »Dafür gibt es genügend unserer muslimischen Brüder. Die warten schon eine Ewigkeit darauf, in diesem Teil des Golfs Fuß zu fassen, aber sie haben nie eine Chance gehabt. Die hinduistischen Fischer hier waren übermächtig. Wir könnten sie für einen Bruchteil dessen anheuern, was wir jetzt zahlen.«

Rahim lächelt. »Ich sehe, Sie haben das alles schon gründlich durchdacht, Abbas.«

»Also werden Sahib darüber nachdenken?« Abbas springt vor Begeisterung auf die Füße. Rahim steht ebenfalls auf.

»Das habe ich bereits«, sagt Rahim mit eisiger Wut in der Stimme. »Dies ist unsere erste Begegnung, und das ist auch der einzige Grund, weshalb Sie jetzt noch Arbeit haben. Kommen Sie mir noch einmal mit einem so niederträchtigen Vorschlag, und ich sorge dafür, dass Sie sich Ihr Brot fortan mühsam werden verdienen müssen. Falls das noch nicht klargeworden ist – ich bin nicht hergekommen, um mich an armen, verängstigten Hindus zu bereichern. Sie werden von mir denselben Schutz und dieselben Wohltaten erhalten wie von meinem Vorgänger, wenn nicht mehr, angesichts des vergifteten Klimas nach den Unruhen. Dasselbe gilt für Muslime, Christen, Buddhisten und alle anderen.«

Abbas ist während Rahims Wutrede in sich zusammengeschrumpft wie ein Fisch in der Sonne. »Das war nur so ein verrückter Gedanke, der mir mal gekommen ist, Sahib, weil mir die Sonne so auf den Kopf gebrannt hat. Bitte verzeiht und vergesst, dass ich es jemals erwähnt habe.«

Rahim weist auf sein Haus. »Kümmern Sie sich um Ihre Familie, und bemühen Sie sich, das Gleiche für die Gemeinde hier zu tun. Es wird sich einiges ändern.«

Erst macht er sich auf den Heimweg, bebend vor Zorn, beschließt dann aber, stattdessen in die andere Richtung zu gehen. Gegen seine üble Laune helfen nur die Brandung und frische Luft. Er hält auf ein kleines Palmengehölz in der Ferne zu, wo sich etwas zu bewegen scheint. Beim Näherkommen sieht er, dass es ein kleines Mädchen ist, etwa im Alter von Abbas' Sohn. Ihr Oberkörper ist nackt, ihr Haar von der Sonne kupferrot gebleicht. Als er auf sie zugeht, blickt sie auf, ohne ihn zu grüßen.

»Hallo«, sagt Rahim mit gezwungener Fröhlichkeit. »Was machst du denn hier, Kind?«

Er will ihr noch mehr sagen, doch die Augen des Mädchens lassen ihn innehalten, so sehr stechen sie hervor aus ihrem schmalen, unscheinbaren Gesicht. Das Grau scheint sämtliche Ozeane der Welt in sich aufgesaugt zu haben.

Der Umgang mit Kindern ist ihm nie leichtgefallen, und die furchtlose Art dieses Mädchens verstört ihn regelrecht. Schließlich antwortet er an ihrer statt: »Du zeichnest, wie ich sehe.«

Die meisten Kritzeleien auf dem Boden sehen aus wie kindliche Versuche, bengalische Buchstaben zu schreiben, doch da sind auch andere, die er nicht erkennt.

»Weißt du, was sie bedeuten?«

Schweigen. Dann: »Wer bist du?«

»Ich bin dein neuer Nachbar.«

»Du lügst. Ich hab gestern gesehen, wie du ins große Haus reingegangen bist. Du und die Dame. Ihr wohnt im Haus vom alten Zamindar. Du musst der Neue sein.«

Er macht eine Geste des Aufgebens. »Du bist zu schlau für mich.«

Unwillkürlich hat er sich im Schneidersitz auf dem Boden niedergelassen, deutet auf eine der Kritzeleien und fragt: »Weißt du, was das für ein Buchstabe ist?«

অ

»Nein.«

»Das ist *Shorey ›o‹*«, benennt er den ersten der bengalischen Vokale, und dann zeichnet er deutlichere Versionen der anderen zittrigen Lettern auf, die das Mädchen in den Boden geritzt hat – das dreieckige *Ko* ক, das verschlungene *Talibo-Sho* শ, *Dscho* য und *Gho* ঘ. Aufmerksam sieht ihm das Mädchen zu, zögert jedoch jedes Mal, wenn er sie bittet, es ihm nachzutun. Um sie zum Mitmachen zu ermuntern, schreibt er alle sechsunddreißig Buchstaben hin, Vokale und Konsonanten getrennt, und dann auch noch in den vielen möglichen Variationen, wenn zwei Schriftzeichen zu einem vereint werden.

Ein Blick auf seine Taschenuhr zeigt ihm, dass unterdessen eine Stunde vergangen ist, und so sitzen sie nun im Herzen eines Sternbilds aus Buchstaben. Die Sonne ist genau über sie geklettert und dampft die morgendliche Feuchtigkeit aus dem Sand. Trotz der Hitze fühlt er sich ruhiger, entspannter. Die gemeinsame Stunde mit diesem Kind hat die rauen Kanten geglättet, die das Treffen mit Abbas hinterlassen hat.

»Gehst du zur Schule, Kleine?«

Sie schüttelt den Kopf.

»Oh. Sind deine Eltern alphabetisiert?«

»Was heißt alphabetisiert?«

»Können sie lesen und schreiben?«

»Nein.«

»Aber wo hast du dann gelernt, das hier zu schreiben?«

Wieder Schweigen. Das Mädchen richtet den Blick auf den Boden, folgt mit dem Finger den Buchstaben, die sie gemeinsam in den Sand geritzt haben.

»Möchtest du noch mehr lernen?«

Wieder blickt sie ihn an mit ihren stechenden Augen und nickt.

»Dann komm morgen in mein Haus. Du scheinst ja zu wissen, wo es liegt. Wir bringen es dir bei, meine Frau und ich.«

Beim Sprechen geht ihm auf, dass er Zahira einspannt, ohne sie vorher zu fragen.

»Ich komme«, sagt sie schlicht.

Er findet seine Frau in einem Winkel des gewaltigen Gartens bei der Arbeit. Sie behängt die Wäscheleine mit einer Garnitur breiter weißer Vorhänge, die sie im Keller gefunden und mithilfe einer Frau aus der Nachbarschaft gewaschen hat. Sie strahlen hell in der Sonne, blähen sich wie Segel, wenn der Wind sie erfasst, und verleihen Zahira somit etwas von einem Kapitän auf dem Schiffsdeck.

»Wie war es?« Sie hat ihn erblickt und lächelt ihm zu. Ihre Dupatta ist um Schulter und Taille zusammengesteckt. Aus ihrem Haarknoten haben sich Locken gelöst, sie kleben ihr wirr auf der schweißnassen Stirn. Das Gesicht, über das sie sich mit dem Ärmel wischt, leuchtet zufrieden.

Er berichtet ihr von seinem Treffen mit Abbas.

»Wenn das die Geisteshaltung der Leute ist, die hier das Sagen haben, dann übersteigt das meine schlimmsten Befürchtungen«, schließt er.

Zahira, die aufmerksam zugehört hat, pflichtet ihm bei. »Ja, aber wir haben gewusst, dass es so sein könnte. Du hast gut daran getan, ihn zu warnen, und wenn ich dir für die Zukunft einen Rat geben darf, dann den, es in Zukunft etwas versteckter zu tun. Die Leute hier auf dem Land haben große Angst, ihr Gesicht zu verlieren; Politik wird hier sehr unterschwellig betrieben. Es wird dauern, bis du dich daran gewöhnt hast.«

Ihre Kritik war konstruktiv gemeint, doch sie zeigt ihm in Reinform, welch enormen Veränderungen ihr Leben unterworfen ist und wie gigantisch die Herausforderungen sind, die vor ihnen liegen.

»Vielleicht haben wir uns etwas überhoben«, sagt er trübsinnig.

Sie nimmt seine Hand. »Jetzt verlier doch nicht so schnell den Mut. Wir haben in Kalkutta ein schönes Leben geführt, aber gedreht haben wir uns letztlich doch nur um uns selbst. Hier haben wir beide die Möglichkeit, wirklich etwas Gutes zu bewirken.«

»Ja«, sagt er und denkt an das Mädchen mit den grauen Augen. »Vielleicht haben wir das.«

Tatsächlich finden sie am nächsten Morgen das Mädchen vor ihrem Tor, still und starr wartet sie dort, bis Zahira sie bei einem Blick aus dem Fenster bemerkt. Gemeinsam führen sie sie herein. Zahira bringt ihr Kekse und Tee und setzt eine Extraportion Reis für das Nachmittagsmahl auf, als sie die dürren Handgelenke des Mädchens bemerkt.

Der Unterricht beginnt gleich nach dem Tee. Rahim bittet das Mädchen, sich auf den Stuhl am Schreibtisch zu setzen, den sie auf der Veranda aufgestellt haben.

»Stimmt etwas nicht?«, fragt er, als sie sich windet.

»Ich will auf dem Boden sitzen.«

»Na schön.«

Aber sie fühlt sich noch immer nicht wohl.

»Der Boden ist zu kalt. Können wir draußen im Garten sitzen?«

»Können wir.«

Sie ziehen auf den Rasen um: unten Gras, oben Sonne.

»Erinnerst du dich noch an die Buchstaben, die wir gestern geübt haben?«, fragt er.

Auf der Tafel, die er ihr überreicht hat, zeichnet sie mit Kreide jeden einzelnen Buchstaben nach. Dafür, dass nur ein einziger Tag vergangen ist, hat ihre Schreibkunst gewaltig gewonnen. Mühsam überspielt er seine Überraschung.

»Sehr gut«, bringt er nur heraus.

Sie scheint sich an der Reaktion zu freuen, die sie ihm entlockt hat. »Ich kenn einen, den du nicht kennst.«

Mit ungewöhnlicher Sorgfalt malt sie ein weiteres Symbol auf den Schiefer.

Ihre Behauptung erweist sich als richtig, denn Rahim starrt lang und verwirrt auf die Tafel. Das Mädchen hat eine seltsame Glyphe gezeichnet, eine Form, die sich aus einem Zusammenfluss schwertgleicher Striche ergibt.

運

»Wo hast du das denn gesehen?«

»Weiß ich nicht«, sagt das Mädchen, und ihre grauen Augen fordern ihn heraus, die offensichtliche Unwahrheit anzuzweifeln.

Er ändert seine Taktik. »Ich möchte doch auch was von dir lernen, genau wie du von mir. Willst du denn nicht meine Lehrerin sein?«

So leicht ist sie nicht umzustimmen. »Nein.«

»Na schön.« Er reibt sich die Schläfen. Vielleicht gibt es schlimmere Schicksale als Kinderlosigkeit. Zahira sieht ihnen von ihrem Stuhl auf der Veranda aus zu und lächelt über seine Frustration.

Als das Mädchen am nächsten Tag wiederkehrt, hat sie einen Stoffbeutel dabei, aus dem sie einen Stoß bunten Papiers hervorzieht. Rahim und Zahira bestaunen die seltsame Sammlung von Flugblättern. Eines zeigt einen riesenhaften Soldaten in Helm und olivgrüner Uniform, der mit wildem Gesichtsausdruck dem Betrachter entgegenspringt – *Kämpft für die Befreiung Asiens von der kolonialen Unterdrückung,* befehlen die bengalischen Worte über seinem Kopf. Auf einem anderen kriechen zwei Männer im Turban auf der Straße, während ein hellhäutiger Soldat und eine ebenso weiße, gutgekleidete Frau an ihnen vorbeistolzieren – *Erniedrigt im eigenen Land.* Unter vielen weiteren Bildern sticht besonders eines hervor, das einen bereißzahnten, finsteren Dämon zeigt mit dem Bild eines gewaltigen Gebäudes auf der Brust. Auf seinen dem Betrachter entgegengereckten Händen stehen zwei Gestalten (die Kopfbedeckung der einen trägt einen weißen Zipfel, die der anderen ist buntgefärbt), die sich positionieren, um sich zu bekriegen – *Lasst die westlichen Kolonialisten nicht die Einheit Asiens zerstören.*

Er fragt das Mädchen, wo sie sie gefunden hat.

»Sie sind aus dem Flugzeug gefallen.« Sie deutet gen Himmel. »Ich war auf dem Feld, und da ist das Flugzeug über mich hinweggeflogen und hat dieses ganze Papier auf mich abgeworfen. Ich hab erst geglaubt, das sind Schmetterlinge. So habe ich die Buchstaben kennengelernt.«

Erstaunt schüttelt er den Kopf. Der Weltkrieg ist vorbei, doch seine Spuren halten sich dort, wo man sie am wenigsten vermutet.

»Und das andere Zeichen? Das, von dem du gemeint hast, dass ich es nicht kenne. Wo hast du das gelernt?«

Mit einem gewissen Zögern langt das Mädchen wieder in die Tasche, diesmal, um eine gefaltete Schärpe herauszubefördern.

Rahim breitet sie auf dem Tisch aus. Mit sanften Fingern streicht er darüber und staunt. Von mattem Gelb ist sie, zerrissen, hier und dort trägt sie dunkle, braunrote Spritzer. Neben einem anderen Symbol ist mittig das Schriftzeichen eingewoben, das das Mädchen am Vortag gezeichnet hat.

Er richtet sich an seine Frau: »Hast du so was schon mal gesehen?«

Zahira, die bis jetzt geschwiegen hat, kommt näher und weist auf die Flagge, die mit festem Zwirn in die Ecke der Schärpe genäht ist – eine rote Sonne auf weißem Grund.

»Nur das hier«, sagt sie. »An dem Tag, als ich dich gefunden habe.«

SHAHRYAR & ANNA

Washington, DC, USA
Oktober 2004

Als am Samstagmorgen bei Shar zu Hause das Telefon klingelt, hebt er erwartungsvoll ab. Es sind nur wenige Tage vergangen seit seinem Besuch in Ahmeds Büro, wo der USB-Stick mit den gewünschten Dateien den Besitzer gewechselt hat. Die Tat selbst kam ihm fast schon banal vor, so simpel war die Durchführung – er hat einfach Volckers Büro betreten unter dem Vorwand, dessen Antivirenprogramm zu aktualisieren, und stattdessen jede Datei, die er finden konnte in den zehn Minuten, die sein Chef auf dem Sofa den *Atlantic* durchblätterte, auf den Stick kopiert. Doch als er dem Anwalt das kleine Gerät übergab, fühlte es sich seltsam schwer an in seiner Hand, als lastete auf jedem Byte Daten auch seine Schuld, seine Schande.

Mit dem feinen Gespür für Gefühle, das vielen Anwälten eignet, hat Ahmed in diesem Moment seinen Blick gesucht. »Shahryar, was wir für unsere Kinder tun, kann nicht falsch sein.«

Er ist dann rasch aufgebrochen, begleitet von Ahmeds Versprechen, seine Anstellung voranzutreiben und ihn in ein paar Tagen anzurufen, sobald es etwas Neues gibt.

Aber jetzt ist es Nitens Stimme, die ihn aus dem Hörer begrüßt. »Hast du die *Post* abonniert?«

»Ja, aber noch nicht reingeguckt.«

»Dann guck jetzt. Metro-Teil, erste Seite.«

Er greift zur aktuellen *Washington Post*, schlägt die bezeichnete Seite auf und entdeckt den fraglichen Artikel. Beim Lesen der Überschrift tut sich in seinem Magen ein Angstkrater auf. Er nimmt wieder den Hörer.

»Hast du es gefunden?«

»Ja«, sagt er, kaum lauter als ein Flüstern.

»Lies.«

Der Artikel über Faisal Ahmed ist kurz, seine Aussage steckt in den letzten zwei Absätzen:

> Das FBI hat Ahmed schon seit Jahren im Visier, da ehemalige Klienten gemeldet hatten, dass er ihnen Green Cards versprochen und dafür im Voraus Tausende von Dollar kassiert habe. Ahmed soll mit einem Netzwerk aus Geschäftspartnern zusammengewirkt haben, die Unterlagen für Arbeitsbewilligungen beschafften und seine Klienten anschließend zum Schein beschäftigten. Diese Geschäftspartner erhielten regelmäßig Anteile an den Gebühren, die Ahmed von seinen Klienten eingenommen hatte.
>
> Dem Vernehmen nach kooperiert Ahmed bereits mit dem FBI; seine Kanzlei ist geschlossen. Clarence Cummings, ein Freund von Ahmed und ehemaliger Attorney General von Maryland, der diesen Herbst gegen Pablo Aguilar für den Senat kandidiert, hat sich hinsichtlich der Anklage fassungslos und bestürzt geäußert. Darüber hinaus wolle er nicht Stellung nehmen, da es sich um ein laufendes Gerichtsverfahren handle. Inwieweit die gegen Ahmed erhobene Anklage Einfluss auf die in wenigen Wochen stattfindende Senatswahl haben wird, wird sich noch herausstellen.

»Bitte sag mir, dass du die Finger von dem gelassen hast, was Ahmed von dir wollte.«

»Wenn ich das nur könnte.«

Geräuschvolles Einatmen. »Scheiße, Shar. Was hast du gemacht?«

Shar berichtet. Und ins lange Schweigen danach fragt er: »Was mache ich jetzt?«

»Jetzt hängt viel von Faisal Ahmed ab. Wir wissen ja nicht, wie die ›Kooperation‹ konkret aussieht. Das einzig Gute ist, dass er wegen Einwanderungsbetrugs angeklagt ist und nicht wegen Datendiebstahls. Aber man muss davon ausgehen, dass das FBI seine Computer beschlagnahmt hat. Und wenn Ahmed blöd genug war, deine Dateien da draufzulassen, ist das noch mal eine ganz neue Baustelle. Das Schlimmste, was aus unserer Perspektive passieren könnte, ist, dass er sich auf einen Deal einlässt und das FBI sich auf Cummings als den dickeren Fisch konzentriert. Aber selbst dann werden sie Ahmed unter Garantie fragen, wie er an die Daten rangekommen ist.«

Der Hörer wird glitschig in seiner Hand. »Wie groß ist die Gefahr, dass es so weit kommt?«

»Schwer zu sagen. Aber du musst dich auf jeden Fall fragen, ob es das Risiko wert ist.«

»Was meinst du damit?«

»Ist das nicht offensichtlich, Shar? Du musst das Land verlassen. Lieber gestern als heute.«

~

Heute Nachmittag wollte er eigentlich Anna besuchen. Er geht nun schon früher hin. Zum Glück sind Val und Jeremy beide zu Hause. Er fragt sie, ob sie sich im Wohnzimmer unterhalten können.

Dort sagt er: »Meine Lage hat sich geändert.«

Das Gespräch dauert über eine Stunde. Jeremy und Val fallen aus allen Wolken, doch sie haben Verständnis für seine Entscheidung. Sie sind sich einig, dass er Anna selbst sagen soll, was nun passiert.

Sie ist noch nicht da, weil sie bei einer Freundin übernachtet hat. Als sie kurze Zeit darauf ein Auto in der Einfahrt hören, ziehen Jeremy und Val sich zurück, damit Shar seine Tochter an der Tür empfangen kann.

»Hey, Baba.« Sie umarmt ihn. »Warum bist du schon da?«

»Ich hab mich so auf dich gefreut. Komm, wir gehen rauf.«

»Cool. Ich muss dir was zeigen.«

In ihrem Zimmer reicht sie ihm einen Bogen, über und über bedeckt mit ihrem Vornamen in sauberen, zierlichen bengalischen Buchstaben.

Er schnappt bewundernd nach Luft. »Wunderschön ist das, Anna.«

»Ja. Ich hab geübt und geübt, bis ich's richtig hingekriegt habe.«

»Ich glaube, du bist jetzt so weit, dass du deinen ganzen Namen schreiben kannst. Aber erst musst du noch ein paar andere Sachen lernen.«

Aufs Blatt schreibt er – mit breiten Abständen – die drei Konsonanten, aus denen sich ihr Nachname zusammensetzt, und damit der seine und der von Rahim und Zahira.

চ für den Laut *tsch*

ধ, ein behauchtes *d*, also *dh*

র für *r* (eines der drei in der bengalischen Sprache)

»Anders als im Englischen«, sagt er, »können wir nicht einfach einen Buchstaben neben den anderen setzen, damit er ein Wort ergibt. Sonst stünde da einfach nur ›chdhr‹. Im Bengalischen verändern die Vokale ihre Form, wenn sie zwischen Konsonanten stehen oder mit ihnen kombiniert werden.«

Als Nächstes schreibt er die drei Vokale aufs Blatt, die mit den Konsonanten darüber verbunden werden müssen.

ও wie *ou*

উ, ausgesprochen *u*

ঈ, ein tiefes, kehliges *i*

Anna ist gefesselt von dem, was er aufzeichnet. »Müssen wir den ersten Buchstaben nicht großschreiben?«

»Nö. In dieser Hinsicht ist das Bengalische ziemlich entspannt.«

Er fährt fort. »Also, wir müssen চ mit ঔ verbinden, um চৌ zu bekommen, also *chou*, ধ mit উ, um ধু zu bekommen, also *dhu*, und র mit ঈ, damit রী rauskommt, also *ry*. Die drei Silben, die deinen Nachnamen bilden.«

Er legt seine Hand über die seiner Tochter und führt sie über das Blatt, bis ihr voller Namenszug dasteht, in sattem Schwarz vor dem Weiß des Papiers.

আনা চৌধুরী

Sie stehen auf und bewundern das Ergebnis. »Das ist richtig schön, Baba.«

»Ja, ist es. Und wenn du weiterübst, brauchst du nach einer Weile meine Hilfe gar nicht mehr.«

Sie blickt zu ihm auf. »Ja, aber du bist doch da, oder? Wenn ich deine Hilfe brauche, muss ich dich einfach nur fragen.«

Er setzt sich aufs Bett. »Was das angeht, Liebling …«

JAMIR

Golf von Bengalen
November 1970

Während des Putzens ist es Nacht geworden. Das Boot liegt vor Anker, die Maschinen stehen still.

Er erhebt sich. Die Speigatten glänzen wie neu. Doch seine Knie schmerzen, seine zerschnittenen Hände brennen, und sein altes Herz tut ihm weh.

Sie haben ihn alleine gelassen, während er in seine Arbeit vertieft war. Zwischendurch hat er nur kurz Abbas und Manik im Steuerhaus gesehen, wie sie sich vermutlich besprachen. Doch seit er sich mit dem Kapitän über den in der Hütte gefundenen Brief unterhalten hat, ist niemand mehr zu ihm gekommen.

Das Schrubben der Speigatten hat ihm etwas Gift aus der Seele gewaschen; er fühlt sich leichter, als er sich nun zur Kajüte aufmacht. Doch dann hält er kurz inne: Gaurangas Einladung vom Morgen fällt ihm wieder ein. Mitfühlende Ohren wären jetzt nicht das Schlechteste, beschließt er und streicht über den Rochenschwanz an seinem Hals.

Jetzt, wo die Turbinen schweigen, hört er auf dem Weg zum Maschinenraum das Knallen und Dröhnen der sich abkühlenden Zahnräder sowie gedämpfte Stimmen.

Gauranga und Humayun sitzen ganz hinten auf einer schäbigen Decke, die sie auf dem Boden ausgebreitet haben. Darauf stehen ein Teller mit gebratenen Fischbrocken und eine Flasche, zu zwei Dritteln gefüllt mit einer trüben Flüssigkeit.

»Na endlich, der Fürst gesellt sich zu uns!« Gaurangas Lallen hallt durch den Gang. Humayuns Mundwinkel heben sich leicht.

Gauranga bemerkt Jamirs prüfenden Blick auf ihr Getränk: »Das ist der beste Tari, den man nur kriegen kann. Unser alter Humayun höchstpersönlich hat seine schönsten Palmen angezapft und den Topf mit süßem Saft dann in die Ecke seiner Hütte gestellt, um ihn dort eine Woche lang zu vergessen. Mehr ist nicht nötig. Hier, nimm einen Schluck.«

»Danke, vielleicht später.« Jamir geht zwischen den beiden in die Hocke. Er mustert den Tari. Es wäre zwar nicht gerade das erste Mal, dass er Alkohol tränke, doch anders als viele andere im Dorf ist er nie davon abhängig geworden.

»Ach, keine falsche Bescheidenheit. Hier!« Gauranga schiebt ihm die Flasche unter die Nase. Jamir ergreift sie schließlich und nimmt einen zögerlichen Schluck. Die saure Flüssigkeit versengt ihm die Kehle und bringt ihn zum Husten.

Gauranga amüsiert sich. »Der brennt sich nur die Bahn frei. Der nächste geht runter wie Öl.«

Humayun lehnt sich gegen die Wellblechwand und summt ein trauriges Liebesliedchen aus einem Film. Die beiden Männer schieben sich Fischbrocken in den Mund. Jamir hat keinen Hunger. Er nimmt stattdessen noch einen Schluck.

»Trink nur, trink!«, drängt ihn der Ältere. »Wenn du erst mal wieder an Land bist, dann liegt dir nur wieder deine Frau in den Ohren, und dann wünschst du dich hier aufs Wasser zurück, wo du in Ruhe Lebenswasser süffeln kannst.«

»Kennst du solche Probleme etwa nicht?«

»Ich hab zwar eine Frau, aber im Laufe der Jahre sind meine Gehörgänge versteinert. Alles, was hier ankommt«, er tippt sich ans rechte Ohr, »prallt einfach wieder ab.«

Sie essen und trinken schweigend. Jetzt, wo das Gespräch stockt, spürt Jamir erneut, wie ihn die Unzufriedenheit packt. Der maulfaule Humayun, den Jamir immer für jeden Mitgefühls bar hielt, überrascht ihn daraufhin plötzlich mit der Frage, was ihn bedrückt.

»Es … es ist wegen meiner Familie. Wenn ich euch sage, worum es geht, muss es aber unter uns bleiben.«

»Wir sind Fischer, keine Waschweiber«, sagt Gauranga. »Jedes Wort, das wir an Bord hören, ertränken wir, bevor wir an Land gehen.«

Jamirs verzweifeltes Bedürfnis nach einer zweiten Meinung überwindet sein Misstrauen, und so vertraut er den beiden Männern an, was er vor zwei Wochen in der Hütte entdeckt hat.

»Nun?«, erkundigt sich Jamir, weil die beiden zwar Blicke wechseln, aber kein Wort herausbringen. Sollte er sein Geheimnis etwa für nichts und wieder nichts verraten haben?, fragt er sich beschämt.

Stattdessen stellt Gauranga die Tariflasche ab und hebt seinerseits an: »Ich will dich etwas fragen, mein Sohn. Was ist es, was du am dringendsten über mich wissen möchtest? Ich glaube, ich weiß es schon, aber ich möchte es gern aus deinem Mund hören.«

Was Gauranga angeht, ist Jamir stets neugierig gewesen, was es mit seinem fehlenden Auge auf sich hat. Vom Wein etwas enthemmt, bittet er, die Geschichte erfahren zu dürfen.

Humayun lacht leise. »Nicht die Geschichte schon wieder. Komm, gib mir einen Schluck. Ich werde es brauchen.«

Gauranga lächelt. »Hab ich's mir doch gedacht.« Er schlägt die Augenklappe hoch und enthüllt eine wunde rote Höhle, in der die milchigen Reste eines verkümmerten linken Auges liegen. Jamir gelingt es, nicht zusammenzuzucken.

»Mach's dir gemütlich, das dauert jetzt ein Weilchen.«

Während der ältere Seemann zu seiner Erzählung anhebt, reicht Humayun die Flasche an Jamir weiter, der noch einen großen Schluck nimmt. Gauranga spricht laut, aber langsam, im Tonfall und Rhythmus eines wandernden *Baul* – eines Barden und Geschichtenerzählers.

»Ich war sieben Jahre alt, als mein Vater mich eines Tages mit auf den Haat nahm. Er hieß Ram, wie der göttliche Krieger. Und wie der göttliche Krieger konnte er mal gutmütig, mal furchteinflößend sein.

Doch an jenem Tag wollte er mir nur die Fische vorführen, die er gefangen hatte. Die große Beute der See, die er zu einem hohen Preis auf dem Markt verkauft hatte. Er fischte auf einem Dampfer, der genau demselben Zweck diente wie unser Schiff hier. Nur sein Antrieb war anders.

Es war ein heißer Tag im Monat Asharh. Der Boden war schlammig vom Regen der vergangenen Nacht. Trotz der frühen Stunde brannte die Sonne schon heiß, die Luft war dämpfig und schwer. Und dennoch war mir nach Luftsprüngen zumute, wie wir so an den Limettenhainen vorbeigingen. Den Auberginenfeldern. Ich hatte meinen Vater ganz für mich allein. Untertags war er völlig anders als abends, wo er häufig nach Hause getorkelt kam und sein Atem im Suff so widerlich roch.

Auf dem Haat herrschte ein großes Gewusel. Wie es sonntags auch sein soll. Der Fang meines Vaters lag gleichmäßig bei den drei größten Fischhändlern verteilt, doch der Laden von Kartik hatte sich die besten Stücke aussuchen dürfen, weil der die tiefsten Taschen hatte. Sein Kopf war kahlgeschoren und seine Arme ganz dunkel von Tätowierungen zum Gedächtnis an die vielen Yajnas und Pujas, die er den Göttern dargebracht hatte. Einen dicken Bauch hatte er auch – so riesig wie die Fische, die er feilbot.

Während mein Vater und Kartik sich unterhielten, betrachtete ich die Ware und fasste den Entschluss, dass ich später einmal auf der See fischen würde und nicht auf dem Fluss. Unvorstellbar, dass in den Tiefen der Flüsse irgendetwas auch nur annähernd so Wunderbares hausen könnte wie das, was ich hier vor mir hatte – die gigantischen Muränen mit ihren Schlangenschnauzen und bösen Augen, die Riffhaie mit ihren zackigen Zähnen. Ich bahnte mir den Weg zum besten Stück von allen – zum riesigen Stachelrochen, der von einem Balken baumelte und im Tod noch nichts verloren hatte von seinem silbrigen Glanz. Viel einbringen würde er trotzdem nicht, weil Rochenfleisch oft zäh ist und hart. Er hing da vielmehr, um die Aufmerksamkeit auf Kartiks Stand zu lenken.

Kartik und mein Vater waren ins Gespräch vertieft.

Ich rückte näher an die Lederhaut des Rochens und erkannte, dass das, was ich für reines Silber gehalten hatte, in Wahrheit aus einem kleinteiligen, regelmäßigen Muster aus dunkelgrauen Flecken bestand.

Sanft betastete ich den Rücken des Rochens, dort, wo er in den dicken, muskulösen Schwanzansatz überging, um die raue Oberfläche seiner Haut zu spüren. Er schwankte etwas im Wind, der lange, gefährlich aussehende Stachel streifte fast den Boden.

Noch einmal fasste ich hin.

Das Wesen, das ich für tot gehalten hatte, zuckte plötzlich, als wäre ich Gott und mein Finger hätte es zum Leben erweckt. Der Schwanz peitschte hoch, zu schnell, als dass ich hätte beiseitespringen können. Ein Schmerz, so gewaltig und grausam, dass er alle Vorstellung übersteigt, erfasste jäh meine linke Gesichtshälfte, und ich stürzte schreiend zu Boden.

Auf dem Haat gab es keine Ärzte, die meine Wunde hätten behandeln, und keinen Kabiraj, der einen Umschlag hätte machen können, um das Gift herauszuziehen. Also lief mein Vater Ram mit mir in den Armen die vier Kilometer zwischen unserem Haus und dem Haat, wieder vorbei an den Limettenhainen, an den Auberginenfeldern. Die Sonne brannte uns ins Gesicht. Später sagte man mir, ich sei bewusstlos gewesen, während er mich trug, und hätte kaum geatmet. Mein Auge war ein Krater, aus dem sich ein roter Fluss ergoss.

Die nächsten Tage brannte ich in bösartigem Fieber. Meine Mutter erzählte danach, ich hätte so geglüht, dass sie kaum die Hand auf meine Stirn legen konnte. Mein Vater trommelte alle Heiler aus den umliegenden Dörfern zusammen, meine Mutter überschüttete mich kübelweise mit kaltem Brunnenwasser. Doch erst am vierten Tag wachte ich auf, mit kühler Stirn und mattem Körper, und bat meine Mutter um einen Reisbrei. Beide Eltern brachen vor Erleichterung in Tränen aus.

Mein Vater gab dem Kabiraj, der mich behandelt hatte, den größten Fisch aus seinem nächsten Fang. Unsere Nachbarn kamen herbei, um das Kind zu besuchen, das auf so wundersame

Weise den Angriff eines untoten Tiefseedämons überlebt hatte. Kartik brachte den abgetrennten Stachel des Rochens mit, als Andenken an das um ein Haar tragisch ausgegangene Ereignis. Doch die Zeit des Ruhms währte nicht lange. Meine Mutter meinte, dass die Achtlosigkeit meines Vaters mich um meine Zukunft gebracht habe und ich mich jetzt genauso gut zu den Betteljungen vor dem Tempel gesellen konnte, die sich dort an die Fersen der reichen Leute hefteten.

Mein Vater hörte nicht auf die Tiraden meiner Mutter. Stattdessen bastelte er mir aus Schnur und Palmenrinde eine Augenklappe. Und aus dem Stachel fertigte meine Mutter mir einen Anhänger, als Mahnung, nie wieder so unvorsichtig zu sein.

Als Folge der Verletzung hatte sich ein Film über mein Auge gelegt, es hatte sich in seine Höhle zurückgezogen wie ein verwundetes Tier. Doch bald bemerkte ich, dass es keineswegs tot war. In der verwüsteten Augenhöhle ging ein Wunder vor sich: Von dort, wo das Rochengift sich festgesetzt hatte, rankten sich mir magische Tentakel ins Hirn und verbanden sich mit ihm durch rätselhafte Alchemie, schürten in mir schaurige Zauberkraft.

Zum ersten Mal entdeckte ich meine neuen Kräfte, als ich die Augenklappe über mein gutes Auge legte und versuchte, durch das zerstörte zu blicken. Zuerst sah ich einfach nur Schwarz, doch nach und nach sickerte Licht herein und schuf eine Schattenwelt, die im Laufe der Wochen und Monate immer schärfer wurde. Und das Licht wurde stärker. Ich fing an, verzerrte Gestalten zu sehen – aufgeblähte Boote, die zu zittern schienen, Äste, die wie Adern erblühten, die See, deren tintenschwarze Masse sich endlos an einer metallisch weißen Küste brach.

Am meisten jedoch veränderte sich meine Sicht auf die Menschen. Wenn sie mir den Rücken zukehrten, verschob ich rasch meine Augenklappe und prüfte sie mit meinem zerstörten Auge. Meistens sah ich nur schwammige Umrisse. Doch um manche Menschen herum nahm ich ein helles Leuchten wahr, ein tröstliches, warmes Licht. Hinter anderen wölbten sich Schatten wie die Flügel riesiger Raben.

Diesen wenigen seltsamen Seelen pflegte ich zu folgen, und allmählich erkannte ich ein Muster. Der schwerfällige, tumbe Sohn des Polizei-Daroga, der mich schikanierte, hatte schwarze Flügel, ebenso wie der böse alte Zamindar (ein Segen, dass Rahim Sahib nun an seine Stelle getreten ist), der immer auf seinem Pferd umherstolzierte. Das Mädchen jedoch, mit dem ich immer spielte, das Mädchen, das drei volle Tage auf meiner Türschwelle saß, während das Stachelgift mich verzehrte, war in Licht gehüllt. Genau wie meine Mutter.

Der Stich des Rochens hatte meinem Auge die Schärfe, die Fernsicht genommen. Doch es war ein Tausch gewesen, kein Diebstahl. Denn im Gegenzug erhielt ich das Auge der Wahrheit.

Mein Vater konnte mir nicht mehr ins Gesicht sehen, vielleicht weil es ihn daran erinnerte, dass er für meinen Zustand verantwortlich war. Aber er schlug mich nun seltener, eine Zeitlang zumindest.

Eines Nachts aber, Monate nach meinem Unfall, kam er heimgetorkelt, trunken und brüllend, und er sah, dass ich unsere Rattanwände mit einem Kreidestück vollgekritzelt hatte, das ich vor einer Schule gefunden hatte. Im Zorn drosch er auf mich ein, bis mir die Lippen bluteten und ich beinah das Bewusstsein verlor. Mutter schrie laut, bat ihn aufzuhören.

Danach stolperte er zu Bett. Ich blieb im Schoß meiner Mutter liegen. Sie versuchte, mich zu trösten, so gut sie es konnte, flüsterte mir ins Ohr, mein Vater habe es nicht so gemeint; am nächsten Tag werde er mich zum Haat mitnehmen und mir dort den buntesten Drachen kaufen, den es nur gab.

Ich hörte nur mit einem Ohr zu, schob meine Augenklappe beiseite, um meinen Vater anzusehen, ihn richtig anzusehen. Er schlief mit dem Rücken zu uns. Ich starrte ihn an, bis mein gutes Auge schmerzte und die Tränen meiner Mutter mit meinen zusammenflossen, bis die Flamme in der Lampe erloschen war und das silberne Mondlicht sie abgelöst hatte.

Doch ich sah damals und in der Zeit danach keine schwarzen Flügel aus dem Rücken meines Vaters treten, genauso wenig wie eine goldene Aura um ihn herum aufleuchten. Er war einfach nur ein ganz gewöhnlicher Mensch.

Abgesehen von euch beiden habe ich das Geheimnis meines Auges bisher nur mit einem anderen Menschen geteilt – mit meiner Frau (ebendem Mädchen, das vor all den Jahren vor meiner Tür geweint hatte), in unserer Hochzeitsnacht. Als ich während meines ersten Liebesaktes zum Höhepunkt kam, kaum Minuten nach meinem unbeholfenen Eindringen, löste das in mir eine Flutwelle aus, die alles mit sich riss, was ich bislang in mir verborgen gehalten hatte, auch die Geschichte meiner Kräfte. Danach lag ich neben ihr im Bett, sanft und satt, und da erzählte ich ihr, was es mit meinem Auge auf sich hatte.

Das war ein Fehler, denn schon im Sprechen nahm ich die Veränderung in ihr wahr, sah, wie ihr Gesichtsausdruck von Erstaunen über Misstrauen in Furcht überging.

Schließlich schlummerte sie ein, doch ich lag weiter wach, überzeugt, dass meine frisch Angetraute mich nun für einen Verrückten hielt. Doch als ein paar Tage darauf ein unbekannter Besucher kam und mich darum bat, ihm mein Boot zu borgen, da fragte sie mich, ob ich ihn mit ›dem Auge‹ geprüft hätte. Streng sah ich sie an, versuchte herauszufinden, ob sie sich über mich lustig machte. Nein, antwortete ich, an dem Burschen hätte ich nichts Falsches gesehen. Doch im Laufe dieser Jahre hat mich mein Auge gelehrt, dass in dieser Welt die Teufel den Engeln zahlenmäßig voraus sind.«

Jamir hat Gaurangas Geschichte wie verzaubert gelauscht. Nun, da das Boot sanft schwankt und das leise Klopfen der Maschinen nachgelassen hat, hört man nur noch das Wasser gegen den Rumpf schlagen und das regelmäßige, hauchende Auf und Ab der atmenden Männer.

Beim Erzählen hat Gauranga sein gutes Auge geschlossen gehalten. Erst als er zu Ende ist, richtet er seinen trüben Blick auf Jamir. »Aber du, mein Sohn. Wenn ich dich betrachte, dann sehe ich nicht bloß eine Aura, sondern Flügel. Silberne Flügel aus

Licht. Du bist ein *Farishta*, mein Sohn. Einer von Gottes Engeln, herabgesandt, um uns alle zu retten.«

Bevor Jamir eine Antwort finden kann, hallt Humayuns dröhnendes Gelächter durch den Maschinenraum. Humayun hat sich vornübergebeugt und trommelt mit den Fäusten auf den Boden, Tränen schießen ihm in die Augen.

»Wenn, also wenn du ihm das abgekauft hast, dann hab ich noch eine Meerjungfrau als Braut für dich«, prustet er. »Ich hoffe, der Fischgeruch stört dich nicht.«

Gauranga schaut beleidigt, weist auf den Stachel um Jamirs Hals. »Du Hurensohn! Den hab ich fünfzig Jahre getragen, bis ich ihn Jamir geliehen habe.«

»Den hat er vor ein paar Jahren einem Rochen abgeschnitten, den wir gefangen haben«, entgegnet Humayun. »Und was sein Auge angeht, das hat er verloren, weil er eines Nachts besoffen auf ein spitzes Stück Bambus gestürzt ist. Ich war dabei. Er hat sich mehr Sorgen darüber gemacht, was seine Frau dazu sagt, als um sein Auge.«

»Stimmt das?«, fragt Jamir voller Wut, so zum Besten gehalten zu werden.

»Hör nicht auf ihn, Junge«, sagt Gauranga. »Bei der Geschichte geht's gar nicht darum, ob ich das Auge der Wahrheit habe, sondern darum, dass du es in jedem Fall nicht hast. Wir können nicht alles auf den ersten Blick erkennen. Die Wahrheit hat viele Seiten.«

Er zündet sich eine Bidi an, während Jamir dasitzt und nachdenkt. Nach ein paar Zügen klopft er die Asche ab und stellt eine solch schlichte Frage, auf die Jamir schon längst selbst hätte kommen können.

»Woher willst du überhaupt wissen, dass der Brief von ihr stammt?«

»Ich hab ihn in der Hütte gefunden. Sie ist bei uns die Einzige, die lesen und schreiben kann.«

»Das will nichts heißen. Sie könnte den Brief für jemand anderen geschrieben haben. Sie könnte ihn auch in einer Flaschenpost gefunden haben. Ich frage dich nochmals, woher willst du wissen, dass der Brief von ihr stammt?«

Unfähig, eine Antwort zu geben, sitzt Jamir stumm da im Zwielicht des Maschinenraums. Doch zum ersten Mal entdeckt er im Meer seiner Verzweiflung einen Sonnenstrahl, einen schimmernden, zitternden Schaft, auf den er zuschwimmen kann.

Der Brief stammt von ihr, weil Abbas mir das erzählt hat, will er den anderen sagen. *Und ich glaube ihm, weil …*

Er denkt den Gedanken nicht zu Ende. Er kann nicht. »Vielleicht habe ich vorschnell an ihr gezweifelt.«

»Die Sinne wandern, und wenn man seinen Geist ihnen folgen lässt, wird man zum windgebeutelten Schiff«, sagt Gauranga. »So steht es jedenfalls im Bhagavat Gita.«

Er erkundigt sich bei Humayun, der sich mittlerweile an die Wand gelehnt und die Augen geschlossen hat. »Was sagt dazu der Koran?«

»Wie kommst du darauf, dass ich das weiß?«

Gauranga legt ihm die Hand schwer auf die Schulter. »Mit Ehefrauen ist das so eine Sache, mein Junge. Sie schreien dich an, machen dich klein wie eine Ameise und lassen deinen Schwanz zurückschrumpfen wie eine Schildkröte, wenn es ihnen gefällt. Aber in Zeiten der Not findest du keinen engeren und wahreren Freund, und welcher Sturm auch aufziehen mag, sie stehen immer an deiner Seite. Wenn du an deiner Frau zweifelst, sprich mit ihr, bevor du etwas Überstürztes tust.«

Humayun steht auf, reckt sich und geht zum Ausgang. »Dafür, dass du von dir behauptest, kein Waschweib zu sein, klingst du aber verdächtig nach einem.«

Nachdem er gegangen ist, sagt Jamir: »Danke für deine Geschichte. War wenigstens der Teil mit deinem Vater wahr?«

»Ja, so leid es mir tut.«

»Die Erinnerungen an meinen Vater sind ebenfalls schmerzhaft. Wenn auch auf andere Art.«

»Fühl dich nicht genötigt, sie mir zu erzählen, nur weil ich dir meine erzählt habe«, sagt Gauranga. Wie er so dahockt, die langen Arme über die Knie gebreitet, erinnert er Jamir an einen großen, gutmütigen Vogel. »Aber in meinem Leben habe ich die Erfahrung gemacht, dass der Schmerz des Vergangenen in einem gärt, einem das Blut vergiftet, wenn man ihn zu lang in sich trägt. Ein Weg, ihn loszuwerden, ist, darüber zu sprechen.«

Jamir nimmt einen langen Schluck Tari, bevor er anhebt.

»Alles begann mit der Frau.

Als ich sie zum ersten Mal sah, half ich gerade meinem Vater mit seinem Boot. Das war ein Schmuckstück! Groß, mit einem Bughorn, das bis in den Himmel ragte. Er sagte, eines Tages würde es mir gehören. Wie deiner war auch mein Vater Fischer auf dem Meer. Aber damals reichte das nicht zum Überleben. Also nahm er sonntags englische Soldaten und ihre Frauen, die wegen des Kriegs da waren, mit auf Bootsausflüge.

Zum ersten Mal sah ich sie auf solch einem Ausflug. Sie war mit ihrer Freundin zum Strand gefahren, beides Ärztinnen oder Krankenschwestern im britischen Armeehospital. Ich hatte vorher noch nicht viele Engländer gesehen, und die Frauen kamen mir wunderschön vor mit ihren exotischen Augen- und Haarfarben. Die Freundin hatte schwarzes Haar, und sie sagte kaum ein Wort zu uns, legte sich gleich achtern hin und schlief ein. Doch die Frau, von der ich spreche, hatte rotes Haar. Zusammen mit ihrer hellen Haut sah das aus, als brannte sie unter der Sonne, wie ein Geschöpf des Feuers – ein Dschinn, der aus einer Kindergeschichte in mein Leben getreten war. Sie war auch viel netter als ihre Freundin, sprach mit mir und meinem Vater wie mit Gleichen und bot mir ein flaches Stück einer dunklen Süßspeise an, von der ich später erfuhr, dass sie ›Schokolade‹ hieß. Ich griff natürlich zu.

Eine Woche darauf kam die Bootsbesatzung meines Vaters zu meiner Mutter und berichtete, etwas Erstaunliches sei geschehen. Die Engländerin sei wiedergekommen, als sie gerade die Boote wegen des aufziehenden Sturms an Land gezogen hätten, und sie gebeten, einen Japaner nach Burma zu bringen. Einen Soldaten. Mein Vater zögerte, doch das Geld, das sie ihm anbot, war so viel, dass er nicht ablehnen konnte. Also verteilte er die Hälfte an seine Mannschaft und fuhr dann allein los, um den japanischen Soldaten nach Burma zu bringen.

Für diesen Tag war Sturm angesagt, und die Mannschaft meines Vaters hatte Angst um ihn, doch gleichzeitig wusste jeder, was für ein guter Seemann er war. Wir alle vertrauten darauf, unseren Hashim nach einem Tag wiederzusehen, allerhöchstens nach zwei.

Und so kam es auch. Wir verbrachten zwei angstvolle, schlaflose Nächte damit, auf ihn zu warten. Während er fort war, traf der Sturm unsere Küste. Er tobte sich an unseren Ufern aus. Doch im Morgengrauen des zweiten Tages sah einer seiner Männer endlich seine schwarzen Segel am Horizont, von den Hügeln aus, und er kam in unsere Hütte gerannt, um es uns zu melden.

Wir eilten zum Strand. Mein Vater war bereits so nah, dass ich ihn am Bug sehen konnte. Wir winkten einander zu. In dem Moment sah ich zum ersten Mal die Augen, die in die Seiten seines Boots geprägt waren, Augen, die es zum Leben erweckten. Auch Schriftzeichen konnte ich erkennen, in einer Sprache, die ich nicht kannte. Sie erfüllte mich mit Furcht.

Und da erblickte ich den Mann.

Unwillkürlich blieb ich stehen. Er trug einen langen Armeemantel und war groß und hager, ein *Gora* – ein Engländer. Er stand am Strand und starrte aufs Meer.

Inzwischen war mein Vater fast angekommen. Er war schon vom Boot gesprungen und schleppte es ans Ufer. Auch er musste den Mann gesehen haben, doch er zögerte nicht. Vielleicht hatte er sich schon damit abgefunden, dass es Ärger geben würde.

Erst kurz vorm Strand hielt er inne. Er keuchte. Das dicke Schiffstau war um seine Schulter gespannt. Wir standen im Dreieck – ich am Strand, der Mann am Rande des Wassers und mein Vater darin.

Der Mann sagte etwas zu meinem Vater. Es klang wie eine Frage.

Mein Vater nickte. Dann erschoss ihn der Mann.

Er fiel ganz langsam, erst auf die Knie, dann mit dem Gesicht voran ins Wasser. Seltsamerweise hielt er dabei das Schiffstau weiterhin in der Hand.

Der Soldat sprach ein paar englische Worte, die ich nicht verstand, und spazierte langsam davon, ohne jedes Schuldgefühl, ohne Angst. Er hatte es nicht eilig, denn er hatte nichts Falsches getan.

Ich hielt den Kopf meines Vaters in den Händen. Weil ich noch so klein war, füllte er fast meinen ganzen Schoß aus. Er schlug die Augen auf und flüsterte mir etwas zu, doch sosehr ich es auch versuchte, ich konnte nichts hören im Rauschen der Brandung. Obwohl ich meinen Kopf so dicht über seinen beugte, dass seine Lippen mein Ohr schon berührten, ich konnte ihn nicht verstehen. Ich hielt ihn im Schoß, bis das Licht aus seinen Augen gewichen war.«

Jamir hält inne, um nach Luft zu ringen.

Eine lange, nachdenkliche Stille senkt sich herab, der Gauranga schließlich ein Ende setzt. »Was für ein schweres Leben du hattest, mein Sohn. Welch ein Erlebnis für ein Kind. Jeder Fischer an dieser Küste hat Hashims Geschichte gekannt, und doch war mir nie klar, dass er dein Vater war. Hast du den Mann, der ihn erschossen hat, je gefunden?«

»Nein. Ich war zu jung, um zu begreifen, warum das passiert ist, nur, dass mein Vater mir genommen wurde, das begriff ich. Wir unternahmen nichts, denn wir hatten es schließlich mit den Engländern zu tun, und die waren damals mehr als gewöhnliche Menschen, sogar mehr als Könige – sie waren Götter. Und gegen die Götter war kein Kampf zu gewinnen.

Doch die Frau sollte ich wiedersehen. Eines späten Abends, ein paar Tage nach dem Tod meines Vaters, klopfte es an der Tür. Meine Mutter kam nicht aus dem Bett vor Trauer. Also ging ich hinaus.

Ihr Mund, ihre Nase und das rote Haar waren versteckt hinter einem Tagelmust, den sie sich ums Gesicht gewickelt hatte, doch ich erkannte sie an den grünen Augen. Eine Weile drückte sie mich an sich, schluchzte, flüsterte mir einen Strom von Worten ins Ohr. Nur den Namen meines Vaters hörte ich heraus. Ihr Tonfall klang nach Entschuldigung und Reue.

Sie ließ mich los, holte aus ihrer Tasche ein silbernes Fläschchen hervor und überreichte es mir. Es lag mir schwer in der Hand, war kalt wie die Nacht.

Erst später begriff ich, warum sie es mir gegeben hatte – um ihr Gewissen zu erleichtern, weil sie meinen Vater in den Tod geschickt hatte.

Meine Mutter wog die Flasche auf einer Waage. Es war ein halbes Pfund reinsten Silbers, mehr, als mein Vater im ganzen Jahr auf dem Meer verdiente.

In dieser Nacht konnte ich lange nicht einschlafen und hielt dabei die Flasche ganz fest. Ich fürchtete, meine Mutter würde sie verkaufen. Am folgenden Tag erwachte ich sehr früh, und während sie noch schlief, marschierte ich auf einen der Hügel hinauf und versteckte das Fläschchen in einem verlassenen Kalitempel unter einem lockeren Ziegel.

Als meine Mutter erwachte und die Flasche nicht mehr fand, glaubte sie zuerst an Diebe, doch ein Blick in mein Gesicht verriet ihr, was passiert war. Sie prügelte mich, doch nichts in der Welt konnte mich dazu bringen, mein Versteck zu verraten. Also brach zum zweiten Mal binnen weniger Tage meiner Mutter das Herz.

Mein Vater war nicht mehr da, aber es war, als wäre er von der Erdoberfläche fort in mich hineingesprungen. Wann immer ich zum Tempel hinaufstieg und die Flasche betrachtete, spürte ich, wie sie uns verband. Dann saß ich stundenlang in diesem lichtlosen Tempel und sprach mit ihm. Wenn ich ihren verkorkten Verschluss öffnete und sie mir ans Ohr hielt, dann konnte ich hören, wie er mir zuflüsterte.

Ich drehte und wendete sie in den Händen, strich mit den Fingern über das gravierte Muster auf ihrer Fläche.«

Jamir sieht sich nach etwas Stiftähnlichem um. Er findet ein schmales Kohlestück und zeichnet mit sicherem Schwung auf den Boden. Vor den beiden Männern entsteht eine Form.

CLD

»Was ist das?«

»Ich habe es jahrelang gezeichnet, ohne zu wissen, was es darstellt. Mein Vater hatte immer davon geträumt, mich zur Schule zu schicken, um zu verhindern, dass mein Schicksal ans Wasser gekettet ist. Doch mit ihm starb auch sein Traum. Ohne Mann im Haus, ohne Kinder konnte es sich meine Mutter nicht leisten, mich zur Schule zu schicken. Ich hatte kaum begonnen, die bengalischen Buchstaben zu lernen. Doch im Dorf sprach sich herum, dass der neue Zamindar ein begabtes kleines Mädchen unter seine Fittiche genommen habe, Rakhi Jaladas, und ihr Lesen und Schreiben beibringe, was damals bei uns kaum einer konnte.

Eines Tages, ein paar Jahre nach dem Tod meines Vaters, sprach ich das Mädchen an in der Hoffnung, sie könne mir sagen, was diese Buchstaben bedeuteten. Wir kannten einander nur entfernt, denn sie war eine Hindu und ich Muslim. Ich zeigte ihr die Flasche, erzählte ihr meine Geschichte. Und sie erzählte mir ihre – wie ihr Weg sich einst mit dem des japanischen Soldaten gekreuzt hatte, den sie fast bewusstlos vor dem Wrack seines brennenden Flugzeugs gefunden hatte.

Sie und ich hatten an jenem Tag dasselbe Flugzeug gesehen. Es war kurz nachdem wir uns das erste Mal von der rothaarigen Frau verabschiedet hatten, doch während das Flugzeug mir Angst eingejagt hatte, war Rakhi ihm nachgerannt, als es über ihren Kopf hinwegflog und Flugblätter abwarf – Zettel auf Bengalisch, die uns überreden sollten, mit den Japanern gegen die Briten zu kämpfen. Nach dem Absturz zerrte sie ihn so weit wie möglich fort von den Flammen, und er versuchte, ihr eine Schärpe zu geben – ob als Geschenk oder zur Aufbewahrung, das war ihr nicht klar. Die Schärpe tauchte sie in den Wassereimer, den sie dabeihatte, und wrang ihn über seinem Mund aus.

Erst als sie die Sirenen der britischen Militärfahrzeuge hörte, rannte sie weg, ohne zu merken, dass sie versehentlich den seltsamen Stoff mitnahm. All die Jahre lang hatte sie gerätselt, was wohl aus dem Soldaten geworden war, und ich war zu ihr gekommen und hatte ihr die Antwort gebracht. Die Flasche war die eine Hälfte unserer Lebensgeschichte, die Schärpe die andere.

Sie meinte, die Buchstaben hätten vielleicht etwas mit dem Namen der Frau zu tun. Mit englischen Buchstaben kannte sich Rakhi nicht so gut aus, und auch über die Frau und fremde Bräuche wusste sie nicht genug, um zu wissen, was sie wohl auf ihr Besitzstück geschrieben hatte.

Wir wurden sehr enge Freunde, und nachdem wir uns eine Weile aus den Augen verloren hatten, fanden wir uns Jahre später wieder und heirateten kurz darauf. Damals nahm sie einen neuen Namen an, eine neue Identität. Als Hochzeitsgabe schenkte ich ihr das silberne Fläschchen, das uns erstmals miteinander verbunden hatte.«

»Und das Boot deines Vaters?«

»Die Flasche konnte meine Mutter ja nicht mehr verkaufen, also musste es das Boot sein. Ein anderer Fischer, dessen Handel florierte, erwarb es, weil ihm die Augen und die seltsamen Buchstaben so gut gefielen, die der japanische Soldat draufgemalt hatte. Sie waren gleichzeitig der Grund, warum ich froh war, das Boot los zu sein. Weil diese Augen mir Angst machten und die Buchstaben, deren Bedeutung ich ja nicht kannte, aussahen, als läge darin eine eigene Welt. Das Boot hatte sich verwandelt, uns verlassen. Es gehörte fortan in die Welt der Geister und Elfen.

Erst später wurde mir klar, dass meine Furcht noch tiefer ging. Sie hatte vom Boot auf die ganze Bucht übergegriffen. Seit jenem Tag, an dem ich den Kopf meines Vaters in meinem Schoß geborgen habe, seit sein Blut sich mit dem Sand und dem Schaum des Wassers vermischt hat, unter dem Bug dieses Boots mit den allwissenden Augen – seitdem fürchte ich mich vor der See.«

»Und trotzdem bist du Fischer hier auf dem Golf. Wie kommt das?«

Lange hält Jamir den Kopf in die Hände gestützt, durchlebt jene Tage zum tausendsten Mal aufs Neue. Endlich blickt er mit roten Augen auf.

»Ein Mann muss seine Familie ernähren.«

Nachdem Gauranga gegangen ist, bleibt Jamir noch im Maschinenraum sitzen. Er wünscht sich auf ein Schiff, das durch die Zeit zurücksegeln kann, zurück in die Zeit vor alldem.

So oft hat er nun schon den Brief betrachtet, auch wenn er nur einzelne Buchstaben erkennt, an die sich sein Blick trostsuchend heftet wie an ein vertrautes Gesicht in der Menge.

Welch grausamer Scherz ist das, dass die drei Buchstaben, die er am besten kennt und die er mit der größten Meisterschaft zeichnen kann, nicht bengalisch sind, sondern englisch, und den Namen der Frau ergeben, die seinen Vater tötete.

Die Macht des geschriebenen Wortes, die Vorstellung, dass man Klang, Gedanken, Ideen, Namen und Begriffe einfangen kann, indem man sie einer Oberfläche einschreibt, das macht die ungreifbare Zauberwelt aus, die ihm durch den Tod seines Vaters versperrt war. So landete er stattdessen in der Welt des Greifbaren: zwei Hände, um damit zu arbeiten; zwei Beine, um ihn zum Arbeitsplatz zu tragen; zwei Augen voller Meeresblau; zwei windgefüllte Ohren; eine Nase und eine Zunge, vom Meerwasser gesalzen.

Und als er Honufa heiratete und sah, wie ihr Geist unter der Anleitung des Zamindars Rahim erblühte, musste er sich so sorgfältig und regelmäßig den Neid aus den Gedanken jäten wie ein Gärtner das Unkraut.

Doch nach ihrem Bruch mit dem Zamindar, als sie keine Bücher mehr hatte, um ihren quecksilbrigen Geist zu füttern, keinen Stoff mehr für Schreibübungen außer Fels, Stein und Sand, da konnte er zusehen, wie sie in sich zusammensank, und erkannte die Verwundbarkeit des gebildeten Geistes – dessen Unfähigkeit, aus sich selbst zu schöpfen, so wie er es konnte: in den Wolken Muster zu erkennen, Gesichter in den Wellen, die Hinweise einer geheimen Sprache in den Rufen der Vögel und Tiere.

Er schämt sich, wenn er sich an das Vergnügen erinnert, das ihm Honufas Leiden bereitete.

Er steht auf, um zu gehen, aber plötzlich macht das Boot einen wilden Satz, der ihn fast wieder zu Boden befördert. Kurz wartet er ab, bis das Boot sich wieder beruhigt hat. Doch es bleibt bei diesem einzigen Schaukeln, und erst da wird ihm klar, dass nicht das Schiff sich bewegt hat, sondern seine alkoholgeschwächten Beine ihn im Stich gelassen haben.

Eine Hand an die Wand gestützt, macht er sich auf zu seinem Lager in der Kombüse. Sein Kopf ist schwer vom Palmwein, und unter dem sanften, beruhigenden Schlingern der Wellen sinkt er in unruhigen Schlaf.

Seine Träume sind grauenhaft. Er rennt durch endlose metallene Flure, verfolgt von etwas Ungeheurem. Hände langen aus den Wänden hervor, um nach ihm zu greifen, ihn aufzuhalten, auszubremsen. In seiner Panik kommt er ihnen versehentlich zu nahe: Schon wird er von ihnen gepackt, sie kriechen ihm von der Schulter über den Hals bis hinauf zum Mund, über den sie sich mit dämonischer Kraft krallen, um seine Schreie zu ersticken.

»Mmmpf!« Die Ketten des Albtraums bersten, und er versucht sich aufzusetzen, doch etwas drückt ihn nach unten. Eine Hand, eine echte. Ihre dicken, harten Finger drücken seinen Mund auf und stopfen ein Tuch hinein, aus dem beißender Dieselgeruch dringt. Er würgt.

Kaltes, scharfes Metall berührt seinen Hals.

»Ein Laut, und ich zieh dir das Rasiermesser über den Hals«, sagt Abbas.

Der Bohoddar steht über ihm, durchwühlt derweil mit der freien Hand sein Lager und seine Habseligkeiten. »Wo ist der Brief? Wo ist er, du verdammter Analphabet?«

Sein Körper ist schlaff vor Todesangst, seine Augen huschen von Abbas zu Manik, der seine Beine fixiert. Er grinst Jamir an.

»Fessel ihm die Beine«, weist Abbas seinen Sohn an, ohne den Blick von Jamir zu wenden. Binnen weniger Augenblicke ist ein dickes Nylonseil um sie gewickelt und von einem festen Knoten justiert. Seine Hände werden als Nächstes gesichert und an den Gelenken so fest verschnürt, dass er kaum noch die Finger bewegen kann. Jetzt, wo seine Gliedmaßen gefesselt sind, rasen seine Augen zumindest umher wie Tiere im Käfig, nehmen alles wahr und versuchen, Abbas' Blick einzufangen, ihn anzuflehen. So darf er nicht enden. *Ich habe niemandem etwas zuleide getan. Lass mich gehen, und ich sage es niemandem*, will er sie anschreien. Um seine Familie wiederzusehen, macht er sich gerne zum Feigling.

Abbas schiebt seine Hände unter Jamirs Achselhöhlen, während Manik die Beine packt. Gemeinsam wuchten sie ihn empor und tragen ihn zur Treppe. Ihm wird klar, was nun geschehen wird. Aus seiner Angstlähmung gerissen, windet er sich, versucht, durch den Lumpen in seinem Mund zu schreien, aber es klingt nur nach Stöhnen.

Draußen ist die Morgendämmerung angebrochen, und vom Deck aus scheint die Welt in Topasfarben getaucht – das Wasser ist ruhig, aber von kränklichem Grün. Irgendwann in der Nacht muss der Trawler weitergefahren sein. Jetzt pflügt er gleichmäßig durch die glatte, glasige See.

Achtern ist die Reling am niedrigsten, und genau dorthin bringen sie ihn.

»Mach dich bereit«, befiehlt Abbas, als sie parallel zur Reling stehen. Jamir blickt hinab. Die See, die so lange seine Familie ernährt hat, wird sich nun auf ihn stürzen. Hungrig leckt sie schon an den Seiten des Boots.

Sie legen Jamirs Körper aber erst noch mal ab.

Abbas zerrt den Lumpen aus Jamirs Mund, drückt sofort seine Hand darauf. Jamir schnappt nach Luft.

»Ich nehme meine Hand weg«, sagt Abbas. »Du hast noch eine

einzige Chance, mir zu sagen, wo du den Brief hast. Wenn du schreist, bring ich dich um. Wenn du's mir nicht sagst, bring ich dich auch um. Kapiert?«

Jamir nickt, doch als Abbas die Hand wegnimmt, spricht er nicht, sondern starrt nur auf den Mann, der über ihm steht.

»Na schön. Sag nicht, ich hätte dir keine Chance gegeben.«

Während Abbas nach seinem Rasiermesser fischt, lässt Maniks Griff um seine Knöchel ein klein wenig nach. Jamir nutzt sofort die Gelegenheit, um die Beine anzuziehen und mit aller Macht von sich zu stoßen.

Vor Schreck wird der Sohn des Bohoddars fast einen halben Meter nach hinten befördert und stolpert dabei noch über die eigenen Storchenbeine. Wie ein Fisch zappelt Jamir übers Deck und wälzt sich selbst über den niedrigen Abschnitt der Reling. Sein Körper wirbelt durch die Luft. Die blaugrüne See jagt seinem Gesicht entgegen.

Wie eine Ohrfeige trifft ihn der Kälteschock. Er schlägt mit dem Bauch auf, und Salzwasser dringt ihm in die Nase. Als er husten muss, rammt ihm die See sofort ihre kalte, salzige Faust in die Kehle. Er zappelt kurz an der Oberfläche, aber beginnt dann rasch, unterzugehen.

Obwohl es in seinem Kopf wild rotiert und er beinahe vor Panik in Ohnmacht sinkt, hört er, wie eine Stimme zu ihm durchdringt. Gebieterisch und weise.

Halt. Du weißt, wie das geht. Halt die Luft an. Wind dich empor wie ein Aal.

Inzwischen ist Jamir klaftertief unter Wasser, doch er richtet sich dennoch nach der Stimme, starrt hinauf zum unscharf beleuchteten Himmel. Er tritt mit den Füßen und dreht den Oberkörper in die Senkrechte. Die gebundenen Hände und Füße behindern ihn dabei nicht, sie machen ihn stromlinienförmig. Sternchen stieben ihm vor den Augen, wie er sich verzweifelt krümmt und windet und endlich aus dem Wasser hervorbricht, Luft schnappt in gewaltigen, dankbaren Zügen.

Weit ist der Trawler inzwischen noch nicht gekommen. Abbas

und Manik stehen weiter am Achterdeck. Sie rufen nicht, sehen nur zu, wie das Boot langsam davonfährt.

Tiefe Luftzüge, sagt die Stimme. *Füll dir die Lunge, halt den Kopf über Wasser. Vergiss die beiden. Die denken, du bist erledigt.*

Er wirbelt herum. Da ist nichts, in alle Richtungen nur endloser Ozean.

»Ich bin tatsächlich erledigt!« Er bäumt sich auf gegen die Wasserwüste. Doch erneut gehorcht er, holt tief Luft und legt den Kopf nach hinten aufs Wasser, wie damals als Kind, wenn er krank im Bett lag und seine Mutter ihm die Stirn benetzte, um das Fieber zu senken.

»Honufa. Mein Sohn. Ich werde sie nie wiedersehen.«

Das wirst du, wenn du einen klaren Kopf behältst. Woran denkst du gerade nicht?

»Weiß ich nicht.«

Schau nach vorn.

Durch die heftigen Bewegungen hat sich Gaurangas Anhänger aus seinem Hemd gelöst, und nun treibt der Stachel vor ihm im Wasser, noch immer befestigt an der Schnur um seinen Hals.

Er ergreift ihn mit den Zähnen, braucht mehrere Anläufe, bis er ihn sicher hält. Er hat das Format eines großen Kamms und ist hart wie Elfenbein. Seine fedrigen Kanten sind messerscharf. Manik hat ihn gut gefesselt, doch es genügt, eine einzige Lage des Seils zu durchtrennen, um sich befreien zu können. Er hebt die Handgelenke an den Mund und führt die gezahnte Seite des Stachels über das Seil. Die Arbeit ist schwer. Immer wenn sein Kopf unter Wasser zu sinken droht, hält er ein und füllt seine Lunge mit Luft.

Sein Kiefer wird taub vom festen Zubeißen, die Lippen bluten ihm von den scharfen Kanten des Stachels, doch er gibt nicht auf. Eine gefühlte Ewigkeit hat er schon gerieben. Prüfend betrachtet er das Seil und schreit frustriert auf: Kaum eine Faser hat sich gelöst.

Du musst weitermachen.

»Ich kann nicht«, schluchzt er.

Du musst. Deine Frau und dein Sohn sind noch an der Küste. Sie werden dich bald brauchen.

»Bist du es? Bist du der Schiffer?«

Diesmal wartet die Stimme ab, bevor sie spricht, und als sie wieder ansetzt, weiß Jamir Bescheid. Er weiß es.

Unwillkürlich bricht er in Tränen aus, denn nun weiß er, wer seit Jahrzehnten über ihn wacht. So plagt er sich weiter.

Als die letzte störrische Faser des Seils nachgibt, ist er zu erschöpft, sich zu freuen. Er greift hinab, um die Knoten um seine Füße zu lösen, und merkt, dass er keine Kraft mehr hat. Seine Welt verblasst und verengt sich, wird zu einer Jademurmel, die ihm davonrollt, während der Schiffer ihm zuraunt, dass Hilfe naht.

Das letzte Bild, woran er sich erinnert, bevor er ins Dunkel sinkt, sind Augen, die über das Wasser auf ihn zugleiten, groß, schräg, unmenschlich – und jene seltsamen Zeichen. Das letzte Geräusch, an das er sich erinnert, ist das Schlagen von Rudern.

SHAHRYAR & ANNA

Washington, DC, USA
Oktober 2004

Unten hupt es. Er blickt aus dem Fenster und sieht Anna, wie sie sich aus dem offenen Fenster von Nitens Range Rover beugt. »Beeil dich, Baba!«

Es ist Donnerstagmorgen um neun, fünf Tage nach Nitens schicksalhaftem Anruf. Shars Flug geht erst um eins, aber es ist besser, möglichst früh am Flughafen zu sein. Faisal Ahmeds Schicksal hängt über ihnen wie eine dunkle Wolke.

An den Wänden seines Zimmers prangen gespenstische Quadrate, wo vorher Bilder und Diplome hingen; in den Schränken hausen noch einzelne Bügel. Die Böden sind blitzblank geschrubbt, die Schubladen leer und ausgewischt. Die Summe seiner letzten sechs Jahre Amerika passt in einen mittelgroßen Koffer und einen ledernen Seesack. Er zieht sie aus dem Schrank im Flur, verschließt die Tür und geht zum Aufzug.

Er setzt sich zu Valerie und Anna nach hinten. Jeremy hat den Beifahrersitz eingenommen, während Niten fährt. Auf der Interstate 66 gibt es noch kaum Verkehr, sie kommen gut voran: Die Entfernung zu Dulles schmilzt unmerklich dahin.

Die Morgendämmerung hat erst unter einer Wolkendecke gelegen, gepeitscht von Regen und Wind. Doch während der Fahrt bricht die Sonne durch, betupft die Wolkenränder mit Gold. Er schließt die Augen und lehnt den Kopf gegen das kühle Glas der Scheibe. Eine kleine, warme Hand gräbt sich in seine. Seit er ihr gesagt hat, dass er gehen muss, hat sich Anna ihm gegenüber ernst und kühl gezeigt. Gewissheit, das weiß er, ist für Kinder das Wichtigste. Gewissheit war es, was Rahim und Zahira ihm vor fast zehn Jahren genommen haben, und wie der grausame Kreislauf des Lebens es will, nimmt er sie jetzt seiner Tochter.

Val sitzt auf der anderen Seite, blickt ebenfalls aus dem Fenster. Seit einem Jahrzehnt kreist er jetzt um ihre Welt, folgt sein Leben auf einem elliptischen Pfad dem ihren. Aber statt jetzt endlich zu landen, muss er nun fürchten, dass die Geschichte mit Ahmed ihn völlig aus ihrer Umlaufbahn schleudert.

»Er fehlt mir«, sagt Val plötzlich, und nach mehreren Sekunden begreift er, worauf sie anspielt. Er erinnert sich auch an jenen Tag vor zehn Jahren. Ein anderes Auto. Eine andere Fahrt zum Flughafen, eine andere Rückkehr nach Bangladesch. Bei Karls Beerdigung war er nicht da, eines von vielen Dingen im Laufe dieser Jahre, die er verpasst hat, während er seiner Vergangenheit nachgejagt ist.

»Ich vermisse ihn auch«, sagt er und ergreift ihre Hand mit der, die bereits Annas hält. So verharren sie, bis sie Dulles erreichen.

»Was wirst du in Bangladesch tun?«, fragt Jeremy beim Frühstück am Flughafen, nachdem Shar eingecheckt hat.

»Erst mal bleibe ich eine Weile in Dhaka bei meinen Eltern. Dann fahren wir wohl runter nach Chittagong. Ich hab da noch ein paar Sachen zu klären.«

»Wann kommst du wieder?«, fragt Anna, mürrisch, herausfordernd.

Er sieht ihr in die Augen. »Ich weiß es nicht, aber ich hoffe, dass es nicht mehr als ein paar Monate sind, höchstens ein halbes Jahr.«

Unterstützungsheischend blickt er zu Niten und erntet ein fast unmerkliches Nicken. Niten hat sich bei einem Freund im Justizministerium erkundigt und dabei erfahren, dass die Anklage gegen Ahmed kommenden Montag verlesen wird. Die Frage, ob es zu einer Verständigung mit der Staatsanwaltschaft kommt, wird sich im Laufe der Woche klären.

»Mach dir keine Sorgen«, hat ihm Niten zuletzt gesagt. »Amerika hat kein Auslieferungsabkommen mit Bangladesch. Selbst wenn du da mit reingezogen werden solltest – solang du keinen Fuß auf amerikanischen Boden setzt, kann dir nichts passieren.«

Doch die Konsequenz dieses Szenarios hat keiner von beiden erwähnt – dass er Anna womöglich sehr lange Zeit nicht wiedersehen wird.

»Ich hab eine kleine Bitte«, sagt er zu Val und Jeremy.

»Raus damit«, sagt Jeremy.

»Wisst ihr, wo in Washington die Bangla-Schule ist?«

Val lächelt. »Anna hat uns gestern schon gesagt, dass sie dort weiter hingehen will. Ich glaube, ich hab auch noch meine alten Bengali-Lehrbücher. Ich staube sie mal ab und helfe ihr beim Üben, so gut ich kann.«

»Danke.«

Anna stochert noch in ihren Pfannkuchen herum. Shar denkt an das Blatt Papier, das er in einer Plastikmappe im Handgepäck trägt – auf dem Annas Name auf Bengali steht und das er rahmen will, sobald er zu Hause ist.

»Danke«, wiederholt er.

HONUFA

Chittagong, Ostpakistan (Bangladesch)
November 1970

Sie erreicht die Hütte und findet sie leer vor. Rina hat ihren Sohn also tatsächlich in Sicherheit gebracht. Für Erleichterung bleibt ihr aber kaum ein Moment, denn der Wind ist mittlerweile so stark, dass er sie umreißen kann. Prüfend blickt sie sich um. Viele Möglichkeiten hat sie nicht, und alle sind voller Gefahren. Mit ihrem versehrten Knöchel kann sie dem Sturm nicht entrinnen. Sie muss in der Nähe Schutz suchen, nur wo? In der Ebene bleiben heißt ertrinken, wenn die Flutwelle kommt. Sie hat nur Augenblicke, sich zu entscheiden, denn der Sturm ist bereits über ihr und bittet den Ozean zum Tanz.

In der Hütte entdeckt sie ein zurückgelassenes Schiffstau. Sie humpelt wieder hinaus, blickt sich nach einer robusten Palme um und entscheidet sich rasch für eine in der Nähe. Dieser Baum hat einen kräftigen Stamm, der verkrümmt ist von den vielen Stürmen, denen er im Laufe der Jahre getrotzt hat. Daran kriecht sie hinauf. Ihr Knöchel schreit jedes Mal auf vor Schmerz, wenn sie ihn belastet. Hinter ihr schluckt die steigende Flut schon gierig die Küste, Meerwasser umspült die Wurzeln ihres Baums.

Der Wind legt noch zu, lässt Blechdächer mit einer Wucht über den Strand wirbeln, der ein Mensch unmöglich standhalten kann. Der Baum schwankt und ächzt. Die Vögel befinden sich in jenen geheimen Zufluchten, die sie zu solchen Zeiten aufsuchen. Am Himmel herrscht nur noch das entseelte Wüten des Sturms.

Energisch schiebt sie jeden Gedanken an Mann und Sohn beiseite, um sich ganz auf das Überleben zu konzentrieren. Jamir ist ein erwachsener Mann, den Gott auf See behüten kann. Er wird einen Weg finden. Ihr Sohn ist bei Rina, geschützt im gemauerten Haus des Zamindars. Dort weiß sie ihn sicher. Sie selbst ist es, um die sie sich jetzt kümmern muss.

Sie hat die Baumkrone erreicht. Trotz der Krümmung des Stamms sitzt sie so gut drei Meter über dem Boden. Hier beginnt sie, sich mit den festesten Knoten anzubinden, die sie beherrscht.

Wie kommt es, dass sich alles so plötzlich mit solcher Macht zugespitzt hat? Wie bei einem verfaulten Ast, der eines Tages von selbst abbricht, bündeln sich all ihre Leiden in dieser endgültigen Katastrophe. Gibt es in ihrer Vergangenheit die eine Entscheidung, die sie im Rückblick anders getroffen hätte? Oder eine, die sie nicht hätte treffen sollen, im Licht ihrer jetzigen Kenntnisse?

Ihre Beine hat sie zuerst festgebunden, starke, kräftige Beine, die sie all diese Jahre umhergetragen haben, einmal sogar bis ganz an das westliche Ende des Strands. Dort traf sie auf Siraj, der ihr erzählte, er sei Stenotypist.

Sie hatte keinerlei Grund gehabt, sich neben ihn zu setzen – in hinreichendem Abstand, um die Sitte zu wahren, und doch nah genug, um ihn über die Brandung hinweg zu verstehen. Er sah vollkommen unscheinbar aus. Seine Züge bargen keinen Zauber. Nichts forderte sie auf zu fragen, wer er sei und warum er dort saß mit der zweifelnden Unbeholfenheit eines Stadtjungen.

Sie war damals halb so alt gewesen wie jetzt, ein Kind im Körper einer erblühenden Frau. Er war vier Jahre älter gewesen, mit schmalem, gestutztem Schnurrbart und pomadeglattem Haar, so schwarz, als hätte es nie die Sonne gesehen. Er stammte aus Dhaka, hatte die Universität absolviert und träumte davon, Bücher zu schreiben. Er unterstützte seine betagten Eltern und einen jüngeren Bruder im Norden, indem er sich beim örtlichen Postamt als Schreibkraft verdingte.

Die Dämmerung war gekommen. Über eine Stunde unterhielten sie sich, während die Sonne sich aus der Welt zurückzog. Er sagte, für ihn besitze sie etwas jenseits von Lesen und Schreiben, Erziehung und Büchern, denn sie stehe in Kontakt mit dem Unendlichen. Nicht so, wie die Dummköpfe es von sich behaupten, die sich in Tempeln und Moscheen niederwerfen, sondern sie habe Verbindung zu den wahrhaft unfassbaren Welten, der strahlenden Schönheit und den einfachen Formen hinter den falschen Gesichtern der Dinge.

Er betörte sie, mit einem Wort und mit vielen. Und nachdem sie sich voneinander verabschiedet hatten, streifte sie die ganze folgende Woche den Strand entlang, bis sie ihn eines Tages wieder am selben einsamen Platz fand und sah, wie sein Gesicht aufleuchtete bei ihrem Anblick.

Über die nächsten Wochen hinweg erklärte er ihr vielerlei und unterrichtete sie.

Manchmal brachte er ihr Bücher mit, fast alle auf Englisch, deren Verfasser exotische Namen trugen – Chaucer, Shakespeare, Blake, Joyce, Wordsworth, Austen, Dickens, Forster, Brontë, Waugh, Owen, Maugham.

Beim Vorlesen stand er stets aufrecht, den starken, geraden Rücken gegen eine Tamariske gelehnt, und am Ende jedes Absatzes hielt er inne, um zu übersetzen, zu erläutern. Sie lauschte gebannt – eine Wüste, die den Wortregen aufsaugt. Seine Geduld schien endlos, er beantwortete jede ihrer zahllosen Fragen, wiederholte geduldig Abschnitte und Wendungen, die sie faszinierten. Sie konnte nicht fassen, dass ein einziger Mensch so viel Wissen besaß, sich so zahlreicher Dinge bewusst war und trotzdem nicht den Verstand verlor angesichts der Rätselhaftigkeit, der Schönheit dieser Welt.

Manchmal streckte sie bei seinem Vorlesen die Hand aus und fuhr die Konturen seines Kopfes nach, über den spitzen Haaransatz, konnte nicht recht fassen, dass dahinter ein Organ lag, welches all diese wunderschönen Worte las, interpretierte und deklamierte. Es war so leicht, sich ihm hinzugeben, mit allem, was sie hatte.

Im Monat darauf blieb ihre Blutung aus. Angstvoll und beschämt erzählte sie es Siraj. Der schloss sie in die Arme, sagte, sie habe keinen Anlass zur Furcht: Sie würden miteinander durchbrennen, seine Familie werde sie mit offenen Armen aufnehmen. Dann gingen sie in den Wald und liebten sich dort noch einmal.

An jenem Abend trennten sie sich mit dem Versprechen, sich am nächsten Tag wiederzusehen. Bis dahin wollte Siraj seinem Vater schreiben und ihn über seinen Heiratsentschluss informieren. Doch sie sah ihn niemals wieder.

Jamir war ihr Kindheitsfreund, und obwohl sich ihre Wege mit dem Beginn ihres Erwachsenwerdens getrennt hatten, hatte er sie still und heftig weitergeliebt. Als das Dorf und ihre Familie sich von ihr abwandten, war er es, der ihr zu Hilfe eilte, ihr seine Hand anbot, noch bevor das Kind geboren war. Er versprach es anzunehmen als sein eigenes.

Honufas Vater sagte immer: »Deine Haut kannst du ebenso wenig abstreifen wie deine Religion.«

Sie wurde geboren als Rakhi Jaladas, wörtlich: Rakhi, Sklavin des Wassers. Wie bei so vielen Hindus war ihr Name mehr als nur ein Name – er beschrieb gleichzeitig die Schranken ihrer Kaste. Ein Jaladas würde nie etwas anderes sein als ein Fischer.

Jamir dagegen, dem Muslim, war das Leben eines Fischers nicht vorgezeichnet gewesen, sondern eines, das seine Familie erwählt hatte, aufgrund eines Gefüges aus Fertigkeiten, Umständen und Tradition. Dieses Prinzip erschien ihr recht und ehrlich – man durfte sein, was man wollte, nicht nur das, wozu man bestimmt war. Schon durch sein Eheangebot war sie ihm verpflichtet, doch dies war der entscheidende Faktor, der sie zur Muslimin werden ließ – obwohl Jamir auch angeboten hatte, stattdessen Hindu zu werden, falls ihn dadurch ihre starrköpfige Familie, die sich gegen die Heirat stemmte, eher akzeptieren sollte. Um ihrer Liebe willen war er bereit, den Namen Jaladas anzunehmen und zum Sklaven des Wassers zu werden, statt sich ihm freiwillig zu ergeben.

Doch Rakhi verbot es ihm, sagte, er dürfe die Schönheit seines Daseins nicht aufgeben, sie selbst wolle vielmehr Anteil daran haben. Die Frauen reicher Männer nähmen die Namen ihrer Gatten an, doch da er zu arm für einen Nachnamen sei, werde sie eben stattdessen seinen Glauben annehmen.

Rakhi, schwanger und siebzehn Jahre alt, wurde für ihren Mann zur Muslimin. Im Angesicht Jamirs und eines Vetters, der als zweiter Zeuge diente, bekannte sie dreimal, es gebe keinen Gott außer Gott, und Mohammed sei sein Prophet.

Sie entsagte ihrem Herkunftsglauben, trat zum anderen über und nahm den Namen Honufa an. Mehr als neun von zehn Dorfbewohnern waren Hindus, fast alle trugen denselben Nachnamen – Jaladas. Mit ihrer Konversion würde sie in ihrer Gemeinschaft bleiben und sie zugleich für immer verlassen.

Jeder Weg zurück wurde ihr von ihrer Familie versagt. In ihren Augen war sie tot, buchstäblich. Ihre Mutter und ihr Vater gingen achtlos an ihr vorbei und gaben vor, nichts zu hören, wenn sie sie ansprach. Erkundigte sich jemand von außerhalb nach ihrer Tochter Rakhi, so beschied man ihm, sie sei im Sturm umgekommen.

Doch ihre dunkelste Stunde stand ihr erst noch bevor. Die Dorfbewohner wandten sich an Rahim, der ihr in jener schweren Zeit stille Unterstützung und Zuspruch hatte zuteilwerden lassen, und sprachen ein Ultimatum aus: Falls er Honufa weiterhin Protektion gewähre – der Frau, die einst als Rakhi Jaladas bekannt war, die außerhalb der Ehe schwanger geworden war und nun einen Mann mit einer anderen Religion heiratete, der nicht einmal Vater des Kindes war –, werde das Volk seinem Regiment das Vertrauen entziehen.

Mittlerweile zeigten sich an Rahim die ersten Gebrechen des Alters – Furcht und Vorsicht. Allzu besorgt um die möglichen Folgen des offenen Umgangs mit Honufa und fortgesetzter Einladungen in sein Haus wie in den Jahren, da er sie lesen und schreiben gelehrt hatte, schlich er eines Nachts zu ihrer Hütte. Er bat sie um Verständnis dafür, dass ihre Wege sich fortan trennen müssten. *Bitte, du musst mich verstehen. An meiner Liebe zu dir und Jamir wird sich nichts ändern, aber meine Rolle verlangt, dass ich auf die Bedürfnisse des ganzen Dorfs Rücksicht nehme, nicht nur auf die einer einzigen Familie, so nahe sie mir auch stehen mag.*

Einen Monat darauf gebar Honufa Sirajs Kind. Es war klein und grau, eine Totgeburt.

Jamir weinte mit ihr, als sie ihn auf dem Hügel begruben, in einer einfachen, leisen Zeremonie, die keinen Gott anrief und keine weiteren Trauernden anzog.

Rasch wich ihre Trauer dem Zorn. Seine Zielscheibe bildete in weiterem Sinn das ganze Dorf, doch ihr roter Mittelpunkt war Rahim. Erschüttert, derart im Stich gelassen worden zu sein, versuchte sie sich nun ganz von ihm loszusagen. Zahiras und Jamirs Flehen zum Trotz verweigerte sie jedes Treffen mit ihrem einstigen Mentor. Ihre Abneigung steigerte sich sogar zu einem solchen Grad, dass sie ihm alle Geschenke zurückgab, die er ihr über die Jahre hinweg gemacht hatte. Sie verkaufte die Kuh, bei deren Anschaffung er sie unterstützt hatte, und erstattete ihm das Geld in einem Umschlag, den sie bei seinem Chowkidar hinterließ. Teller, Saris, Kleidung und andere Geschenke wurden in einen Stoffsack gestopft und landeten vor seinem Tor. In ihrem Rausch der Abscheu wünschte sie sich sogar, auch seine weniger fasslichen Gaben zurückgeben und die Buchstaben und Zahlen wieder vergessen zu können, die er sie gelehrt hatte.

Jamir beobachtete diese manischen Akte der körperlichen und seelischen Entäußerung mit vorsichtigem Mitgefühl und warnte sie nur ein einziges Mal. *Wir sind zu arm, um uns diesen Stolz leisten zu können,* sagte er. *Kann sein, dass er eines Tages unser Tod ist.*

Lange Zeit nach ihrer ersten tragischen Schwangerschaft blieb sie unfruchtbar, bis zu jenem magischen Ereignis vor drei Jahren, als ihr Sohn geboren wurde, so spät in ihrem Leben, dass sie fast schon sicher waren, von ihrer entfremdeten Familie mit einem Fluch belegt worden zu sein.

Als er die Nachricht der Geburt von Honufas zweitem Kind erhielt, schickte Rahim durch seine Diener Geschenke – Obst für die Mutter, reine, fette Ziegenmilch und gemahlenen Reis für das Kind, Hühnerküken und Gemüse von seinen eigenen Äckern.

Es war das kleine, verkniffene Gesicht ihres Sohnes, das Honufa abhielt, auch diese Gaben zu verschmähen.

Im Jahr nach der Geburt ihres Sohnes begann der Golf zu verwelken; die Fischschwärme, ehemals so reich und ergiebig, schwanden dahin. Immer weiter stieß Jamir vor in den Golf, immer kleiner wurde sein Fang. Wo früher der Boden seines gepachteten Boots nicht zu sehen gewesen war vor zappelndem, zuckendem Silber, blickte man nun aufs blanke Holz, nur hier und da gefleckt von einem Fisch. Sie aßen immer weniger. Die Milch in ihren Brüsten versiegte. Eine Atempause verschaffte Jamir ihnen, indem er sein Boot verlieh und sich als Anteilspächter verdingte. Lohn erhielt er allerdings kaum für die endlose Schinderei. Inzwischen gab es immer mehr Trawler auf dem Golf, und deren Besitzern diente er sich an, um als Helfer einen Platz auf dem Boot zu bekommen. Doch diese einträglichen Posten gewährten die Kapitäne nur Familienmitgliedern oder den erfahrensten Fischern.

Sie drohten zu verhungern.

So war Honufa gezwungen, sich als Dienstmagd zu verdingen – bei Abbas, der mittlerweile zu einem wohlhabenden Eigner zahlreicher Trawler avanciert war.

Sie presst ihre grauen Augen zu, schützt sie vor dem Ansturm der Natur – Augen, die Worte entschlüsseln können und den Brief, den sie vor zwei Monaten in einem Bücherregal fand, als sie in Abbas' Haus Staub wischte.

Abbas hatte einige Jahre die Schule besucht und hielt sich für einen Geistesmenschen. So besaß er auch zwei Regale voll bengalischer (und weniger englischer) Bücher, die er wahrscheinlich nie aufgeschlagen hatte, doch die für jeden sichtbar sein Wohnzimmer zierten.

Ihr erster Strich mit dem Federbesen hatte eine Staubwolke aufgewirbelt, die sie zum Husten brachte. Also zog sie jeden Band einzeln heraus und wischte mit einem feuchten Tuch darüber. Dabei fand sie eine Ausgabe von *Kapalkundala*, ein Buch, das sie als Kind oft gelesen hatte – eine Gabe Rahims, die sie ihm natürlich auch zurückgegeben hatte. Von Gefühlen überwältigt, kauerte sie sich auf den Boden und schlug die Seiten auf, um ein paar Zeilen Bankim zu lesen – die Prosa, die ihr im Laufe der Jahre so gefehlt hatte.

Der Brief steckte zwischen den Seiten, auf denen Kapalkundala, die Titelheldin, erstmals den Helden trifft, Nabakumar. Er glitt zu Boden, und sie hob ihn auf, fing unwillkürlich an, ihn zu lesen. Er war von einem Mann namens Motaleb und an Abbas gerichtet. Sein Inhalt betraf Rahim Choudhury.

Sie verbarg den Brief unter der Kleidung, heuchelte vor Abbas' Frau eine plötzliche Krankheit und ging nach Hause. Am folgenden Tag fand sie Abbas allein an der Mole und konfrontierte ihn mit dem, was sie nun wusste. Erzürnt stritt er zunächst alles ab, bis er allmählich vor ihrer unerschütterlichen Gewissheit kapitulierte.

Warum hast du das getan?, fragte sie forschend.

Warum tut man überhaupt irgendwas? Wegen des Geldes.

So steht das aber nicht im Brief.

Warum fragst du überhaupt, wenn du alles schon weißt?

Ich will es aus deinem Mund hören.

Er überlegte und zuckte dann mit den Schultern. *Der alte Zamindar hatte erfahren, dass Rahim kalte Füße bekommen hatte wegen des Häusertauschs und zögerte, sich hier endgültig niederzulassen. Der Alte wollte aber unbedingt von hier fort, und Choudhury Manzil begehrte er wegen seiner Lage mitten im Herzen Kalkuttas. Was mich anbelangt – ich hatte meine eigenen Gründe, Rahim unbedingt hier haben zu wollen. Also mussten wir ihm einen Anreiz schaffen, Indien zu verlassen. Und wie kann man einem Menschen besser die Heimat vergällen, als ihm das Gefühl zu geben, dort unwillkommen zu sein oder sogar in ständiger Lebensgefahr? Motaleb war Rahims Fahrer, er steckte bis über die Ohren in Spielschulden. Ich bin heimlich nach Kalkutta gereist, um mich mit ihm zu treffen. Dort haben wir einen Plan ausgeheckt: Irgendwelche Gauner sollten sich als militante Hindu-Bande verkleiden und Rahim entführen. Es muss funktioniert haben, denn schon bald bekamen wir ein Telegramm von ihm, dass er den Häusertausch jetzt doch durchführen wolle.*

Um ein Haar wäre es sein Tod gewesen.

Das Risiko mussten wir eingehen. Und jetzt sag mir, was mich das kosten wird.

Ich bin keine Bettlerin und keine gewöhnliche Diebin, sagte sie, aber die Worte blieben ihr im Hals stecken, so heuchlerisch war das, was sie tat. *Ich will dein Geld nicht.*

Was dann?

Du wirst meinen Jamir auf deinem Trawler aufnehmen, sagte sie. *Die Arbeit beherrscht er. Wir sollen zu essen haben, mehr Gerechtigkeit will ich nicht.*

Also willst du doch mein Geld, und die Arbeit deines Manns ist nur das Feigenblatt. Reicht es dir denn nicht, dass du in meinem Haus arbeitest?

Du zahlst einen Hungerlohn.

Ich zahl dir mehr.

Nein, gib meinem Mann die Gelegenheit, sich zu beweisen. Gib ihm einen Anteil vom Fang, wenn er seine Pflicht erfüllt. Er ist ein guter Mann. Er hat es verdient. Ein Mann stirbt ohne Arbeit.

Abbas rückte näher. Sie war groß für eine Frau, doch neben dem Bohoddar kam sie sich winzig vor. *Wenn ich so gefährlich bin, dass ich Rahim aus der Ferne entführen lassen kann, was sollte mich daran hindern, die Frau eines Fischers verschwinden zu lassen, die mich bedroht?*

Weil ich den Brief einem anderen gegeben habe, bluffte sie. *Sollte mir etwas zustoßen, dann wird der Zamindar ihn bekommen und von deinem Verrat erfahren.*

Abbas schien ihr nicht recht zu glauben, doch gleichzeitig auch das Risiko nicht eingehen zu wollen. *Indem ich Rahim entführt habe, gehorchte ich nur meinem Herrn, diente ihm treu. Du aber hast jahrelang von Rahim genommen. Er hat dich wie eine Tochter aufgezogen. Du bist die Verräterin. Nicht ich.*

Sie stand stumm da, und die Wahrheit seiner Worte drang in sie ein. *Gilt unsere Abmachung oder nicht?*

Sag deinem Mann, er soll morgen bei mir vorbeikommen, antwortete er und verschwand auf einem Boot.

Später am selben Tag, als sie Jamir vorschlug, Abbas ein letztes Mal um einen Posten auf seinem Trawler zu bitten, beäugte er sie misstrauisch.

Wozu? Was soll sich verändert haben, seit ich zuletzt mit ihm gesprochen habe?

Je mehr Fische sie fangen, desto mehr Männer brauchen sie. Frag doch einfach.

Also suchte er tatsächlich Abbas auf und kehrte bald aufgeregt wieder, begierig, ihr zu berichten, dass er als Helfer auf dem größten Trawler im Hafen anfangen würde.

Verstehst du, was das bedeutet? Nach einem Jahr Schwerstarbeit werde ich dann vielleicht sogar mein Boot wieder auslösen können. Und dann, mit eindringlichem Blick: *Woher hast du bloß gewusst, dass ich heute noch mal fragen sollte? Hast du etwas damit zu tun?*

Nenn es weibliche Intuition, sagte Honufa leichthin. Und er fragte nicht weiter nach.

Doch sie konnte Abbas' Bemerkung über ihren Verrat an Rahim nicht vergessen, sie hatte begriffen, dass sie sich, indem sie dem Zamindar die Existenz des Briefs nicht enthüllte, zur Mitverschwörerin an seiner Entführung vor so vielen Jahren machte, an diesem für ihn so traumatischen, einschneidenden Ereignis. Abbas' Worte gruben sich ihr tief unter die Haut, wo sie wucherten wie Parasiten, ihr das Blut vergifteten, ihr den Schlaf raubten.

Jamir hatte erst wenige Wochen auf dem Trawler gearbeitet, als sie zur Entscheidung gelangte, dass der Brief nicht bei ihr bleiben durfte. Doch abermals hielt sie ihr Stolz davon ab, Rahim selbst aufzusuchen. Sie wollte nicht über die Trümmer all der Brücken steigen, die sie im Laufe der Jahre hinter sich abgerissen hatte.

So beschloss sie, den Brief, der Jamirs Stellung garantierte, in die Post zu stecken und ihn anonym an Rahim zu schicken. Was er dann damit anfing, wäre ihm überlassen, doch wenigstens wäre sie von ihrer Schuld befreit. Der Preis dafür war, dass er Jamir die Arbeit kosten und das zarte Selbstvertrauen abtöten würde, das eben in seiner Seele aufkeimte. Und sie würden sich in Abbas einen mächtigen Feind schaffen.

Sie näherte sich dem trostlosen Schluss, dass sie letztendlich wohl aus dem Dorf würden fliehen müssen.

Doch das war vor dem Sturm gewesen, bevor sie entdeckte, dass der Brief verschwunden war.

Sie wusste, wer ihn genommen hatte.

Der Sturm wütet.

Stundenlang tobt er, ohne zu ermüden. Er gibt nicht nach. Er zeigt keine Gnade. Bäume, die schon länger hier stehen, als sie lebt, stürzen mit einer Wucht zu Boden, die sie erzittern lässt.

Sie hat über die Jahre viele Stürme erlebt und weiß, dass dies nur ein Vorgeschmack auf seine wahre Gewalt ist, dass Ruhe eintreten wird, wenn sein Auge über sie hinwegzieht – eine Falle für die Unvorsichtigen, ein listiger Schachzug des Sturms. Sie hat einst eine Tante gehabt, die hinausging, um nach dem Vieh zu sehen, während das Auge vorüberzog. Der Sturm erwischte sie, bevor sie zurück war. Während sie nach Hause rannte, wurde sie vor den Augen ihrer Tochter von solch gewaltigen Wirbeln erfasst, dass es sie blitzschnell in die Luft emporriss, nur wenige Meter vom Schutz der Hütte entfernt.

Sand bohrt sich ihr in die Haut. Ihre Augen sind blutunterlaufen von der Gischt, ihre Lippen ausgedörrt und wund, und ihre Handflächen und ihre Brust sind blutig vom Schaben der Rinde.

Das ist nur Fleisch. Beschütz den wahren Teil von mir, o Herr.

Sie denkt an ihren Sohn und an das Leben, das er wohl führen wird, wenn er ein Mann ist. Sie wünscht sich, er wäre älter, damit er, wenn sie jetzt an diesem Baum umkommt, alt genug wäre, sich an sie zu erinnern.

Auf endlose Stunden der Finsternis, des Wassers, des Winds folgen Stille und Licht. Sie zwingt sich, die Lider zu heben. Das Auge des Sturms ist nun gekommen. Doch sie befindet sich in einem anderen Land.

Das Tau hält sie noch immer am Baum fest, aber um sie herum ist nichts mehr, wie es war. Unter ihr schäumt das Meerwasser, die Ausläufer des Sturms lassen es weiterbrodeln. Von ihrem Haus ist nichts übrig bis auf ein paar Bambusstümpfe, die aussehen wie Zähne im Mund einer Greisin. Sie dreht ihren steifen Hals zum Horizont. Der Himmel ist leichengelb. Die ungeheuerlichen Winde sind einem Hauchen gewichen. Halbherzig pusten sie, zupfen an den nassen Zipfeln ihres Saris.

Das stundenlange Festklammern am Baum hat ihre Muskeln in Eis erstarren lassen. Stöhnend löst sie mit steifen Fingern die Knoten. Es ist eine endlose, ermüdende Arbeit, und als sie getan ist, schreit sie erschrocken auf, rutscht ab und hängt plötzlich kopfüber am Baum. Ihr fehlt die Kraft, sich heraufzuziehen und die Knoten um ihre Beine zu lösen, und so baumelt sie von der Palme. Ihr langes Haar hat sich gelöst und streift das Wasser unter ihr.

Der Wind erstirbt. Um die Sonne, die sich im Westen duckt, bläht sich ein Gewand aus blassem Orange, aus dem einzelne Strahlen sanft die Zerstörung betasten. Wie eine merkwürdige tagaktive Fledermaus hängt Honufa in dieser neuen Welt, und erstaunt lacht sie auf, denn durch die verkehrte Lage kommt ihre Welt ins Lot. Das Chaos des Sturms hat die geheimen Muster enthüllt, die ihr Leben beherrschten.

Immer schon hat in ihr ein heimliches Feuer gebrannt, eine Liebe zum Lesen, ein Durst nach Lernen. Davon hatte sie nichts gewusst, bis dieser seltsame fremde Pilot in ihr Leben stürzte, die Flammen anfachte mit seiner Schärpe, bestickt mit geheimen Symbolen, und mit seinen Flugblättern, bedruckt mit bengalischen Lettern. Dann hatte Rahim das Feuer in ihr genährt. Der glückliche Zufall, der sie unter der Palme aufeinandertreffen ließ, hatte sie auf den Pfad des Lernens geführt. Siraj schließlich hatte Wissen ins Feuer geworfen wie Reisigbündel, ihr eine ganz neue Welt eröffnet und ihr nicht zuletzt den Kopf verdreht mit dem Ausmaß dessen, was sie noch zu lernen, zu meistern hatte.

Jeder dieser Männer war ohne jede Vorwarnung in ihr Leben getreten, und jeder hatte sie verlassen.

Ist das der Grund, weshalb ihre Wut auf Rahim so außer Kontrolle geraten ist? Weil er der Letzte war in der Reihe? Der Letzte, der ging?

Nur Jamir ist geblieben – ein Analphabet, ein Ungebildeter, aber kein Dummkopf. Er hat sich ihrem Herzen angedient, nicht ihrem Geist.

Hat er ihre heimliche Schande erraten? Dass sie trotz seines Verrats, trotz all der Jahre, die vergangen sind, immer noch Liebe zu Siraj in sich trägt wie eine Krankheit, die sie niemals besiegt hat? Glaubt Jamir, der Brief sei von ihm? Ist das der Grund, weshalb er so trübsinnig, so reserviert geworden ist?

Jamir, mein Liebling. Meine Liebe zu dir könnte zehn ausgetrocknete Ozeane füllen.

Was hat er vor all diesen Jahren zu ihr gesagt? Dass ihr Stolz einst ihr Tod sein werde? Damals hat sie nur höhnisch gelacht, aber ist es nicht genau so gekommen, wie er prophezeit hat? Die kostbare Zeit, die sie im Tempel verschenkt hat – war das nur, weil die Jahre in ihr den Glauben an die Religion ihres Manns ausgehöhlt haben? Oder nicht auch wegen des Stolzes, den sie mit so vielen anderen dunklen Resten im Herzen bewahrt hat? In der Hoffnung, sie werde zu spät kommen und könne Rina ihren Sohn zum Zamindar bringen lassen, nur damit sie sich selbst dort nicht zeigen und bei dem Mann Schutz suchen muss, von dem sie sich aus Gekränktheit losgesagt hat? Will sie die Antwort auf diese Frage wirklich wissen? Diese Frage, die furchterregender ist als jeder Sturm? Ist die Gewalt der Antwort überhaupt etwas, was sie ertragen kann?

Vor allem fühlt sich der Sturm an, als könnte er die Zeit selbst vorantreiben. Die ganze Umgebung scheint er in einen unausweichlichen künftigen Zustand befördert zu haben: Wo Häuser waren, sind Bambusstümpfe; Boote sind zu Kienspan zerschmettert, Reisfelder ersäuft und versalzen, vormals stolze Bäume liegen bäuchlings im Sand.

Unter ihr treiben die ersten Toten vorbei, eine düstere Prozession von Leichen, verdreht und unkenntlich. Einmal streicht ihr Haar über ein aufgedunsenes Gesicht, bedeckt es wie ein flüchtiger schwarzer Schleier.

So erschöpft ist Honufa, dass sie nichts hört – auch nicht die Füße, die durchs Wasser stapfen, erst rhythmisch und langsam, dann in schnellerem Tempo, weil ihr Besitzer sie erkennt. Sie fühlt nicht die starken Hände, die die Knoten um ihre Beine mit geübter Sicherheit lösen. Sie schlägt die Augen erst auf, als sie sanft in die Arme sinkt, die sie seit achtzehn Jahren jede Nacht gehalten haben.

Sie sieht ihn an. Jamirs Gesicht ist zerschunden und blutig von seiner Reise, doch sie fragt ihn nicht, wie er hierherkommt und wie er sie gefunden hat. Sie fragt ihn einfach, wie lange sie geschlafen hat.

»Das weiß ich nicht«, entgegnet er.

»Wie … warum … hast du …« Plötzlich ist die Sonne blendend grell. Jamir beschirmt ihr die Augen mit der Hand. Er will antworten, doch hält inne. Wo soll er bloß beginnen? Nach dem langen Tag auf See scheint alles noch wie ein Traum – wie er aus dem Boot geworfen wurde, dann die Stimme des Schiffers, die ihm half, sich zusammenzunehmen, seine Panik zu bezähmen, zu überleben.

Wird Honufa ihm glauben, dass es Hashims Boot war, das ihn gefunden hat, das Boot mit den aufgemalten Augen und den fremden Symbolen, das seine Mutter damals verkaufen musste? Die rasant vor dem Sturm davonpaddelnde Mannschaft hat Jamir aus dem Wasser gefischt, kaum noch bei Bewusstsein und kurz vorm Ertrinken.

Er weiß nicht, was aus Abbas, Manik und den anderen geworden ist. Bei seinem letzten Blick auf den Trawler fuhr er gen Osten, fort vom Pfad des Sturms. Das rettende Boot hat der Wind meilenweit vom Kurs abgebracht, und er ist einen halben Tag lang an der Küste entlang zu Fuß gegangen, bevor er wenige Kilometer von zu Hause in einer Höhle Schutz gesucht hat, als der Sturm mit voller Kraft zuschlug.

Gewiss ist sie nicht bereit für diese Geschichte, also stellt er die naheliegende Frage: »Wo ist unser Sohn?«

»Ich habe ihn zu Rahims Haus geschickt, zusammen mit Rina und mit der Schärpe und deiner Silberflasche. Sie sollte sie aufbewahren.«

Jamir nickt. »Das war richtig.«

Sie setzt sich auf. Ihre Augen strahlen vor Überzeugung, sie umklammert seine Hand. »Wir müssen zu ihm, Jamir. Ich habe das Gefühl, wir sehen ihn sonst niemals wieder.«

Doch noch während sie spricht, trübt sich der Himmel erneut. Jamir sieht sich um. »Durch irgendein Wunder haben wir einander gefunden, während das Auge über uns gezogen ist, aber jetzt kommt gleich der Sturm wieder. Wir wollen unser Bestes geben. Kannst du gehen?«

»Nicht gut. Aber ich versuche es.«

Ihnen bleiben höchstens Minuten. Er richtet sie auf. Sie humpeln über den Strand, vorbei an den Trümmern ihres Dorfs. Aber vor der Steilwand nahe ihrer Hütte treffen sie die ersten Spritzer des wiederkehrenden Regens, und der Wind erhebt sich von Neuem.

Sie kauern sich nieder, denn Honufa ist am Ende ihrer Kraft. Sie bricht in Tränen aus: »Ich glaube nicht, dass wir unseren Sohn wiedersehen.«

»Vielleicht. Aber wenigstens ist er in Sicherheit, atmet und hat zu essen.«

»Wie kannst du das wissen?«

Er nimmt ihre Hand und legt sie auf sein Herz. »Ich kann ihn fühlen. Und ich weiß, du auch. Rahim Sahib wird sich großzügig um ihn kümmern. Er ist so freundlich zu dir gewesen, als du ein Kind warst, seit jenem Tag, an dem er dich unter der Palme entdeckt hat. Ich weiß, dass er unseren Sohn lieben wird wie seinen eigenen. Und dass er ein gutes Leben haben wird und zu Großem bestimmt ist.«

»Da ist etwas, was du wissen solltest.« Sie wappnet sich für ihr Geständnis: was sie mit dem Brief getan hat, ihr Verrat, alles. Wenn er dann beschließt, sie zu hassen, wird sie ihn verstehen. Jetzt, wo die Welt untergeht, ist sie bereit, ihre Sünden zu offenbaren, damit der Sturm sie fortwaschen kann und dahin tragen, wo sie nie jemand finden wird.

Doch er legt ihr sanft den Finger auf die Lippen. »Du musst mir nichts erklären.«

Jamir und Honufa blicken südwärts, um sich dem, was da kommt, furchtlos zu stellen. Ihre Hand gleitet in seine. Der Wind legt zu. Die Sonne verschwindet hinter einem Dickicht aus Wolken, die sich wie Kolosse erheben und von Blitzen durchzogen werden. Aus dem Golf erhebt sich eine gewaltige Welle und jagt auf die Küste zu, lässt ihr nur Sekunden für ihre letzten Worte.

»Du bist mein Ballast.«

SHAHRYAR

Bangladesch
Oktober 2004

Sein Flug landet um acht in der Früh am Zia International Airport. Sein Vater und seine Mutter erwarten ihn in der Lounge. Als sie aufstehen, um ihn zu begrüßen, bemerkt er, dass ihre Schritte ein wenig langsamer und nicht mehr ganz so sicher sind, wie er sie in Erinnerung hat. Ihm bleibt nicht mehr viel Zeit mit ihnen. Er geht auf sie zu und umarmt sie wortlos.

»Diesmal keine Anna, hm?« Rahim murmelt seine rhetorische Frage genau in Shars Ohr.

Der lächelt in der Hoffnung, dass man ihm den Schmerz nicht ansieht. »Diesmal nicht. Aber bald, hoffentlich. Sie lässt euch lieb grüßen.«

»Wann können wir sie sehen?«, möchte Zahira wissen. Vor zwei Jahren haben sie sie erstmals in Amerika besucht und warten seitdem auf ein zweites Treffen.

»Heute Abend schon. Ich habe meinen Laptop dabei. Wenn wir zu Hause Breitbandanschluss haben, könnt ihr mit ihr skypen.«

Seine Adoptiveltern sehen erst einander an, dann ihn.

»Ich habe keine Ahnung, was das sein soll«, sagt Rahim.

Sie verbringen zwei Wochen in Dhaka, bevor sie alle vier gemeinsam einen Zug nach Chittagong besteigen, da Rahim, Zahira und Rina sich weigern, ihn so rasch nach seiner Ankunft aus den Augen zu lassen.

In ihrem ehemaligen Anwesen am Meer hat die Regierung ein Museum eingerichtet. Sie mieten sich übergangsweise in einer Wohnung nahe der Innenstadt ein. Sie ist klein, aber fein, hat drei Schlafzimmer und einen schmalen Balkon mit Blick auf den Golf.

Nachdem sie sich eingerichtet haben, schlägt Rahim Shar vor, er solle im Dorf doch beim Büro des TNO vorbeischauen. Der Thana Nirbahi Officer ist der Verwaltungsbeamte auf Gemeindeebene, Teil des Kaders im öffentlichen Dienst, der in den 1980er Jahren von der Militärregierung Ershads eingesetzt wurde. In Anbetracht seiner Macht und seines Einflusses ist es für Neuankömmlinge stets ratsam, sich als Erstes beim TNO vorzustellen, erklärt sein Vater.

Das Amt befindet sich in einem kleinen Bungalow mit gepflegtem Rasen und einer Veranda. Shar wird gebeten, auf einer wackligen Holzbank Platz zu nehmen. Zehn Minuten später ruft man ihn ins Büro des TNO.

Sunil Das ist Ende vierzig. Sein Schnurrbart verleiht ihm das Aussehen eines bengalischen Clark Gable. Er weist auf den leeren Stuhl vor ihm.

»Darf ich Ihnen einen Tee oder Kaffee anbieten? Oder vielleicht ein kaltes Getränk?«

»Einfach Wasser, danke«, sagt Shar verblüfft. Ämter haben in Bangladesch nicht den besten Ruf, schließlich sind sie doch Orte, wo man wahlweise ignoriert oder um Schmiergeld angegangen wird, um auch nur die elementarsten Dienstleistungen erfüllt zu bekommen.

Als er sich vorstellen will, hebt Das lächelnd die Hand. »Ich weiß, wer Sie sind. Wir alle hier haben Rahim und Zahira Choudhury noch in bester Erinnerung, zumindest haben meine Eltern immer sehr freundlich von ihnen gesprochen. Auch wenn es schon viele Jahre her ist, seit sie hier gelebt haben.«

»Danke.« Der Bangladesch-Krieg begann fünf Monate nach dem Sturm, in dem seine Eltern umkamen. Rahim und Zahira hatten in Chittagong nicht nur ihr Möglichstes getan, um beim Wiederaufbau des Dorfs zu helfen, sondern auch später, um die

Bevölkerung vor den Verwüstungen der einfallenden westpakistanischen Soldaten zu schützen. Als im Dezember jenes Jahres eine neue Nation entstand – für Ostbengalen die zweite blutige Geburt –, überwältigte Rahim und Zahira die Last der Verantwortung, die endlose Wiederkehr von Opfern durch Sturm und Krieg an dieser Küste. Und so machten sie sich ein Vierteljahrhundert nach ihrer Flucht aus Indien bereit für die nächste. Sie verkauften ihre Besitztümer, stifteten einen Teil des Erlöses an einen Notfallfonds für das Dorf und zogen gemeinsam mit Shar und Rina nach Dhaka.

»Nun, was kann ich für Sie tun, Choudhury Sahib?«

»Ich habe vor, einige Zeit hier zu bleiben.«

»Warum?«

»Um … ähm … um zu sehen, ob ich etwas für die Gemeinschaft hier tun kann.«

»Und was sollte das sein?«

Shar gerät ins Stottern. Er hat sich vorher ausgemalt, wie er mit gewandten Worten erklärt, warum man ihn hier braucht, wie unentbehrlich seine westliche Perspektive und sein westliches Wissen den Dorfbewohnern sind. Jetzt, vor einem Regierungsbeamten, wirken diese Vorstellungen plötzlich anmaßend und blauäugig.

Sunil Das lächelt freundlich. »Verzeihung, Mr. Choudhury. Ich wollte Sie nicht … wie sagt man noch gleich auf Englisch? Ins Rampenlicht stellen. Darüber können wir uns auch später unterhalten. Warum erzählen Sie mir nicht erst einmal etwas über sich?«

»Wo soll ich anfangen?«

»Wie wäre es mit dem Anfang?«

Shar wägt ab. »In diesem Fall nehme ich vielleicht doch einen Tee.«

Sechs Monate vergehen.

Eines Morgens klopft es an der Tür seines Häuschens am Strand, und davor steht Sunil Das mit einer ramponierten Thermosflasche in der Hand. »Ich hab Tee mitgebracht. Lust auf einen Spaziergang?«

Sie folgen der Küste, grob in östlicher Richtung. In einträchtigem Schweigen gehen beide Männer nebeneinander, reichen die Thermosflasche Tee dabei hin und her. Seit jenem Tag, an dem Shar vor einem halben Jahr in Sunils Büro auftauchte, sind sie Freunde geworden.

»Ich hab nachgedacht«, sagt Sunil. »Bis jetzt hast du gute Arbeit geleistet.«

»Danke.«

Aber mehr als einen kurzen Augenblick stiller Befriedigung gestattet sich Shar nicht, denn so viel bleibt noch zu tun. Das Dorf liegt im tiefen Süden; noch keine der großen NGOs, die in Bangladesch entstanden und international bekannt geworden sind, hat es je besucht. Das ist nur zu verständlich, denn an den landwirtschaftlich orientierten Angeboten dieser Organisationen mit der Bereitstellung von Vieh und Saatgut sehen die Fischer wenig Bedarf. Und dennoch ist Shar zwischen Dhaka und dem Dorf hin- und hergereist, hat Förderanträge für Schulgebäude, Latrinen und Gemeindefischereien an potenzielle Geldgeber verfasst. Auch ein von ihm entwickelter Plan für eine nachhaltige Garnelenzucht steht kurz vor der Genehmigung: Eine Gruppe australischer Experten soll nächste Woche in Chittagong eintreffen. Außerdem hat er eine große NGO davon überzeugt, einige Volksschulen zu eröffnen, und eine andere, in mehreren Häusern Zementlatrinen einzubauen. Seine Eltern überlegen, ihren vor Jahren eingerichteten Notfallfonds zu reaktivieren. Er seufzt. Das bedeutet noch einen Förderantrag für Startkapital.

»Ist was?«

»Nur noch so viel zu tun.«

»Demnächst findet im Dorf die Wahl zum Kreisrat statt«, sagt Sunil. »Der amtierende Vorsitzende hat schon erklärt, dass er nicht wieder antritt. Er will ins Parlament.«

»Und warum erzählst du mir das?«

»Du solltest dich aufstellen lassen.«

»Ich glaube, ich mache momentan das, was ich am besten kann.«

Sunil schüttelt den Kopf. »Wir brauchen gute Leute. Wir stehen vor gewaltigen Problemen, Shar. Die Burmesen machen Pogrome gegen die Rohingya, treiben sie über die Grenze, wo unsere Regierung sie wieder zurücktreibt mit der Begründung, diese Flüchtlinge seien nicht unser Problem, unterdessen leben sie im Elend oder werden in Lagern misshandelt. Auf unserer Seite der Grenze fürchten sich die Hindus wiederum zunehmend vor den militanten Islamisten: Es gibt deswegen eine ständige Fluchtbewegung nach Indien, wie damals im Krieg. Und all das geschieht, während wir den Golf leerfischen und die Hügel aushöhlen, um Häuser zu bauen. Diese Probleme lassen sich nicht lösen, indem man ein paar Schulen oder Zementtoiletten hinstellt, so willkommen die auch sein mögen.«

Er bleibt stehen und legt Shar eine Hand auf die Schulter. »Als Kreisratsvorsitzender wärst du mir direkt unterstellt. Du hättest die Macht und die Mittel, wirklich etwas zu bewirken. Als du damals in mein Büro getreten bist, konnte ich dich nicht gleich einschätzen. Inzwischen schon. Die Leute im Dorf blicken zu dir auf. Du kannst hier etwas zum Guten bewegen, genau wie einst Rahim und Zahira Choudhury.«

»Bei dem, was ich jetzt tue, habe ich immer verschiedene Möglichkeiten. Als Vorsitzender sind mir die Hände gebunden.«

»Nun, noch hast du die Wahl nicht gewonnen, aber meiner Meinung nach hast du weniger Angst, die Hände gebunden zu bekommen als die Füße. Du fürchtest, dass du dann nicht mehr wegkannst.«

»Du bezweifelst, dass ich mich der Dorfgemeinde verpflichtet fühle?«

»Nein, ich erkenne einfach an, dass du dich deiner Tochter verpflichtet fühlst. Ich weiß, dass du Anna wiedersehen willst.«

»Das will ich«, sagt Shar.

»Sie wird immer dein kleines Mädchen sein und du immer ihr Vater. Du trägst deine Liebe zu ihr in dir. Ich kann sie sehen. Sie erleuchtet dich von innen, wie eine Laterne eine Hütte. Selbst wenn zehn Jahre vergehen oder zwanzig, du wirst sie nicht verlieren. Davon bin ich zutiefst überzeugt. Aber die Leute hier, die sind zerbrechlich. Wenn du wieder gehst, dann findest du vielleicht keinen Weg zurück.«

Shar blickt zu Boden. Es ist das Vorrecht der Waisen, ihre Trauer über die Jahre abschreiben zu dürfen – den Verlustschmerz allmählich abzutragen und so erträglich zu machen. Ihm war das nicht gestattet.

Vielleicht wird er es nun können.

»Ich muss darüber nachdenken.«

»Ich weiß was Besseres«, sagt Sunil und blickt auf seine Armbanduhr. »Geh ins Dorf zum Haat und schau dir an, gegen wen du antreten würdest. Wenn dir das nicht Anreiz genug ist, dann gebe ich auf.«

»Wer ist es?« Shars Herz klopft schneller.

Der Wind legt zu und peitscht Sunil das Haar ums grimmige Gesicht.

»Geh hin und sieh selbst. Ich bleibe hier. Wenn du tatsächlich kandidierst, sollten wir uns nicht zusammen blicken lassen.«

Shar folgt der Küste ostwärts zum Dorf, zum Haat, den seine Mutter einst nicht mehr hatte betreten dürfen, nachdem sie ihre Religion verlassen hatte, zum selben Haat, wo sein Vater stets seinen Fang ablieferte. Heute hat sich dort vor einem behelfsmäßigen Podium aus Segeltuch und Bambus eine Menschenmenge versammelt. Shar erstarrt, als er den Mann darauf erkennt.

Shar hat Manik in Dhaka geglaubt, wo er zuletzt ein Zementwerk leitete – die Trawler hat er nach dem Tod seines Vaters aufgegeben. Doch nun ist er zurückgekehrt an den Ort seiner Geburt, mittlerweile alt, aber mit verstärkten Ambitionen. Mit der Anmut einer Raubkatze schreitet er die Bühne ab, brüllt in ein Mikrofon: Er verspricht, durch Tourismus dem Dorf neuen Wohlstand zu bringen, neue Moscheen zu errichten für die gläubigen Muslime, die so oft zurückstecken müssen zugunsten von Minderheiten, und natürlich die Rohingya wieder über die Grenze zu treiben, die Flüchtlinge, die auf Kosten der ehrlich arbeitenden Menschen leben. Alles, was die Menge dafür tun müsse, sei, ihn zu wählen.

Bei Shars Anblick bricht er in Lachen aus. »Schaut doch mal, wer sich da zu uns gesellt, Brüder und Schwestern«, sagt Manik. »Ein großes Salaam, Shahryar Choudhury – unser hochgebildeter, hochverehrter Wohltäter.«

Die Menschen drehen sich zu Shar: Ihre Mienen reichen von freundlich über ernst bis verschlossen.

»Ich habe gehört, dass Sie sich dieses Jahr für den Kreisvorsitz bewerben, gegen mich.«

Ohne Mikrofon muss Shar brüllen, um trotz des Windes verstanden zu werden. »Da haben Sie etwas Falsches gehört.«

Er dreht sich um, der Mann bereitet ihm Übelkeit. Die Menge teilt sich, um ihn hindurchzulassen.

Manik schleudert ihm zum Abschied einen Spruch nach. »Gut! Ist auch am besten, wenn Sie gehen. Scheint, als kämen Sie nach Ihrem Vater, Rahim, dem Zamindar. Schicke ausländische Abschlüsse in der Tasche haben und der Sohn eines reichen Manns sein, das bringt Ihnen nicht die Stimmen unserer Leute. Sie müssen einer von uns sein.«

Shar bleibt abrupt stehen und macht kehrt. Er steigt auf die Bühne. Maniks Bodyguards umrunden ihn bedrohlich, doch Manik selbst lacht. »Schon gut. Hören wir uns an, was der junge Mann zu sagen hat.«

Also machen die Männer Platz, bilden einen Halbkreis um die beiden. Shar steht nur eine Armlänge von Manik entfernt, und was er spricht, können nur die Menschen in der Nähe verstehen.

»Sie haben Recht, Manik, der Zamindar hat mich aufgezogen«, sagt Shar. »Und er hat mir auch einiges über Ehrlichkeit, harte Arbeit und Gerechtigkeit beigebracht, aber er ist nicht der Einzige, von dem ich gelernt habe. Erinnern Sie sich an den Fischer, der nicht lesen konnte und dessen Frau als Hindu geboren wurde? Sie und Ihr Vater haben vor vierunddreißig Jahren versucht, ihn auf Ihrem Boot zu ermorden.«

Abbas' Sohn erbleicht, sein Mund steht ihm offen im pockennarbigen Gesicht. »Du … wie … wie hast du …«

»Ein paar Fischer haben ihn gerettet. Denen hat er alles erzählt. Und sie wiederum mir.«

Manik erholt sich rasch von seinem Schock, wendet sich an seine Sicherheitsmänner und sagt: »Lügen. Nichts als Lügen. Von vorne bis hinten.«

»Man sieht sich dann an der Wahlurne«, sagt Shar.

~

Er spaziert zum Anwesen des Zamindars. Vor ein paar Monaten hat die Regierung auf Geheiß von Sunil Das einen Abschnitt des Gebäudes vom Museum abgetrennt, den Rahim, Zahir und Rina nun als Wohnung verwenden können. Die drei sind mit gemischten Gefühlen eingezogen, haben sich dann aber rasch wieder in ihrem alten Zuhause eingelebt. Shar hat abgelehnt, bei ihnen zu wohnen, unter anderem aus Sorge, es könnte einen schlechten Eindruck machen, wenn ein Angestellter für das Gemeinwesen derart fürstlich wohnt.

Seine Eltern nehmen ihren Sohn herzlich in Empfang und führen ihn gleich ins Speisezimmer, wo Zahira und Rina gerade das Mittagessen bereitet haben. Bei knusprigem Bratfisch, Daal und Schmorbohnen teilt ihnen Shar seine Entscheidung mit, bei der Wahl gegen Manik anzutreten.

Sie unterstützen ihn, haben aber gleichzeitig Bedenken. Schließlich ist ihnen der Ruf seines Gegners nur allzu bekannt.

»Bist du dir sicher, dass das klug ist, mein Sohn?«, fragt Zahira.

»Das Böse siegt, wo gute Männer ruhen«, entgegnet Shar. »Und bis sie einen guten Mann gefunden haben, bin ich besser als nichts.«

»Dann werden wir wiederum alles geben, dir zu helfen.«

Nach dem Essen klappt er seinen Laptop auf und loggt sich bei Skype ein. In ein paar Minuten wird er bei Anna anrufen. Er starrt auf den grauen Kreis neben ihrem Namen auf seiner Kontaktliste, wartet, dass er zu blinken beginnt und grün wird.

Durch das offene Fenster neben seinem Schreibtisch, das auf den mit Regenwolken verhangenen Golf hinausgeht, zieht ein kalter Windstoß herein und weht die Blätter vom Tisch über den Boden. Als er aufsteht, um die Läden zu schließen, hält er inne. Draußen braut sich ein Sturm zusammen. Über den regengepeitschten Wellen blitzt es. Sanft grollt der Donner.

Die ersten kalten Tropfen treffen ihn im Gesicht, auf den Händen. Er hat wieder Schutz gefunden. Er ist sicher.

Dann erst schließt er das Fenster. Aus einer Stofftasche, die er im Schrank aufbewahrt, zieht er etwas hervor und legt es auf den Tisch: die Gegenstände, die vor vielen Jahren seine Vergangenheit vollständig niederrissen und neu errichteten, die seine Mutter und seinen Vater einst zusammenbrachten.

»Hi, Baba«, sagt Anna, als sie anruft. Die weite Strecke, die zwischen ihnen liegt, lässt ihre Stimme zittern.

»Hi, Anna.«

Sie sieht das Fläschchen und die Schärpe. »Was sind das für Sachen?«

»Das erzähl ich dir gleich«, sagt Shar. »Hast du Zeit für eine Geschichte?«

»Hab ich, Baba.«

Er lächelt.

Epilog

RAHIM & ZAHIRA

Chittagong, Ostpakistan (Bangladesch) November 1970

Irgendwann im Laufe der Nacht, in der der Sturm keine Anstalten macht, nachzulassen, ist Rahim im großen Ledersessel seines Arbeitszimmers tief erschöpft eingeschlafen. Zahira, die einen Schal über ihren Gatten gelegt hat, damit er nicht friert, rüttelt ihn im Morgengrauen wach.

Er blinzelt, seine Augen sind blutunterlaufen. Er sieht älter aus als einundfünfzig Jahre. »Ist es vorbei?«

»Fast«, sagt sie, die Stimme kaum lauter als ein Flüstern.

»Wie ist es?«

»Komm und schau selbst.«

Sie gehen hinaus auf den Balkon.

»Mein Gott«, keucht er, als er der Zerstörung gewahr wird. Vom Strand ist fast nichts mehr zu sehen unter den Massen von Schutt, der darauf angeschwemmt liegt – Bambus, Palmen, Seetang und zerschmettertes Kleinholz von Booten und Häusern. Kilometerweit ist das Land überflutet, das Wasser unter dem grauen Himmel ist trüb und wie angeschwollen.

Er sieht die Leichen. Sie sind überall – um Bäume geschlungen, im Flachwasser treibend, begraben unter Trümmern, aus denen nur hier und da Gliedmaßen ragen. Zerbrochen, gebläht, verdreht und zerquetscht. Jeden Alters, jeder Form, jeden Geschlechts. Oft Seite an Seite mit dem Vieh. Der Sturm, so zeigt sich, ist ein grausamer Gleichmacher.

Zahira hält seine Hand, schließt die Augen. Sie weinen in wortloser Verzweiflung. Kalkutta und nun Chittagong. Der massenhafte Tod ist ihnen gefolgt, und nach so vielen Jahren hat er sie eingeholt.

»Wo ist der Junge?«, fragt er.

»Im Gästezimmer, bei Rina. Sie ruhen sich aus. Aber er hat die ganze Nacht nach seiner Mutter gefragt.«

»Lass ihn dort. Wir müssen seine Eltern finden.«

Sie treten hinaus in die Höllenlandschaft. Die Familien, die bei ihnen Zuflucht gefunden haben, folgen ihnen, wie betäubt. Sie weinen, wenn sie ihr totes Vieh entdecken, und vor allem, wenn sie auf Freunde oder Verwandte stoßen. Doch viele wirken auch vollkommen stoisch – das Ausmaß der Katastrophe trägt sie an einen Ort jenseits aller Gefühle.

Rahim und Zahira gehen weiter, sind zwei aufeinander gestützte Gestalten vor dem Ozean, zwei einsame Fünkchen Leben und Bewegung auf der verwüsteten Küste. Sie kommen nur langsam voran; erst mittags erreichen sie das, was von Honufas und Jamirs Hütte noch übrig ist.

Bei Sonnenuntergang kehren sie heim, erschöpft von der herzzerreißenden, vergeblichen Suche des Tages, ihr Geist ist versehrt von den ganzen schrecklichen Bildern, die sie gesehen haben. Vor dem Zimmer, wo Rina mit dem Jungen ruht, wartet Rahim mit Tränen in den Augen, sein Gesicht ist von Zweifeln gezeichnet.

»Was soll ich ihm bloß sagen?«

»Jetzt müssen wir ihn erst einmal trösten. Es kann ja sein, dass seine Eltern noch gefunden werden. Wir dürfen die Hoffnung nicht aufgeben.«

»Das ist meine Schuld. Vielleicht wären sie hergekommen, wenn ich sie vor all den Jahren nicht im Stich gelassen hätte.«

Zahira nimmt ihn an der Hand. »Wir können das Vergangene nicht ungeschehen machen. Aber durch Gottes Gnade bleibt uns der Rest unseres Lebens, um es wiedergutzumachen.«

»Richtig«, sagt Rahim und wischt sich die Augen. »Du hast Recht.«

Sie öffnen die Tür. Der Junge sitzt auf dem Bett und wird umsorgt von Rina, die ihm beruhigende Worte ins Ohr raunt. Als sie eintreten, wendet er sich ihnen zu. In seinen Augen liegt kein Erkennen, aber auch keine Furcht, kein Misstrauen.

Rahim drückt seiner Frau die Hand, eine Geste der Versicherung und des Versprechens: *Was auch geschieht, wir werden ihn beschützen. Was auch geschieht, wir werden ihn lieben.*

»Hallo Shahryar«, sagen sie.

DANKSAGUNG

Ich danke meiner Familie für die Unterstützung, die sie mir gewährt hat, während ich diesen Roman schrieb, vor allem meiner Mutter, Sultana Nahar, die mir die Kunst und das Handwerk des Schreibens gezeigt hat.

Shalon (Asha) Anwar, meine Tochter: Danke, dass du für das Buch eine solche Inspiration gewesen bist, und für deine Begeisterung!

Ayesha Pande ist meine wunderbare Agentin, die so lange und so fest an dieses Buch geglaubt hat.

Anjali Singh ist mein unermüdlicher Co-Agent, der ein vielversprechendes, aber sperriges Manuskript in Form gebracht hat.

Iris Tupholme, meine kanadische Lektorin, gab mir hervorragende Ratschläge zum Text und war dem Roman zugleich Geburtshelferin wie beständige Fürsprecherin.

Rakesh Satyal, mein Lektor für die USA – danke, dass du in diesem Roman etwas erkannt hast, was nicht alle gesehen haben. Es ist eine Freude, mit dir zu arbeiten.

Dennis Bock war mein Lehrer für kreatives Schreiben im Aufbaustudium an der Universität von Toronto. Seine ermutigenden Worte haben mich jahrelang vorangetragen, erst durch die schwierige Anfangszeit und später bis über die Ziellinie.

Einige Mitglieder der First Page Writing Group in Toronto haben mehr Fassungen dieses Romans gelesen, als sie jemals zugeben würden. Danke, Michelle Alfano, Michelle Boone, Justine Mazin, Josée Sigouin, Elizabeth Torlée und Tina Tzatzanistina.

Auch viele andere haben frühe Fassungen des Buchs gelesen und mir wertvolle Rückmeldungen gegeben, darunter: David Booth, Cresencia Fong, Michelle Josette, Shelly Nixon, Greta Perris, Carmen Ruf und Mike Tissenbaum.

Emiko Ohnuki-Tierneys *Kamikaze Diaries* war bei meiner Recherche eine unentbehrliche Quelle, ebenso Louis Allens *Burma: The Longest War 1941–1945*.

Und schließlich: Ohne meine Frau Sandra (Si) Lian wäre dieses Buch nie veröffentlicht worden. Danke, dass du schon so lange der Wind unter meinen Flügeln bist. *Wa ai ni*.

INHALT

Lesen Sie weiter …

Katharina Mevissen Ich kann dich hören *Roman*

Osman spielt. Er soll es regnen lassen, doch seine Musik lässt sich nicht erweichen. Und daran ist sein Vater nicht allein schuld. Sehr vieles gerät erst in Bewegung, als er hört, was nicht für seine Ohren bestimmt war.

Quart*buch*. Gebunden mit Schutzumschlag. 168 Seiten
Auch als E-Book erhältlich

Fernanda Melchor Saison der Wirbelstürme *Roman*

Die Hexe ist tot, ermordet – aber hat sie's nicht genau so gewollt? Sprachgewaltig, schmutzig und mit der Sogkraft eines Wirbelsturms schreibt Fernanda Melchor, eine der wichtigsten jungen Stimmen Lateinamerikas, über die viel zu alltägliche Gewalt gegen Frauen.

Aus dem mexikanischen Spanisch von Angelica Ammar
Quart*buch*. Klappenbroschur. 240 Seiten. Auch als E-Book erhältlich

Milena Michiko Flašar Herr Katō spielt Familie *Roman*

Endlich Zeit. Er könnte nun das alte Radio reparieren oder die Plattensammlung ordnen. Doch als er der jungen Mie begegnet, die ihm ein seltsames Angebot macht, beginnt er die Dinge anders zu sehen. Ein zarter Roman über einen späten Neuanfang und über das Glück.

Quart*buch*. Gebunden mit Schutzumschlag. 176 Seiten
Auch als E-Book erhältlich

Helen Weinzweig Schwarzes Kleid mit Perlen *Roman*

Shirley Kaszenbowski, geborene Silverberg, eine bürgerliche Frau mittleren Alters, trägt ein schwarzes Kleid und dazu eine Perlenkette. In dieser Ausstattung verlässt sie ihren Mann, um ihrem Geliebten Coenraad hinterher zu reisen. Eine kuriose Odyssee beginnt.

Aus dem kanadischen Englisch von Brigitte Jakobeit
Quart*buch*. Gebunden mit Schutzumschlag. 192 Seiten
Auch als E-Book erhältlich

Immer ein Buch im Handgepäck

Vincent Almendros Ins Schwarze *Ein Sommerkrimi*

Der Abend ist schwül, die Straße leer. Es dunkelt. Die Strecke zieht sich. Widerwillig fährt Laurent zur Hochzeit einer Cousine in sein Heimatdorf. Begleitet von Claire, die er als Constance vorstellen wird. Er wird sie alle wiedersehen. Oder vielmehr alle, die noch übrig sind.

Aus dem Französischen von Till Bardoux
SVLTO. Rotes Leinen. Fadengeheftet. 120 Seiten

Rachel Ingalls Mrs. Calibans Geheimnis

Das Monster kommt durch die Hintertür. Es liebt Avocados, das Meer und Fernsehen. Und vor allem ist es unverschämt attraktiv. Ein Monster? Nennen wir es einfach Larry.

Aus dem Englischen von Werner Löcher-Lawrence
SVLTO. Rotes Leinen. Fadengeheftet. 144 Seiten

Michela Murgia Accabadora *Roman*

Eine Geschichte über Mutter und Tochter, wie sie noch nie erzählt worden ist. Ein Roman, in dem das archaische und das moderne Italien aufeinandertreffen.

Aus dem Italienischen von Julika Brandestini
WAT 768. Broschur. 176 Seiten. Auch als E-Book erhältlich

Saphia Azzeddine Bilqiss *Roman*

Die junge Witwe Bilqiss soll gesteinigt werden, weil sie anstelle des (betrunkenen) Muezzin zum Morgengebet gerufen hat und zudem (bewiesenermaßen) Make-up, Stöckelschuhe und sogar einen Lyrikband besitzt.

Aus dem Französischen von Birgit Leib
WAT 781. Broschur. 176 Seiten. Auch als E-Book erhältlich

Die Trilogie der Väter

Francesca Melandri Eva schläft *Roman*

Eva ist Anfang vierzig, als sie einen Anruf des Mannes erhält, der eine Zeitlang die Rolle ihres Vaters einnahm, ehe er verschwand. Nun liegt er im Sterben und will Eva noch einmal sehen. Sie reist mit dem Zug von Südtirol quer durch Italien in den äußersten Süden – und erinnert sich unterwegs an ihre Kindheit. Der Roman einer Provinz ohne Vaterland und eines Mädchens ohne Vater.

Aus dem Italienischen von Bruno Genzler
WAT 805. Broschur. 440 Seiten. Auch als E-Book erhältlich

Francesca Melandri Über Meereshöhe *Roman*

Italien in den »bleiernen Jahren«, eine nach Salz, Feigen und Strohblumen duftende Gefängnisinsel, eine stürmische Nacht und eine unerwartete Begegnung: Francesca Melandri erzählt mit großer Sensibilität und poetischer Kraft vom bewegenden Schicksal zweier Familien.

Aus dem Italienischen von Bruno Genzler
WAT 812. Broschur. 208 Seiten. Auch als E-Book erhältlich

Francesca Melandri Alle, außer mir *Roman*

Der große Roman der römischen Autorin Francesca Melandri: eine Familiengeschichte, ein Porträt Italiens im 20. Jahrhundert, eine Geschichte des Kolonialismus und seiner langen Schatten, die bis in die Gegenwart reichen.

Aus dem Italienischen von Esther Hansen
Quart*buch*. Gebunden mit Schutzumschlag. 608 Seiten
Auch als E-Book erhältlich

Wenn Sie mehr über den Verlag und seine Bücher wissen möchten, schreiben Sie uns eine Postkarte oder elektronische Nachricht (mit Anschrift und E-Mail). Wir informieren Sie dann regelmäßig über unser Programm und unsere Veranstaltungen.

Verlag Klaus Wagenbach Emser Straße 40/41 10719 Berlin
www.wagenbach.de vertrieb@wagenbach.de

Die kanadische Originalausgabe erschien 2018 unter dem Titel *The Storm* bei HarperCollins Canada in Toronto.

We acknowledge the support of the Canada Council for the Arts. Nous remercions le Conseil des arts du Canada de son soutien. Wir danken dem Canada Council for the Arts für die Unterstützung der Übersetzung.

Canada Council for the Arts Conseil des arts du Canada

© 2018 by Arif Anwar
© 2019 für die deutsche Ausgabe:
Verlag Klaus Wagenbach, Emser Straße 40/41, 10719 Berlin
www.wagenbach.de
Covergestaltung Julie August unter Verwendung einer Fotografie © RF Novarc Image / F1online. Gesetzt aus der Apollo MT.
Die Übersetzerin dankt der Stadt Wien für ein Arbeitsstipendium.
Einband- und Vorsatzmaterial von peyer graphic, Leonberg.
Gedruckt auf Schleipen bei Pustet, Regensburg. Printed in Germany. Alle Rechte vorbehalten.

ISBN 978 3 8031 3310 6